HEYNE <

Joe Abercrombie

Königsschwur

Roman

Aus dem Englischen von
Kirsten Borchardt

WILHELM HEYNE VERLAG
MÜNCHEN

Titel der Originalausgabe:
HALF A KING

MIX
Papier aus verantwortungsvollen Quellen
FSC® C014496

Verlagsgruppe Random House FSC® N001967
Das für dieses Buch verwendete FSC®-zertifizierte Papier
Super Snowbright liefert Hellefoss AS, Hokksund, Norwegen.

Deutsche Erstausgabe 02/2015

Printed in Germany 2015
Redaktion: Werner Bauer
Karte: Nicolette Caven
Umschlaggestaltung: Nele Schütz Design, München,
unter Verwendung eines Motivs von shutterstock
Satz: Greiner & Reichel, Köln
Druck und Bindung: GGP Media GmbH, Pößneck

ISBN 978-3-453-31599-0

www.heyne.de
@HeyneFantasySF

Für Grace

»Nicht bess're Bürde bringt man auf Reisen
Als Wissen und Weisheit.«

aus: *Hávamál, des Hohen Lied*

I

DER SCHWARZE THRON

Der allgemein größte Nutzen

Ein eisiger Wind blies in jener Nacht, als Yarvi erfuhr, dass er König war. Oder zumindest ein halber König. Die Gettländer sprachen von einem *suchenden* Wind, denn er fand jede Ritze und jedes Schlüsselloch, trug stöhnend die tödliche Kühle von Mutter Meer in jedes Haus, ganz gleich, wie hoch die Feuer geschürt wurden oder wie eng sich die Menschen aneinanderdrängten.

Er riss an den Läden der schmalen Fenster von Mutter Gundrings Gemächern und ließ sogar die eisenbeschlagene Tür in ihrem Rahmen erzittern. Er spielte mit den Flammen in der Feuerstelle, bis sie vor Zorn zischten und knisterten; sie ließen die Schatten der getrockneten Kräuter, die von der Decke herabhingen, wie Krallen erscheinen und warfen ein flackerndes Licht auf die Wurzel, die Mutter Gundring in ihren knotigen Fingern hielt.

»Und das hier?«

Auf den ersten Blick sah es nach einem Klumpen Dreck aus, aber Yarvi hatte aufmerksam gelernt und wusste es besser.

»Schwarzzungenwurz.«

»Und wieso sollte sich ein Gelehrter nach dieser Wurzel bücken, mein Prinz?«

»Ein Gelehrter hofft, dass er es nicht tun muss. Aber wenn sie in Wasser gekocht worden ist, kann man das tödliche Gift, das in ihr steckt, weder sehen noch schmecken.«

Mutter Gundring warf die Wurzel beiseite und murmelte:

»Manchmal muss ein Gelehrter sich nach dunklen Dingen bücken.«

»Gelehrte müssen sich überlegen, was das geringere Übel ist«, erwiderte Yarvi.

»Und abwägen, worin der allgemein größte Nutzen liegt. Fünf von fünfmal richtig.« Mutter Gundring nickte lobend, und Yarvi errötete vor Stolz. Ein Lob der großen Gelehrten von Gettland erwarb man sich nicht so leicht. »Und die Rätsel in der Prüfung werden leichter sein.«

»Die Prüfung.« Yarvi rieb sich nervös mit seinem gesunden Daumen über die verkrümmte Innenfläche seiner verkrüppelten Hand.

»Du wirst sie bestehen.«

»Das kann man nie wissen.«

»Es ist die Aufgabe der Gelehrten, stets zu zweifeln …«

»… aber sich stets überzeugt zu zeigen«, beendete er den Satz für sie.

»Siehst du? Ich kenne dich.« Das stimmte. Niemand kannte ihn besser, nicht einmal seine engsten Verwandten. Die schon gar nicht! »Nie zuvor habe ich einen so klugen Schüler gehabt. Du wirst beim ersten Durchgang bestehen.«

»Und dann werde ich nicht mehr Prinz Yarvi sein.« Bei diesem Gedanken empfand er nichts als Erleichterung. »Ich werde keine Familie mehr haben und keinen Erbanspruch.«

»Du wirst Bruder Yarvi sein, und deine Familie ist dann der Gelehrtenkreis.« Der Feuerschein fand die Runzeln um Mutter Gundrings Augen, als sie lächelte. »Und dein Erbanspruch sind dann die Pflanzen und die Bücher und das leise gesprochene Wort. Du wirst Erinnerungen pflegen und Ratschläge geben, heilen und die Wahrheit sprechen, geheime Wege kennen und Vater Friede in jeder Sprache den Weg ebnen. So, wie ich es zu tun versucht habe. Es gibt keine edlere Aufgabe, egal, welchen Unsinn die muskelbepackten Narren auf dem Kampfplatz von sich geben mögen.«

»Leider ist es nicht so leicht, die muskelbepackten Narren zu ignorieren, wenn man ihnen auf dem Kampfplatz gegenübersteht.«

»Ha.« Sie rollte die Zunge und spuckte ins Feuer. »Sobald du die Prüfung bestanden hast, musst du dort nur noch erscheinen, um jemandem den aufgeplatzten Kopf zu verbinden, wenn es beim Spiel allzu hart zuging. Eines Tages wirst du meinen Stab tragen.« Sie deutete mit einem Nicken zu dem zugespitzten Stück beschlagenen und gekerbten Albenmetalls, das an der Wand lehnte. »Eines Tages wirst du neben dem Schwarzen Thron sitzen und Vater Yarvi sein.«

»Vater Yarvi.« Bei dem Gedanken rutschte er unbehaglich auf dem Stuhl hin und her. »Dazu fehlt mir die Weisheit.« Eigentlich meinte er damit, dass ihm der Mut fehlte, aber ihm fehlte der Mut, das zuzugeben.

»Weisheit kann man erwerben, mein Prinz.«

Er hob seine linke Hand ins Licht, sodass ihre verwachsene Form deutlich sichtbar wurde. »Und Hände? Kann man die auch ... erwerben?«

»Nun, eine Hand – zumindest eine brauchbare – mag dir fehlen, aber die Götter haben dir kostbarere Gaben mitgegeben.«

Er schnaubte. »Meine schöne Singstimme, meinst du das?«

»Warum nicht? Und eine schnelle Auffassungsgabe, Einfühlungsvermögen und Stärke. Nur eben die Art von Stärke, die einen großen Gelehrten ausmacht und nicht unbedingt einen großen König. Dich hat Vater Friede berührt, Yarvi. Denke immer daran: Starke Männer gibt es viele, weise nur wenige.«

»Kein Wunder, dass Frauen die besseren Gelehrten sind.«

»Und auch besser Tee kochen, normalerweise jedenfalls.« Mutter Gundring nahm einen schlürfenden Schluck aus dem Becher, den er ihr jeden Abend brachte, und nickte wiederholt wohlwollend. »Aber das Teekochen zählt ebenfalls zu deinen großen Fähigkeiten.«

»Echte Heldenarbeit. Wirst du mir weniger schmeicheln, wenn ich nicht mehr Prinz, sondern Gelehrter bin?«

»Ich werde dir so sehr schmeicheln, wie du es verdienst, und die übrige Zeit werde ich dir kräftig in den Hintern treten.«

Yarvi seufzte. »Manche Dinge ändern sich nie.«

»Jetzt weiter mit Geschichte.« Von einem Regal nahm Mutter Gundring ein Buch, dessen vergoldeter Rücken mit rot und grün funkelnden Edelsteinen besetzt war.

»Jetzt? Ich muss mit Mutter Sonne aufstehen, um deine Tauben zu füttern. Ich hatte gehofft, noch etwas schlafen zu können, bevor ich …«

»Ich werde dich schlafen lassen, wenn du die Prüfung bestanden hast.«

»Nein, das wirst du nicht.«

»Da hast du recht, das werde ich nicht.« Sie benetzte einen Finger, und das uralte Papier knisterte beim Umblättern. »Sag mir, mein Prinz, in wie viele Splitter wurde die Göttin von den Alben zerbrochen?«

»In vierhundertneun. In die vierhundert Kleinen Götter, die sechs Hohen Götter, den ersten Mann und die erste Frau und Frau Tod, die das Letzte Tor bewacht. Aber sind das nicht eher Fragen für einen Segensweber als für einen Gelehrten?«

Mutter Gundring schnalzte mit der Zunge. »Ein Gelehrter sollte sich mit jedem Feld des Wissens beschäftigen, denn nur das, was bekannt ist, kann beherrscht werden. Nenne die sechs Hohen Götter.«

»Mutter Meer und Vater Erde, Mutter Sonne und Vater Mond, Mutter Krieg und …«

Mit einem Krachen flog die Tür auf, und der »suchende« Wind fegte in das Gemach. Die Flammen in der Feuerstelle duckten sich ebenso wie Yarvi und tanzten verzerrt auf den hundertmal hundert Gläsern und Fläschchen auf den Regalen. Eine Gestalt polterte die Treppe herauf und ließ die Kräuterbündel hinter sich wie Gehenkte hin und her schwingen.

Es war Yarvis Onkel Odem, dem das Haar vom Regen an das blasse Gesicht geklebt war und dessen Brust sich schwer atmend hob. Er starrte Yarvi mit weit aufgerissenen Augen an und öffnete den Mund, gab aber keinen Laut von sich. Man brauchte kein einfühlsamer Mensch zu sein, um zu erkennen, dass schlimme Nachrichten auf seinen Schultern lasteten.

»Was ist denn?«, krächzte Yarvi, dessen Kehle vor Angst wie zugeschnürt war.

Sein Onkel fiel auf die Knie und vergrub die Hände im fettigen Stroh. Er neigte den Kopf und sprach zwei Worte, leise und rau.

»Mein König.«

Und Yarvi wusste, dass sein Vater und sein Bruder tot waren.

Pflicht

Sie sahen eigentlich gar nicht richtig tot aus.

Nur sehr weiß, wie sie da auf den kühlen Steinplatten in diesem kühlen Gewölbe lagen, die Leichentücher bis zu den Achseln und die blanken Schwerter über der Brust. Yarvi wartete die ganze Zeit darauf, dass sein Bruder im Schlaf den Mund verziehen würde. Oder dass sein Vater die Augen öffnen und ihn mit der vertrauten Verachtung ansehen würde. Aber sie taten es nicht. Sie würden es nie wieder tun.

Frau Tod hatte das Letzte Tor für sie geöffnet, und von dieser Pforte kehrte niemand mehr zurück.

»Wie ist es geschehen?«, hörte Yarvi seine Mutter von der Tür her fragen. Ihre Stimme klang so gefasst wie immer.

»Verrat, meine Königin«, antwortete sein Onkel Odem leise.

»Ich bin keine Königin mehr.«

»Natürlich … entschuldige, Laithlin.«

Yarvi berührte sanft die Schulter seines Vaters. So kalt. Er fragte sich, wann er seinen Vater zum letzten Mal angefasst hatte. Hatte er das überhaupt jemals getan? Wann sie zum letzten Mal wirklich miteinander gesprochen hatten, daran erinnerte er sich allerdings. Es war Monate her.

Ein Mann schwingt die Sense und die Axt, hatte sein Vater gesagt. *Ein Mann rudert sein Schiff und macht die Knoten fest. Vor allem aber hält ein Mann seinen Schild. Er hält die Stellung. Ein Mann steht seinem Schultermann bei. Was ist das für ein Kerl, der nichts von dem vermag?*

Ich habe nicht darum gebeten, nur eine halbe Hand zu bekommen, hatte Yarvi gesagt, der sich wie so oft in die Enge getrieben fühlte auf dem kargen Boden zwischen Schuld und Zorn.

Ich habe auch nicht um einen halben Sohn gebeten.

Und jetzt war König Uthrik tot, und sein Königskreis, der in aller Eile angepasst worden war, lastete schwer auf Yarvis Kopf. Er wog viel mehr, als ein so dünner Goldreif das eigentlich hätte tun dürfen.

»Ich habe dich gefragt, wie sie starben«, unterbrach seine Mutter das Schweigen.

»Sie gingen, um mit Grom-gil-Gorm über den Frieden zu verhandeln.«

»Mit den verdammten Vansterländern kann es keinen Frieden geben«, ertönte die tiefe Stimme von Hurik, dem Wahlschild seiner Mutter.

»Ihr Tod muss gerächt werden«, sagte Yarvis Mutter.

Sein Onkel versuchte, die Wogen zu glätten. »Zunächst ist sicherlich einmal Zeit zu trauern. Der Hochkönig hat offenen Krieg untersagt, bevor nicht …«

»Rache!« Ihre Stimme war so scharf wie zerbrochenes Glas. »Schnell wie der Blitz und heiß wie Feuer.«

Yarvis Augen schlichen sich zum Leichnam seines Bruders. Schnell und heiß, so war sein Bruder, oder vielmehr: So war er gewesen. Er hatte ein kantiges Kinn und einen muskulösen Hals, und seine Wangen zeigten bereits den Schatten eines dunklen Bartes, so wie ihr Vater ihn trug, und damit war er Yarvi so unähnlich wie überhaupt nur möglich. Sein Bruder hatte ihn geliebt, vermutete er. Eine ruppige Liebe, bei der jeder Schulterklopfer nur knapp unter der Wucht eines Faustschlags lag. Eine Liebe, wie man sie für etwas empfindet, das schon immer da war.

»Rache«, grollte Hurik. »Die Vansterländer müssen dafür bezahlen.«

»Verdammt seien die Vansterländer«, sagte Yarvis Mutter. »Unser Volk muss auf die Rache eingeschworen werden. Wir müssen ihm zeigen, dass der neue König Stahl in sich hat. Wenn die Leute vor uns auf den Knien liegen, kannst du Mutter Meer mit deinen Tränen füttern.«

Yarvis Onkel stieß einen schweren Seufzer aus. »Also Rache. Aber ist er bereit, Laithlin? Er war nie ein Kämpfer …«

»Er muss kämpfen, ob er bereit ist oder nicht!«, zischte seine Mutter. Die Leute redeten immer schon in Yarvis Gegenwart, als sei er nicht nur verkrüppelt, sondern auch taub. Offensichtlich hatte sein plötzlicher Aufstieg nichts an diesem Umstand geändert. »Bereitet einen Angriff vor.«

»Wo soll er stattfinden?«, fragte Hurik.

»Wichtig ist nur, dass wir überhaupt angreifen. Lasst uns allein.«

Als die Tür sich geschlossen hatte, hörte Yarvi die sanften Schritte seiner Mutter auf dem kalten Boden.

»Hör auf zu heulen«, sagte sie. Erst da merkte er, dass Tränen in seinen Augen standen; er wischte sie weg und schniefte dabei, denn er schämte sich. Er schämte sich immer.

Sie packte ihn an der Schulter. »Steh gerade, Yarvi.«

»Tut mir leid«, sagte er und versuchte die Brust so herauszustrecken, wie sein Bruder es vielleicht getan hätte. Immer tat ihm alles leid.

»Du bist jetzt König.« Sie zog die verdrehte Spange seines Mantels gerade, versuchte sein blassblondes Haar zu zähmen, das zwar kurz geschnitten war, aber trotzdem wild sein Gesicht umrahmte, und legte ihm dann endlich ihre kühlen Fingerspitzen an die Wange. »Dir muss niemals etwas leidtun. Du musst das Schwert deines Vaters tragen und den Angriff gegen die Vansterländer anführen.«

Yarvi schluckte. Die Vorstellung eines Angriffs hatte ihn stets mit Entsetzen erfüllt. Und nun sollte er einen anführen?

Odem sah ihm seine Angst offenbar an. »Ich werde dein Schultermann sein, mein König, immer an deiner Seite, mein Schild bereit zu deiner Verteidigung. Ich werde dir helfen, wo immer ich kann.«

»Ich danke dir«, murmelte Yarvi. Er wollte keine Hilfe, er wollte nur nach Skekenheim geschickt werden, damit er seine Gelehrtenprüfung ablegen konnte – um dann in den Schatten zu sitzen, anstatt ins Licht gezerrt zu werden. Aber diese Hoffnung war zu Staub zerfallen. So war es immer mit seinen Hoffnungen, sie zerbröselten wie schlecht angemischter Mörtel.

»Du musst Grom-gil-Gorm dafür bezahlen lassen«, sagte seine Mutter. »Und dann musst du deine Kusine heiraten.«

Er starrte in ihre eisengrauen Augen. Dazu musste er ein wenig nach oben sehen, denn sie war immer noch ein wenig größer als er. »Was?«

Aus der sanften Berührung wurde ein unbarmherziger Griff. »Hör mir zu, Yarvi, und merk dir gut, was ich dir sage. *Du. Bist. Der. König.* Das mag sich niemand von uns gewünscht haben, aber so ist es nun einmal gekommen. Auf dir ruhen jetzt all unsere Hoffnungen, und sie ruhen damit auf einer Klippe über dem Abgrund. Du wirst nicht geachtet. Du hast kaum Verbündete. Du musst den Zusammenhalt unserer Familie stärken, indem du Odems Tochter Isriun heiratest, so wie dein Bruder es beabsichtigte. Wir haben darüber gesprochen. Es wurde schon vereinbart.«

Onkel Odem beeilte sich, etwas Wärme in all das Eis zu bringen. »Nichts würde mich glücklicher machen, als dein Ehevater zu werden, mein König, und unsere Familien auf ewig vereint zu sehen.«

Über Isriuns Gefühle sprach niemand, wie Yarvi bemerkte. Ebenso wenig wie über seine. »Aber …«

Seine Mutter runzelte die Stirn. Ihre Augen verengten sich. Er hatte erlebt, wie große Helden unter diesem Blick erzitterten, und Yarvi war kein Held. »Ich wurde deinem Onkel Uthil versprochen, von dessen Schwertkunst die Krieger heute noch flüsternd erzählen. Mit deinem Onkel Uthil, der König hätte sein sollen.« Ihre Stimme brach, als ob die Worte sie schmerzten. »Als Mutter Meer ihn verschlang und sie seinen leeren Grabhügel am Ufer aufwarfen, heiratete ich stattdessen deinen Vater. Ich schob meine Gefühle beiseite und tat meine Pflicht. Und das musst du jetzt auch.«

Yarvis Augen glitten wieder zum Leichnam seines Bruders mit seinem schön geschnittenen Gesicht, und er fragte sich, wie sie so ruhig Pläne schmieden konnte, während ihr Mann und ihr Sohn keine Armeslänge von ihr entfernt tot dalagen. »Du weinst nicht um sie?«

Das Gesicht seiner Mutter zog sich kurz krampfartig zusammen, und ihre ganze sorgfältig aufgebaute Schönheit zerbrach auf einmal, die Lippen zogen sich über den Zähnen zurück, ihre Augen wurden schmal, und die Sehnen an ihrem Hals traten hervor. Einen schrecklichen Augenblick lang wusste Yarvi nicht, ob sie ihn schlagen oder in klagendes Weinen ausbrechen würde, und er konnte nicht einmal sagen, welche Vorstellung ihm mehr Angst machte. Dann holte sie stoßweise Luft, schob eine blonde Haarsträhne, die sich gelöst hatte, wieder an Ort und Stelle, und war wieder sie selbst.

»Wenigstens einer von uns beiden muss ein Mann sein.« Und mit diesem königlichen Ausspruch wandte sie sich um und fegte aus dem Zimmer.

Yarvi ballte die Fäuste, zumindest eine; den Daumen der anderen Hand drückte er gegen den krummen Stummel des einen Fingers.

»Vielen Dank für die ermutigenden Worte, Mutter.«

Immer war er zornig. Immer dann, wenn es zu spät war, um ihm etwas zu nützen.

Er hörte, wie sein Onkel näher trat und mit einer so sanften Stimme sprach, als wollte er ein nervöses Fohlen beruhigen. »Du weißt, dass deine Mutter dich liebt.«

»Weiß ich das?«

»Sie muss stark sein. Für dich. Für das Land. Für deinen Vater.«

Yarvi wandte den Blick vom Leichnam seines Vaters ab und sah seinem Onkel ins Gesicht. So ähnlich, und doch auch wieder nicht. »Den Göttern sei Dank, dass du hier bist«, sagte er, und die Worte kamen rau aus seiner Kehle. Wenigstens einer in seiner Familie, für den er zählte.

»Es tut mir leid, Yarvi. Wirklich.« Odem legte Yarvi eine Hand auf die Schulter, und Tränen schimmerten in seinen Augen. »Aber Laithlin hat recht. Wir müssen tun, was für Gettland am besten ist. Wir müssen unsere Gefühle beiseiteschieben.«

Yarvi stieß einen tiefen Seufzer aus. »Ich weiß.«

Seine Gefühle waren beiseitegeschoben worden, solange er sich erinnern konnte.

Ein Weg zum Sieg

Keimdal, du wirst gegen den König antreten.«

Yarvi musste ein idiotisches Kichern unterdrücken, als er hörte, wie der Waffenmeister dieses Wort für ihn gebrauchte. Wahrscheinlich unterdrückten die achtzig jungen Krieger vor ihm ebenfalls ihr Lachen. Oder sie würden es spätestens dann tun, wenn sie ihren neuen König kämpfen gesehen hatten. Aber dann würde ihr Lachen zweifelsohne das Letzte sein, worüber Yarvi sich Sorgen machen musste.

Natürlich waren sie jetzt seine Untertanen. Seine Diener. Seine Männer, die geschworen hatten, für jede seiner Launen in den Tod zu gehen. Dennoch erschienen sie ihm wie rachsüchtige Feinde, sogar noch mehr als bei seinen frühen Waffenübungen als Kind.

Er fühlte sich noch immer wie ein Kind. Mehr denn je.

»Es wird mir eine Ehre sein.« Keimdal sah nicht besonders geehrt aus, als er zwischen seinen Kameraden hervortrat und sich dabei in seinem Kettenpanzer so mühelos bewegte wie eine Jungfer im Nachthemd. Er nahm einen Schild und ein hölzernes Übungsschwert zur Hand und ließ es ein paar Mal dramatisch durch die Luft pfeifen. Wahrscheinlich war er nicht einmal ein Jahr älter als Yarvi, aber er sah fünf Jahre älter aus – einen halben Kopf größer, wesentlich breiter in Brust und Schultern, und an seinem eckigen Kinn wuchsen bereits rötliche Stoppeln.

»Bist du bereit, mein König?«, raunte Odem Yarvi ins Ohr.

»Ganz bestimmt nicht«, zischte Yarvi, aber eine Flucht war

unmöglich. Der König von Gettland musste Mutter Krieg ein liebender Sohn sein, egal wie wenig er dazu taugte. Er musste den älteren Kriegern, die um den Kampfplatz Aufstellung genommen hatten, beweisen, dass er mehr war als eine einhändige Peinlichkeit. Irgendwie musste er einen Weg finden, um zu gewinnen. *Es gibt immer einen Weg*, hatte seine Mutter ihm stets gesagt.

Aber trotz der schnellen Auffassungsgabe, die er zweifelsohne besaß, trotz seines Einfühlungsvermögens und der guten Singstimme wollte ihm nichts einfallen.

Heute war der Kampfplatz am Strand abgesteckt worden, acht Schritt Sand auf jeder Seite; vier Speere, die in den Boden gerammt worden waren, markierten jeweils eine Ecke. Jeden Tag wurde ein anderes Gelände ausgewählt – Felsen, Wälder, Moor, Thorlbys enge Straßen, sogar im Fluss – denn ein Gettländer musste überall zum Kampf bereit sein, ganz gleich, wo er sich befand. Oder eben auch nicht bereit, in Yarvis Fall.

Die tatsächlichen Kämpfe in den Ländern an der Bruchsee wurden meist an ihren zerklüfteten Ufern ausgetragen, und von daher fanden auch diese Übungen oft dort statt; Yarvi hatte über die Jahre genug Sand in den Mund bekommen, dass ein Langschiff darauf hätte auf Grund laufen können. Wäre Mutter Sonne schon hinter den Hügeln versunken, hätten die Altgedienten bis zu den Knien im Salzwasser gestanden, als sie aufeinander einschlugen. Aber jetzt war Ebbe, der flache Strand war übersät mit kleinen Spiegelpfützen, und die einzige Feuchtigkeit stammte von der Gischt, die der salzige Wind mit sich trug, und vom Schweiß, der Yarvi wegen des ungewohnt schweren Kettenpanzers aus jeder Pore drang.

Bei den Göttern, er hasste diesen Panzer! Er hasste Hunnan, den Waffenmeister, der so viele Jahre lang sein oberster Folterknecht gewesen war. Er hasste die Schwerter und Schilde, er verabscheute den Kampfplatz, und die Krieger, die sich dort so zu Hause fühlten, stießen ihn ab. Vor allem aber hasste er diesen schlechten Witz von einer Hand, mit der er geschlagen war und die bedeutete, dass er niemals zu ihnen gehören würde.

»Achte auf einen sicheren Stand, mein König«, raunte Odem.

»Der sichere Stand ist nicht mein Problem«, zischte Yarvi zurück, »immerhin habe ich ja wenigstens zwei Füße.«

In den letzten drei Jahren hatte er kaum je ein Schwert in der Hand gehabt, sondern alle wachen Stunden in Mutter Gundrings Gemächern zugebracht und dabei alles über die Verwendung von Pflanzen und die Sprachen entlegener Länder gelernt. Er hatte sich die Namen der Kleinen Götter eingeprägt und sich besonders darum bemüht, eine schöne Handschrift zu entwickeln. Während man ihm beigebracht hatte, wie man Wunden heilte, hatten sich diese Jungen – diese *Männer*, korrigierte er sich mit einem bitteren Geschmack im Mund – die größte Mühe gegeben, alles darüber zu erfahren, wie man Wunden schlug.

Odem klopfte ihm ermutigend auf die Schulter und warf ihn dabei fast um. »Halte den Schild hoch. Warte, bis sich dir eine Möglichkeit zu einem guten Schlag bietet.«

Yarvi schnaubte. Wenn er darauf warten wollte, dann würden sie noch hier stehen, bis die Flut kam, um sie zu ersäufen. Man hatte ihm den Schild mit peinlich vielen Riemen an seinen verkrüppelten Unterarm geschnallt, und mit dem Daumen und dem einen Fingerstumpf, den er an dieser Hand besaß, umklammerte er den Griff. Schon jetzt brannte ihm der Arm vor Anstrengung, obwohl er das verdammte Ding bisher einfach nur herunterhängen ließ.

»Unser König war eine Weile nicht mehr auf dem Kampfplatz«, rief Meister Hunnan und verzog dabei den Mund, als ob die Worte bitter schmeckten. »Geh ihn nicht zu hart an.«

»Ich werde ebenfalls versuchen, ihm nicht zu sehr wehzutun!«, rief Yarvi.

Ein paar Leute lachten, aber er hatte das Gefühl, dass ein wenig Verachtung darin mitschwang. Witz ist im Kampf ein schlechter Ersatz für starke Sehnen und eine Schildhand. Er sah Keimdal in die Augen und erkannte dessen gelassene Zuversicht, und er versuchte sich an der Überzeugung festzuklammern, dass es viele starke Männer gab, aber nur wenige weise. Selbst in seinem eigenen Schädel klang dieser Gedanke hohl.

Meister Hunnan lächelte nicht. Kein Witz auf der Welt war lustig genug, kein Kind liebenswert genug und keine Frau schön genug, als dass diese eisernen Lippen eine freundliche Regung hätten erkennen lassen. Er warf Yarvi den langen Blick zu, den er sich immer für ihn aufzuheben schien und in dem eine stille Verachtung lag, egal, ob er nun Prinz oder König war. »Fangt an!«, bellte er.

Wenn Kürze eine Gnade war, dann ging dieser Kampf tatsächlich gnädig aus.

Schon beim ersten Schlag, der auf Yarvis Schild krachte, rutschte ihm der Griff von Daumen und Fingerstumpf, der Schildrand schlug ihm gegen den Mund und ließ ihn zur Seite taumeln. Irgendwie gelang es ihm, den nächsten Hieb mit einer instinktiven Bewegung abzuwehren; das Holzschwert streifte nur seine Schulter, doch sein Arm wurde taub. Den dritten sah er nicht einmal kommen, er fühlte nur den scharfen Schmerz, als ihm der Knöchel unter dem Körper weggezogen wurde und er mit Schwung auf den Rücken fiel, sodass ihm die Luft aus den Lungen fuhr wie aus einem kaputten Blasebalg.

Kurz lag er blinzelnd da. Von den unerreichten Leistungen seines Onkels Uthil auf dem Kampfplatz erzählte man sich immer noch. Ihm schien, als würden die seinen ebenso lange in Erinnerung bleiben, wenn auch leider aus völlig anderen Gründen.

Keimdal rammte sein Holzschwert in den Sand und bot

ihm die Hand. »Mein König.« Es war zwar besser versteckt als früher, aber Yarvi glaubte trotzdem zu sehen, dass sein Gegner die Mundwinkel spöttisch hochgezogen hatte.

»Du bist besser geworden«, stieß Yarvi durch die zusammengebissenen Zähne hervor und befreite seine Linke aus den nutzlosen Riemen, sodass Keimdal keine andere Wahl hatte, als ihn an seiner verkrüppelten Hand wieder auf die Beine zu ziehen.

»So wie du, mein König.« Yarvi konnte Keimdals Ekel deutlich erkennen, als er das verwachsene Ding anfassen musste, und er ließ es sich nicht nehmen, ihn noch ein bisschen mit dem Fingerstumpf zu kitzeln. Eine kleinliche Geste, schon möglich, aber wer schwach ist, muss sich mit kleinen Racheakten zufriedengeben.

»Ich bin schlechter geworden«, murmelte Yarvi, während Keimdal zu seinen Kameraden zurückging. »Falls man das überhaupt glauben kann.«

Sein Blick fiel auf das Gesicht eines Mädchens, das unter den jüngeren Schülern stand. Dreizehn Jahre alt vielleicht, mit kampflustigen Augen und dunklem Haar, das die scharf gezeichneten Wangen einrahmte. Yarvi konnte sich wahrscheinlich glücklich schätzen, dass Hunnan nicht sie ausgewählt hatte, damit sie ihm eine Abreibung verpasste. Vielleicht kam das in der Reihe der Erniedrigungen als Nächstes.

Der Waffenmeister schüttelte verächtlich den Kopf, als er sich abwandte, und in Yarvi wallte Zorn auf, der so bitter schmeckte wie die Winterflut. Sein Bruder mochte die gesamte Kraft seines Vaters geerbt haben, er hingegen hatte die ganze Wut vermacht bekommen.

»Sollten wir noch einen Gang machen?«, rief er kurz angebunden über den Platz.

Keimdals Augenbrauen hoben sich, dann zuckte er mit den breiten Schultern und hob Schwert und Schild wieder auf. »Wenn du es so befiehlst.«

»Oh, das tue ich.«

Unter den älteren Männern hob ein Raunen an, und Hunnan runzelte die Stirn noch mehr. Mussten sie diese erniedrigende Farce noch länger ertragen? Wenn ihr König sich lächerlich machte, dann machten sie sich alle lächerlich, und Yarvi war bereits lächerlich genug, dass es ihnen für den Rest ihrer Tage reichen würde.

Er fühlte, wie sein Onkel ihm sanft eine Hand auf den Arm legte. »Mein König«, raunte er sanft und beruhigend. Er war immer sanft und beruhigend, wie eine Brise an einem Sommertag. »Vielleicht solltest du dich nicht übermäßig anstrengen …«

»Da hast du natürlich recht«, sagte Yarvi. *Die Wut des Narren macht ihn zu ihrem Sklaven*, hatte Mutter Gundring ihm einmal gesagt. *Die Wut des Weisen ist sein Werkzeug.* »Hurik. Du trittst für mich ein.«

Schweigen erhob sich, und alle Augen wandten sich zum Wahlschild der Königin; dieser saß riesig und schweigend auf dem geschnitzten Stuhl, der ihn als einen der ehrenvollsten Krieger Gettlands auswies, und die breite Narbe auf seiner Wange wurde dort, wo sie in seinem Bart verschwand, geradezu weiß.

»Mein König«, grollte er, als er aufstand und einen Arm durch die verhedderten Riemen des am Boden liegenden Schildes schob. Yarvi reichte ihm sein Übungsschwert. In Huriks großer, vernarbter Faust sah es wie ein Spielzeug aus. Mit knirschenden Schritten trat er Keimdal gegenüber, der plötzlich wirklich wie sechzehn aussah. Hurik duckte sich, grub die Stiefel leicht in den Sand, dann zeigte er die Zähne und stieß ein kämpferisches Knurren aus, tief und bebend, das lauter und lauter wurde, bis der ganze Kampfplatz davon erzitterte, und Yarvi sah, wie sich Keimdals Augen vor Angst und Unsicherheit weiteten, so wie er sich das gerade erträumt hatte.

»Fangt an«, sagte er.

Dieser Gang war noch schneller zu Ende als der erste, aber hier konnte niemand von einem gnädigen Ausgang sprechen. In der Tat, Keimdal hielt sich wirklich wacker, aber Hurik fing seinen Schlag mit seinem Schwert so hart ab, dass die hölzernen Klingen gegeneinander krachten, und dann schoss er schnell wie eine Schlange auf ihn zu und trat ihm die Füße weg. Der Junge stieß einen Schrei aus, als er fiel, aber nur, bis Huriks Schildrand ihn mit einem hohlen Krachen über dem Auge erwischte und ihn halb bewusstlos schlug. Hurik runzelte die Stirn, als er vortrat, seinen Stiefel auf Keimdals Schwerthand setzte und mit dem Absatz zutrat. Keimdal stöhnte. Die eine Hälfte seines verzerrten Gesichts war mit Sand bekleistert, die andere mit Blut verschmiert, das aus der Platzwunde an der Stirn lief.

Die Mädchen wären wahrscheinlich anderer Ansicht gewesen, aber Yarvi war überzeugt, dass Keimdal nie besser ausgesehen hatte.

Er warf den Kriegern nun einen brennenden Blick zu, mit dem seine Mutter Sklaven bedachte, die ihr Missfallen erregt hatten. »Ein Punkt für mich«, sagte er, trat über Keimdals Schwert, das auf dem Sand lag, hinweg und ging hocherhobenen Hauptes vom Platz, wobei er einen Weg wählte, der Meister Hunnan zwang, hastig einen Schritt zur Seite zu machen.

»Das war nicht sehr großmütig, mein König«, sagte Onkel Odem, der nun an seine Seite trat und mit ihm Schritt hielt. »Aber recht vergnüglich.«

»Schön, dass ich dich zum Lachen bringen konnte«, brummte Yarvi.

»Viel mehr als das, denn ich bin stolz auf dich.«

Yarvi warf ihm einen Seitenblick zu und sah, dass sein Onkel ihn erwiderte, ruhig und gelassen. Er war stets so ruhig und gelassen wie frisch gefallener Schnee.

»Glorreiche Siege bieten Stoff für schöne Lieder, Yarvi, aber die weniger glorreichen sind nicht schlechter, wenn die Barden erst einmal mit ihnen fertig sind. Glorreiche Niederlagen hingegen sind einfach nur Niederlagen.«

»Auf dem Schlachtfeld gibt es keine Regeln«, sagte Yarvi, der sich an etwas erinnerte, das ihm sein Vater einmal gesagt hatte, als er betrunken gewesen war und keine Lust mehr gehabt hatte, seine Hunde anzuschreien.

»Genau.« Odem legte seine starke Hand auf Yarvis Schulter, und Yarvi fragte sich, wie viel glücklicher sein Leben hätte verlaufen können, wenn sein Onkel sein Vater gewesen wäre. »Ein König muss gewinnen. Alles andere spielt keine Rolle.«

Zwischen Göttern und Menschen

»Mutter Sonne und Vater Mond, lasst euer goldenes und silbernes Licht herniederscheinen auf diese Vereinigung von Yarvi, Laithlins Sohn, und Isriun, Odems Tochter …«

Die hoch aufragenden Statuen der sechs Hohen Götter starrten finster mit ihren gnadenlosen Granataugen auf die Versammelten herab. Über ihnen schimmerten in kleinen Nischen rund um die Dachkuppel die Bernsteinfiguren der Kleinen Götter. Sie alle fällten ihr Urteil über Yarvis Wert und kamen vermutlich genau wie er zu dem schrecklichen Schluss, dass von Wert überhaupt keine Rede sein konnte.

Er krümmte die verwachsene Hand und versuchte, sie noch weiter in den Ärmel zu ziehen. Jeder in der Götterhalle wusste, was am Ende dieses Armes saß. Oder vielmehr, was da fehlte.

Trotzdem versuchte er, es zu verstecken.

»Mutter Meer und Vater Erde, lasset ihnen eure Ernten zuteilwerden und eine Fülle von Gaben, sendet ihnen Wetterglück und Waffenglück …«

In der Mitte der Halle stand der Schwarze Thron auf seinem Podest. Er war ein Albenrelikt aus der Zeit vor dem Bruch der Göttin, unglaublich filigran und unglaublich solide, und er hatte in den endlosen Jahren keinen einzigen Kratzer abbekommen. Der Sitz der Könige, zwischen Göttern und Menschen. Viel zu hoch, als dass ein elendes Wesen wie Yarvi darauf hätte Platz nehmen können. Er fühlte sich nicht einmal würdig, ihn anzusehen.

»Mutter Krieg und Vater Friede, verleihet ihnen die Stärke, dem zu begegnen, was ihnen das Schicksal bringen mag …«

Er hatte sich darauf eingestellt, Gelehrter zu werden. Dass er deswegen auf eine Frau und auf Kinder würde verzichten müssen, darauf hatte er nicht einmal einen Gedanken verschwendet. Was Zärtlichkeiten anging, hatte er allenfalls davon träumen dürfen, im Anschluss an die bestandene Prüfung eine runzlige Wange von Großmutter Wexen zu küssen. Und jetzt sollte er sein Leben – oder vielmehr das, was als Leben durchging – mit einem Mädchen teilen, das er so gut wie gar nicht kannte.

Isriuns Handfläche fühlte sich feucht an. Das Heilige Tuch lag in einem unordentlichen Bündel über ihren ineinander verschlungenen Händen. Sie hielten sich gegenseitig fest, zusammengebunden und aneinandergedrängt durch die Wünsche ihrer Eltern, verbunden durch die Bedürfnisse Gettlands, und dennoch fühlte es sich an, als ob zwischen ihnen ein unüberbrückbarer Abgrund klaffte.

»Oh, Jener-der-den-Samen-keimen-lässt, sorge für gesunden Spross …«

Yarvi wusste genau, was jeder der Anwesenden dachte: *Und nicht für verkrüppelten Spross. Nicht für einhändigen.* Verstohlen sah er zu dem kleinen, gelbhaarigen Mädchen an seiner Seite, das eigentlich die Frau seines Bruders hätte werden sollen. Isriun sah verängstigt aus und ein bisschen so, als ob ihr übel war. Aber wer hätte ihr das verübeln wollen, wo sie doch einen halben Mann heiraten sollte?

Diese ganze Sache war für alle die zweite Wahl. Ein Feiertag, an dem alle Trauer trugen. Ein tragischer Kompromiss.

»Oh, Jene-die-über-die-Schlösser-wacht, lasse ihren Hausstand sicher sein …«

Nur Brinyolf der Segensweber hatte wirklich Spaß. Er hatte schon bei Isriuns Verlobung mit Yarvis Bruder einen langatmigen Segen gesponnen und bekam nun – zu seinem

Entzücken, wenn auch nicht zu ihrem – unverhofft die Gelegenheit, einen zweiten vorzutragen. Seine Stimme dröhnte weiter, rief die Hohen und die Kleinen Götter an, ihren Feldern Fruchtbarkeit zu schenken, für gehorsame Sklaven zu sorgen, und selbst eine Bitte um regelmäßigen Stuhlgang hätte vermutlich niemanden überrascht. Yarvi ließ die Schultern hängen, die unter einem der schweren Pelze, die sein Vater immer gern getragen hatte, fast verschwanden, und ihm graute vor der Länge von Brinyolfs Segen bei der eigentlichen Hochzeit.

»Oh, Jene-mit-dem-Wasserkrug, gieße Wohlstand aus über dieses königliche Paar, über seine Eltern und seine Untertanen und über ganz Gettland!«

Der Segensweber trat zurück und lächelte selbstzufrieden wie ein frischgebackener Vater, wobei sein Kinn in der darunter befindlichen Speckrolle verschwand.

»Ich will mich kurz fassen«, sagte Mutter Gundring und warf Yarvi dabei einen kaum wahrnehmbaren, wissenden Blick zu. Er lachte unterdrückt auf, dann bemerkte er, wie ihn seine Mutter ansah, kalt wie die Wintersee, und prompt musste er ein zweites Lachen unterdrücken.

»Ein Königreich ruht auf zwei Säulen«, sprach die alte Gelehrte. »Wir haben bereits einen starken König.« Niemand lachte. Bemerkenswert, diese Selbstbeherrschung. »Schon bald werden wir, so es der Wille der Götter ist, auch eine starke Königin haben.« Yarvi sah, wie Isriuns blasse Kehle leicht bebte, als sie schluckte.

Mutter Gundring gab nun Yarvis Mutter und seinem Onkel Odem – dem Einzigen, der darüber glücklich schien, dieser Zeremonie beizuwohnen – das Zeichen, vorzutreten und der Verbindung ihren Segen zu geben, indem sie ihre Hände auf das Stoffbündel legten. Dann hob sie mit Mühe ihren Stab, dessen Röhren und Stäbe aus demselben Albenmetall gefertigt waren wie der schimmernde Schwarze Thron, und rief laut: »Sie sind einander versprochen!«

Und so war es denn getan. Isriun war nicht um ihre Meinung gefragt worden, Yarvi auch nicht. Offenbar bestand wenig Interesse an der Meinung von Königen. Jedenfalls nicht diesen. Das Publikum, das aus hundert oder noch mehr Menschen bestand, rang sich zu höflichem Applaus durch. Die Männer – die Oberhäupter einiger der wichtigsten Familien Gettlands, deren Schwertgriffe und Mantelspangen mit Gold besetzt waren – schlugen sich zum Zeichen ihrer Zustimmung mit den schweren Fäusten auf die breite Brust. Auf der anderen Seite klopften die Frauen, deren Haar vor frischem Öl glänzte und an deren juwelengeschmückten Ketten die Schlüssel ihrer Haushalte hingen, mit den Fingern höflich in die parfümierten Handflächen.

Mutter Gundring löste nun das Heilige Tuch, und Yarvi zog hastig seine gesunde Hand hervor, die klebrig-rosig glänzte und kribbelte. Sein Onkel packte ihn an den Schultern und raunte ihm ins Ohr: »Gut gemacht!« Dabei hatte Yarvi weiter nichts getan, als dazustehen und ein paar Gelübde zu singen, deren Sinn er kaum begriff.

Die Gäste verließen die Halle, und dann schloss Brinyolf mit einem hallenden Krachen die Türen. Yarvi und Isriun blieben allein zurück mit den Göttern, dem Schwarzen Thron, dem lastenden Gewicht ihrer unsicheren Zukunft und einem Meer unbeholfenen Schweigens.

Isriun massierte sich sanft die Hand, mit der sie Yarvis festgehalten hatte, und sah zu Boden. Er guckte in dieselbe Richtung, obwohl es dort nun wirklich nichts besonders Spannendes zu betrachten gab. Dann räusperte er sich. Rückte seinen Schwertgurt zurecht, der dann aber trotzdem nicht richtig sitzen wollte. Ihm kam es vor, als ob dieses Ding das nie tat. »Es tut mir leid«, murmelte er schließlich.

Sie sah auf, und ein Auge schimmerte in der schweren Dunkelheit. »Was tut dir leid?« Dann fiel ihr offenbar etwas ein, und sie fügte mit unsicherer Stimme hinzu: »Mein König?«

Beinahe hätte er gesagt: *Dass du nur einen halben Mann zum Gatten bekommst.* Stattdessen wich er aus. »Dass du in meiner Familie wie ein Kelch am Feiertag herumgereicht wirst.«

»Am Feiertag ist jeder glücklich, wenn er den Kelch bekommt.« Sie lächelte mit einem Hauch von Bitterkeit. »Ich bin es, der es leidtun sollte. Ich eine Königin, man stelle sich das vor.« Und sie schnaubte, als hätte es nie einen dümmeren Witz gegeben.

»Ich ein König, man stelle sich das vor.«

»Du bist ein König.«

Er blinzelte, als sie das sagte. Er hatte sich so sehr auf seine eigenen Unzulänglichkeiten konzentriert, dass ihm gar nicht erst der Gedanke gekommen war, sie könnte an sich selbst ebenso viel auszusetzen haben. Wie es oft der Fall ist, wenn man vom Elend anderer erfährt, sorgte dieser Gedanke dafür, dass er sich ein kleines bisschen besser fühlte.

»Du führst den Haushalt deines Vaters.« Er sah auf den goldenen Schlüssel, der ihre Brust zierte. »Das ist doch keine leichte Aufgabe.«

»Aber eine Königin kümmert sich um die Belange eines ganzen Landes! Jeder sagt, dass deine Mutter eine wahre Künstlerin ist, was das angeht. Laithlin, die Goldene Königin!« Sie sprach den Namen wie eine Beschwörung aus. »Es heißt, dass man ihr Tausende und Abertausende Gefallen schuldet, und dass eine Schuld für sie Ehrensache ist. Es heißt, ihr Wort wird bei Kaufleuten höher geschätzt als Gold, weil Gold im Wert sinken kann, ihr Wort aber nie. Es heißt, dass es im äußersten Norden Händler gibt, die nicht länger die Götter anbeten, sondern sie.« Isriun sprach immer schneller, kaute an ihren Nägeln und fummelte mit einer dünnen Hand nervös an der anderen herum, die Augen weit aufgerissen. »Es gibt ein Gerücht, laut dem sie silberne Eier legt.«

Das brachte Yarvi zum Lachen. »Ich bin mir ziemlich sicher, dass zumindest das nicht stimmt.«

»Aber sie hat Kornspeicher errichten und Kanäle graben und mehr Boden denn je umpflügen lassen, damit es nie wieder eine Hungersnot gibt, bei der die Menschen Lose ziehen müssen, um zu entscheiden, wer sich ein neues Zuhause jenseits des Meeres suchen muss.« Isriuns Schultern hoben sich, während sie sprach, bis sie beinahe ihre Ohren erreichten. »Und die Menschen strömen aus aller Welt nach Thorlby, um Handel zu treiben, sodass die Stadt heute dreimal so groß ist wie früher und ihre Mauern sprengte, bis deine Mutter neue Mauern errichten ließ, über die sie nun auch schon wieder hinausgewachsen ist.«

»Ja, das ist wahr, aber ...«

»Ich habe gehört, dass sie einen großen Plan hegt, alle Münzen von ein und demselben Gewicht prägen zu lassen, und wenn dann diese Münzen in alle Lande am Ufer der Bruchsee getragen werden, wird jeder Handel mit ihrem Gesicht geschlossen, und damit wird sie reicher sein als selbst der Hochkönig in Skekenheim! Wie soll ... *ich* ...?« Isriuns Schultern sanken wieder, sie spielte fahrig mit dem Schlüssel auf ihrer Brust und ließ ihn an seinem Kettchen hin und her schwingen. »Wie könnte jemand wie *ich* ...«

»Es gibt immer einen Weg.« Yarvi nahm Isriuns Hand, bevor sie ihre kaum noch vorhandenen Nägel wieder mit ihren Zähnen attackieren konnte. »Meine Mutter wird dir helfen. Sie ist doch deine Tante, oder nicht?«

»*Sie* und mir helfen?« Ihre Hand zuckte nicht zurück, sie zog ihn vielmehr näher an sich heran. »Dein Vater mag ein großer Krieger gewesen sein, aber ich glaube, von deinen Eltern war er derjenige, den man weniger fürchten musste.«

Yarvi lächelte, stritt es aber nicht ab. »Du hattest mehr Glück. Mein Onkel ist stets so ruhig wie ein stilles Wasser.«

Isriun sah unruhig zur Tür. »Du kennst meinen Vater nicht, wie ich ihn kenne.«

»Dann ... werde ich dir helfen.« Den halben Vormittag hatte er ihre Hand festgehalten und hätte dabei genauso einen toten Fisch an seiner klammen Handfläche spüren können. Jetzt fühlte es sich ganz anders an – stark und kühl und sehr lebendig. »Ist das nicht der Sinn einer Ehe?«

»Nicht nur das.« Plötzlich schien sie sehr nahe, das Kerzenlicht tanzte in ihren Augenwinkeln, und ihre Zähne blitzten zwischen den leicht geöffneten Lippen.

Sie hatte einen ganz eigenen Geruch an sich, nicht süß und auch nicht bitter; Yarvi konnte ihn nicht genau bezeichnen. Er war nur ganz leicht wahrzunehmen, aber er ließ sein Herz klopfen.

Er wusste nicht, ob er die Augen schließen sollte, aber dann tat sie das, und er machte es nach, und dann stießen ihre Nasen ungeschickt aneinander.

Ihr Atem kitzelte seine Wange, und seine Haut wurde heiß. Schrecklich heiß.

Ihre Lippen streiften seine nur ein wenig, da zuckte er wie ein verschrecktes Kaninchen zurück, bekam sein Schwert beim Rückwärtsgehen zwischen die Beine und wäre beinahe gestolpert.

»Entschuldigung.« Sie fuhr ebenfalls zurück und sah wieder zu Boden.

»Ich bin es, der sich entschuldigen sollte.« Für einen König entschuldigte Yarvi sich ziemlich oft. »Es tut mir furchtbar leid. Mein Bruder hat dir sicherlich einen besseren Kuss gegeben. Er hatte wohl auch mehr Übung … nehme ich an.«

»Dein Bruder hat nur ständig von den Schlachten geredet, die er gewinnen würde«, murmelte sie in Richtung ihrer Füße.

»Das ist von mir nicht zu befürchten.« Er hätte nicht sagen können, wieso er das tat – vielleicht, weil er sie schockieren, sich für den misslungenen Kuss rächen oder weil er einfach nur ehrlich sein wollte –, aber plötzlich hielt er seine verkümmerte Hand hoch und schüttelte den Stoff des Ärmels beiseite, sodass sie in aller Hässlichkeit sichtbar wurde.

Er hatte erwartet, dass sie zusammenzucken, blass werden, zurückweichen würde, aber sie sah nur nachdenklich hin. »Tut es weh?«

»Eigentlich nicht ... nur manchmal.«

Sie streckte die Hand aus, ließ ihre Finger über seine knotigen Knöchel gleiten und drückte ihren Daumen gegen die verwachsene Handfläche. Er hielt den Atem an. Niemand hatte seine Hand je so berührt, als ob sie einfach nur ein ganz normaler Teil seines Körpers war, mit Empfindungen wie jeder andere.

»Ich habe gehört, dass du Keimdal auf dem Kampfplatz trotzdem besiegt hast«, sagte sie.

»Ich habe nur einen Befehl gegeben. Schon vor langer Zeit habe ich gelernt, dass ich in einem fairen Kampf nicht viel nütze bin.«

»Ein Krieger kämpft«, sagte sie und sah ihm offen ins Gesicht. »Ein König befiehlt.« Mit einem Lächeln zog sie ihn auf die erhöhte Plattform. Er folgte ihr zögernd. Es mochte sein Thronsaal sein, aber er fühlte sich mit jedem Schritt mehr wie ein Eindringling, der hier nichts zu suchen hatte.

»Der Schwarze Thron«, raunte er, als sie direkt davor standen.

»Dein Thron«, sagte Isriun, und zu seinem Entsetzen ließ sie ihre Fingerspitzen über das perfekte Metall der Armlehne gleiten, und es gab ein zischendes Geräusch, das Yarvi eine Gänsehaut verursachte. »Kaum zu glauben, dass es das älteste Ding in dieser Halle sein soll. Von Albenhänden vor dem Bruch der Welt gemacht.«

»Interessierst du dich für die Alben?«, brachte er mit überschnappender Stimme heraus, voller Angst, dass sie aus einer Laune heraus von ihm verlangen würde, den Thron zu berühren, oder schlimmer noch, sich hineinzusetzen.

»Ich habe jedes Buch über sie gelesen, das Mutter Gundring besitzt«, sagte sie.

Yarvi blinzelte. »Du kannst lesen?«

»Ich wurde einst dafür ausgebildet, eine Gelehrte zu werden. Vor dir war ich Mutter Gundrings Lehrling. Den Pflanzen und Büchern und den leise gesprochenen Worten geweiht.«

»Das hat sie mir nie gesagt.« Offenbar hatten sie mehr gemeinsam, als er sich hatte träumen lassen.

»Dann wurde ich deinem Bruder versprochen, und damit war Schluss mit dem Lernen. Wir müssen tun, was für Gettland am besten ist.«

Sie seufzten beide beinahe gleichzeitig. »Das sagt mir jeder«, erklärte Yarvi. »Also haben wir beide den Gelehrtenkreis verloren.«

»Aber einander gewonnen. Und wir haben das hier bekommen.« Ihre Augen leuchteten, während sie ein letztes Mal über die perfekt geschwungene Armlehne des Schwarzen Throns strich. »Kein übles Hochzeitsgeschenk.« Ihre sanften Fingerspitzen glitten von dem Metall auf seinen Handrücken, und er stellte fest, dass es ihm durchaus gefiel, wenn sie dort lagen. »Wir sollten klären, wann wir heiraten wollen.«

»Sobald ich zurückgekehrt bin«, sagte er mit leicht heiserer Stimme.

Sie drückte seine verkümmerte Hand ein letztes Mal und ließ dann los. »Nach deinem Sieg erwarte ich einen besseren Kuss, mein König.«

Als er ihr hinterhersah, war Yarvi beinahe froh, dass keiner von ihnen dem Gelehrtenkreis beigetreten war. »Ich werde versuchen, nicht wieder über mein Schwert zu stolpern!«, rief er ihr nach, als sie schon an der Tür war.

Sie lächelte ihm über die Schulter zu, als sie hinaustrat, und das Tageslicht ließ ihr helles Haar leuchten. Dann schloss sich die Tür leise hinter ihr. Und Yarvi stand verloren auf dem Podest, gestrandet in diesem leeren, stillen Raum, und seine Zweifel wuchsen plötzlich höher empor als die Hohen Götter über seinem Kopf.

Konnte er wirklich hier sitzen, zwischen Göttern und Menschen? Er, der es kaum über sich brachte, dieses Ding mit seiner verkrüppelten Hand zu berühren? Er zwang sich dazu, sie auszustrecken, und sein Atem ging flach und schnell. Zwang sich, seine eine, bebende Fingerspitze auf das Metall zu legen.

Es war sehr kalt und sehr hart. Genau so, wie ein König sein muss.

Genau so, wie Yarvis Vater es gewesen war, als er noch mit dem Königskreis auf seiner gefurchten Stirn hier zu sitzen pflegte. Seine vernarbten Hände hatten die Armlehnen gepackt, den Knauf seines Schwertes stets in Griffweite. Das Schwert, das nun an Yarvis Gürtel hing und mit seinem ungewohnten Gewicht an ihm zog.

Ich habe nicht um einen halben Sohn gebeten.

Yarvi wich vor dem leeren Thron zurück, würdeloser noch als damals, als sein Vater dort gesessen hatte. Es zog ihn nicht zu den Türen der Götterhalle und der draußen wartenden Menge, sondern zur Statue von Vater Friede, und er drückte sich gegen den Stein und schob seine Finger in die Spalte hinter dem riesigen Bein des Schutzpatrons der Gelehrten. Geräuschlos schwang die Geheimtür auf, und wie ein Dieb, der vom Ort seines Verbrechens flieht, verschwand Yarvi in der dahinter lauernden Schwärze.

In der Zitadelle gab es überall Geheimgänge, aber nirgendwo so viele wie in der Götterhalle. Unter ihrem Boden, in den Wänden, sogar in der Dachkuppel gab es tunnelartige Gänge. Die Gelehrten der alten Zeit hatten sie benutzt, um den Willen der Götter mittels eines kleinen Wunders anzuzeigen – Federn, die herabfielen, oder Rauch, der plötzlich hinter einer Statue aufstieg. Einmal war Blut auf die widerstrebenden Krieger Gettlands getropft, als der König zum Krieg rief.

Die Tunnel waren dunkel und voller Geräusche, aber Yarvi fürchtete sich nicht. Sie waren schon lange sein Revier. Hier in der Dunkelheit hatte er sich vor dem brennenden Zorn seines Vaters verborgen. Vor der schmerzhaften Liebe seines Bruders. Vor der kühlen Enttäuschung seiner Mutter. Er wusste, wie er von einer Seite der Zitadelle zur anderen gelangen konnte, ohne nur einmal ans Licht zu treten.

Hier kannte er alle Wege, wie es einem guten Gelehrten zukam.

Hier war er sicher.

Tauben

Der Taubenschlag befand sich oben in einem der höchsten Türme der Zitadelle. Vom Taubendreck vieler Jahrhunderte war er inzwischen innen und außen weiß gestreift, und durch seine vielen Fenster fuhr beständig ein kühler Wind.

Als Lehrling Mutter Gundrings war es Yarvis Aufgabe gewesen, die Tauben zu füttern. Sie zu füttern und ihnen die Nachrichten beizubringen, die sie vortragen sollten – um ihnen dann zuzusehen, wie sie in den Himmel flatterten, um anderen Gelehrten entlang den Ufern der Bruchsee Nachrichten, Angebote und auch Drohungen zu überbringen.

Von den vielen Käfigen, die sich an den Wänden reihten, sahen sie nun auf ihn herab, die Tauben und ein großer Adler mit bronzefarbenem Gefieder, der wohl eine Nachricht vom Hochkönig in Skekenheim überbracht haben musste. Der Hochkönig war nun der einzige in den Landen rund um die Bruchsee, der das Recht hatte, Ansprüche an Yarvi zu stellen. Und dennoch saß der frischgebackene König von Gettland hier vor der taubendreckbefleckten Wand, pulte am Nagel des Fingers seiner verkümmerten Hand und fühlte sich begraben unter einem Berg von Ansprüchen, die er niemals würde erfüllen können.

Ja, er war schon immer schwach gewesen, aber er hatte sich noch nie so völlig machtlos gefühlt wie jetzt, da man ihn zum König gemacht hatte.

Er hörte schlurfende Schritte auf der Treppe, und Mutter

Gundring duckte sich schwer atmend unter dem Türsturz hindurch.

»Ich dachte schon, du würdest nie kommen«, sagte Yarvi.

»Mein König«, antwortete die alte Gelehrte, als sie wieder zu Atem gekommen war, »man hat dich draußen vor der Götterhalle erwartet.«

»Sind denn die Tunnel nicht dafür da, um dem König einen Fluchtweg zu bieten?«

»Zum Schutz vor bewaffneten Feinden. Eher nicht vor deiner Familie, deinen Untertanen oder gar deiner zukünftigen Braut.« Sie sah zur gewölbten Decke des Turms empor, die mit Darstellungen der Götter in Vogelgestalt geschmückt war, welche in einen leuchtenden Himmel hinaufschwebten. »Wolltest du wegfliegen?«

»Nach Catalia vielleicht, oder ins Land der Alyuken, oder den Göttlichen Fluss nach Kalyiv hinauf.« Yarvi zuckte die Achseln. »Aber ich habe keine zwei gesunden Hände, ganz zu schweigen von zwei gesunden Flügeln.«

Mutter Gundring nickte. »Letztlich müssen wir sein, was wir eben sind.«

»Und was bin ich?«

»Der König von Gettland.«

Er schluckte nun, wohl wissend, wie enttäuscht sie von ihm sein musste. Wie enttäuscht er selbst war. In den Liedern krochen große Könige selten in dunkle Ecken, um sich vor ihrem eigenen Volk zu verstecken. Als er den Kopf abwandte, fiel sein Blick auf den Adler, der riesenhaft und ruhig in seinem Käfig saß.

»Großmutter Wexen hat eine Nachricht gesandt?«

»Eine Nachricht«, wiederholte eine der Tauben mit ihrer krächzenden, nachäffenden Stimme. »Eine Nachricht, eine Nachricht.«

Mutter Gundring sah mit gerunzelter Stirn zu dem Adler hinüber, der noch immer so still dasaß, als sei er ausgestopft.

»Er kam vor fünf Tagen aus Skekenheim. Großmutter Wexen ließ durch ihn anfragen, wann du zu deiner Prüfung erscheinen würdest.«

Yarvi erinnerte sich an das eine Mal, dass er die Erste der Gelehrten gesehen hatte, ein paar Jahre zuvor, als der Hochkönig nach Thorlby gekommen war. Der Hochkönig war ihm als grimmiger, gieriger alter Mann erschienen, der wegen jeder Kleinigkeit beleidigt war. Yarvis Mutter war es anheimgefallen, ihn zu besänftigen, wenn sich jemand nicht auf die Art verbeugte, die ihm gefiel. Yarvis Bruder hatte darüber gelacht, dass ein so schwächlicher kleiner Mann mit dünnem Haar tatsächlich über die Bruchsee herrschen sollte, aber sein Lachen erstarb, als er sah, wie viele Krieger ihm folgten. Yarvis Vater hatte getobt, weil der Hochkönig Geschenke annahm, selber aber keine überreichte. Mutter Gundring hatte mit der Zunge geschnalzt und gesagt: *Je reicher ein Mann, desto mehr giert er nach Reichtum.*

Großmutter Wexen hatte ihren angestammten Platz an der Seite des Hochkönigs kaum verlassen und dabei stets wie ein freundliches Mütterchen gelächelt. Als Yarvi vor ihr niederkniete, hatte sie seine verkrüppelte Hand betrachtet, sich zu ihm hinuntergebeugt und ihm zugeraunt: *Mein Prinz, hast du schon einmal darüber nachgedacht, einen Platz im Gelehrtenkreis einzunehmen?* Und ganz kurz hatte er ein hungriges Leuchten in ihren Augen wahrgenommen, das ihm mehr Angst eingejagt hatte als die grimmigen Krieger des Hochkönigs.

»So viel Interesse seitens der Ersten der Gelehrten?«, murmelte er und schluckte, um die Erinnerung an die Angst von damals zu verdrängen.

Mutter Gundring zuckte die Achseln. »Es kommt nicht oft vor, dass ein Prinz von königlichem Geblüt zum Gelehrtenkreis stößt.«

»Zweifelsohne wird sie ebenso enttäuscht sein wie alle anderen, dass ich stattdessen auf den Schwarzen Thron steigen werde.«

»Großmutter Wexen ist weise genug, um das Beste aus dem zu machen, was ihr die Götter senden. So, wie wir alle es tun müssen.«

Yarvis Augen glitten auf der Suche nach Ablenkung über die übrigen Käfige. So gnadenlos sie waren, die Blicke der Vögel waren leichter zu ertragen als die seiner enttäuschten Untertanen.

»Welche Taube brachte die Nachricht von Grom-gil-Gorm?«

»Ich habe sie nach Vansterland zurückgeschickt. Zu seiner Gelehrten, Mutter Scaer, um das Einverständnis deines Vaters zu Verhandlungen zu überbringen.«

»Wo sollte dieses Treffen stattfinden?«

»An der Grenze nahe der Stadt Amwend. Dein Vater ist dort nie angekommen.«

»Also geriet er noch in Gettland in einen Hinterhalt?«

»So scheint es.«

»Es sieht meinem Vater so gar nicht ähnlich, dass er versessen darauf war, einen Krieg zu beenden.«

»Krieg«, krächzte eine der Tauben. »Krieg beenden.«

Mutter Gundring sah missmutig auf den grau befleckten Boden. »Ich riet ihm dazu. Der Hochkönig hat befohlen, dass alle Schwerter in ihren Scheiden bleiben, bis sein neuer Tempel für die Eine Göttin vollendet ist. Nie wäre mir eingefallen, dass jemand ein heiliges Wort brechen würde, nicht einmal ein Wilder wie Grom-gil-Gorm.« Sie ballte die Faust, als wollte sie selbst zuschlagen, dann streckte sie die Finger langsam wieder aus. »Es ist die Aufgabe der Gelehrten, Vater Friede den Weg zu ebnen.«

»Aber hatte mein Vater keine Männer bei sich? Hatte er …«

»Mein König.« Mutter Gundring sah ihn unter ihren Brauen an. »Wir müssen nach unten gehen.«

Yarvi schluckte, und sein Magen schien zu rebellieren, bis ihm der saure Speichel in den Mund stieg. »Ich bin noch nicht bereit.«

»Das ist man nie. Dein Vater war es auch nicht.«

Yarvi gab nun einen Laut von sich, der halb zwischen Lachen und Schluchzen lag, und wischte sich mit seiner krummen Hand die Tränen ab. »Hat mein Vater geweint, nachdem er meiner Mutter versprochen wurde?«

»Tatsächlich tat er das«, sagte Mutter Gundring. »Einige Jahre lang. Sie hingegen …«

Unwillkürlich stieg ein Lachen in Yarvi auf. »Meine Mutter ist mit ihren Tränen noch geiziger als mit Gold.« Er sah zu der Frau auf, die seine Lehrerin gewesen war und nun seine Gelehrte sein würde, zu dem Gesicht mit seinen gütigen Runzeln, den sorgenvoll dreinblickenden Augen, und ihm wurde bewusst, dass er geflüstert hatte: »Du warst wie eine Mutter zu mir.«

»Und du warst für mich wie ein Sohn. Es tut mir leid, Yarvi. Alles tut mir leid, aber … darin liegt der allgemein größte Nutzen.«

»Das kleinere Übel.« Yarvi fummelte mit seinem Fingerstumpf herum und blinzelte zu den Vögeln empor. Zu den vielen Tauben und dem Adler. »Wer wird sie denn jetzt füttern?«

»Ich werde jemanden finden.« Mutter Gundring bot ihm ihre knochige Hand, um ihm aufzuhelfen. »Mein König.«

Versprechen

Es war eine große Sache.

Viele mächtige Familien, die in den entlegenen Gebieten Gettlands lebten, würden zürnen, dass die Nachricht von König Uthriks Tod sie kaum erreicht hatte, als er auch schon eingeäschert wurde, und ihnen daher die Möglichkeit versagt blieb, durch ihr Erscheinen ihre Wichtigkeit bei einem Ereignis zu bekunden, das lange in Erinnerung bleiben würde.

Der allmächtige Hochkönig auf seinem hohen Thron in Skekenheim würde zweifelsohne wenig begeistert sein, dass an ihn keine Einladung ergangen war, von der allwissenden Großmutter Wexen an seiner Seite gar nicht zu reden, wie Mutter Gundring zu bedenken gab. Aber Yarvis Mutter presste durch die zusammengebissenen Zähne hervor: »Ihr Zorn ist Staub für mich.« Möglich, dass Laithlin keine Königin mehr war, aber es gab kein anderes Wort, das sie besser bezeichnet hätte, und Hurik hielt sich weiterhin massig und schweigend an ihrer Seite, auf immer ihr getreu zu Diensten. Wenn sie etwas sagte, war die betreffende Sache schon so gut wie getan.

Die Prozession schritt von der Götterhalle über den Hof der Zitadelle, über Gras, das der Schauplatz von Yarvis zahlreichen Blamagen gewesen war, und vorbei an der großen Zeder, die er niemals würde erklettern können, wie ihm sein Bruder immer wieder voller Spott vor Augen gehalten hatte.

Yarvi ging natürlich voran, im wahrsten Sinn des Wortes im Schatten seiner Mutter, die neben ihm dahinschritt und ihn ein wenig überragte, während Mutter Gundring ihnen auf ihren Stab gestützt mit Mühe folgte. Onkel Odem führte das Gefolge des Königs an, Krieger und Frauen in Festgewändern. Die Sklaven mit ihren klappernden Halseisen kamen als Letzte, den Blick zu Boden gerichtet, so wie es sich gehörte.

Yarvi sah nervös nach oben, als sie durch den einzigen Eingang schritten, der in die Zitadelle führte. Über ihm schimmerte in der Dunkelheit die untere Kante des Schreienden Tores, das binnen weniger Augenblicke heruntergelassen werden konnte, um die Zitadelle gegen Feinde zu verteidigen. Es hieß, dass es nur ein einziges Mal benutzt worden war, und zwar schon lange vor Yarvis Zeit, aber wie jedes Mal schluckte er trotzdem, als er darunter entlangging. Ein Berg aus poliertem Kupfer, der nur an einem einzigen Bolzen hing, machte eben doch ein wenig nervös.

Vor allem, wenn man kurz davor stand, die Hälfte seiner Familie dem Feuer zu überantworten.

»Du hältst dich wacker«, flüsterte Onkel Odem ihm ins Ohr.

»Ich gehe einfach.«

»Du gehst wie ein König.«

»Ich bin ein König und ich gehe. Wie könnte es also anders sein?«

Odem lächelte dazu. »Gut gesprochen. Mein König.«

Über die Schulter seines Onkels sah Yarvi, dass auch Isriun ihn anlächelte, und die Fackel, die sie trug, ließ ihre Augen ebenso glänzen wie die Kette um ihren Hals. Schon bald würde der Schlüssel zur Schatzkammer von Gettland daran hängen, und sie würde Königin sein. *Seine* Königin. Der Gedanke gab ihm trotz aller Ängste Hoffnung wie ein Funke, der die Dunkelheit durchdrang.

Mit ihren Fackeln bildeten sie eine Schlange aus Lichtern in der heraufziehenden Düsternis, obwohl der Wind die Hälfte der Flammen bereits ausgeblasen hatte, als die Prozession durch die Stadttore geschritten war und den kahlen Berghang erreichte.

Das Schiff des Königs, das beste in Thorlbys geschäftigem Hafen, das auf jeder Seite zwanzig Ruder besaß sowie einen hohen Bug und einen hohen Steven, ebenso aufwendig mit Schnitzereien verziert wie die Einrichtung der Götterhalle, wurde von besonders verdienten Kriegern auf den ausgewählten Platz in den Dünen gezogen. Der Kiel zog knirschend eine tiefe Furche in den Sand. Es war das Schiff, mit dem König Uthrik über die Bruchsee zu seinem berühmten Angriff auf Sagenmark gefahren war. Das Schiff, das unter der Last von Sklaven und Beute tief im Wasser gelegen hatte, als er siegreich zurückgekehrt war.

Auf Deck lagen die bleichen Körper des Königs und seines Erben auf einer Bahre aus besten Schwertern, denn Uthriks Ruf als Krieger war nur noch von dem seines toten Bruders Uthil übertroffen worden. All das zeigte Yarvi aber lediglich, dass große Krieger auch nicht besser starben als andere Leute.

Dafür jedoch meistens schneller.

Reiche Gaben waren rund um die Toten gelegt und dabei so angeordnet worden, wie es die Götter nach Ansicht des Segenswebers am meisten schätzten. Waffen und Rüstungen, die der König in seinen Schlachten errungen hatte. Armreife aus Gold, Münzen aus Silber. Aufgetürmte, funkelnde Schätze. Yarvi steckte seinem Bruder einen juwelenbesetzten Kelch in die Fäuste, und seine Mutter legte einen Mantel aus weißem Pelz um die Schultern des toten Königs, sie bettete ihm eine Hand auf die Brust und verharrte so, mit zusammengebissenen Zähnen auf ihn hinabblickend, bis Yarvi sagte: »Mutter?«

Sie drehte sich wortlos um und führte ihn zu den Sitzen am Berg, während der Seewind in das braune Gras fuhr und es um ihre Beine wogen ließ. Yarvi rutschte hin und her, um auf dem harten, hohen Sitz eine halbwegs bequeme Position zu finden, während rechts von ihm reglos seine Mutter stand, Hurik wie ein riesiger Schatten hinter ihr, und links von ihm Mutter Gundring auf einem Hocker kauerte, den Stab in der knochigen Faust. Der Schein der flackernden Fackeln tanzte auf dem Albenmetall, als ob es lebendig sei.

Yarvi saß zwischen seinen Müttern. Eine, die an ihn glaubte. Eine, die ihn geboren hatte.

Mutter Gundring beugte sich zu ihm und sagte leise: »Es tut mir leid, mein König. Das hier habe ich nicht für dich gewünscht.«

Yarvi durfte jetzt keine Schwäche zeigen. »Wir alle müssen das Beste aus dem machen, was uns die Götter senden«, sagte er. »Das gilt auch für Könige.«

»Vor allem für Könige«, stieß seine Mutter hervor und gab das Zeichen.

Zwei Dutzend Pferde wurden mit laut auf Deck schlagenden Hufen auf das Schiff geführt und dort geschlachtet, sodass ihr Blut über die Planken strömte. Alle waren sich einig, dass Frau Tod König Uthrik und seinen Sohn mit allem Respekt durch das Letzte Tor führen würde, und sie würden unter den Toten hoch geachtet werden.

Onkel Odem trat vor, bevor sich die Reihen der kampfbereiten Krieger am Strand schlossen, und er hielt eine Fackel in der Hand. Mit seinem silbernen Kettenpanzer, dem Flügelhelm und dem flatternden roten Mantel sah er tatsächlich aus wie der Sohn, der Bruder und der Onkel von Königen. Er nickte Yarvi feierlich zu, und Yarvi erwiderte die Geste; dann spürte er, wie seine Mutter seine rechte Hand ergriff und fest drückte.

Odem hielt die Fackel nun an das pechgetränkte Brennholz. Die Flammen leckten am Schiffsrumpf, und im Handumdrehen brannte es lichterloh. Nun wehte ein trauerndes Seufzen von der Menge heran – von den Hochwohlgeborenen und Reichen oben auf den hohen Terrassen vor den Mauern der Stadt, von den Handwerkern und Kaufleuten in den Stadtteilen darunter, von den Ausländern und Bauern, die noch weiter unten am Berg lebten, und von den Bettlern und Sklaven, die sich in alle Nischen gedrückt hatten, die ihnen der Wind ließ, jeder Mensch an dem Ort, den die Götter vorsahen.

Und Yarvi musste unwillkürlich schlucken, da ihm plötzlich bewusst wurde, dass sein Vater niemals wiederkehren würde und er wirklich König sein musste, von jetzt an bis zu dem Tag, an dem er selbst brennen würde.

Er saß da, frierend und elend, ein gezogenes Schwert über den Knien, als Vater Mond hervortrat und seine Sternenkinder sich zeigten und die Flammen des brennenden Schiffes, der brennenden Gaben und seiner brennenden Familie die Gesichter der Aberhundert Trauernden erleuchteten. Vereinzelte Lichter zeigten sich, in den steinernen Gebäuden der Stadt, in den armseligen Hütten aus Weidengeflecht vor den Mauern und in den Türmen der Zitadelle auf dem Berg. Seiner Zitadelle, obwohl sie ihm stets wie ein Gefängnis erschienen war.

Es bedurfte einer heldenhaften Anstrengung, wach zu bleiben. In der Nacht zuvor hatte er kaum geschlafen, ebenso wenig wie in allen Nächten, seit man ihm den Königskreis aufgesetzt hatte. Ängste lauerten überall in den kalten Schatten der gähnenden Schlafkammer seines Vaters, und nach alter Sitte gab es keine Tür, die er hätte verriegeln können, denn der König von Gettland war eins mit dem Land und dem Volk und durfte nichts vor ihnen verbergen.

Geheimnisse waren, ebenso wie Schlafzimmertüren, ein Vorzug, der glücklicheren Menschen vorbehalten war als Königen.

Eine Prozession stolzer Männer in voller Kriegsmontur und stolzer Frauen mit polierten Schlüsseln – Leute, von denen einige König Uthrik zu Lebzeiten nichts als Ärger gemacht hatten – marschierte an Yarvi und seiner Mutter vorbei, fasste ihre Hände, nötigte ihnen geschmacklose Geschenke auf und sprach in geschwollenen Worten von den großen Taten des hohen Herrn. Sie jammerten, dass es in Gettland nie wieder einen solchen Mann geben werde, und dann fiel ihnen ein, vor wem sie standen, und sie verneigten sich und murmelten »mein König«, während sie sich hinter ihrem Lächeln zweifellos schon überlegten, wie sich aus der Tatsache, dass nun ein einarmiger Schwächling auf dem Schwarzen Thron saß, am besten Nutzen schlagen ließ.

Zwischen Yarvi und seiner Mutter ging nur gelegentlich ein Zischen hin und her. »Sitz aufrecht. Du bist ein König. Entschuldige dich nicht. Du bist ein König. Zieh deine Mantelspange gerade. Du bist ein König. Du *bist* ein König. Du bist ein *König*.« Als ob sie versuchte, entgegen allem Anschein ihn ebenso wie sich selbst und die ganze Welt von diesem Umstand zu überzeugen.

Sie war sicherlich die gewiefteste Händlerin an allen Ufern der Bruchsee, dachte er, aber nicht einmal sie würde in der Lage sein, den Menschen diese Lüge zu verkaufen.

Sie saßen dort, bis die Flammen herunterbrannten und der drachengeschnitzte Kiel in die wirbelnde Glut sank und der erste verwaschene Schimmer der Morgenröte die Wolken färbte, auf der Kupferkuppel der Götterhalle glänzte und die schreienden Seevögel weckte. Dann klatschte seine Mutter in die Hände, und die Sklaven mit den klappernden Halseisen begannen damit, Erde auf den noch rauchenden Scheiterhaufen zu werfen, um einen Grabhügel zu errichten, der sich hoch neben dem von Yarvis Onkel Uthil erhob, den der Sturm verschluckt hatte, und denen von seinem Großvater Brevaer und seinem Urgroßvater Angulf Spaltfuß. Diese grasbewachsenen Buckel säumten die ganze Küste, bis sie sich zwischen den Dünen verloren, untergegangen im Nebel der alten Zeiten, bevor Jene-die-schreibt den Frauen die Gabe der Schrift schenkte und die Gelehrten die Namen der Toten in ihren hohen Büchern festhielten.

Dann zeigte Mutter Sonne ihr blendendes Gesicht und goss Feuer über das Wasser. Bald schon würde der Ebbstrom einsetzen und viele der Schiffe mit sich nehmen, die man auf den Strand gezogen hatte und die mit ihrem scharf geschnittenen Steven so schnell wieder davonsegeln konnten, wie sie gekommen waren, um die Krieger nach Vansterland zu bringen und Rache an Grom-gil-Gorm zu nehmen.

Onkel Odem stieg auf den Hügel, die Faust fest um den Schwertgriff gelegt, und statt seines leichtherzigen Lächelns hatte er das grimmige Gesicht eines Kriegers aufgesetzt.

»Es ist so weit«, sagte er.

Und so erhob sich Yarvi, trat neben seinen Onkel und reckte sein geborgtes Schwert in die Höhe, würgte die Angst hinunter und brüllte so laut er konnte in den Wind: »Ich, Yarvi, Sohn des Uthrik und der Laithlin, König von Gettland, schwöre einen Eid! Ich schwöre einen Sonneneid und einen Mondeid. Ich schwöre vor Jener-die-richtet und Jenem-der-sich-erinnert und Jener-die-den-Knoten-schlingt. Auf dass mein Bruder und mein Vater und meine Vorfahren, die hier begraben liegen, meine Zeugen seien. Auf dass Jener-der-wacht und Jene-die-schreibt meine Zeugen seien. Auf dass ihr alle, die ihr anwesend seid, meine Zeugen seid. Auf dass es mir eine Kette um den Hals sei und ein Stachel des Ansporns in meinem Inneren. Ich werde Rache üben an den Mördern meines Vaters und meines Bruders. Das schwöre ich!«

Die versammelten Krieger klapperten in grimmiger Zustimmung mit den geschwungenen Klingen ihrer Äxte gegen ihre Helme, schlugen die Fäuste gegen die bemalten Schilde und trampelten mit den Stiefeln gegen Vater Erde.

Yarvis Onkel runzelte die Stirn. »Das ist ein schwerer Eid, mein König.«

»Ich mag nur ein halber Mann sein«, sagte Yarvi, der damit kämpfte, das Schwert wieder in die mit Schaffell gefütterte Scheide zu schieben. »Aber ich kann einen ganzen Eid schwören. Die Männer zumindest wussten ihn zu schätzen.«

»Sie sind Gettländer«, sagte Hurik. »Sie schätzen Taten.«

»Ich fand, es war ein guter Schwur.« Isriun stand nahe bei ihnen, und ihr gelbes Haar flatterte im Wind. »Ein Königsschwur.«

Yarvi merkte, wie froh er war, sie hier zu sehen. Am liebsten wäre es ihm gewesen, wenn sonst niemand bei ihnen gewesen wäre, denn dann hätte er sie noch einmal küssen und sich dabei vielleicht geschickter anstellen können. Aber so konnte er nur lächeln und seine halbe Hand zu einem ungeschickten Abschiedsgruß erheben.

Wenn sie sich das nächste Mal wiedersahen, würde Zeit zum Küssen sein.

»Mein König.« Es hatte den Anschein, als ob in Mutter Gundrings Augen, die sonst selbst bei Rauch und Staub und jedem Wetter trocken blieben, Tränen standen. »Mögen dir die Götter Wetterglück und noch besseres Waffenglück bescheren.«

»Sei unbesorgt, meine Gelehrte«, sagte er, »es besteht doch immerhin die Möglichkeit, dass ich überlebe.«

Seine echte Mutter vergoss keine einzige Träne. Sie befestigte lediglich seine Mantelspange, die sich verdreht hatte, aufs Neue und sagte: »Steh aufrecht wie ein König, Yarvi. Sprich wie ein König. Kämpfe wie ein König.«

»Ich bin ein König«, erwiderte er, auch wenn es sich noch so sehr wie eine Lüge anhörte, und seine Kehle schnürte sich zu, als er hinzufügte: »Du wirst stolz auf mich sein.« Als ob er jemals gewusst hätte, wie er das fertigbringen sollte.

Aber er blickte sich noch einmal um, als er davonschritt, sanft vorangeschoben von der Hand seines Onkels, die auf seiner Schulter lag. Die Krieger formten Schlangen aus schimmerndem Stahl und gingen zum Wasser hinunter, und er sah, wie seine Mutter Hurik am Kettenhemd packte und den starken Mann zu sich heranzog.

»Pass auf meinen Sohn auf, Hurik«, hörte er sie mit erstickter Stimme sagen. »Er ist alles, was ich habe.«

Dann kehrte die Goldene Königin mit ihren Wächtern und Bediensteten und ihren vielen Sklaven wieder in die Stadt zurück, und Yarvi schritt durch die farblose Morgendämmerung zu den Schiffen, deren Masten wie ein schwankender Wald vor dem wundfleckigen Himmel standen. Er versuchte so zu gehen, wie sein Vater gegangen war, voller Kampfeslust, obwohl er weiche Knie, eine raue Kehle und rote Augen hatte und sein Herz voller Zweifel war. Noch immer roch er den Rauch.

Er ließ Vater Friede an der Asche weinend zurück und stürzte sich in die eiserne Umarmung von Mutter Krieg.

Männerarbeit

Jede Welle aus dem Leib von Mutter Meer hob ihn leicht an, drehte ihn, zog an seinen durchnässten Kleidern und ließ ihn zucken und sich rühren, als ob er aufzustehen versuchte. Jede zurückfließende Welle schob den Körper weiter über den Strand und ließ ihn wieder liegen, das Haar verklebt mit Schaum und Sand, schlaff wie die Seetangbüschel auf den Kieseln.

Yarvi starrte ihn an und fragte sich, wer er war. Oder vielmehr, wer er *gewesen* war. Ein Junge oder ein Mann? War er umgekommen, als er floh, oder hatte er tapfer gekämpft? Andererseits: Was machte das jetzt noch für einen Unterschied?

Der Kiel knirschte über den Sand, das Deck erzitterte, Yarvi stolperte und musste sich an Huriks Arm festkrallen, um das Gleichgewicht zu halten. Laut klappernd holten die Männer die Riemen ein, hoben die Schilde vom Bugrand und sprangen vom Schiff in die Brandung; und sie ließen deutlich erkennen, wie missvergnügt sie darüber waren, dass sie als Letzte an Land gingen und für Ruhm oder lohnenswerte Beute zu spät kamen.

Unter König Uthrik wäre es eine große Ehre gewesen, auf dem Schiff des Königs zu fahren.

Unter Yarvi konnte davon keine Rede sein.

Einige der Männer nahmen das am Bug befestigte Seil und zogen das Schiff an dem dümpelnden Leichnam vorbei weiter auf den Strand, andere zogen ihre Waffen und liefen eilig auf die Stadt Amwend zu. Sie stand bereits in Flammen.

Yarvi kaute an seiner Unterlippe, während er sich darauf vorbereitete, zumindest mit einem gewissen Maß königlicher Würde über die Bordwand zu klettern, aber sein Schild entwand sich seinem schwächlichen Griff, blieb in seinem Mantel hängen und hätte ihn beinahe mit dem Gesicht voran ins Wasser stürzen lassen.

»Bei den Göttern! Verdammt sei dieses Ding!« Yarvi löste die Riemen, zog den Schild von seinem verkümmerten Arm und warf ihn gegen die Seekisten, auf denen die Männer beim Rudern saßen.

»Mein König«, sagte Keimdal. »Du solltest deinen Schild behalten. Es ist nicht sicher ...«

»Du hast doch gegen mich gekämpft. Du weißt ja wohl, was mein Schild wert ist. Wenn jemand auf mich losgeht, den ich mit einem Schwert allein nicht aufhalten kann, dann sollte ich am besten rennen, und ich renne schneller ohne Schild.«

»Aber mein König ...«

»Er ist der König«, grollte Hurik, der sich mit den breiten Fingern durch den weiß melierten Bart fuhr. »Wenn er sagt, dass wir alle unsere Schilde ablegen sollen, dann muss es so geschehen.«

»Wer zwei gesunde Hände hat, kann seinen gern behalten«, erklärte Yarvi, der in die Brandung sprang und wieder fluchte, als eine neuerliche kalte Welle ihn bis zur Hüfte durchnässte.

Wo der Sand von Grasland abgelöst wurde, waren ein paar neue Sklaven aneinander gebunden worden, die darauf warteten, auf eines der Schiffe getrieben zu werden. Sie standen rußverschmiert und gebeugt da, in ihren Augen stand Angst oder Schmerz und ungläubiges Staunen über das, was von der See über sie hereingebrochen war und ihnen ihr Leben gestohlen hatte. Neben ihnen würfelten einige von Yarvis Kriegern um deren Kleidung.

»Dein Onkel Odem fragt nach dir, mein König«, sagte einer, stand dann mit finsterer Miene auf und trat einem schluchzenden alten Mann ins Gesicht.

»Wo?«, fragte Yarvi, dem plötzlich die Zunge im Mund festzukleben schien, weil sie so trocken war.

»Oben an der Feste.« Der Mann deutete auf einen Turm aus Trockensteinmauerwerk auf einem hoch aufragenden Felsen über der Stadt, an dessen Fundamenten auf einer Seite zornig die Wellen des Meeres leckten, auf der anderen Seite die Strömung einer windzerzausten Bucht.

»Haben sie die Tore nicht geschlossen?«, fragte Keimdal.

»Doch, aber drei der Söhne des Obermanns waren noch in der Stadt, und Odem schlitzte einem die Kehle auf und drohte, mit dem nächsten ebenso zu verfahren, falls ihnen die Feste nicht geöffnet würde.«

»Und das wurden sie«, sagte einer der anderen Krieger und lachte leise in sich hinein, als nun seine Zahl fiel. »Ho, neue Strümpfe! Wer sagt's denn!«

Yarvi blinzelte. So viel Skrupellosigkeit hätte er von seinem stets lächelnden Onkel nicht erwartet. Aber Odem war vom gleichen Schlage wie Yarvis Vater, an dessen Wutausbrüche er sich immer noch nur allzu gut erinnern konnte, und wie ihr ertrunkener Bruder Uthil, von dessen unvergleichlicher Stärke im Schwertkampf die alten Recken auf dem Kampfplatz noch immer mit verklärtem Blick erzählten. Manchmal verbarg eine ruhige Wasseroberfläche gefährliche Strudel.

»Verflucht sollst du sein!«

Eine Frau hatte sich so weit aus der Reihe der Sklaven gelöst, wie ihre Fesseln es zuließen. Das blutige Haar klebte an einer Seite ihres Gesichts.

»Dreckskönig eines Dreckslandes, möge Mutter Meer dich verschlingen …«

Einer der Krieger schlug sie zu Boden.

»Schneide ihr die Zunge heraus«, sagte ein anderer, der ihr den Kopf am Haar zurückriss, während ein dritter schon sein Messer zückte.

»Nein!«, brüllte Yarvi. Die Männer sahen ihn missmutig an. Wenn die Ehre ihres Königs beschmutzt wurde, dann traf das auch sie selbst, und Gnade durfte es hier nicht geben. »Sie wird mit Zunge einen besseren Preis erzielen.« Damit wandte Yarvi sich ab und stapfte mühsam unter dem Kettenpanzer, dessen Gewicht auf seinen Schultern scheuerte, zur Feste hinauf.

»Du bist deiner Mutter Sohn, mein König«, sagte Hurik.

»Wessen sonst sollte ich sein?«, erwiderte er bissig.

Die Augen seines Vaters und seines Bruders hatten stets geglänzt, wenn sie von den Plünderungen erzählten, die hinter ihnen lagen, von den großen Taten und großen Schätzen, während Yarvi sich in den Schatten am Fuß des Tisches verbarg und sich wünschte, dass er wie ein Mann bei dieser Männerarbeit hätte mittun können. Aber hier zeigte sich nun die kalte Wahrheit, und jetzt erschien es ihm viel weniger erstrebenswert, bei einem Raubzug dabei zu sein.

Der Kampf, wenn es denn überhaupt etwas Derartiges gegeben haben mochte, war vorbei, aber dennoch schien es Yarvi, als ob er durch einen Albtraum schritt, wie er unter seinem Kettenhemd schwitzte, das Fleisch seiner Wangen zwischen seine Zähne saugte und bei jedem Geräusch zusammenfuhr. Schreie und Gelächter, Gestalten, die durch den wabernden Dunst der Feuer liefen, Rauch, der in seiner Kehle brannte. Die Krähen pickten und kreisten und stießen heisere Triumphschreie aus. Sie waren die eigentlichen Sieger. Mutter Krieg, die Krähenmutter, die alle Toten zusammenruft und aus der flachen Hand eine Faust macht, würde heute tanzen, während Vater Friede sein Gesicht verbarg und weinte. Hier, nahe der unbeständigen Grenze zwischen Vansterland und Gettland, weinte Vater Friede oft.

Der Turm der Feste dräute über ihnen, das Rauschen der

Wogen, die auf beiden Seiten an seine Grundfesten schlugen, donnerte tosend.

»Halt«, sagte Yarvi schwer atmend. Ihm drehte sich der Kopf, und Schweiß rann kitzelnd über sein Gesicht. »Hilf mir aus meinem Kettenhemd.«

»Mein König«, entgegnete Keimdal fassungslos, »dem muss ich entschieden widersprechen!«

»Dann widersprich mir eben, aber anschließend tust du, was ich dir befehle.«

»Es ist meine Aufgabe, für deine Sicherheit zu sorgen …«

»Dann stell dir vor, wie es um deine Ehre bestellt sein wird, wenn ich sterbe, weil ich auf halbem Wege zu diesem Turm hinauf vor Überhitzung umgefallen bin! Löse die Schnallen, Hurik.«

»Mein König.« Sie zogen ihm das Kettenhemd vom Körper, und Hurik warf es sich über die breite Schulter.

»Geh voran«, zischte Yarvi Keimdal an, während er versuchte, die störrische goldene Mantelspange seines Vaters mit der nutzlosen, verkrüppelten Hand zu schließen, obwohl sie zu groß und zu schwer für ihn war und der Dorn sich so sträubte wie …

Bei dem Anblick, der sich ihm hinter den geöffneten Toren bot, blieb er wie angewurzelt stehen.

»Welch eine Ernte«, tönte Hurik.

Der enge Platz vor dem Turm war mit Leichen übersät. Es waren so viele, dass Yarvi freie Stellen zwischen ihnen suchen musste, um sich einen Weg zu bahnen. Etliche Frauen waren darunter, auch Kinder. Die Fliegen summten, und er fühlte Übelkeit in sich aufsteigen, die er jedoch niederkämpfte.

Er war schließlich König, und ein König erfreut sich an den Leichnamen seiner Feinde.

Einer der Krieger seines Onkels saß neben dem Eingang zum Turm und säuberte seine Axt mit so viel Gelassenheit, als befände er sich auf dem heimischen Kampfplatz.

»Wo ist Odem?«, wandte Yarvi sich an ihn.

Der Mann grinste ihn schieläugig an und deutete nach oben. »Auf dem Turm, mein König.«

Yarvi duckte sich unter dem Türsturz hindurch, und während sein Atem über die Treppen hallte und seine Füße über die Steine scharrten, schluckte er die bittere Spucke hinunter, die in ihm aufstieg.

Auf dem Schlachtfeld, hatte sein Vater immer gesagt, *gibt es keine Gesetze.*

Hinauf, hinauf durch die brausende Dunkelheit, mit Hurik und Keimdal auf den Fersen. An einem schmalen Fenster hielt er an, um kurz den Wind auf seinem brennenden Gesicht zu spüren, sah das Wasser am Fuße einer steilen Klippe gegen die Felsen schlagen und versuchte seine Angst zu überwinden.

Steh aufrecht wie ein König, hatte seine Mutter zu ihm gesagt. *Spreche wie ein König. Kämpfe wie ein König.*

Oben auf dem Turm befand sich eine von hölzernen Stützen getragene Plattform, deren Brüstung Yarvi gerade bis zum Oberschenkel reichte. Hoch genug, um den Schwindel und die Übelkeit erneut zu wecken, als er sah, wie weit oben sie sich befanden, wie Vater Erde und Mutter Meer ganz klein unter ihnen ausgebreitet lagen und die Wälder von Vansterland sich weit in die diesige Ferne erstreckten.

Yarvis Onkel Odem stand gelassen da und sah auf das brennende Amwend hinunter, auf die Rauchsäulen, die den schiefergrauen Himmel befleckten, auf die winzigen Krieger, die ihrem zerstörerischen Handwerk nachgingen, auf die kleinen Schiffe, die aufgereiht oberhalb der Brandung auf dem Kiesstrand lagen, um die blutige Ernte aufzunehmen. Er war von einem Dutzend seiner erfahrensten Männer umgeben, und in ihrer Mitte kniete gebunden und geknebelt ein Gefangener in einem edlen, gelben Gewand, das Gesicht grün und blau geschlagen, das lange Haar mit Blut verklebt.

»Das war gutes Tagewerk!«, rief Odem und lächelte Yarvi über die Schulter hinweg an. »Wir haben zweihundert Sklaven gemacht, Vieh und Beute errungen und eine von Gromgil-Gorms Städten niedergebrannt.«

»Was ist mit Gorm selbst?«, fragte Yarvi, der nach dem Aufstieg wieder zu Atem zu kommen suchte und entschlossen war – da Aufrechtstehen und Kämpfen nie seine großen Stärken gewesen waren –, zumindest wie ein König zu sprechen.

Odem saugte grimmig an seinen Zähnen. »Der Schwertbrecher wird wohl auf dem Weg hierher sein, was, Hurik?«

»Zweifelsohne.« Hurik trat von der Treppe und richtete sich zu seiner ganzen beeindruckenden Größe auf. »Schlachten sind für diesen alten Bären ein ebenso unwiderstehliches Lockmittel wie für Fliegen.«

»Wir müssen die Männer zusammenrufen und binnen einer Stunde wieder auf See sein«, sagte Odem.

»Wir legen ab?«, fragte Keimdal. »Schon so schnell?«

Yarvi spürte Ärger in sich aufwallen. Müdigkeit, Übelkeit und Ärger über seine eigene Schwäche und die Skrupellosigkeit seines Onkels und über die Welt, die ihm im Weg stand. »Ist dies also unsere Rache, Odem?« Er deutete mit der gesunden Hand auf die brennende Stadt. »An Frauen und Kindern und alten Bauern?«

Die Stimme seines Onkels war sanft wie immer. Sanft wie Frühlingsregen. »Rache nimmt man Stück für Stück. Aber darüber musst du dir jetzt keine Gedanken machen.«

»Habe ich denn keinen Schwur getan?«, grollte Yarvi. In den letzten zwei Tagen hatte es ihn jedes Mal gestört, wenn jemand die Worte *mein König* von sich gab. Jetzt merkte er, dass es ihn noch mehr störte, wenn jemand das nicht tat.

»Das hast du. Ich habe ihn gehört, und ich hielt ihn für einen Schwur, der für dich zu schwer zu tragen ist.« Odem deutete auf den knienden Gefangenen, der in seinen Knebel keuchte. »Aber er wird dich von seiner Bürde befreien.«

»Wer ist das?«

»Der Obermann von Amwend. Er ist es, der dich getötet hat.«

Yarvi blinzelte. »Was?«

»Ich habe versucht, ihn aufzuhalten. Aber der Feigling hatte eine verborgene Klinge.« Odem hielt die Hand hoch, und ein Dolch lag darin. Ein langer Dolch mit einem Knauf aus schwarzem Bernstein. Obwohl ihm bei dem Aufstieg so heiß geworden war, fühlte Yarvi plötzlich Kälte in sich aufsteigen, von den Fußsohlen bis hinauf in seine Haarwurzeln.

»Ich werde es zutiefst bedauern, dass ich zu spät kam, um meinen innig geliebten Neffen zu retten.« Und so achtlos, als ob er sich ein Stück Fleisch abschnitt, rammte Odem dem Obermann die Klinge oberhalb der Schulter in den Hals und versetzte ihm einen Tritt, dass er aufs Gesicht fiel und sein Blut über das Dach strömte.

»Was meinst du damit?« Yarvi stieß die Worte schrill und abgehackt hervor, und plötzlich war er sich bewusst, wie viele Mannen seines Onkels ihn umstanden, alle bewaffnet, alle gerüstet.

Während Odem ruhig, ganz ruhig auf ihn zuging, wich er zurück, mit zitternden Knien, immer weiter dorthin, wo nichts mehr war als die niedrige Brüstung und ein langer Sturz nach unten.

»Ich erinnere mich an die Nacht, da du geboren wurdest.« Die Stimme seines Onkels erklang kalt und ruhig wie Eis auf einem winterlichen See. »Dein Vater zürnte den Göttern wegen dieses Dings, das dir als Hand gegeben wurde. Du hast mich allerdings immer zum Lächeln gebracht. Du hättest einen guten Hofnarren abgegeben.« Odem hob die Brauen und seufzte. »Aber soll meine Tochter wirklich einen einhändigen Schwächling zum Mann bekommen? Soll Gettland einen halben König haben? Eine verkrüppelte Marionette, die an den Fäden ihrer Mutter hängt? Nein, lieber Neffe ... das ... denke ... ich ... nicht.«

Keimdal packte Yarvi am Arm und schob sich vor ihn, und mit einem metallischen Klingen zog er sein Schwert. »Tritt hinter mich, mein ...«

Blut spritzte Yarvi ins Gesicht und blendete ihn beinahe. Keimdal fiel auf die Knie, spuckte und gurgelte, presste sich die Hände gegen die Kehle, und schwarz quoll es unter seinen Fingern hervor. Yarvi blickte zur Seite und sah, dass Hurik seinen Blick finster erwiderte, ein gezücktes Messer in der Hand, und die Klinge glänzte von Keimdals Blut. Er ließ Yarvis Kettenhemd rasselnd zu Boden fallen.

»Wir müssen tun, was für Gettland das Beste ist«, sagte Odem. »Töte ihn.«

Yarvi trat schwankend zur Seite, ihm klappte die Kinnlade herunter, und Hurik packte ihn hart an seinem Mantel.

Mit einem leisen Pling sprang die schwere goldene Spange seines Vaters auf. Yarvi kam unerwartet frei und taumelte nach hinten.

Die Brustwehr schlug hart gegen seine Knie, und mit erschrecktem Keuchen stürzte er rücklings darüber hinweg.

Fels und Wasser und Himmel drehten sich um ihn, und dann fiel der König von Gettland in die Tiefe, tief, tief hinunter, bis das Wasser gegen seinen Körper krachte, so, wie ein Hammer auf Eisen schlägt.

Und dann nahm ihn Mutter Meer in ihre kalten Arme.

Der Feind

Yarvi kam im Dunkeln wieder zu sich, umgeben von aufsteigenden Luftblasen. Er schlug um sich, trat und wand sich in dem verzweifelten Bemühen, am Leben zu bleiben.

Offenbar hatten die Götter schlussendlich doch noch Verwendung für ihn, denn als seine Rippen schon bersten wollten und er fast um jeden Preis eingeatmet hätte, egal, ob Meer oder Himmel ihn umfing, schoss sein Kopf wieder aus dem Wasser. Die Gischt blendete ihn, er trat um sich und hustete, dann packte ihn die Strömung, riss ihn mit sich und zog ihn wieder unter Wasser.

Eine starke Welle schleuderte ihn auf einen Felsen, und er konnte sich gerade lange genug an spitzen Seepocken und grünem, schleimigem Tang festkrallen, um einmal tief Atem zu holen. Er kämpfte mit der Gürtelschnalle seines Schwertgurts, bis es ihm gelang, sich aus dessen tödlicher Umarmung zu befreien, und seine Beine brannten vom Kampf mit der gnadenlosen See, während er versuchte, die bleischweren Stiefel abzustreifen.

Er sammelte seine verbliebene Kraft, und als die wogende See ihm Auftrieb gab, zog er sich zitternd vor Anstrengung am Fels empor und schaffte es bis auf einen schmalen Sims voller Quallen und scharfkantiger Napfschnecken, über den die salzige Gischt hinwegsprühte.

Natürlich war es reines Glück, dass er noch lebte, aber für Yarvi fühlte es sich nicht unbedingt so an.

Er befand sich in der schmalen Bucht auf der Nordseite der Feste, die von zerklüfteten Felsen eingefasst wurde, an denen die schäumenden Wellen zornig hinaufschlugen, nagten und klatschten und ihre schimmernde Gischt abluden. Seine beiden Hände, die gesunde wie die verkrüppelte, waren abgeschürft und brannten, als er sich das nasse Haar aus den Augen strich, und mit rauer Kehle spuckte er immer wieder Salzwasser aus.

Die närrische Entscheidung, das Kettenhemd auszuziehen, hatte ihm das Leben gerettet, aber die gesteppte Jacke, die er darunter getragen hatte, war jetzt von Seewasser aufgequollen, und er fingerte ungeschickt an den Schnallen, konnte sie endlich lösen, streifte das Kleidungsstück ab und kauerte sich dann zitternd zusammen.

»Hast du ihn gesehen?« Die Stimme ertönte so dicht über ihm, dass er sich unwillkürlich gegen den glitschigen Felsen drängte und sich auf die Zunge biss.

»Der muss doch tot sein.« Eine zweite Stimme. »An den Felsen zerschellt. Den hat sich ganz sicher Mutter Meer geholt.«

»Odem will seine Leiche.«

»Dann kann Odem selbst nach ihr angeln.«

Nun hörte er eine dritte Stimme. »Oder Hurik soll das tun. Der hat den Krüppel immerhin fallen lassen.«

»Und wem willst du als Erstes sagen, dass er selber baden gehen soll, Odem oder Hurik?«

Lachen. »Gorm ist auf dem Weg hierher. Wir haben keine Zeit, um nach einem einhändigen Leichnam zu fischen.«

»Gehen wir wieder zum Schiff und sagen König Odem, dass sein Neffe in die Tiefe gezogen wurde ...« Die Stimmen wurden leiser, entfernten sich Richtung Strand.

König Odem. Sein eigener Onkel, den er wie einen Vater geliebt hatte, der stets ein tröstendes Wort oder ein verständnisvolles Lächeln für ihn gehabt und der seine lenkende Hand auf Yarvis Schulter gelegt hatte. Sein eigen Fleisch und Blut!

Mit der gesunden Hand krallte Yarvi sich am Felsen fest, aber die verkrüppelte hatte er zu einer zitternden Faust geballt, und der Zorn seines Vaters wallte so verstohlen und stark in ihm auf, dass er kaum noch atmen konnte. Aber seine Mutter hatte stets gesagt: *Sorge dich nicht um das, was geschehen ist, sondern nur um das, was sein wird.*

Seine Mutter.

Bei dem Gedanken entrang sich ihm ein sehnsuchtsvoller Seufzer. Die Goldene Königin wusste immer, was zu tun war. Aber wie sollte er sie erreichen? Die Schiffe von Gettland legten bereits wieder ab. Die Vansterländer würden schon bald kommen. Yarvi konnte nur auf die Nacht warten. Und dann versuchen, im Schutz der Dunkelheit einen Weg über die Grenze und zurück nach Thorlby zu finden.

Es gibt immer einen Weg.

Wenn er hundert Meilen ohne Stiefel durch den Wald würde laufen müssen, dann würde er das eben tun. Er würde Rache üben an diesem Dreckskerl von Onkel, an dem Verräter Hurik, und dann würde er sich den Schwarzen Thron zurückholen. Er schwor es, wieder und wieder, als Mutter Sonne ihr Gesicht hinter den Felsen verbarg und die Schatten länger wurden.

Doch hatte er nicht mit der gnadenlosesten aller Rächerinnen gerechnet, der Flut. Schon bald strömte eisiges Wasser über den Sims, an den er sich klammerte. Das kalte Wasser stieg über seine nackten Füße, seine Knöchel, seine Knie, und es dauerte nicht lange, da brandete das Meer mit noch mehr Kraft als zuvor durch die schmale Spalte. Ihm blieb keine Wahl.

Daher kletterte er die Felsen hinauf, zitternd und müde, erschöpft und frierend, heulend und den Namen Odems jedes Mal aufs Neue verfluchend, wenn er mit einer Hand oder einem Fuß abrutschte. Es war ein großes Risiko, aber immer noch besser, als auf die Gnade von Mutter Meer zu hoffen, die, wie jeder Seemann weiß, keine Gnade kennt.

Mit letzter Kraft zog er sich über den Rand der Klippe und blieb kurz im niedrigen Buschwerk liegen, um wieder zu Atem zu kommen. Stöhnend drehte er sich dann auf den Rücken und versuchte sich aufzurappeln.

Etwas krachte seitlich gegen seinen Kopf, ihm entfuhr ein Schrei, und sein Schädel füllte sich mit gleißendem Licht. Das Land drehte sich und donnerte gegen seine andere Kopfseite. Wacklig erhob er sich auf alle viere, und Blut lief ihm aus dem Mund.

»Ein Gettländer Hund, nach seinen Haaren zu urteilen.« Yarvi kreischte, als er nun an ebendiesen emporgezogen wurde.

»Oder zumindest ein Hündchen.« Ein Stiefel fand seinen Hosenboden, und Yarvi fiel auf den Bauch. Stolpernd mühte er sich ein oder zwei Schritte voran, bis ihn der nächste Tritt wieder zu Boden warf. Zwei Männer trieben ihn vor sich her. Zwei Männer mit Kettenhemden und Speeren. Vansterländer, ganz ohne Zweifel, obwohl sie abgesehen von den langen Zöpfen, die ihre harten Gesichter einrahmten, kaum anders aussahen als die Krieger, die ihm früher mit ihren grimmigen Mienen auf dem heimischen Kampfplatz gegenübergestanden hatten.

Dem Unbewaffneten erscheinen alle Bewaffneten gleich.

»Auf mit dir«, sagte einer der beiden und versetzte ihm gleichzeitig einen neuerlichen Tritt.

»Dann werft mich doch nicht dauernd wieder um«, stieß er keuchend hervor.

Einer schlug ihm dafür mit der Speerklinge gegen die Wange, und Yarvi beschloss, auf weitere Witze zu verzichten. Der andere riss ihn am Kragen seines zerfetzten Hemdes in die Höhe und schleifte ihn dann neben sich her.

Überall wimmelte es von Kriegern, darunter einige Berittene. Außerdem waren Bauern unterwegs, vielleicht auch Stadtbewohner, die beim Anblick der nahenden Schiffe geflohen waren und nun zu den rußverschmierten und tränennassen Ruinen ihrer Häuser zurückkehrten, um sich durch die Trümmer zu wühlen. Die Toten wurden für die Scheiterhaufen vorbereitet: Leichentücher flatterten und bauschten sich im Seewind.

Aber Yarvi brauchte sein ganzes Mitleid für sich selbst.

»Knie nieder, du Hund.« Wieder wurde er zu Boden gestoßen, und dieses Mal sah er keinen Grund, sich zügig wieder zu erheben; jeder Atemzug fuhr mit einem Stöhnen aus seinem zerschlagenen Mund, der wild vor Schmerz pochte.

»Was bringt ihr mir denn da?«, ertönte eine klare Stimme, hell und schweifend, als sänge sie ein Lied.

»Einen Gettländer. Er ist die Klippen von der See hinter der Feste emporgeklettert, mein König.«

»Die Mutter der Wasser spült seltsame Geschenke an Land. Sieh mich an, du Meeresgeschöpf.«

Yarvi hob langsam, ängstlich und unter Schmerzen den Kopf und sah zunächst zwei große Stiefel mit abgestoßenen Stahlkappen. Dann ausgebeulte Hosen, rot und weiß gestreift. Dann einen schweren Gürtel mit einer goldenen Schnalle, das Heft eines Schwerts und die Griffe von vier Messern. Dann ein Kettenhemd aus Stahl, in das eine Zackenlinie goldener Ringe hineingeschmiedet worden war. Dann auf breiten Schultern einen weißen Pelz, an dem noch der Kopf des Wolfes hing, dessen leere Augenhöhlen mit Granat gefüllt worden waren. Darüber hing eine Kette aus wahllos angeordneten Gold- und Silberklumpen, auf denen kostbare Edelsteine funkelten: die Schwertknäufe gefallener Feinde, und davon so viele, dass die Kette dreimal um den baumstammdicken Hals geschlungen worden war und noch immer tief herunterhing. Endlich, so hoch über Yarvi, dass der Mann wie ein Riese aufragte: ein Gesicht so zerfurcht wie ein windgepeitschter Baum, langes Haar und Bart, wild und mit Silbergrau durchzogen, aber auf dem schiefen Mund und den Augen lag ein

Lächeln. Das Lächeln eines Mannes, der Käfer studiert, um sich genau zu überlegen, welchen er zertreten soll.

»Wer bist du, Kerl?«, fragte der Riese.

»Ein Küchenjunge.« Die Worte kamen ungelenk aus Yarvis blutigem Mund, und er versuchte, die verkrümmte Hand unter seinem feuchten Hemd zu verstecken, damit sie ihn nicht verriet. »Ich bin ins Meer gefallen.« *Ein guter Lügner webt so viel Wahrheit wie möglich in sein Tuch*, hatte Mutter Gundring ihm einst gesagt.

»Sollen wir ein Ratespiel machen?«, fragte der Riese, der sich eine Strähne seines langen Haares wieder und wieder um den Finger wand. »Darüber, wie mein Name lautet?«

Yarvi schluckte. Das musste er nicht erraten. »Du bist Grom-gil-Gorm, Schwertbrecher und Waisenmacher, König der Vansterländer.«

»Gewonnen!« Gorm klatschte in seine riesigen Hände. »Obwohl sich erst noch herausstellen wird, was du damit gewonnen hast. Ich *bin* König der Vansterländer. Zu denen seit Kurzem auch diese unglücklichen Elenden zählen, die deine Landsleute aus Gettland so freizügig ausraubten, abschlachteten und als Sklaven verschleppten, gegen die ausdrückliche Anordnung des Hochkönigs in Skekenheim, der sich ausbat, dass die Schwerter in ihren Scheiden bleiben. Er verdirbt uns gern den Spaß, aber so ist es nun einmal.« Gorms Augen wanderten über das Bild der Zerstörung. »Erscheint dir das gerecht, Küchenjunge?«

»Nein«, krächzte Yarvi, und das war noch nicht einmal gelogen.

Eine Frau trat neben den König. Ihr Haar war so kurz geschoren, dass nur schwarzgraue Stoppeln geblieben waren, und ihre langen, weißen Arme waren von der Schulter bis hinunter zu den Fingern mit blauen Zeichnungen geschmückt. Einige erkannte Yarvi von seinen Gelehrtenstudien: Sternenkarten zur Berechnung des Schicksals, Kreise in Kreisen, mit denen die Beziehungen der Kleinen Götter zueinander dargestellt wurden, Runen, die von erlaubten und verbotenen Zeiten und Entfernungen und Summen kündeten. Um einen Unterarm trug sie fünf Albenreife, uralte und höchst wertvolle Relikte, deren Gold und Stahl und Glas hell glänzte; Talismane, in die Symbole eingearbeitet waren, deren Bedeutung in den Tiefen der Zeit verloren gegangen war.

Und Yarvi wusste, dass sie Mutter Scaer sein musste, Gorms Gelehrte. Sie, die eine Taube an Mutter Gundring gesandt hatte, um Yarvis Vater mit falschen Friedensversprechungen in den Tod zu locken.

»Welcher König von Gettland hat dieses Blutbad befohlen?«, fragte sie, und ihre Stimme klang ebenso hart und heiser wie die ihrer Tauben.

»Odem.« Und Yarvi erkannte in diesem Augenblick voller Schmerz, dass es die Wahrheit war.

Ihre Lippen verzogen sich, als hätte sie in etwas Saures gebissen. »Also hat der Fuchs seinen Bruder Wolf getötet.«

»Verräterische Tierchen.« Gorm seufzte und drehte gedankenverloren einen der Schwertknäufe wieder und wieder um die Kette. »Das musste ja so kommen. So sicher wie Mutter Sonne dem Vater Mond über den Himmel folgt.«

»*Du* hast doch König Uthrik getötet.« Yarvi merkte, dass er mit blutigem Mund ausgespuckt hatte.

»So, sagt man das?« Gorm hob seine langen Arme, und die Waffen an seinem Gürtel glitten leicht hin und her. »Warum brüste ich mich dann nicht damit? Wieso haben meine Skalden noch kein Lied aus dieser Geschichte gemacht? Würde mein Sieg nicht süß klingen?« Er lachte und ließ die Arme wieder sinken. »Meine Hände sind bis zur Schulter in Blut getaucht, Küchenjunge, denn von allen Dingen auf der Welt gefällt mir Blut stets am besten. Aber es muss leider gesagt werden, dass nicht alle Menschen, die da sterben, von meiner Hand getötet werden.«

Einer der Dolche war in seinem Gürtel nach vorn gerutscht, und der Horngriff zeigte nun in Yarvis Richtung. Er hätte ihn packen können. Wäre er sein Vater gewesen, sein Bruder oder aber der tapfere Keimdal, der bei dem Versuch, seinen König zu schützen, gestorben war, dann hätte er sich vielleicht mit einem schnellen Griff die Waffe geschnappt, sie Grom-gil-Gorm in den Bauch gerammt und damit seinen feierlichen Racheschwur erfüllt.

»Willst du dieses Spielzeug haben?« Gorm zog das Messer nun selbst und streckte es Yarvi mit dem Griff voran hin. »Dann nimm es. Aber du solltest wissen, dass Mutter Krieg mich anhauchte, als ich noch in der Wiege lag. Es ist prophezeit, dass kein Mann mich töten wird.«

Wie riesig er wirkte, wie er sich vor dem weißen Himmel erhob, mit flatterndem Haar und glänzender Rüstung und dem warmen Lächeln auf dem schlachtgegerbten Gesicht. Hatte Yarvi geschworen, sich an diesem Riesen zu rächen? Er, nur ein halber Mann mit seiner einen dünnen, weißen Hand? Er hätte über seine Selbstüberschätzung gelacht, wenn er nicht gerade vor Kälte und Angst geschlottert hätte.

»Er sollte am Strand angepflockt werden, die Gedärme ausgebreitet für die Krähen«, sagte Gorms Gelehrte, deren blaue Augen fest auf Yarvi ruhten.

»Das sagst du immer, Mutter Scaer.« Gorm schob das Messer zurück in den Gürtel. »Aber die Krähen danken mir das niemals. Das ist doch nur ein kleiner Junge. Diese Beleidigung wird wohl kaum seine Idee gewesen sein.« Damit kam er der Wahrheit näher, als er ahnte. »Im Gegensatz zu dem edlen König Odem muss ich mich nicht dadurch beweisen, dass ich schwache Wesen töte.«

»Was ist mit Gerechtigkeit?« Die Gelehrte sah finster zu den Leichentüchern, und die Muskeln an ihren Schläfen zuckten. »Das niedere Volk hungert nach Gerechtigkeit.«

Gorm schürzte die Lippen und machte ein Furzgeräusch.

»Es ist das Schicksal des niederen Volkes zu hungern. Hast du nichts gelernt von der Goldenen Königin von Gettland, der weisen und schönen Laithlin? Wieso töten, was man auch verkaufen kann? Legt ihm ein Halseisen an und bringt ihn zu den anderen.«

Yarvi kreischte, als einer der Männer ihn in die Höhe riss, während ein anderer ihm einen roh geschmiedeten Kragen aus Eisen um den Hals schob.

»Wenn du dir das mit dem Messer anders überlegst«, rief Gorm ihm immer noch lächelnd nach, »dann kannst du dich bei mir melden. Gehab dich wohl, ehemaliger Küchenjunge!«

»Warte«, zischte Yarvi, dem jetzt klar wurde, was geschehen würde, und sein Verstand suchte wild nach irgendeiner Möglichkeit, das zu verhindern. »Warte!«

»Worauf denn?«, fragte Mutter Scaer. »Macht Schluss mit seinem Geblöke.«

Ein Tritt in den Bauch nahm ihm alle Luft. Dann zwang man ihn auf einen alten Baumstumpf, und während einer ihn keuchend festhielt, brachte ein anderer einen rot glühenden Stift aus der Schmiede und schob ihn mit einer Zange durch die Schließe des Halseisens. Der Erste schlug mit einem Hammer darauf, aber er traf nicht genau, versetzte dem Stift einen direkten Hieb und spritzte geschmolzenes Eisen gegen Yarvis Hals.

Es war ein Schmerz, wie er ihn noch nie gespürt hatte, und er kreischte wie ein kochender Wasserkessel und schluchzte und blubberte und wand sich auf dem Block, bis ihn einer am Hemd packte und ihn in eine übel riechende Pfütze warf, in der das Eisen zischend erkaltete.

»Ein Küchenjunge weniger.« Mutter Scaers Gesicht war weiß wie Milch und glatt wie Marmor, und ihre Augen waren blau wie der Winterhimmel und zeigten keinerlei Mitleid. »Ein Sklave mehr.«

II
DIE *SÜDWIND*

Billigware

Yarvi hockte in der stinkenden Dunkelheit, betastete die verbrannten, schwärenden Stellen an seinem Hals und den frischen Schorf auf seiner grob rasierten Kopfhaut. Tagsüber schwitzte er, nachts fror er, während er dem Stöhnen und Wimmern und den unbeantworteten Gebeten in einem Dutzend verschiedener Sprachen lauschte, das aus den gebrochenen Kehlen des menschlichen Abfalls drang, der ihn umgab, wobei er selbst am lautesten jammerte.

Oben hielt man die gute Ware sauber und gut ernährt; sie wurde mit blank polierten Halseisen aufgereiht an der Straße feilgeboten, um möglichst viele Kunden anzulocken. Hinten im Laden waren die weniger Starken oder Geschickten oder Schönen an ein Geländer gekettet und wurden so lange geprügelt, bis sie die Käufer anlächelten. Unten in diesem Keller, in Dreck und Dunkelheit, waren die Alten, Kranken, Einfältigen und Verkrüppelten zusammengepfercht und durften sich wie Schweine um die Essensreste streiten, die man ihnen hinwarf.

Hier, auf dem riesigen Sklavenmarkt von Vulsgard, der Hauptstadt von Vansterland, hatte jeder seinen Preis, und an jene, die nichts einbringen würden, verschwendete man kein Geld. Es war eine ganz einfache Rechnung von Kosten und Ertrag, bar jeglichen Gefühls. Hier lernte man, was man wirklich wert war, und Yarvi erfuhr, was er stets befürchtet hatte.

Er war so gut wie wertlos.

Zuerst war sein Verstand fast heiß gelaufen vor Racheplänen und Rachestrategien und Rachefantasien. Ihn quälte der Gedanke an die zahllosen Dinge, die er hätte anders machen können. Aber nicht eines davon konnte er jetzt noch ändern. Wenn er nun herausschrie, dass er der rechtmäßige König von Gettland war, wer hätte ihm geglaubt? Er glaubte es ja selbst kaum. Und wenn er einen Weg gefunden hätte, die Leute hier zu überzeugen? Sie waren nur daran interessiert, Menschen zu verkaufen, hätten also ein Lösegeld verlangt. Und hätte König Odem wohl freundlich gelächelt angesichts der Vorstellung, seinen verschwundenen Neffen wieder in seine zärtliche Obhut nehmen zu können? Aber sicher doch. Er hatte gelächelt, so ruhig und gelassen wie frisch gefallener Schnee.

Also hockte Yarvi in diesem unerträglichen Dreck und stellte fest, dass ein Mensch sich an überraschend viel gewöhnen konnte.

Am zweiten Tag fiel ihm der Geruch schon kaum noch auf.

Am dritten kuschelte er sich der Wärme wegen dankbar an einen seiner gottverlassenen Kameraden, als die Kühle der Nacht heraufzog.

Am vierten pflügte er ebenso entschlossen wie alle anderen durch den Dreck, als zur Futterzeit etwas Essbares zu ihnen hineingeworfen wurde.

Am fünften konnte er sich kaum noch an die Gesichter der Menschen erinnern, die er einst gut gekannt hatte. Seine Mutter und Mutter Gundring gerieten ihm durcheinander, sein verräterischer Onkel und sein toter Vater verschmolzen, er konnte Hurik nicht länger von Keimdal unterscheiden, und Isriun verblasste zu einer Geistererscheinung.

Seltsam, wie schnell aus einem König ein Tier werden konnte. Oder ein halbes Tier aus einem halben König. Vielleicht gelingt es nicht einmal jenen, die wir auf die höchste Sprosse stellen, sich weit über den Dreck zu erheben.

Es war kurz nach Sonnenaufgang an seinem siebten Tag in dieser von Menschen geschaffenen Hölle, und die Rufe des Händlers, der im Haus nebenan die Rüstungen von Toten verkaufte, mischten sich gerade unter das Geschrei der Seevögel, als Yarvi draußen die Stimme hörte.

»Wir suchen Leute, die rudern können«, sagte sie tief und sonor. Die Stimme eines Mannes, der ohne Umschweife sagt, was er denkt, und der tut, was er will.

»Neun Paar Hände.« Diese Stimme war weicher und geschmeidiger als die erste. »Das Zitterfieber hat auf unseren Bänken ein paar Löcher gerissen.«

»Natürlich, liebe Freunde!« Die Stimme des Ladenbesitzers – dem jetzt auch Yarvi gehörte – war glatt und klebrig wie warmer Honig. »Dann seht doch einmal hier, Namev aus Ruin! Ein großer Kämpe unter den Seinen, der in der Schlacht gefangen genommen wurde! Seht ihr, wie groß er ist? Betrachtet einmal diese Schultern. Er könnte euer Schiff ganz allein vorantreiben. Eine bessere Qualität werdet ihr nirgends …«

Der erste Kunde schnaubte grunzend. »Wenn wir Qualität suchten, dann würden wir uns am anderen Ende der Straße umsehen.«

»Man schmiert eine Achse nicht mit dem feinsten Öl«, pflichtete die zweite Stimme bei.

Oben waren Schritte zu hören, Staub rieselte von der Decke, und Schatten tanzten über die lichterfüllten Ritzen zwischen den Brettern über Yarvis Kopf. Die Sklaven um ihn herum erstarrten und atmeten leiser, um mehr verstehen zu können. Die Stimme des Ladenbesitzers drang gedämpft an ihre Ohren und klang nun nicht mehr ganz so honigsüß.

»Hier sind sechs gesunde Inglinge. Sie sprechen unsere Sprache zwar kaum, aber die Peitsche verstehen sie sehr gut. Eine gute Wahl für harte Arbeit, zu einem hervorragenden Preis …«

»Man schmiert eine Achse auch nicht mit gutem Fett«, sagte die zweite Stimme.

»Zeig uns das Pech und das Schweineschmalz«, knurrte die erste.

Die feuchten Angeln knirschten, als sich die Tür oben an der Treppe öffnete, und die Sklaven duckten sich instinktiv, Yarvi ebenso wie die anderen. Schön, er hatte noch keine große Erfahrung als Sklave, aber mit dem Ducken kannte er sich aus. Mit Flüchen und Stockhieben trieb der Menschenhändler seine Ware in eine wacklige, keuchende Linie, während die klappernden Halseisen dazu die passende Elendsmusik machten.

»Sieh zu, dass man die Hand nicht sieht«, zischte er Yarvi an, der das verkrüppelte Glied gehorsam in den zerlumpten Ärmel zog. Er wollte nur eines: gekauft werden, einen anderen Besitzer finden und aus dieser stinkenden Hölle wieder ans Licht von Mutter Sonne gelangen.

Die zwei Kunden tasteten sich vorsichtig die Treppe hinunter. Der erste war beinahe kahl und recht stämmig, und die zusammengerollte Peitsche an seinem Gürtel und der starre Blick unter der gefurchten Stirn wiesen ihn als einen Mann aus, mit dem nicht zu spaßen war. Der zweite war viel jünger, hochgewachsen, schlank und gut aussehend mit einem kurzen Bärtchen und einem bitteren Zug um den schmalen Mund. Yarvi sah ein Halseisen um seine Kehle blitzen. Demnach war er selbst ein Sklave, wenn auch, nach den Kleidern zu schließen, ein Liebling seines Herrn.

Der Menschenhändler verneigte sich und deutete mit seinem Stock auf die Reihe. »Meine billigste Ware.« Er sparte sich die Mühe, mit einer ausladenden Handbewegung darauf hinzuweisen. Große Gesten waren an diesem Ort fehl am Platz.

»Das sind ja ziemlich elende Überreste«, sagte der Sklave, der angesichts des Gestanks die Nase rümpfte.

Sein untersetzter Begleiter störte sich nicht daran. Er zog den Sklaven mit seinem muskulösen Arm zu sich heran und sprach leise auf Haleen mit ihm. »Wir wollen Ruderer, keine Könige.« Es war eine Sprache, die in Sagenmark und auf den Inseln gebräuchlich war, aber Yarvi verstand dank seiner Gelehrtenausbildung die meisten Sprachen, die an den Küsten der Bruchsee gesprochen wurden.

»Die Schiffsführerin ist doch kein Narr, Trigg«, sagte der gut aussehende Sklave, der nervös an seinem Halseisen spielte. »Was, wenn sie merkt, dass wir sie betrogen haben?«

»Wir werden einfach behaupten, dass es nichts Besseres gab.« Triggs flache Augen glitten über die elende Versammlung. »Dann gibst du ihr die nächste Flasche, und schon ist alles vergessen. Oder brauchst du das Silber nicht, Ankran?«

»Das weißt du doch.« Ankran schüttelte Triggs Arm ab und verzog den Mund noch mehr vor Ekel. Ohne groß hinzusehen, zog er einzelne Sklaven aus der Reihe. »Der ... der ... der ...« Seine Hand schwebte vor Yarvi, wollte weiter zum nächsten ...

»Ich kann rudern, Herr.« Das war natürlich nichts als gelogen. »Ich bin bei einem Fischer in die Lehre gegangen.«

Schließlich wählte Ankran neun Leute aus. Unter ihnen war ein blinder Throvenländer, der von seinem Vater anstelle der einzigen Kuh der Familie verkauft worden war, ein alter Insulaner mit verkrümmtem Rücken und ein lahmer Vansterländer, der seinen Husten kaum lange genug unterdrücken konnte, bis für ihn bezahlt worden war.

Oh, und Yarvi, der rechtmäßige König von Gettland.

Der Streit über den Preis wurde mit größter Giftigkeit geführt, aber am Schluss konnten sich Trigg und Ankran mit dem Menschenhändler einigen. Ein kleiner Strom schimmernden Hacksilbers floss in die Hände des Händlers, ein wenig wieder zurück in den Beutel, und der größte Teil verschwand in den Taschen der beiden Käufer und wurde also, soweit Yarvi es mitbekam, der Schiffsführerin gestohlen.

Seiner Rechnung nach war er für weniger Geld verkauft worden, als man landläufig für ein gutes Schaf bezahlte.

Er beklagte sich nicht über den Preis.

Eine Familie

Die *Südwind* lag mit Schlagseite am Anleger und wirkte ganz und gar nicht wie das laue Lüftchen, nach dem sie benannt worden war.

Verglichen mit den schnellen, schlanken Schiffen der Gettländer handelte es sich um ein massiges Ungetüm, das mit breiten Hüften tief im Wasser lag, die ungepflegten Planken mit grünem Seegras und Seepocken bewachsen, mit zwei kurzen Masten und zwei Dutzend langen Riemen auf jeder Seite. Am stumpfen Bug und Heck erhob sich jeweils ein Kastell, das ein paar schmale Fensterschlitze aufwies.

»Willkommen zu Hause«, sagte Trigg und schob Yarvi zwischen zwei grimmig dreinblickenden Wachleuten über die Laufplanke.

Eine dunkelhäutige junge Frau saß auf dem Dach des Heckkastells und ließ ein Bein baumeln, während sie die neuen Sklaven vorüberschlurfen sah. »Etwas Besseres konntet ihr nicht auftreiben?«, fragte sie mit kaum wahrnehmbarem Akzent und sprang leichtfüßig auf Deck. Sie trug ebenfalls ein Halseisen, das jedoch aus gedrehtem Draht gefertigt war, und ihre Kette war locker und leicht und teilweise um ihren Arm geschlungen wie ein Schmuckstück, das sie aus freien Stücken trug. Eine Sklavin also, die noch höher in der Gunst ihrer Herrin stand als Ankran.

Sie sah in den Mund des hustenden Vansterländers und schnalzte missmutig mit der Zunge, stupste den Zeigefinger in den krummen Rücken des Mannes aus Ruin und blies angeekelt die Wangen auf. »Die Schiffsführerin wird von diesem elenden Haufen nicht begeistert sein.«

»Und wo ist unsere erhabene Schiffsführerin?« Ankran ließ durchblicken, dass er die Antwort schon kannte.

»Sie schläft.«

»Betrunken?«

Die Frau dachte darüber nach, und ihr Mund bewegte sich leicht, als ob sie im Kopf etwas ausrechnete. »Nicht nüchtern.«

»Kümmere du dich um unseren Kurs, Sumael«, knurrte Trigg, der Yarvis Kameraden weiter über Deck trieb. »Die Ruderer sind meine Angelegenheit.«

Sumael verengte ihre dunklen Augen, als Yarvi an ihr vorüberkam. Ihre Oberlippe war von einer Narbe und einer Kerbe gezeichnet, durch die ein kleines Dreieck weißen Zahnes sichtbar war, und er fragte sich unwillkürlich, in welchem südlichen Land sie geboren sein mochte und wie sie hierhergekommen war, ob sie älter oder jünger war als er selbst, was bei dem kurz geschorenen Haar schwer zu sagen war …

Unvermittelt schoss ihr Arm nach vorn und packte sein Handgelenk, und mit einer schnellen Drehung zog sie seine Hand unter dem zerlumpten Ärmel hervor.

»Der hier hat eine verkrüppelte Hand.« Kein Spott, lediglich eine Feststellung, als hätte sie eine lahme Kuh in einer Herde ausgemacht. »Mit nur einem Finger, außer dem Daumen.« Yarvi versuchte sich loszureißen, aber sie war kräftiger, als sie aussah. »Und der sieht ziemlich armselig aus.«

»Dieser verdammte Menschenhändler!« Ankran schubste einige Sklaven aus dem Weg, griff nach Yarvis Handgelenk und drehte den Arm so, dass er den Schaden begutachten konnte. »Du hast gesagt, du könntest rudern!«

Yarvi konnte nur die Achseln zucken und murmelte: »Ich habe nicht gesagt, wie gut.«

»Man kann ja wirklich niemandem mehr trauen«, sagte

Sumael, die eine Augenbraue hochgezogen hatte. »Wie soll der denn mit einer Hand rudern?«

»Er wird sich etwas einfallen lassen müssen«, sagte Trigg, der neben sie trat. »Wir haben neun Ruderplätze und neun Sklaven.« Er sah auf Sumael herab, und seine dicke Nase war gerade mal einen Finger breit von ihrer spitzen entfernt, als er hinzufügte: »Es sei denn, dass du gern einen Platz auf der Bank einnehmen würdest?«

Sie fuhr sich mit der Zunge über die Kerbe in ihrer Lippe und trat vorsichtig einen Schritt zurück. »Ich kümmere mich wohl besser um den Kurs, nicht wahr?«

»Gute Idee. Kettet den Krüppel an Jauds Riemen.«

Yarvi wurde über eine erhöhte Planke bis zur Mitte des Decks geschleppt. Auf beiden Seiten waren Ruderbänke, und an jedem der langen Riemen saßen drei Männer, alle mit rasierten Köpfen und Halseisen und alle hager; und alle sahen ihn mit einer jeweils unterschiedlich gewichteten Mischung aus Mitleid, Selbstmitleid, Langeweile und Verachtung an.

Ein Mann kroch auf allen vieren über das Deck und schrubbte die Planken. Sein Gesicht wurde durch einen Schopf verfilzten Haares und einen farblosen Bart verdeckt, und er wirkte so bettlerhaft, dass neben ihm selbst der elendste Ruderer wie ein Prinz aussah. Einer der Wachleute versetzte ihm einen gedankenlosen Tritt wie einem streunenden Hund, und er kroch davon; dabei zog er eine lange, schwere Kette hinter sich her. Das Schiff machte zwar insgesamt keinen besonders gut ausgestatteten Eindruck, aber an Ketten bestand offenbar kein Mangel.

Yarvi wurde mit unnötiger Ruppigkeit zwischen zwei Sklaven geschubst, die alles andere als vertrauenerweckend wirkten. Am Ende des Riemens, am Mittelgang, saß ein massiger Südländer mit einem dicken Ring aus Muskeln anstelle eines Halses, der den Kopf zurückgelehnt hatte, um den kreisenden Seevögeln zuzusehen. An der Bordwand hockte ein missmutiger alter Mann, kurz gewachsen und untersetzt, dessen sehnige Unterarme dicht mit grauem Haar bewachsen waren, während die zahllosen geplatzten roten Äderchen auf seinen Wangen von einem Leben unter freiem Himmel bei jedem Wetter kündeten, und er pulte an den Schwielen in seinen breiten Handflächen.

»Bei den Göttern, verdammt noch eins«, knurrte der Alte und schüttelte den Kopf, als die Wachleute Yarvi neben ihm an die Bank ketteten, »wir haben einen Krüppel an unserem Riemen.«

»Du hast doch um Unterstützung gebetet, oder nicht?«, sagte der Südländer, ohne den Kopf zu bewegen. »Da hast du deine Unterstützung.«

»Ich hatte um zweihändige Unterstützung gebetet.«

»Sei dankbar, dass die Hälfte deines Gebets erhört wurde«, sagte Yarvi. »Ihr könnt mir glauben, ich hatte nicht darum gebetet, hier zu landen.«

Die Mundwinkel des großen Mannes hoben sich leicht, als er Yarvi nun von der Seite ansah. »Wenn man eine Last tragen muss, dann packt man besser gleich an, als lange herumzujammern. Ich bin Jaud. Dein muffliger Rudernachbar heißt Rulf.«

»Ich heiße Yorv«, sagte Yarvi, der sich vorab schon eine Geschichte zurechtgelegt hatte. *Bewahre deine Lügen so sorgfältig wie Winterkorn,* hätte Mutter Gundring gesagt. »Ich war Küchenjunge …«

Der Alte spuckte mit einer geübten Kopfbewegung und gerollter Zunge über die Reling. »Jetzt bist du gar nichts, das ist alles. Vergiss alles andere, denk nur an den nächsten Schlag. Das macht die Sache ein wenig leichter.«

Jaud stieß einen tiefen Seufzer aus. »Lass dir von Rulf nicht das Lachen austreiben. Er ist so sauer wie eine Zitrone, aber ein Mann, den man gern in seinem Rücken weiß.« Er blies die Backen auf. »Wobei man natürlich sagen muss, dass du dieses Vergnügen wohl kaum jemals haben wirst, da er ja neben dir angekettet ist.«

Yarvi stieß ein freudloses, kleines Lachen aus – vielleicht zum ersten Mal, seit er ein Sklave geworden war. Vielleicht zum ersten Mal, seit er König geworden war. Aber er lachte nicht lange.

Die Tür des Heckkastells flog auf, und eine Frau torkelte ans Licht, hob beide Arme mit großer Geste und kreischte: »Ich bin wach!«

Sie war sehr groß, hatte scharfe Züge wie ein Falke und eine blasse Narbe auf einer Wange; ihr Haar hatte sie zu einem unordentlichen Nest hochgesteckt. Ihre Kleidung bestand aus einer grellen Mischung der unpraktischsten Gewänder aus einem Dutzend verschiedener Kulturen – ein Seidenhemd mit ausgefransten, bestickten Manschetten, ein silberfarbener Pelz, den der Wind zerzauste, ein fingerloser Handschuh an einer Hand, während die andere vor Ringen starrte, und ein mit Kristallen geschmückter Gürtel, dessen vergoldetes Ende lose gegen den Griff eines Krummsäbels schlug, der geradezu lächerlich tief um ihre Taille hing.^

Sie schubste den Ruderer, der ihr am nächsten saß, mit einem Tritt beiseite, damit sie ihren spitz zulaufenden Stiefel auf seine Bank stellen konnte, blickte über das ganze Deck und grinste breit, wobei reichlich Gold zwischen ihren Zähnen aufblitzte.

Die Sklaven, Wächter und Seeleute begannen sofort zu klatschen. Die einzigen, die dabei nicht mitmachten, waren Sumael, die auf dem Dach des Heckkastells saß und mit der Zunge an der Innenseite ihrer Wange spielte, der Bettler, dessen Bürste noch immer die Planken attackierte, und Yarvi, der frühere König von Gettland.

»Verdammte Schlampe«, stieß Rulf mit starr grinsenden Lippen hervor, während er applaudierte.

»Klatsch lieber«, raunte Jaud.

Yarvi hielt seine Hände in die Höhe. »Dazu fehlt mir noch mehr als zum Rudern.«

»Meine Kleinen, meine Kleinen!«, rief die Frau und presste sich wie von Gefühlen übermannt die ringgeschmückte Faust an die Brust. »Ihr erweist mir zu viel der Ehre! Lasst euch deswegen aber auch nicht davon abhalten. Für alle, die erst kürzlich zu uns gestoßen sind: Ich bin Ebdel Aric Schadikschirram, eure Schiffsführerin und Versorgerin. Vielleicht habt ihr schon von mir gehört, denn mein Name ist über die ganze Bruchsee hinaus bekannt und weit darüber hinaus gedrungen, jawohl, sogar bis zu den Mauern der Ersten der Städte und so weiter.«

Yarvi hatte ihr Ruhm noch nicht erreicht, aber Mutter Gundring pflegte nicht umsonst immer zu sagen: *Der weise Redner lernt als Erstes, wann er zu schweigen hat.*

»Ich könnte euch mit erhebenden Geschichten aus meiner bewegten Vergangenheit erfreuen«, fuhr sie fort und spielte dabei an einem Ohrring aus Gold und Federn, der bis weit auf ihre Schulter herunterbaumelte. »Wie ich die siegreiche Flotte der Kaiserin in der Schlacht von Fulku befehligte. Wie ich eine Zeit lang die Favoritin von Herzog Mikedas persönlich war, auch wenn ich nicht seine Frau werden wollte. Wie ich die Seeblockade von Inchim sprengte, durch den größten Sturm seit dem Bruch der Göttin segelte, einen Wal an Land brachte und bla, bla, bla. Aber wieso sollte ich?« Liebevoll tätschelte sie die Wange des nächsten Sklaven hart genug, dass man das Klatschen deutlich hören konnte. »Lasst uns einfach festhalten, dass dieses Schiff nun eure Welt ist, und auf diesem Schiff bin ich groß und ihr seid klein.«

»Wir sind groß«, echote Trigg und ließ seinen grimmigen Blick über die Bänke schweifen, »und ihr seid klein.«

»Heute haben wir gute Geschäfte gemacht, auch wenn wir leider ein paar eurer Brüder ersetzen mussten.« Die zahlreichen Schnallen auf den Stiefeln der Schiffsführerin klingelten, als sie zwischen den Bänken hin und her stolzierte. »Ihr werdet heute Abend alle ein Stück Brot und einen Schluck Wein bekommen.« Diese spektakuläre Ankündigung von Großzügigkeit führte wieder zu vereinzeltem Beifall. »Obwohl ihr mir gehört …«

Trigg räusperte sich geräuschvoll.

»… und den anderen Anteilseignern an diesem tapferen Schiff …«

Trigg nickte vorsichtig zustimmend.

»… betrachte ich uns dennoch gern als eine Familie!« Die Schiffsführerin schloss das ganze Schiff in ihre ausufernde Armbewegung ein, und die weiten Ärmel flatterten in der Brise, als wäre sie ein seltener, riesiger Seevogel, der sich gerade in die Lüfte erheben wollte. »Ich als nachsichtige Großmutter. Trigg und seine Wachleute als die netten Onkel, und ihr als die ungeratene Brut. Vereint gegen die gnadenlose Mutter Meer, die stets der größte Feind aller Seeleute gewesen ist! Ihr seid glückliche kleine Kinder, denn Mildtätigkeit, Wohltätigkeit und Freundlichkeit waren stets meine größten Laster.« Rulf hustete angeekelt einen Brocken Schleim hoch. »Die meisten von euch werden begreifen, dass es von Vorteil ist, sich als folgsame Kindchen zu erweisen, aber … vielleicht …« Schadikschirrams Lächeln verschwand und machte einem übertrieben verletzten Gesichtsausdruck Platz. »Aber vielleicht sind auch Unzufriedene unter euch, die lieber eigene Wege gehen wollen.«

Trigg kommentierte das mit einem missbilligenden Knurren.

»Die vielleicht der liebenden Familie den Rücken zukehren möchten. Und ihre Brüder und Schwestern im Stich lassen. Die unsere *loyale* Gefolgschaft in irgendeinem Hafen aufgeben möchten.« Die Schiffsführerin fuhr sich mit einer Fingerspitze über die blasse Narbe auf der Wange und zeigte die Zähne. »Oder die vielleicht sogar eine verräterische Hand gegen ihre Versorger erheben wollen.«

Trigg stieß ein entsetztes Zischen aus.

»Sollte euch ein Teufel solche Gedanken eingeben …« Die Schiffsführerin beugte sich zum Deck hinunter. »Dann denkt an den letzten Mann, der das versucht hat.« Als sie sich wieder erhob, hielt sie die schwere Kette gepackt und zog sie mit einem harten Ruck zu sich heran, wobei sie den dreckigen Deckschrubber von den Beinen riss, der kreischend in einem Knäuel verdrehter Gliedmaßen, Lumpen und Haaren auf den Planken landete. »Lasst diese undankbare Gestalt niemals in die Nähe eines Messers gelangen!« Sie trat auf den am Boden liegenden Mann. »Weder zum Essen noch zum Nägelschneiden. Gebt ihm nicht mal einen Angelhaken!« Sie balancierte auf seinem Körper, und ihre hohen Absätze bohrten sich in seinen Rücken, wobei sie selbst auf derart unebenem Gelände nicht das Gleichgewicht verlor. »Er ist ein *Nichts*, habt ihr mich verstanden?«

»Verdammt soll diese Schlampe sein«, raunte Rulf wieder, während sie leichtfüßig vom Kopf des Bettlers federte.

Yarvi sah dem elenden Deckschrubber zu, wie er sich aufrappelte, sich Blut vom Mund wischte, seine Bürste nahm und ohne einen Laut steifbeinig wieder an die Arbeit ging. Nur seine Augen blitzten ganz kurz durch das verfilzte Haar, als er der Schiffsführerin einen Blick nachsandte, und sie glänzten hell wie Sterne.

»Jetzt aber!«, rief Schadikschirram, die mühelos die Leiter erklomm, die auf das Dach des Heckkastells führte, und gerade lange genug innehielt, um ihre ringbesetzten Finger zu krümmen. »Nach Süden und nach Thorlby, meine Kleinen! Dort wartet reicher Profit auf uns! Und, Ankran?«

»Meine Herrin«, sagte Ankran und verneigte sich so tief, dass er beinahe das Deck berührte.

»Bring mir Wein, von dem Gequatsche habe ich Durst.«

»Ihr habt eure Oma gehört!«, brüllte Trigg und entrollte seine Peitsche.

Klappern und Rufe wurden laut, Seile zischten und Planken knarrten, während die wenigen freien Seeleute die Leinen loswarfen und die *Südwind* darauf vorbereiteten, den Hafen von Vulsgard zu verlassen.

»Und jetzt?«, raunte Yarvi.

Rulf stieß angesichts so viel Ahnungslosigkeit ein bitteres Zischen aus.

»Jetzt?« Jaud spuckte in die Hände und legte seine starken Pranken um das polierte Holz ihres Riemens. »Jetzt rudern wir.«

Pullt!

Es dauerte nicht lange, und Yarvi wünschte sich in den Keller des Menschenhändlers zurück.

»Pullt!«

Triggs Stiefel gaben einen knirschenden, gnadenlosen Rhythmus vor, während er, die Peitsche in den fleischigen Händen zusammengerollt, über die Planken schritt, seine Augen über die Bänke gleiten ließ, nach Sklaven Ausschau hielt, die eine Ermunterung nötig hatten, und seine grobe Stimme mit mitleidsloser Regelmäßigkeit ertönen ließ:

»Pullt!«

Wie zu erwarten gewesen war, erwies sich Yarvis verkrümmte Hand noch weniger geeignet, den dicken Riemen zu bewegen, als zum Festhalten seines Schildes. Aber im Vergleich zu Trigg erschien Meister Hunnan in Yarvis Erinnerung geradezu wie eine fürsorgliche Amme. Die Peitsche war Triggs bevorzugte Lösung für jedes Problem, aber als auch sie Yarvi keine zusätzlichen Finger wachsen ließ, band er Yarvis krumme Linke mit scheuernden Stricken am Handgelenk an den Riemen fest.

»Pullt!«

Jeder Zug an dem schrecklichen Riemen kostete Überwindung und ließ Yarvis Arme und Schultern und Rücken immer schlimmer brennen. Die Felle auf den Bänken waren zwar inzwischen seidenweich geschliffen und das Holz der Riemen von seinen Vorgängern glatt gescheuert, aber dennoch brachte jeder Schlag seinem Hintern mehr wunde Stellen und den

Handinnenflächen mehr Blasen. Mit jedem Schlag brannten der Schweiß und das Salzwasser immer heftiger in seinen Peitschenstriemen, in den Verletzungen durch die Stiefeltritte und in den nur langsam heilenden Brandwunden unter seinem grob geschmiedeten Halseisen.

»Pullt!«

Sein Leid ging über jedes erträgliche Maß hinaus, das Yarvi sich hatte vorstellen können, aber es war verblüffend, zu welch unmenschlichen Anstrengungen eine geschickt eingesetzte Peitsche einen Mann anspornen konnte. Schon bald sorgte ihr Knall oder auch nur das Knirschen von Triggs nahenden Stiefeln auf den Planken dafür, dass Yarvi sich duckte und wimmerte und sich noch ein bisschen stärker in die Riemen legte, bis die Spucke von seinen zusammengebissenen Zähnen troff.

»Der Junge wird es nicht lange machen«, knurrte Rulf.

»Immer einen Schlag zurzeit«, raunte Jaud sanft, dessen eigene Schläge endlos stark, gleichmäßig und ruhig waren, als sei er ein Mensch aus Holz und Eisen. »Atme langsam. Atme mit dem Riemen. Immer einen Schlag zurzeit.«

Yarvi konnte nicht sagen, warum, aber das half.

»Pullt!«

Die Riemen klapperten in den Löchern in der Bordwand, und die Ketten rasselten, die Seile knarrten, die Planken knirschten, die Ruderklaven stöhnten oder fluchten oder beteten oder verharrten in grimmigem Schweigen, und die *Südwind* mühte sich voran.

»Einen Schlag zurzeit.« Jauds sanfte Stimme war ein Leitfaden im Labyrinth des Elends. »Einen Schlag zurzeit.«

Yarvi konnte kaum sagen, was ihm die schlimmsten Qualen bereitete – die beißende Peitsche, die wund geriebene Haut, seine schmerzenden Muskeln oder das Wetter oder die Kälte oder der Dreck. Und dennoch – das endlose Kratzen der Bürste des namenlosen Schrubbers, der sich mit wehendem Haar und gebleckten gelben Zähnen hinter den zuckenden Lippen das Deck hinauf und wieder herunter arbeitete und dessen zerlumptes Hemd den Blick auf die Narben auf dem Rücken freigab, hielt Yarvi stets vor Augen, dass es noch schlimmer hätte sein können.

Es konnte immer noch schlimmer sein.

»Pullt!«

Manchmal zeigten die Götter Mitleid mit seinem elenden Zustand und schickten einen günstigen Wind. Dann lächelte Schadikschirram ihr goldenes Lächeln und befahl mit der Miene einer geduldigen Mutter, die ihre undankbare Brut entgegen besseres Wissen immer wieder verwöhnt, die Riemen einzuziehen und die groben Segel aus ledereingefasster Wolle zu hissen, um dann leichthin zu erklären, dass die Mildtätigkeit zu ihren größten Lastern zählte.

In tränenfeuchter Dankbarkeit ließ Yarvi sich dann gegen den stillgelegten Riemen sinken, sah das Segeltuch über sich flattern und blähen und atmete den Gestank von mehr als hundert schwitzenden, verzweifelnden, leidenden Männern ein.

»Wann waschen wir uns denn mal?«, fragte Yarvi leise in einem dieser wundervoll ruhigen Augenblicke.

»Wenn Mutter Meer das selbst übernimmt«, knurrte Rulf.

Das war gar nicht so selten. Die eisigen Wellen, die an die Bordwand schwappten, besprühten, bespritzten und durchnässten sie regelmäßig bis auf die Haut. Mutter Meer spülte über das Deck und wogte bis unter die Fußrasten, bis alles steif mit Salz verkrustet war.

»Pullt!«

Jedes Dreiergrüppchen war mit einem Schloss an seine Ruderbank gekettet, und die einzigen Schlüssel besaßen Trigg und die Schiffsführerin. Die Ruderskiaven verzehrten ihre mageren Rationen jeden Abend an die Bank gekettet. Sie hockten sich jeden Morgen an die Bank gekettet auf einen zerbeulten Eimer. Sie schliefen an die Bank gekettet, unter stinkenden Decken und kahlen Pelzen, und die Luft war schwer vor Stöhnen und Schnarchen und Knurren und dickem Atemhauch. Einmal die Woche saßen sie an die Bank gekettet da, und man schor ihnen grob das Haar und die Bärte – eine Vorsichtsmaßnahme gegen Läusebefall, die jedoch diese kleinen Passagiere nicht im Geringsten beeindruckte.

Das einzige Mal, dass Trigg zögernd seinen Schlüssel hervorzog und eines der Schlösser öffnete, kam an einem kühlen Morgen, als der hustende Vansterländer kalt dalag, zwischen seinen beiden unbeteiligt dreinblickenden Rudernachbarn hervorgezogen und über die Bordwand gekippt wurde.

Der Einzige, der seinen Abgang kommentierte, war Ankran, der an seinem dünnen Bärtchen zupfte und erklärte: »Wir brauchen Ersatz.«

Kurzzeitig fürchtete Yarvi, dass die Überlebenden noch eine Spur härter würden arbeiten müssen. Dann hoffte er, dass ein wenig mehr Essen für die anderen blieb. Dann gruselte er sich vor sich selbst, als ihm bewusst wurde, wie er inzwischen dachte.

Aber nicht so sehr, dass er den Anteil des Vansterländers nicht doch angenommen hätte, wenn man ihm den angeboten hätte.

»Pullt!«

Er hätte nicht sagen können, wie viele Nächte er völlig erschöpft und entkräftet eindämmerte, wie viele Morgen er mit schmerzenden Gliedern erwachte, die sich noch zu gut an die Strapazen des letzten Tages erinnerten, um gleich die nächsten Peitschenhiebe zu empfangen, und wie viele Tage vergingen, ohne dass er an etwas anderes dachte als an den nächsten Ruderschlag. Aber irgendwann kam ein Abend, an dem er nicht sofort in traumlosen Schlaf sank. Als seine Muskeln sich allmählich härteten, als die ersten Blasen aufgingen und die Peitsche etwas seltener auf seinen Rücken geklatscht war.

Die *Südwind* lag in einer Bucht vor Anker und schaukelte sanft. Es regnete in Strömen, daher hatte man die Segel abgenommen und über dem Deck wie ein großes Zelt aufgespannt, und nun prasselten die Tropfen laut auf das Tuch. Die geschickten Angler unter den Männern hatten eine Rute in die Hand gedrückt bekommen, wie Rulf beispielsweise, der nun zusammengesunken nahe der Bordwand in der Dunkelheit saß und leise raunend die Fische lockte.

»Für einen Kerl mit nur einer Hand«, sagte Jaud, dessen Kette rasselte, als er einen großen, nackten Fuß auf den Riemen setzte, »hast du heute ziemlich gut gerudert.«

»Hm.« Rulf spuckte durch das Riemenloch in der Bordwand, und ein kleiner Streifen Licht von Vater Mond ließ ein Grinsen auf seinem breiten Gesicht erahnen. »Vielleicht machen wir ja doch noch einen halben Ruderer aus dir.«

Und obwohl der eine viele Meilen entfernt geboren war und der andere viele lange Jahre vor ihm, und obwohl Yarvi abgesehen von dem, was er in ihren Gesichtern lesen konnte, wenig von ihnen wusste, und obwohl es für den Sohn König Uthriks von Gettland keine Heldentat war, angekettet auf einem Handelsschiff zu rudern, spürte Yarvi einen Anflug von Stolz, der ihm beinahe die Tränen in die Augen steigen ließ: Zwischen Ruderkameraden entspinnt sich ein eigenwilliges und sehr starkes Band.

Wenn man neben einem anderen angekettet ist und mit ihm das Essen und das Elend teilt, die Schläge des Aufsehers und die Knüffe von Mutter Meer, wenn man den eigenen Rhythmus dem seinen angleicht, während man den langen Riemen gemeinsam hin und her bewegt, wenn man sich des Nachts an ihn kuschelt, weil man die gleichmütige Kälte nicht allein ertragen will, dann lernt man einen Menschen wirklich kennen. Nachdem Yarvi eine Woche zwischen Jaud und Rulf angekettet gewesen war, musste er sich tatsächlich fragen, ob er jemals bessere Freunde gehabt hatte.

Obwohl das vielleicht mehr über sein bisheriges Leben verriet als über seine jetzigen Begleiter.

Am nächsten Tag hielt die *Südwind* Kurs auf Thorlby.

Bevor Sumael, die mit grimmigem Blick auf dem Bugkastell stand, das ungeschlachte Handelsschiff durch das Gewirr im Hafen an die belebten Kais geschoben, gesteuert und bugsiert hatte, hatte Yarvi kaum glauben können, dass er noch immer in derselben Welt lebte, in der er einmal König gewesen war. Und doch war es so. Er war zu Hause.

Die vertrauten grauen Häuser stiegen terrassenförmig und dicht gedrängt vom Hafen an den steilen Hängen empor, und Yarvis Augen glitten weiter nach oben, über die älteren, großartigeren Anwesen, bis sie an dem von Tunneln durchzogenen Felsen hängen blieben, der sich schwarz vor dem weißen Himmel abhob, und er die Zitadelle erblickte, in der er aufgewachsen war. Er sah den sechseckigen Turm, in dem die Gemächer Mutter Gundrings lagen, in denen er von ihr unterrichtet worden war, ihre Rätsel gelöst und seine glückliche Zukunft als Gelehrter geplant hatte. Er sah die Kupferkuppel der Götterhalle schimmern, wo er mit seiner Kusine Isriun verlobt worden war, wo man ihre Hände zusammengebunden hatte und wo ihre Lippen die seinen berührt hatten. Er sah den Hang mit den Grabhügeln seiner Ahnen, an dem er im Angesicht der Götter den Schwur getan hatte, sich an den Mördern seines Vaters zu rächen.

Ob König Odem wohl inzwischen bequem auf dem Schwarzen Thron saß und geliebt und gepriesen wurde von seinen Untertanen, die endlich einen König hatten, den sie bewundern konnten? Natürlich.

Ob Mutter Gundring ihm wohl als Gelehrte zur Seite stand und ihm ihre treffenden Weisheiten ins Ohr flüsterte? Höchstwahrscheinlich.

Ob wohl ein anderer Lehrling Yarvis Platz als ihr Nachfolger eingenommen hatte und jetzt auf seinem Hocker saß, die Tauben fütterte und ihr jeden Abend einen Becher dampfend heißen Tee brachte? Sicherlich – wie hätte es anders sein können?

Ob Isriun wohl bittere Tränen geweint hatte, weil ihr verkrüppelter Verlobter niemals zu ihr zurückkehren würde? Nachdem sie Yarvis Bruder schon so leicht vergessen hatte, würde sie wohl auch über einen zweiten Verlust hinwegkommen.

Vielleicht war seine Mutter die Einzige, die ihn vermisste, aber das auch nur deshalb, weil ihre Macht all ihrer Durchtriebenheit zum Trotz geschwunden sein musste, nachdem ihr Marionettensohn nun nicht mehr auf seinem Spielzeugthron saß.

Hatten sie ein Schiff verbrannt und einen leeren Grabhügel für ihn errichtet, wie für seinen ertrunkenen Onkel Uthil? Irgendwie konnte er das nicht recht glauben.

Er merkte, dass er seine verkümmerte Hand zu einer zitternden, knubbligen Faust geballt hatte.

»Was treibt dich um?«, fragte Jaud.

»Das hier war einmal mein Zuhause.«

Rulf seufzte. »Eins kann ich dir aus Erfahrung sagen, Küchenjunge. Die Vergangenheit begräbt man besser.«

»Ich habe einen Schwur getan«, sagte Yarvi. »Einen Schwur, vor dem man nicht davonrudern kann.«

Rulf seufzte wieder. »Eins kann ich dir aus Erfahrung sagen, Küchenjunge. Schwöre niemals.«

»Aber wenn man nun schon einmal geschworen hat«, sagte Jaud. »Was dann?«

Yarvi sah grimmig zur Zitadelle hinüber, die Zähne schmerzhaft zusammengepresst. Vielleicht hatten ihm die Götter diese Probe als Strafe gesandt. Dafür, dass er zu gutgläubig, zu vertrauensselig, zu schwach gewesen war. Aber sie hatten ihn am Leben gelassen. Sie hatten ihm die Gelegenheit gegeben, seinen Schwur zu erfüllen. Das Blut seines verräterischen Onkels zu vergießen. Sich den Schwarzen Thron zurückzuholen.

Aber die Götter würden nicht ewig warten. Mit jedem neuen Morgen würde die Erinnerung an seinen Vater weiter verblassen, mit jedem Tag, der verging, würde der Einfluss seiner Mutter schwinden, mit jeder Abenddämmerung würde sein Onkel seinen Griff um Gettland stärken. Mit jedem Sonnenuntergang verringerten sich Yarvis Möglichkeiten.

Er würde keine Rache nehmen und sich kein Königreich zurückholen, solange er an einen Riemen gebunden und an eine Ruderbank gekettet war, so viel stand fest.

Er musste wieder freikommen.

Die Werkzeuge des Gelehrten

Mit einem anstrengenden Schlag nach dem anderen gerieten Thorlby, Yarvis altes Leben und Zuhause immer weiter in die Vergangenheit. Die *Südwind* hielt ächzend Kurs gen Süden, und der Wind zeigte sich selten geneigt, den Rudersklaven zu Hilfe zu kommen. Südwärts ging es, entlang der zerklüfteten Küste von Gettland mit ihren Inselchen und Buchten, den befestigten Dörfern und den in der Strömung treibenden Fischerbooten, den umzäunten Gehöften, deren bergige Weiden mit Schafen gesprenkelt waren.

Und Yarvis gnadenloser, sehnenzerfetzender und zähneknirschender Kampf gegen den Riemen ging weiter. Er hätte nicht sagen können, wer ihn gewann. Es gab keinen Gewinner. Aber vielleicht waren zumindest die Verluste nicht ganz einseitig.

Sumael navigierte sie nahe an die Küste heran, als sie an der Mündung des Helmflusses vorüberkamen, und das Schiff erbebte vor geraunten Gebeten. Die Ruderer warfen ängstliche Blicke seewärts zu einer spiralförmigen, schwärzlichen Wolke, die den Himmel teilte. Die geborstenen Albentürme auf den versprengten Inseln konnten sie nicht sehen, aber jeder wusste, dass sie hinter dem Horizont lauerten.

»Strokom«, raunte Yarvi, der die Augen zusammenkniff, um etwas zu erkennen, während er sich gleichzeitig vor dem Anblick fürchtete, der sich ihm enthüllen mochte. In früherer Zeit hatten die Menschen Relikte von der verfluchten Albenruine mitgebracht, aber noch während sie sich in ihrem Triumph sonnten, waren sie krank geworden und gestorben, und der Gelehrtenkreis hatte das Betreten der Insel verboten.

»Vater Friede schütze uns«, schnaufte Rulf, der mit dem Finger ein Durcheinander heiliger Symbole auf seine Brust zeichnete, und die Sklaven brauchten keine Peitsche, um doppelt so kräftig zu pullen und diesen Schatten schnell hinter sich zu lassen.

Yarvi war sich der Ironie des Schicksals bewusst, dass dies genau der Weg war, den er genommen hätte, um seine Gelehrtenprüfung abzulegen. Auf dieser Reise hätte Prinz Yarvi in eine warme Decke eingehüllt mit seinen Büchern an Bord gesessen und keinen Gedanken an das Leid der Rudersklaven verschwendet. Jetzt, da er an die Bank gekettet war, hatte er die *Südwind* zu seinem Studiengebiet erklärt. Das Schiff und die Menschen darauf und wie er sie vielleicht nutzen konnte, um die Freiheit zu erlangen.

Die Menschen sind die besten Werkzeuge des Gelehrten, hatte Mutter Gundring immer gesagt.

Ebdel Aric Schadikschirram, die nach eigenem Bekunden so berühmte Händlerin, Favoritin und Schiffsführerin, war die meiste Zeit entweder betrunken oder besinnungslos betrunken. Manchmal konnte man durch die Tür ihrer Kabine im Heckkastell ihr Schnarchen hören, das sich auf unheimliche Weise dem Takt der Ruderer anglich. Manchmal stand sie in melancholischer Stimmung auf dem Bugkastell, eine Hand auf die ausgestellte Hüfte gestützt, die andere um eine halb leere Flasche gekrümmt, und sah mit grimmiger Miene in den Wind, als wollte sie ihn dazu bringen, stärker zu blasen. Manchmal tigerte sie über die Planken, klopfte den Männern auf die Schultern und erzählte Witze, als seien sie und ihre Sklaven alte Freunde. Wenn sie an dem namenlosen Deckschrubber vorüberkam, vergaß sie nie, den Mann zu treten, zu würgen oder den Nachteimer über ihm auszuleeren, und dann nahm sie wieder einen Schluck aus ihrer Weinpulle und brüllte: »Auf zu neuen Profiten«, und die Ruderer klatschten begeistert. Wer am lautesten klatschte, bekam vielleicht auch einen Schluck von ihrem Wein, während auf jene, die nicht applaudierten, durchaus auch Triggs Peitsche warten konnte.

Trigg war der Aufseher, der Meister der Ketten, der Aufpasser, der stellvertretende Befehlshaber und Anteilseigner an dem ganzen Unternehmen. Er befehligte die Wachen, etwa zwei Dutzend Leute, bewachte die Sklaven und sorgte dafür, dass sie genau das Tempo hielten, das die Schiffsführerin forderte. Er war ein brutaler Mann, der jedoch einen ebenso brutalen Sinn für Gerechtigkeit hatte. Er kannte keine Günstlinge und machte keine Ausnahmen. Jeder wurde gleichermaßen ausgepeitscht.

Ankran war der Frachtmeister, und er wiederum war überhaupt nicht gerecht. Er schlief unter Deck bei der Ladung und war der einzige Sklave, der regelmäßig von Bord gehen durfte. Ihm fiel es zu, Vorräte und Kleidung einzukaufen und zu verteilen, und er leistete sich jeden Tag tausend kleine Betrügereien – er kaufte Fleisch, das halb verdorben war, kürzte den Ruderern die Rationen und ließ sie Kleider flicken, die lediglich noch abgetragene Lumpen waren – um dann den Profit mit Trigg zu teilen.

Jedes Mal, wenn er vorüberging, spuckte Rulf besonders abfällig aus. »Was will dieser betrügerische Dreckskerl mit dem ganzen Geld?«

»Manche Männer lieben das Geld«, sagte Jaud milde.

»Sklaven auch?«

»Sklaven haben dieselben Gelüste wie andere Menschen. Sie haben nur keine Möglichkeiten, ihnen zu frönen.«

»Das ist wohl wahr«, sagte Rulf, der Sumael mit einem sehnsüchtigen Blick bedachte.

Die Steuerfrau verbrachte ihre Zeit zumeist auf dem Dach der Kastelle, las in ihren Seekarten oder betrachtete ihre Instrumente, sah grimmig zu Sonne oder Sternen empor und rechnete unter Zuhilfenahme ihrer Finger, oder sie deutete auf einen Fels oder eine Welle, eine Wolke oder einen Strudel und stieß entsprechende Warnungen aus. Während die *Südwind* auf See war, bewegte sie sich frei an Deck, aber sobald sie in einem Hafen anlegten, war es die erste Tat der Schiffsführerin, Sumaels lange, elegante Kette an einem Eisenring auf dem Heckkastell festzumachen. Eine Sklavin von Sumaels Fähigkeiten war vermutlich mehr wert als die gesamte Ladung.

Manchmal ging sie zwischen den Ruderern umher, kletterte achtlos über Männer, Bänke und Riemen, um an irgendeiner Strebe zu ziehen oder um sich über die Bordwand zu lehnen und die Wassertiefe mit einem Senkblei zu messen. Yarvi sah sie lediglich dann lächeln, wenn sie in einem der Mastkörbe hockte und der Wind an ihren kurzen Haaren riss. Dann sah sie so glücklich aus wie er an Mutter Gundrings Kamin und betrachtete die Küstenlinie durch eine Röhre aus glänzendem Messing.

Jetzt war es Throvenland, das an ihnen vorüberglitt, graue Klippen, die von den hungrigen Wellen belagert wurden, graue Strände, an deren Kies die See schmatzte, graue Städte, an deren Anlegern mit Speeren bewaffnete Männer in grauen Kettenhemden standen und die vorüberfahrenden Schiffe genau musterten.

»Mein Zuhause war ganz in der Nähe«, sagte Rulf, als sie eines grauen Morgens die Riemen einholten, während ein feiner Nieselregen alles mit Taujuwelen besetzte. »Zwei harte Tagesritte ins Landesinnere. Ich hatte einen guten Hof mit einem guten, gemauerten Schornstein, und eine gute Frau, die mir zwei gute Söhne gebar.«

»Wie bist du dann hier geendet?«, fragte Yarvi, der gedankenverloren an dem Strick spielte, der seine wund gescheuerte Linke am Riemen fixierte.

»Ich war ein Krieger. Ein Bogenschütze, Seefahrer, Schwertkämpfer und Plünderer in den Sommermonaten.« Rulf kratzte sich das breite Kinn, das schon wieder graue Bartstoppeln zeigte; sein Bart schien eine Stunde nach der Rasur schon wieder zu wachsen. »Ein paar Jahre fuhr ich unter einem Kapitän namens Halstam, der eine recht angenehme Art hatte. Ich wurde sein Rudergänger, und mit Hopki Drosselfuß, dem Blauen Jenner und ein paar anderen fröhlichen Gesellen hatten wir beim Plündern eine Zeit lang gutes Glück, so gut, dass ich über den Winter mit den Füßen am Feuer sitzen und gutes Bier trinken konnte.«

»Bier ist mir nie bekommen, aber was du da erzählst, klingt nach einem glücklichen Leben«, sagte Jaud, der in die weite Ferne blickte und dabei vielleicht an eine eigene, glückliche Vergangenheit dachte.

»Die Götter lachen gern über einen glücklichen Menschen.« Rulf räusperte sich geräuschvoll und spuckte dann gekonnt über die Bordwand. »Einen Winter dann fiel Halstam im Rausch vom Pferd und starb, und das Schiff ging an seinen ältesten Sohn, Jung-Halstam, der ein ganz anderer Kerl war, stolz und aufbrausend und wenig weise.«

»Manchmal sind sich Vater und Sohn wenig ähnlich«, murmelte Yarvi.

»Entgegen besseres Wissen willigte ich ein, sein Rudergänger zu werden, und wir waren noch keine Woche unterwegs, als er meinen Rat in den Wind schlug und ein viel zu stark verteidigtes Handelsschiff angriff. Hopki und Jenner und die meisten anderen gingen an jenem Tag durchs Letzte Tor. Ich zählte zu der Handvoll, die gefangen genommen wurde. Das war vor zwei Sommern, und seitdem pulle ich für Trigg an den Riemen.«

»Ein trauriges Ende«, sagte Yarvi.

»Wie in vielen schönen Geschichten«, sagte Jaud.

Rulf zuckte die Achseln. »Ich will mich nicht beklagen. Auf

meinen Reisen haben wir sicherlich zweimal hundert Inglinge geraubt und als Sklaven verkauft und den Gewinn wahrlich genossen.« Der alte Räuber strich mit der rauen Handfläche über die Holzmaserung des Riemens. »Es heißt, man erntet, was man gesät hat, und das scheint wohl wahr zu sein.«

»Würdet ihr nicht abhauen, wenn ihr könntet?«, raunte Yarvi und warf einen vorsichtigen Blick zu Trigg, ob er sie auch nicht hörte.

Jaud schnaubte. »In dem Dorf, in dem ich früher lebte, gibt es einen Brunnen, der das süßeste Wasser der ganzen Welt hat.« Er schloss die Augen und fuhr sich mit der Zunge über die Lippen, als ob er es schmeckte. »Ich würde alles dafür geben, um dieses Wasser noch einmal trinken zu können.« Er breitete die Hände aus. »Aber ich habe nichts zu geben. Und seht euch den Letzten an, der versucht hat, sich davonzumachen.« Und er nickte zu dem Schrubbenden, dessen Bürste endlos wieder und wieder und wieder über die Planken fuhr und dessen schwere Ketten rasselten, als er steifknochig auf seinen verschorften Knien ziellos umherrutschte.

»Was hat er für eine Geschichte?«

»Ich kenne seinen Namen nicht. Wir nennen ihn Nichts. Als ich auf die *Südwind* kam, saß er an einem Riemen. Eines Nachts, als wir vor der Küste von Gettland lagen, versuchte er zu fliehen. Irgendwie konnte er sich von seinen Ketten befreien und ein Messer stehlen. Er tötete drei Wachen und stach einem so ins Knie, dass er nie wieder laufen konnte, und dann brachte er unserer Schiffsführerin die Narbe auf der Wange bei, bevor sie und Trigg ihn überwältigten.«

Yarvi blinzelte in Richtung des zerlumpten Deckschrubbers. »Und das alles mit nur einem Messer?«

»Und noch nicht einmal mit einem großen. Trigg wollte ihn am Mast aufknüpfen, aber Schadikschirram beschloss, ihn uns zur Mahnung am Leben zu lassen.«

»Mildtätigkeit war immer schon ihr größtes Laster«, sagte Rulf und stieß ein freudloses Lachen aus.

»Sie hat sich ihre Wunde genäht«, sagte Jaud, »und ihm diese lange Kette angelegt, und dann mehr Wachen angeheuert und ihnen eingebläut, dass er nie wieder eine Klinge in die Hand bekommen darf, und seither scheuert er die Planken, und ich habe ihn kein einziges Wort wieder sprechen hören.«

»Und was ist mit dir?«, fragte Yarvi.

Jaud grinste ihn von der Seite an. »Ich spreche, wenn ich etwas zu sagen habe.«

»Nein, ich meine, wie lautet deine Geschichte?«

»Ich war früher einmal Bäcker.« Die Taue zischten, als der Anker gelichtet wurde, und Jaud seufzte, während er seine Hände um den Riemen legte, der unter seinen Handflächen glatt poliert worden war. »Und meine Geschichte lautet jetzt, dass ich an diesem Riemen sitze.«

Der Narr schlägt zu

Jaud ruderte, und Yarvi ruderte ebenfalls. Allmählich bekam er sogar an seiner verwachsenen Hand Schwielen. Sein Gesicht war vom Wetter gegerbt, sein Körper so sehnig und zäh wie Triggs Peitsche. Als sie Kap Bail umsegelten, ging eine Regenbö auf die Besatzung nieder, die so heftig war, dass sie die dräuende Festung oben auf den Klippen kaum erkennen konnten, aber von dort führte ihr Weg in ruhigere Wasser, in denen es von Schiffen aller Arten und Formen und Nationen nur so wimmelte. Yarvi rutschte unruhig auf seiner Ruderbank hin und her und konnte es kaum erwarten, endlich einen Blick auf Skekenheim erhaschen zu können.

Als Erstes sah er natürlich die Albenruinen. Nicht einmal der Zorn von Mutter Meer hatte den enorm hoch aufragenden Mauern etwas anhaben können, und immer noch waren die Fundamente makellos glatt geschliffen. Weiter oben hingegen waren sie geborsten und zerklüftet – aus den Ritzen sahen verdrehte Metallstreben hervor wie Knochensplitter aus einer Wunde, während die Spitzen der Bauten von neu errichteten Brustwehren gekrönt waren, von denen stolz die Flagge des Königs wehte.

Noch höher ragte die Festung der Gelehrten auf. Höher als alle anderen Gebäude an den Ufern der Bruchsee, wenn man die Ruinen von Strokom oder Lanangad nicht mitzählte, an die sich niemand heranwagte. Drei Viertel ihrer beeindruckenden Höhe bestanden aus Albenbauwerk: Säulen aus fugenlos aneinandergefügtem Stein, perfekt quadratisch, perfekt im Ganzen, und einige der großen Fenster waren noch immer mit riesig großen Flächen aus schwarzem Albenglas gefüllt.

In einer Höhe, die vielleicht fünfmal der des höchsten Turms der Zitadelle von Thorlby entsprach, war der Albenstein wie abrasiert, beim Bruch der Göttin geschmolzen und zu riesigen Tränen verlaufen. Darüber hatten viele Generationen von Gelehrten eine wilde Krone aus Fachwerk und Stein errichtet – Türmchen, Austritte, Balkons, abgeschrägte Dächer mit rauchenden Schornsteinen und herabhängenden Seilen und Ketten, streifig vom Alter und von Vogeldreck: die verrottende Arbeit von Menschen, die im Vergleich zu der strengen Perfektion der unteren Bereiche des Bauwerks geradezu albern wirkte.

Graue Flecken kreisten um die höchsten Kuppeln. Tauben vielleicht, wie jene, um die Yarvi sich früher einmal gekümmert hatte. Wie jene, die seinen Vater in den Tod gelockt hatte. Tauben, die krächzend die Botschaften der vielen Gelehrten übermittelten, die an den Gestaden der Bruchsee verstreut lebten. Sah er dazwischen vielleicht sogar den einen oder anderen bronzegefiederten Adler, der die Wünsche des Hochkönigs trug?

In dieser uralten Festung also hätte Yarvi seine Prüfung ablegen sollen. Dort hätte er, wenn er bestanden hätte, die Wange von Großmutter Wexen geküsst. Dort wäre sein Leben als Prinz zu Ende gegangen, und sein Leben als Gelehrter hätte begonnen. Und sein Leben als elender Sklave hätte es niemals gegeben.

»Riemen einziehen!«, rief Sumael.

»Riemen einziehen!«, bellte Trigg, damit alle sehen und hören konnten, dass er es war, der die Befehle erteilte.

»Riemen rein, Riemen raus«, brummte Rulf. »Die wissen auch nie, was sie wollen.«

»Skekenheim.«Yarvi rieb sich die roten, wund gescheuerten Flecke am Handgelenk, während die *Südwind* an ihren Liegeplatz verholt wurde und Sumael sich vom Heckkastell herunterlehnte, um die mit allen Kräften ziehenden Hafenarbeitern zur Vorsicht zu mahnen. »Der Mittelpunkt der Welt.«

Jaud schnaubte. »Verglichen mit den großen Städten von Catalia ist das hier eine bessere Scheune.«

»Wir sind aber nicht in Catalia.«

»Nein.« Der große Mann stieß einen schweren Seufzer aus. »Leider nicht.«

Im Hafen stank es nach Fäulnis und Salzfraß, ein Geruch, der sich alle Mühe gab, den bemerkenswerten Gestank von Yarvi und seinen Gefährten zu überdecken. Viele Liegeplätze waren noch frei. Die Fenster der verfallenden Gebäude dahinter glotzten mit dunklen, leeren Höhlen zu ihnen herüber. Am Kai türmte sich ein großer Haufen verschimmelnden Getreides, auf dem bereits Unkraut wuchs. Wächter in der geflickten Uniform des Hochkönigs saßen tatenlos in der Nähe und würfelten. Bettler drückten sich in den Schatten herum. Skekenheim mochte größer sein als Thorlby, aber der Stadt fehlten die Lebendigkeit und Energie, das bunte Treiben und die neuen Gebäude von Yarvis Heimat.

Die Albenruinen waren sicherlich einmal gewaltig gewesen, aber jene Stadtteile, die von den Menschen errichtet worden waren, wirkten ausgesprochen enttäuschend. Yarvi spuckte gut gezielt über die Bordwand.

»Sauber.« Rulf nickte ihm zu. »Beim Rudern taugst du ja nicht gerade viel, aber so langsam kriegst du raus, worauf es ankommt.«

»Ihr müsst eine Weile ohne mich auskommen, meine Kleinen!« Schadikschirram stolzierte über das Deck. Sie hatte sich in ihre auffälligsten Gewänder gekleidet und schob sich im Gehen noch ein oder zwei zusätzliche Ringe auf die Finger. »Ich werde in der Festung der Gelehrten erwartet!«

»Unser Geld wird dort erwartet«, brummte Trigg. »Wie viel kostet die Lizenz dieses Jahr?«

»Ich würde vermuten, ein wenig mehr als im letzten.« Schadikschirram fuhr sich mit der Zunge über einen Fingerknöchel, damit sich ein besonders geschmackloser Ring leichter darüberschieben ließ. »Die Abgaben für den Hochkönig steigen zumeist gleichmäßig und stetig.«

»Man könnte unser Geld gleich Mutter Meer in den Rachen werfen, anstatt es diesen Schakalen von Gelehrten zu geben.«

»Am liebsten würde ich dich Mutter Meer in den Rachen werfen, wenn ich nicht befürchten müsste, dass sie dich gleich wieder ausspuckte.« Schadikschirram streckte die juwelenbesetzte Hand vor sich aus, um sie zu bewundern. »Mit einer Lizenz können wir überall in der Bruchsee Handel treiben. Ohne sie ... *pffft*.« Sie blies die entgangenen Profite symbolisch durch die Fingerspitzen.

»Der Hochkönig wacht eifersüchtig über seine Einkünfte«, murmelte Jaud.

»Natürlich«, sagte Rulf, während sie zusahen, wie ihre Schiffsführerin dem schrubbenden Nichts nebenbei einen Tritt verpasste und dann über die schwankende Planke an Land schlenderte. Ankran hastete an der kurz gefassten Kette hinter ihr her. »Es sind schließlich seine Einkünfte, die ihn zum Hochkönig machen. Ohne die wäre er so wenig wert wie wir alle.«

»Und große Männer brauchen große Feinde«, sagte Jaud, »außerdem sind Kriege ein verdammt teures Vergnügen.«

»Der Bau von Tempeln kommt gleich an zweiter Stelle.« Rulf nickte zu dem Rohbau eines riesigen Gebäudes hinüber, der sich hinter den Dächern in der Nähe erhob und von einem solchen Durcheinander aus Gerüsten, Flaschenzügen und Plattformen umgeben war, dass Yarvi kaum seine Form erkennen konnte.

»Das ist der Tempel des Hochkönigs?«

»Den er für seine neue Göttin gebaut hat.« Rulf wollte durch das Riemenloch spucken, zielte aber schlecht und bespritzte stattdessen die Bordwand. »Ein Denkmal seiner eigenen Eitelkeit. Vier Jahre sind sie schon mit dem Bau beschäftigt, und noch immer sind sie nicht einmal halb fertig.«

»Manchmal glaube ich, dass es so etwas wie Götter gar nicht gibt«, überlegte Jaud laut und strich sich gedankenverloren mit der Fingerspitze über die geschürzten Lippen. »Aber dann frage ich mich, wer sonst mir das Leben so zur Hölle machen könnte.«

»Eine alte Göttin«, sagte Yarvi. »Keine neue.«

»Wieso denkst du das?«, fragte Rulf.

»Bevor die Alben der Einen den Krieg erklärten, gab es nur eine Göttin. Aber in ihrem Hochmut verwendeten sie einen Zauber, der so stark war, dass er das Letzte Tor aufsprengte, sie alle vernichtete und die Eine Göttin in viele zerbrach.« Yarvi nickte zu dem großen Bauplatz hinüber. »Manche im Süden glauben, dass die Eine Göttin niemals wirklich zerbrochen werden konnte. Dass die vielen kleinen Götter lediglich verschiedene Facetten der Einen sind. Wie es scheint, hat der Hochkönig die Vorzüge dieser Überzeugung erkannt. Oder wenn nicht er, dann zumindest Großmutter Wexen.« Er dachte darüber nach. »Oder vielleicht verspricht sie sich Vorteile davon, sich bei der Kaiserin des Südens einzuschmeicheln, indem hierzulande auf dieselbe Weise gebetet wird.« Unwillkürlich erinnerte er sich an die hungrig schimmernden Augen der alten Gelehrten, als er vor ihr gekniet hatte. »Oder sie glaubt, dass Leute, die an eine einzige Göttin glauben, eher bereit sind, einen einzigen Hochkönig anzuerkennen.«

Rulf spuckte wieder. »Der letzte Hochkönig war schlimm genug, aber der betrachtete sich wenigstens nur als Erster unter Brüdern. Je älter dieser hier wird, desto mehr ist er besessen von seiner eigenen Macht. Er und seine verdammte Gelehrte werden nicht eher ruhen, bis sie sich über ihre Eine

Göttin erhoben haben und die ganze Welt vor ihren verknöcherten Ärschen kniet.«

»Ein Mann, der nur der Einen Göttin dient, kann nicht seinen eigenen Weg bestimmen: Er wird ihm von oben vorgegeben«, erklärte Yarvi nachdenklich. »Bitten kann er sich nicht verschließen, und Befehle muss er befolgen.« Er hielt ein Stück seiner Kette hoch und betrachtete es mit gerunzelter Stirn. »Die Eine Göttin zieht eine Kette um die Welt, vom Hochkönig über die kleinen Könige bis zu uns übrigen, und jedes Glied hat seinen rechten Platz. Alle sind auf diese Weise Sklaven.«

Jaud sah grimmig zur Seite. »Du scheinst mir ein großer Denker zu sein, Yorv.«

Yarvi zuckte die Achseln und ließ die Kette wieder fallen. »Das hat noch weniger Nutzen als eine gesunde Hand für einen Ruderer.«

»Wie kann eine Göttin aber dafür sorgen, dass alles in der Welt seinen Lauf nimmt?« Rulf streckte die Arme aus, als wollte er die ganze verfallende Stadt mit all ihren Bewohnern umfangen. »Wie kann eine Göttin sich um das Vieh und die Fische kümmern, und um das Meer und den Himmel, und um Krieg wie auch um Frieden? Das ist doch alles großer Quatsch.«

»Vielleicht ist die Eine Göttin wie ich.« Sumael hatte sich auf dem Heckkastell ausgestreckt. Sie stützte sich mit einem Ellenbogen auf, hatte den Kopf auf ihre Schulter gelegt und ließ ein Bein baumeln.

»Du meinst, faul?«, knurrte Jaud.

Sie grinste. »Sie bestimmt den Kurs, hat aber viele kleine Götter in Ketten, die für sie rudern.«

»Verzeih, Allmächtige«, sagte Yarvi, »aber wenn ich recht sehe, dann scheinst du selbst eine Kette zu tragen.«

»Im Augenblick schon«, sagte sie und warf sich ein paar Glieder wie einen Schal über die Schulter.

»Eine Göttin«, schnaubte Rulf wieder und schüttelte immer noch den Kopf in Richtung des noch nicht einmal halb fertigen Baus.

»Besser eine als keine«, schnaubte Trigg, als er an ihnen vorüberging.

Daraufhin fielen die Rudersklaven in Schweigen, wussten sie doch, dass ihr Kurs sie demnächst an den Küsten von Ruin vorüberführen würde, wo man gegenüber Ausländern keine Gnade kannte und an keinen Gott und keine Göttin glaubte und vor keinem König kniete, ganz egal, für wie hochstehend er sich hielt.

Große Gefahren versprachen allerdings großen Gewinn, wie Schadikschirram die Besatzung wissen ließ, als sie wieder an Bord sprang und dabei die in Runenschrift verfasste Lizenz hocherhoben hielt, wobei ihre Augen so triumphierend glänzten, dass man hätte glauben können, der Hochkönig persönlich habe sie ihr in die Hand gedrückt.

»Dieses Papier wird uns vor den Ruinern nicht schützen«, brummte jemand auf einer Bank hinter Yarvi. »Sie ziehen ihren Gefangenen die Haut ab und essen ihre eigenen Toten.«

Yarvi schnaubte. Er hatte die Sprachen und Gebräuche der meisten Völker an den Gestaden der Bruchsee studiert. *Unwissenheit nährt die Angst*, hatte Mutter Gundring immer gesagt. *Wissen hingegen tötet die Angst.* Wenn man ein Volk genauer betrachtete, dann stellte man fest, dass es auch nur Menschen waren wie alle anderen.

»Die Ruiner mögen keine Ausländer, weil wir immer wieder bei ihnen einfallen und die Einwohner als Sklaven verschleppen. Sie sind keine Wilden, nicht mehr als andere Menschen jedenfalls.«

»Oh, doch so schlimm?«, brummte Jaud und behielt Trigg im Auge, der gerade seine Peitsche ausrollte.

An jenem Nachmittag ruderten sie nach Osten, mit neuer Lizenz und neuer Fracht, aber immer noch in denselben Ketten, und die Festung der Gelehrten verschwand hinter ihnen allmählich im Dunst. Bei Sonnenuntergang ankerten sie in einer geschützten Bucht, und Mutter Sonne goss Gold über das Wasser, als sie hinter der Welt versank, und malte seltsame Farben auf die Wolken.

»Mir gefällt dieser Himmel nicht!« Sumael schwang sich den Mast hinauf, schob die Beine über die Rahe und sah grimmig zum Horizont. »Wir sollten morgen hierbleiben!«

Schadikschirram tat ihre Warnung mit einer lässigen Handbewegung ab, als würde sie eine Fliege verscheuchen. »Die Stürme in diesem kleinen Teich hier sind nicht der Rede wert, und ich habe stets überragendes Wellenglück gehabt. Wir fahren weiter.« Damit warf sie eine leere Flasche ins Meer und brüllte nach Ankran, dass er ihr eine neue holte, während Sumael weiter kopfschüttelnd zum Himmel aufsah.

Während die *Südwind* sanft schaukelnd dalag und die Wächter und Seeleute sich um eine Kohlenpfanne am Bugkastell scharten, wo sie um kleine Schmuckstücke würfelten, stimmte einer der Sklaven mit dünner, brechender Stimme ein schlüpfriges Lied an. An einer Stelle vergaß er den Text und ersetzte die fehlenden Worte mit Nonsenslauten, aber am Schluss erhielt er dennoch versprengtes, müdes Gelächter, und viele trommelten beifällig mit hohlem Schlag auf ihre Riemen.

Nun begann ein anderer zu singen, in tiefem Bass, und er sang von Bail dem Erbauer, der in Wirklichkeit gar nichts erbaut hatte, wenn man das Aufhäufen von Leichenbergen nicht mitzählte, und der sich mit Feuer und Schwert und dem harten Einsatz aller Beteiligten zum ersten Hochkönig aufgeschwungen hatte. Rückblickend haben Tyrannen immer ein freundlicheres Gesicht, und schon bald stimmten viele andere in den Gesang mit ein. Schließlich schritt Bail in der Schlacht durch das Letzte Tor, wie das mit Helden gewöhnlich so ist, und das Lied war zu Ende, wie das mit Liedern gewöhnlich so ist, und der Sänger wurde ebenfalls mit reichlich Riemengetrommel belohnt.

»Wer weiß sonst noch eine Melodie?«, rief jemand.

Und zur allgemeinen Überraschung, seiner eigenen eingeschlossen, stellte sich heraus, dass Yarvi eine wusste. Es war ein Lied, das seine Mutter gern nachts gesungen hatte, wenn er sich als kleiner Junge im Dunkeln gefürchtet hatte. Er wusste nicht, wieso es ihm gerade jetzt einfiel, aber seine Stimme erhob sich hoch und frei und berührte Orte, die weit von dem stinkenden Schiff von Dingen kündeten, die seine Besatzung schon lange vergessen hatte. Jaud guckte ihn blinzelnd an, Rulf sah mit starrem Blick vor sich hin, und Yarvi schien es, dass er noch niemals auch nur halb so schön gesungen hatte, seinen Ketten und der hilflosen Lage auf dieser verrottenden Badewanne zum Trotz.

Stille herrschte, als er geendet hatte, und nur das leise Knarren des Schiffes auf den leisen Wellen war zu hören, der Wind in den Wanten und die entfernten Schreie der Möwen aus großer Höhe.

»Sing noch eins«, sagte schließlich jemand.

Also sang Yarvi noch eins, und noch eins und danach noch eins. Er sang ihnen Lieder von gefundener oder verlorener Liebe, von hohen und niederen Taten. Er sang das Lied von Froki, der so kaltblütig war, dass er eine Schlacht verschlief, und das Lied von Aschenleer, die so scharfäugig war, dass sie die einzelnen Sandkörner am Strand zählen konnte. Er sang von Horald dem Weitgereisten, der den schwarzhäutigen König von Daiba bei einem Rennen besiegte und schließlich so weit hinaussegelte, dass er über den Rand der Welt stürzte. Er sang von Angulf Spaltfuß, dem Hammer der Vansterländer, und ließ dabei unerwähnt, dass dieser Mann sein Urgroßvater gewesen war.

Jedes Mal, wenn er endete, wurde er um ein neues Lied gebeten, bis die Sichel von Vater Mond über die Berge stieg und die Sterne durch das Himmelstuch blinkten und die letzte Note der Erzählung von Bereg, der den Tod fand, als er den Gelehrtenkreis ins Leben rief, um die Welt vor Zauberkunst zu schützen, in der Dämmerung verklang.

»Wie ein kleiner Vogel mit nur einem Flügel.« Als Yarvi sich umwandte, blickte Schadikschirram zu ihm herunter und rückte sich die Nadeln in ihrem aufgesteckten Haar zurecht. »Guter Gesang, was, Trigg?«

Der Aufseher schniefte und wischte sich mit dem Handrücken über die Augen, bevor er mit erstickter Stimme sagte: »So etwas habe ich noch nie gehört.«

Die Weisen warten auf den rechten Augenblick, hatte Mutter Gundring immer gesagt, *aber dann lassen sie ihn nicht ungenutzt verstreichen.* Und so verneigte sich Yarvi und wandte sich in ihrer eigenen Sprache an Schadikschirram. Er beherrschte sie nicht besonders gut, aber ein guter Gelehrter kann einem jeden einen geziemenden Gruß bieten.

»Es ist mir eine Ehre«, sagte er honigsüß, während er sich gerade vorstellte, ihr Schwarzzungenwurz in den Wein zu schütten, »für eine solche Berühmtheit singen zu dürfen.«

Sie sah ihn mit zusammengekniffenen Augen an. »Du steckst ja wirklich voller Überraschungen.« Damit warf sie ihm ihre fast leere Weinflasche zu und ging davon, wobei sie so schief vor sich hinsummte, dass es ihm nur mit Mühe gelang, das Gesumme als das Lied von Froki zu erkennen.

Hätte man ihm diesen Wein am Tisch seines Vaters serviert, er hätte ihn dem Sklaven, der ihn brachte, ins Gesicht gespuckt, aber jetzt erschien er ihm das Beste, was er je gekostet hatte, voller Sonne und Früchte und Freiheit. Es fiel ihm schwer, diesen kleinen Schluck zu teilen, aber Rulfs breites Grinsen, als er die Flasche wieder absetzte, war dieses Opfer wert.

Als sie sich zum Schlafen hinlegten, stellte Yarvi fest, dass ihn die anderen Sklaven nun ganz anders ansahen. Oder vielleicht war es auch nur so, dass er ihnen jetzt zum ersten Mal einen Blick wert war. Selbst Sumael betrachtete ihn von ihrem Platz vor der Schiffsführerkajüte aus so nachdenklich, als sei er eine Rechenaufgabe, die sie nicht lösen konnte.

»Wieso sehen sie mich alle so an?«, raunte er Jaud zu.

»Es ist selten, dass man umsonst etwas Gutes bekommt. Du hast ihnen etwas gegeben.«

Yarvi lächelte, als er sich die stinkenden Felle bis unters Kinn zog. Es mochte ja so sein, dass er die Wächter nicht mit einem Brotmesser abstechen konnte, aber vielleicht hatten ihm die Götter bessere Waffen mitgegeben. Möglich, dass ihm die Zeit durch die Finger rann. Schließlich hatte er ja auch nicht so viele wie andere Leute. Aber er musste Geduld haben. So viel Geduld wie der Winter.

Einmal, als sein Vater ihn im Zorn geschlagen hatte, hatte ihn seine Mutter weinen sehen und daraufhin gesagt: *Der Narr schlägt zu. Der Weise lächelt, beobachtet und lernt.*

Und schlägt dann *zu.*

Wilde

Als er noch klein war, hatte Yarvi einmal ein kleines Schiff aus Kork bekommen. Sein Bruder hatte es ihm weggenommen und ins Meer geworfen, und Yarvi hatte oben an der Klippe gelegen und zugesehen, wie es hin und her geschleudert und herumgewirbelt wurde und auf den Wellen tanzte, bis es verschwand.

Jetzt machte Mutter Meer aus der *Südwind* ein Spielzeugschiff.

Yarvi schlug das Herz bis zum Hals, und Übelkeit stieg ihm in die Kehle, als sie eine hoch aufragende Wasserwand hinaufgetragen wurden, und dann spürte er seinen Herzschlag bis in den Hintern, als sie in das schaumweiße Tal hinabrauschten, das dahinter lag, das aufklaffte und gähnte, tiefer und tiefer, bis das Meer sich an allen Seiten um sie herum auftürmte, und er war überzeugt, dass sie in unbekannte Tiefen hinabgerissen werden und mit Mann und Maus ertrinken würden.

Rulf behauptete inzwischen nicht mehr, dass er schon Schlimmeres erlebt hatte. Nicht, dass Yarvi ihn hätte hören können. Es war inzwischen kaum noch zu unterscheiden, ob es der Donner vom Himmel war, das Brüllen der See oder das Stöhnen des malträtierten Schiffsrumpfs, der unter Spannung stehenden Taue oder der gepeinigten Männer, das in seinen Ohren dröhnte.

Jaud behauptete inzwischen nicht mehr, dass sich der Himmel seiner Meinung nach aufklarte. Es war inzwischen kaum noch zu sagen, wo die peitschende Gischt endete und der peitschende Regen begann, durch deren wütende, beißende, allgegenwärtige Nässe Yarvi kaum noch bis zum nächsten Mast gucken konnte, wenn die Düsternis nicht gerade von einem Blitz erhellt wurde, der das ganze Schiff und seine zusammengekauerte Besatzung in scharf gezeichnetem Schwarz und Weiß einfror.

Jauds Gesicht war ein Bild grimmiger Entschlossenheit aus angespannten Flächen und verkrampften Muskeln, während er mit dem Riemen kämpfte. Rulfs Augen traten aus ihren Höhlen, während er sich mit aller Kraft ebenfalls ins Zeug legte. Sumael klammerte sich an den Ring, an den sie gewöhnlich gekettet wurde, wenn sie im Hafen lagen, und kreischte irgendetwas, das über den viel lauter kreischenden Wind nicht zu verstehen war.

Schadikschirram hörte ihr jedenfalls noch weniger zu als sonst. Sie stand auf dem Dach des Heckkastells, einen Arm um den Mast geschlungen, als ob er ein Trinkkumpan sei, und schwenkte lachend ihren gezogenen Säbel gen Himmel, wobei sie, wenn der Wind kurz so weit nachließ, dass Yarvi sie verstehen konnte, den Sturm offenbar lauthals aufforderte, doch ruhig noch stärker zu blasen.

Befehle wären jetzt ohnehin sinnlos gewesen. Die Riemen bockten wie panische Tiere, und Yarvi wurde von dem Tau, das ihn an seinen Platz fesselte, hin und her gezerrt wie früher als Kind von seiner Mutter. Sein Mund schmeckte salzig vom Meerwasser und salzig von Blut, nachdem ihn das mächtige Holz im Gesicht getroffen hatte.

Noch nie in seinem Leben hatte er eine solche Furcht und Hilflosigkeit empfunden. Nicht einmal, als er sich vor seinem Vater in den geheimen Gängen der Zitadelle versteckt hatte. Nicht einmal, als er in Huriks blutbeflecktes Gesicht geblickt hatte und Odem sagen hörte: *Töte ihn.* Nicht einmal, als er sich zu Füßen von Grom-gil-Gorm zusammengekauert hatte. Sie mochten mächtig gewesen sein, aber ihr Schrecken verblasste gegen die überbordende Wut von Mutter Meer.

Der nächste Blitz enthüllte eine schemenhaft zu erahnende Küstenlinie: reißende Wellen, die an ein zerklüftetes Ufer schlugen, schwarze Bäume und schwarze Felsen, von denen weiße Gischt flog.

»Mögen uns die Götter beistehen«, flüsterte Yarvi, der die Augen zukniff. Das Schiff erbebte und schleuderte ihn nach hinten, bis er mit dem Kopf an den nächsten Riemen krachte. Die Männer stürzten und verhedderten sich ineinander, rutschten von ihren Plätzen, so weit es ihre Ketten zuließen, und klammerten sich an alles, was in Griffweite war, um nur nicht von den Halseisen erwürgt zu werden. Yarvi fühlte Rulfs starken Arm um seine Schultern, der ihn fest auf die Bank drückte, und es war ihm ein eigentümlicher Trost zu wissen, dass er jemand anderen berühren würde, wenn er starb.

Er betete wie nie zuvor, zu jedem Gott und jeder Göttin, die ihm nur einfielen, von den Hohen bis zu den Kleinen. Er betete nicht um den Schwarzen Thron oder um Rache an seinem verräterischen Onkel oder um den besseren Kuss, den Isriun ihm versprochen hatte, nicht einmal um die Befreiung aus der Sklaverei.

Er betete nur um sein Leben.

Ein knirschendes Krachen ertönte, das die Planken erzittern ließ, und ein Ruck ging durch das Schiff. Riemen brachen wie Zweige. Eine große Welle spülte über das Deck und zerrte an Yarvis Kleidern, und er wusste, dass er ganz sicher genauso sterben würde wie sein Onkel Uthil, verschlungen von der mitleidlosen See …

Verschwommen und gnadenlos zog die Morgendämmerung herauf.

Die *Südwind* war gestrandet und lag zu einer Seite geneigt hilflos wie ein an Land gespülter Wal auf den kalten Kieseln. Yarvi hockte völlig durchweicht, zitternd und grün und blau geschlagen auf seiner in steilem Winkel aufragenden Bank, aber er lebte.

Noch in der Dunkelheit hatte sich der Sturm fauchend nach Osten verzogen, aber im blassen Blaugrau des Morgens blies der Wind noch immer kühl, und der Regen fiel unablässig auf die elenden Rudersklaven, von denen die meisten über Abschürfungen klagten, einige aber auch wesentlich schlimmere Wunden davongetragen hatten. Eine Bank war aus ihrer Verankerung gerissen und vom Meer verschlungen worden, wobei sie ihre drei unglücklichen Ruderer durch das Letzte Tor geführt hatte.

»Wir haben Glück gehabt«, sagte Sumael.

Schadikschirram klopfte ihr auf die Schulter und warf ihre Steuerfrau dabei fast um. »Ich habe doch gesagt, ich habe außergewöhnliches Wetterglück!« Zumindest sie schien nach ihrem einseitigen Kampf gegen den Sturm bester Laune.

Yarvi beobachtete, wie beide Frauen das Schiff umkreisten. Sumaels Zunge klemmte in der Kerbe in ihrer Lippe, während sie Risse und Rillen begutachtete und mit sicherem Griff über gesplitterte Planken strich. »Der Kiel und die Masten sind zumindest noch in Ordnung. Wir haben drei Riemen verloren, und drei Bänke sind geborsten.«

»Nicht zu vergessen die drei Rudersklaven, die über Bord gegangen sind«, brummte Trigg, den der Gedanke an die damit verbundenen Kosten mächtig ärgerte. »Zwei hängen tot in ihren Ketten und sechs weitere können zumindest im Augenblick nicht rudern, falls denn überhaupt je wieder.«

»Das Loch im Rumpf ist das größte Problem«, sagte Ankran. »Es dringt Tageslicht in den Frachtraum. Das muss geflickt und abgedichtet werden, bevor wir überhaupt wieder daran denken können, das Schiff zu Wasser zu lassen.«

»Dazu ist doch genug Holz vorhanden?« Schadikschirram machte eine ausholende Armbewegung zu dem uralten Wald, der den Strand von allen Seiten einfasste.

»Es gehört den Ruinern.« Trigg betrachtete die Bäume mit wesentlich weniger Begeisterung. »Wenn sie uns hier entdecken, wird uns allen die Haut abgezogen.«

»Dann fang am besten schnell an, Trigg. Du bist schon mit deiner Haut am rechten Platz kein schöner Anblick. Wenn mein Glück mir treu bleibt, dann können wir die Reparaturen erledigen und davonsegeln, noch bevor die Ruiner ihre Messer wetzen. Du!« Damit trat Schadikschirram auf Nichts zu, der auf den Kieseln kniete, und drehte ihn mit einem Tritt in die Rippen auf den Rücken. »Wieso schrubbst du nicht, du Dreckskerl?«

Nichts kletterte an seiner schweren Kette auf das geneigte Deck und machte sich mit großer Sorgfalt an seine übliche Arbeit – wie ein Mann, der den Kamin kehrt, nachdem sein Haus abgebrannt ist.

Ankran und Sumael tauschten einen besorgten Blick und gingen dann selbst an die Arbeit, während Schadikschirram ihr eigenes Werkzeug holte. Es handelte sich um eine Flasche Wein, die sie an einen Felsen gelehnt zügig leerte.

Trigg öffnete einige der Schlösser – wahrlich eine Seltenheit –, und Ruderer, die ihre Bänke seit Wochen nicht verlassen hatten, wurden an längere Ketten gelegt und bekamen von Ankran Werkzeuge. Jaud und Rulf sollten mit Keil und Hammer Baumstämme spalten, und als die Planken fertig waren, schleppte Yarvi jede einzelne zu dem Loch in der Schiffswand, an dem Sumael stand und sie mit einem Beil passend machte, die Zähne konzentriert zusammengebissen.

»Worüber grinst du so?«, fragte sie ihn.

Yarvis Hände waren durch die Arbeit aufgeraut, sein Schädel schmerzte vom Schlag gegen den Riemen, und er war von Kopf bis Fuß mit Splittern übersät, aber sein Lächeln wurde nur noch breiter. An einer längeren Kette sah plötzlich alles besser aus, und Sumael machte dabei ganz sicher keine Ausnahme.

»Ich bin nicht mehr an die Bank gefesselt«, sagte er.

»Ha.« Sie hob die Augenbrauen. »Gewöhn dich besser nicht an diesen Zustand.«

»Da!« Ein Kreischen, schrill wie der Schrei eines Hahns, der unter das Messer des Kochs gerät. Einer der Wächter deutete landeinwärts, und sein Gesicht war weiß wie eine Wand.

Ein Mann stand dort am Rand des Waldes. Trotz des Wetters war sein Oberkörper nackt und mit weißer Farbe bemalt; sein schwarzes Haar war dicht und verfilzt. Er hatte sich einen Bogen über die Schulter geschlungen und trug eine kurze Axt an der Hüfte. Er machte keine plötzliche Bewegung, brüllte keine Drohungen, sondern sah nur ganz ruhig zum Schiff und den emsig arbeitenden Sklaven herüber, dann wandte er sich ohne Eile um und verschwand wieder. Aber die Panik, die er ausgelöst hatte, hätte nicht größer sein können, wenn er ein ganzes Heer zum Angriff geführt hätte.

»Die Göttin stehe uns bei«, flüsterte Ankran, der an seinem Halseisen zerrte, als ob es ihm plötzlich die Luft abschnürte.

»Macht schneller«, fauchte Schadikschirram und war tatsächlich so besorgt, dass sie kurz die Flasche absetzte.

Sie alle arbeiteten mit Hochdruck weiter und sahen ständig zu den Bäumen hinüber, ob sich dort noch mehr unwillkommene Besucher zeigten. Ein Schiff fuhr auf See vorüber, und zwei der Matrosen sprangen in die Brandung, wedelten mit den Armen und schrien um Hilfe. Eine kleine Gestalt winkte zurück, aber das Schiff machte keine Anstalten beizudrehen.

Rulf wischte sich mit seinem breiten Handrücken den Schweiß von der Stirn. »Ich hätte auch nicht angehalten.«

»Ich auch nicht«, sagte Jaud. »Wir werden uns selbst helfen müssen.«

Yarvi konnte nur nicken. »Ich hätte nicht einmal gewinkt.«

In diesem Augenblick traten weitere Ruiner geräuschlos aus dem Dunkel des Waldes. Drei, dann sechs, dann zwölf, alle bis an die Zähne bewaffnet. Jede neue Gestalt vergrößerte den Schrecken der Schiffbrüchigen, und Yarvi ging es nicht anders als den anderen. Zwar wusste er dank seiner Studien, dass die Ruiner eigentlich ganz friedlich waren, aber diese Leute sahen nicht so aus, als ob sie dieselben Bücher gelesen hatten wie er.

»Weiterarbeiten!«, brüllte Trigg, der einen Mann im Nacken packte und ihn wieder zu dem gefällten Baum hinüberschubste, dessen Rinde der Sklave abziehen sollte. »Wir sollten sie verjagen. Ihnen einen richtigen Schrecken einjagen.«

Schadikschirram warf ihre leere Flasche über den Kieselstrand. »Auf jeden, den du da drüben siehst, kommen zehn weitere, die sich noch verbergen. Die jagen sehr wahrscheinlich eher dir einen Schrecken ein als umgekehrt. Aber du kannst es ja einmal versuchen. Ich gucke gern zu.«

»Was machen wir also?«, fragte Ankran leise.

»Ich werde auf alle Fälle dafür sorgen, dass sie keinen Wein mehr vorfinden.« Die Schiffsführerin entkorkte eine neue Flasche. »Falls ihr ihnen einen Gefallen tun wollt, dann könnt ihr euch ja schon mal selbst die Haut abziehen.« Mit einem glucksenden Lachen nahm sie einen Schluck.

Trigg deutete auf Nichts, der immer noch auf den Knien das Deck schrubbte. »Oder wir könnten ihm eine Klinge geben.«

Schadikschirrams Lachen erstarb sofort. »Niemals.«

Die Weisen warten auf den rechten Augenblick, aber dann lassen sie ihn nicht ungenutzt verstreichen.

»Schiffsführerin«, sagte Yarvi, der seine Planke sinken ließ und demütig vortrat, »ich hätte einen Vorschlag.«

»Willst du ihnen etwas vorsingen, Krüppel?«, zischte Trigg.

»Ich will mit ihnen reden.«

Schadikschirram sah Yarvi unter lässig halb geschlossenen Lidern an. »Du beherrschst ihre Sprache?«

»Genug, um uns vor ihnen zu schützen. Vielleicht können wir sogar mit ihnen Handel treiben.«

Der Aufseher deutete mit einem zuckenden, dicken Finger auf das wachsende Grüppchen bemalter Krieger. »Du meinst, dass man mit diesen Wilden vernünftig reden kann?«

»Ich bin mir sicher.« Yarvi wünschte sich, dass er davon wirklich so überzeugt gewesen wäre, wie er sich anhörte.

»Das ist doch Irrsinn!«, sagte Ankran.

Schadikschirrams Blick wanderte zu ihrem Frachtmeister. »Dann bin ich auf deinen Gegenvorschlag sehr gespannt.« Er blinzelte mit halb offenem Mund, und seine Hände zuckten hilflos, während die Schiffsführerin die Augen verdrehte. »Es gibt heutzutage nur noch so wenige Helden. Trigg, du wirst unseren einhändigen Botschafter zu den Verhandlungen begleiten. Und Ankran, du gehst mit ihnen.«

»Ich?«

»Wie viele Feiglinge mit Namen Ankran besitze ich denn wohl? Du kümmerst dich um unsere Fracht und unseren Handel, nicht wahr? Also handele mit ihnen.«

»Aber *niemand* treibt Handel mit den Ruinern!«

»Dann werden deine Geschäfte sicherlich Stoff für Legenden bieten.« Schadikschirram erhob sich. »Irgendetwas braucht jeder. Das ist ja das Schöne am Kaufmannsgeschäft. Sumael kann dir auflisten, was wir benötigen.« Sie beugte sich zu Yarvi, und er roch den Wein in ihrem Atem, als sie ihm die Wange tätschelte: »Sing ihnen was vor, mein Kleiner. So süß wie neulich nachts. Sing um dein Leben.«

Wenig später war Yarvi auf dem Weg zum Wald, die leeren Hände hoch erhoben, während Trigg seine kurze Kette in den schweren Fäusten hielt, und er versuchte sich verzweifelt selbst einzureden, dass gefährliche Geschäfte den besten Ertrag versprachen. Vor ihnen sammelten sich noch mehr Ruiner, die sie nach wie vor schweigend beobachteten. Hinter ihm raunte Ankran etwas auf Haleen. »Wenn der Krüppel es schafft, einen Handel abzuschließen, machen wir es dann wie immer?«

»Warum nicht?«, gab Trigg zurück und zog mit einem Ruck an Yarvis Kette. Yarvi konnte kaum glauben, dass sie selbst jetzt noch an Geld dachten, aber wenn das Letzte Tor sich gähnend auftut, dann fallen viele Männer auf das zurück, was ihnen vertraut ist. Er hatte sich an seine Gelehrtenausbildung erinnert. Die ihm jetzt, da die Ruiner in all ihrer bemalten Wildheit immer näher rückten, als denkbar dürftiger Schild erschien.

Sie schrien nicht und schwenkten auch nicht ihre Waffen. Sie wirkten ohne das schon bedrohlich genug. Sie traten einfach zurück, um Yarvi etwas Platz zu machen. Trigg trieb ihn weiter vor sich her, und so kamen sie auf eine Lichtung, an der sich noch mehr Ruiner um ein Feuer versammelt hatten. Yarvi schluckte, als er sah, wie viele Krieger sich hier befanden. Sie waren der Besatzung der *Südwind* vermutlich drei zu eins überlegen.

Zu den ersten Dingen, die ein Gelehrter lernt, zählt es, Macht zu erkennen. Die Blicke, die Haltung, die Bewegungen und die Stimmlagen zu interpretieren, die einen Anführer von seinen Gefolgsleuten unterscheiden. Denn wieso sollte man Zeit damit verschwenden, sich mit dem Fußvolk abzugeben? Also trat Yarvi zwischen die Männer, als seien sie alle unsichtbar, und blickte direkt in das misstrauische Gesicht der Frau, und die Krieger traten hinter ihn und umringten ihn, Trigg und Ankran mit einem Dickicht aus blanken Klingen.

Ganz kurz zögerte Yarvi. Ganz kurz hatte er mehr Spaß an Triggs und Ankrans Furcht, als dass ihm seine eigene zu schaffen machte. Ganz kurz hatte er Macht über sie, und er stellte fest, dass er dieses Gefühl genoss.

»Sag was!«, zischte Trigg.

Yarvi fragte sich, ob es eine Möglichkeit gab, den Aufseher irgendwie umzubringen. Ob er die Ruiner benutzen konnte, um seine Freiheit und vielleicht auch die von Jaud und Rulf zu erringen … Aber die Risiken waren zu hoch und ein Gelingen zu ungewiss. Der weise Gelehrte entscheidet sich für das, was allgemein den größten Nutzen bringt, für das kleinere Übel, und er ebnet Vater Friede den Weg. Also verneigte Yarvi sich, drückte schmatzend ein Knie in den matschigen Boden, legte seine verkrüppelte Hand auf seine Brust und die andere auf die Stirn, so wie es ihm Mutter Gundring beigebracht hatte, um auf diese Weise anzuzeigen, dass er die Wahrheit sprach.

Selbst wenn er dabei die größten Lügen erzählte.

»Mein Name ist Yorv«, sagte er in der Sprache der Ruiner, »und ich komme bescheiden und auf Knien, um nicht mehr ein Fremder zu sein und das Gastrecht für mich und meine Kameraden zu erbitten.«

Die Frau verengte langsam die Augen. Dann sah sie ihre Männer an, schob ihr Messer sorgsam wieder in seine Scheide zurück und warf ihren Stock ins Feuer. »Verdammt noch eins.«

»Gastrecht?«, murmelte einer der Krieger, der ungläubig in die Richtung deutete, in der das Schiff lag. »Diese Wilden?«

»Deine Aussprache ist grauenvoll.« Die Frau hob die Hände. »Aber ich bin Svidur von den Ruinern. Erhebe dich, Yorv, auf dass du willkommen seiest an unserem Feuer und sicher vor aller Unbill.«

Ein weiterer der Krieger warf zornig seine Axt zu Boden und stürmte durchs Unterholz davon.

Svidur sah ihm nach. »Wir hatten uns sehr darauf gefreut, euch zu töten und eure Ladung zu plündern. Wir müssen nehmen, was wir bekommen können, denn wenn der Frühling kommt, wird euer Hochkönig uns mit Krieg überziehen. Der

Mann ist aus Gier gemacht. Dabei habe ich keine Ahnung, was von unseren wenigen Besitztümern seine Begehrlichkeit geweckt hat, das schwöre ich.«

Yarvi wandte den Kopf zu Ankran, der dieser Unterhaltung mit tiefem Misstrauen lauschte. »Ich habe die traurige Erfahrung gemacht, dass manche Menschen einfach nicht genug bekommen können.«

»Das ist wahr.« Sie stützte den Ellenbogen auf ihr Knie und ihr Kinn in die Hand und betrachtete ihre enttäuschten Krieger, die sich verärgert wieder hinsetzten und sich teilweise schon Moos abzupften, um sich die Kriegsbemalung wieder abzureiben. »Das hätte ein sehr lohnender Tag werden können.«

»Das kann es ja immer noch.« Yarvi kam stolpernd wieder auf die Beine und schlang seine Hände ineinander, so wie es seine Mutter immer tat, wenn sie zu feilschen begann. »Es gibt einige Dinge, die meine Schiffsführerin gerne von euch erhandeln würde …«

Hässliche kleine Geheimnisse

Schadikschirrams Kajüte war vollgestellt und grell möbliert; die drei schmalen Fensterschlitze ließen nur wenig Licht hinein, und Säcke und Taschen, die von den niedrigen Deckenbalken herabhingen, sorgten für zusätzliche Schatten. Ihr Bett, auf dem sich Laken und Pelze und fleckige Kissen türmten, nahm den größten Teil des Raumes ein, und den Rest beanspruchte vor allem eine überdimensionale, eisenbeschlagene Kiste. In alle Ecken waren leere Flaschen gerollt. Es roch nach Teer, Salz und Weihrauch, altem Schweiß und abgestandenem Wein. Und dennoch, verglichen mit dem Leben, das Yarvi zuletzt geführt hatte – wenn man es denn überhaupt Leben nennen wollte –, erschien ihm diese Kajüte wie der größte dekadente Luxus.

»Die geflickten Stellen werden nicht halten«, sagte Sumael gerade. »Wir sollten nach Skekenheim zurückkehren.«

»Das Schöne an der Bruchsee ist doch, dass sie so wunderbar rund ist.« Schadikschirram zog mit ihrer Flasche einen Kreis. »Also kommen wir so oder so nach Skekenheim, egal, wie herum wir fahren.«

Sumael blinzelte irritiert. »Aber das eine dauert Tage, das andere Monate!«

»Du wirst uns schon ans Ziel bringen, das tust du doch immer. Der größte Feind des Seemanns ist das Meer, aber Holz schwimmt, oder nicht? Wie schwer kann das also sein? Wir halten weiter Kurs.« Schadikschirrams Augen glitten zu Yarvi, als der sich unter dem niedrigen Türsturz duckte. »Ah, mein Botschafter! Da wir noch immer in unserer Haut stecken, darf ich annehmen, die Verhandlungen liefen gut?«

»Ich muss mit dir reden, meine Schiffsführerin.« Er hatte die Augen zu Boden gerichtet, als er sprach, wie ein Gelehrter, der sich an seinen König wendet. »Mit dir allein.«

»Hmmm.« Sie schob die Unterlippe vor und zupfte daran wie ein Musiker an einer Harfensaite. »Ein Mann, der um eine Privataudienz nachsucht, fasziniert mich immer, selbst wenn er so jung, verkrüppelt und insgesamt so wenig anziehend ist wie du. Nimm dir Teer und Planken und geh an die Arbeit, Sumael, ich will morgen früh wieder auf dem Meer sein.«

Die Muskeln an Sumaels Schläfen traten vor, als sie die Zähne zusammenbiss. »Auf dem Meer oder auf seinem Grund.« Damit drängte sie sich an Yarvi vorbei und verließ die Kajüte.

»Also?« Schadikschirram nahm einen langen Zug aus der Weinflasche und setzte sie dann geräuschvoll ab.

»Ich habe die Ruiner um das Gastrecht gebeten, meine Schiffsführerin. Bei ihnen gibt es die feierliche Tradition, dass man es keinem Fremden verwehren darf, der auf die rechte Weise darum ersucht.«

»Sehr geschickt.« Schadikschirram strich sich das schwarzsilberne Haar mit beiden Händen zurück.

»Und dann habe ich nach jenen Dingen gefragt, die wir brauchen, und einen Handel abgeschlossen, der mir hervorragend erscheint.«

»Noch geschickter«, schnurrte sie und schob ihr Haar zu dem üblichen wilden Nest zusammen.

Jetzt war seine Geschicklichkeit wirklich gefordert. »Dir mag der Handel vielleicht nicht so hervorragend erscheinen wie mir, meine Schiffsführerin.«

Ihre Augen zogen sich leicht zusammen. »Wieso das?«

»Dein Frachtmeister und dein Aufseher haben sich einen Teil deiner Profite abgezweigt.«

Eine lange Pause entstand, während der sich Schadikschirram vorsichtig eine Haarnadel nach der anderen feststeckte. Ihr Gesicht verriet dabei nicht die kleinste Regung, aber dennoch hatte Yarvi plötzlich das Gefühl, an einem Abgrund zu stehen.

»Haben sie das?«, fragte sie.

Er hatte alles erwartet, aber nicht diese Gelassenheit. Wusste sie es bereits, und war es ihr egal? Würde sie ihn dessen ungeachtet wieder an die Ruder schicken? Würden Trigg und Ankran erfahren, dass er sie verraten hatte? Er fuhr sich mit der Zunge über die Lippen und wusste, dass er über schrecklich dünnes Eis ging. Aber er hatte keine Wahl. Er musste weitergehen, damit er wieder festen Boden unter den Füßen bekam.

»Nicht zum ersten Mal«, krächzte er.

»Nein?«

»In Vulsgard hast du ihnen Geld für gesunde Rudersklaven gegeben, und sie haben den billigsten Abschaum eingekauft, den sie finden konnten, darunter auch mich. Ich vermute stark, dass du nur wenig Wechselgeld zurückbekommen hast.«

»Kaum der Rede wert.« Schadikschirram nahm die Flasche mit zwei Fingern und trank einen großen Schluck. »Aber ich frage mich allmählich, ob ich mit dir nicht sogar ein Schnäppchen gemacht habe.«

Yarvi wurde von dem Verlangen gepackt, seine Worte wild herauszusprudeln, zwang sich aber, ganz ruhig zu sprechen, ernst und sicher, wie es einem Gelehrten zukam. »Sie beide machten ihre Absprachen auf Haleen und dachten wohl, dass niemand sie verstehen würde. Aber diese Sprache spreche ich eben auch.«

»Und wahrscheinlich singst du auch darin. Du hast überraschend viele Fähigkeiten für einen Rudersklaven.«

Ein Gelehrter sollte niemals in die Verlegenheit kommen, eine Frage gestellt zu bekommen, für die er nicht schon eine Antwort weiß, und so hatte Yarvi auch dafür schon eine Lüge parat. »Meine Mutter war eine Gelehrte.«

»Der Gürtel der Gelehrten sollte doch stets verschlossen bleiben.« Schadikschirram zog die Luft durch die geschürzten Lippen ein. »Oh, ein hässliches kleines Geheimnis.«

»Das Leben ist voll davon.«

»Das ist wohl wahr, mein Kleiner, das ist wohl wahr.«

»Sie brachte mir verschiedene Sprachen bei, und außerdem auch Zahlen, die Lehre von den Pflanzen und allerlei andere Dinge. Dinge, die dir von Nutzen sein könnten, meine Schiffsführerin.«

»Ein wahrlich nützliches Kind. Man braucht zwei Hände, um gegen jemanden zu kämpfen, aber für den Stich in den Rücken genügt wohl eine einzige, was? Ankran!«, rief sie durch die offen stehende Tür. »Ankran, deine Schiffsführerin würde gern kurz mit dir reden!«

Die Schritte des Frachtmeisters näherten sich schnell, aber Yarvis Herz schlug noch schneller. »Ich habe die Fracht überprüft, meine Schiffsführerin, und da fehlt ein Beil …« Er sah Yarvi, als er sich unter dem Türsturz hindurchduckte, und sein Gesicht verzog sich – erst vor Schreck, dann vor Misstrauen, und dann versuchte er schließlich zu lächeln.

»Kann ich dir noch etwas Wein bringen …«

»Nie wieder.« Eine hässliche Pause folgte, während die Schiffsführerin mit glänzenden Augen lächelte, die Farbe aus Ankrans Gesicht wich und das Blut in Yarvis Schläfen immer lauter rauschte. »Von Trigg erwarte ich, dass er mich bestiehlt: Er ist immerhin ein freier Mann und muss sehen, wo er bleibt. Aber du? Kann man von seinem eigenen Besitz beklaut werden?« Schadikschirram leerte ihre Flasche, leckte die letzten Tropfen aus dem Hals und wog sie dann lässig in der Hand. »Du wirst verstehen, dass das ein wenig peinlich ist.«

Die dünnen Lippen des Frachtmeisters zuckten. »Er lügt, Schiffsführerin!«

»Aber seine Lügen decken sich sehr gut mit meinem eigenen Verdacht.«

»Es ist alles nur ...«

Es geschah so schnell, dass Yarvi es kaum richtig sah, aber er hörte den hohlen Aufschlag, als Schadikschirram Ankran den Boden ihrer Flasche auf den Schädel donnerte. Er ging stöhnend zu Boden und lag blinzelnd da; Blut strömte ihm übers Gesicht. Sie ging auf ihn zu, hob einen gestiefelten Fuß über seinen Kopf und trat dann ganz gemächlich und mit konzentriertem Gesicht zu.

»Mich hintergehen?«, stieß sie durch die zusammengebissenen Zähne hervor, und ihr Absatz hinterließ eine Platzwunde auf seiner Wange.

»Mich bestehlen?« Ihr Stiefel trat ihm die Nase schief.

»Mich zum Narren halten?«

Yarvi sah in eine Zimmerecke, und ihm stockte der Atem, als das hässliche Knirschen gar nicht aufhören wollte.

»Nach allem ... was ich für dich ... *getan* habe!«

Schadikschirram hockte sich nun hin, stützte die Ellenbogen auf die Knie und ließ die Hände sinken. Dann schob sie den Unterkiefer vor und blies sich eine lose Haarsträhne aus dem Gesicht. »Wieder einmal bin ich enttäuscht von der Gemeinheit der Menschen.«

»Meine Frau«, flüsterte Ankran, und Yarvi sah unwillkürlich wieder auf sein zerstörtes Gesicht. Eine blutige Blase bildete sich auf seinen Lippen und zerplatzte. »Meine Frau ... und mein Sohn.«

»Was ist mit ihnen?«, fuhr ihn Schadikschirram an, betrachtete dann mit gerunzelter Stirn einen roten Spritzer auf ihrem Handrücken und wischte ihn an Ankrans Kleidern ab.

»Der Menschenhändler ... von dem du mich gekauft hast ... in Thorlby.« Ankrans Stimme klang weich und bebte. »Yoverfell. Er hat sie.« Er hustete und beförderte dann ein Stückchen Zahn mit der Zunge aus dem Mund. »Er hat gesagt, dass er sie sicher verwahren würde … solange ich ihm den Preis für sie bezahlte … jedes Mal, wenn wir in die Stadt kamen. Wenn ich nicht bezahle …«

Yarvi wurden die Knie weich. So weich, dass er zu fallen fürchtete. Jetzt begriff er, wofür Ankran das ganze Geld gebraucht hatte.

Aber Schadikschirram zuckte nur die Achseln. »Was geht mich das an?« Sie krallte ihre Finger in Ankrans Haar und zog ein Messer aus ihrem Gürtel.

»Warte!«, schrie Yarvi.

Die Schiffsführerin sah ihn mit scharfem Blick an. »Wirklich? Bist du sicher?«

Er musste seine ganze Kraft aufbringen, um seinen Mund zu einem schiefen Lächeln zu verziehen. »Wieso sollte man etwas töten, das man auch verkaufen kann?«

Sie verharrte kurz in der Hocke, sah ihn an, und er fragte sich, ob sie drauf und dran war, sie beide umzubringen. Doch dann stieß sie ein schnaubendes Lachen aus und senkte das Messer. »Also ich muss schon sagen, Junge. Mein weiches Herz wird noch einmal mein Untergang sein. Trigg!«

Der Aufseher zögerte nur einen winzigen Augenblick, als er die Kabine betrat und Ankran mit blutigem, zerschmettertem Gesicht am Boden liegen sah.

»Es hat sich gezeigt, dass unser Frachtmeister mich betrogen hat«, sagte die Schiffsführerin.

Trigg sah erst misstrauisch zu Ankran hinüber, dann zu Schadikschirram, und schließlich ruhte sein Blick lange auf Yarvi. »Offenbar denken manche Leute nur an sich.«

»Und ich hatte geglaubt, wir seien eine große Familie.« Die Schiffsführerin erhob sich und klopfte sich den Staub von den Knien. »Wir haben einen neuen Frachtmeister. Besorge ihm ein besseres Halseisen.« Sie beförderte Ankran mit dem

Fuß zur Tür. »Und setz das da auf den freien Platz an Jauds Riemen.«

»Wie du befiehlst, Schiffsführerin.« Trigg zog Ankran an einem Arm hinaus und gab der Tür einen Stoß mit dem Fuß, dass sie zufiel.

»Du siehst, ich bin gnädig«, sagte Schadikschirram gut gelaunt und machte entsprechende Bewegungen mit der blutbespritzten Hand, die immer noch locker das Messer hielt. »Mildtätigkeit ist meine größte Schwäche.«

»Mildtätigkeit ist ein Zeichen von Größe«, brachte Yarvi mühsam hervor.

Schadikschirram strahlte, als sie das hörte. »Nicht wahr? Aber, trotz meiner Größe … ich glaube, Ankran hat all meine Mildtätigkeit für dieses Jahr verbraucht.« Sie legte ihren langen Arm um Yarvis Schultern, schob ihren Daumen unter sein Halseisen und zog ihn nahe, näher, so nahe, dass er den Wein in ihrem Flüstern riechen konnte. »Wenn ein weiterer Frachtmeister mein Vertrauen missbrauchte …« Sie verfiel in ein Schweigen, das beredter war als alle Worte.

»Du musst dir keine Sorgen machen, Schiffsführerin.« Yarvi sah ihr ins Gesicht, das so nahe war, dass ihre schwarzen Augen zu einem zu verschmelzen schienen. »Ich habe keine Frau oder Kinder, die mich ablenken würden.« Nur einen Onkel, den ich töten, und dessen Tochter, die ich heiraten will, ganz abgesehen vom Schwarzen Thron von Gettland, der wieder mein werden soll. »Ich bin der beste Mann für diese Aufgabe.«

»Zwar bist du kaum ein ganzer Mann, aber ansonsten klingt das in jeder Hinsicht hervorragend!« Sie wischte das Messer erst in die eine, dann in die andere Richtung an Yarvis Jacke ab. »Dann husch mal hinunter zu deiner Fracht, mein kleiner einhändiger Gelehrter, finde heraus, wo Ankran mein Geld versteckt hat und bring mir noch mehr Wein! Und lächle, Kleiner!« Schadikschirram zog eine goldene Kette von ihrem Hals und hängte sie über einen der Bettpfosten. Ein Schlüssel hing daran. Der Schlüssel zu den Schlössern der Rudersklaven. »Ich sehe meine Freunde gern lächeln und meine Feinde gern tot!« Sie streckte die Arme weit aus, reckte ihre Finger und ließ sich rücklings auf ihre Pelze fallen. »Der heutige Tag dämmerte so wenig vielversprechend«, sagte sie an die Decke gerichtet. »Aber wie sich herausstellt, hat jeder bekommen, was er haben wollte.«

Yarvi hielt es, während er zur Tür ging, für wenig geschickt, darauf hinzuweisen, dass Ankran das vermutlich anders gesehen hätte – ebenso wie seine Frau und sein Kind.

Feinde und Verbündete

Wie es wohl niemanden wirklich überraschte, stellte sich heraus, dass Yarvi als Frachtmeister weitaus mehr taugte denn als Ruderer.

Zuerst konnte er sich in seinem schattenhaften, knarrenden neuen Reich unter Deck kaum bewegen, so groß war das Durcheinander aus Fässern und Kisten, überquellenden Truhen und von der Decke schwingenden Säcken. Aber es dauerte nur ein oder zwei Tage, da war alles so hübsch geordnet wie auf Mutter Gundrings Regalen, obwohl durch die blassen neuen Planken, mit denen der Rumpf notdürftig geflickt worden war, noch immer Salzwasser eindrang. Es war keine beruhigende Aufgabe, jeden Morgen als Erstes das Brackwasser auszuschöpfen, das sich in Pfützen gesammelt hatte.

Aber es war wesentlich besser, als wieder auf der Bank sitzen zu müssen.

Yarvi fand ein Stück gebogenes Eisen und schlug damit jeden Nagel wieder ein, der auch nur ansatzweise so aussah, als wollte er sich lösen. Dabei versuchte er nicht daran zu denken, dass hinter dieser dünnen Wand aus roh zurechtgezimmertem Holz das ganze erdrückende Gewicht von Mutter Meer lauerte.

Die *Südwind* stampfte angeschlagen nach Osten und erreichte, geschwächt und unterbesetzt, wie sie war, dennoch binnen weniger Tage den großen Markt von Roystock mit seinen Aberhundert Läden, die sich auf einer sumpfigen Insel nahe der Mündung des Göttlichen Flusses zusammendrängten. Die kleinen, schnellen Schiffe verfingen sich im Gewirr der Kais wie Fliegen in einem Spinnennetz, und ihre zähen, sonnengebräunten Besatzungsmitglieder verfingen sich dort ebenfalls. Männern, die viele harte Wochen flussaufwärts gerudert waren und vielleicht noch viele härtere Wochen damit zugebracht hatten, ihre Schiffe über die langen Schleppstellen zu ziehen, wurden hier ihre fremdartigen Waren abgeluchst im Tausch für ein oder zwei Nächte schlichter Vergnügungen. Während Sumael fluchte und weiter versuchte, die Leckstellen abzudichten, wurde Yarvi an Triggs Kette an Land gebracht, um nach geeigneten Läden zu suchen und Rudersklaven einzukaufen, die jene ersetzen sollten, die der Sturm mit sich gerissen hatte.

Dort, in den engen Gässchen, in denen Menschen aller Hautfarben und Wesensarten umherwuselten, machte Yarvi seine Geschäfte. Er hatte gesehen, wie seine Mutter vorging – Laithlin, die Goldene Königin, die Augen so scharf und die Zunge so schnell, wie es das entlang den Ufern der Bruchsee nur einmal gab –, und er stellte fest, dass er ihre Kniffe einsetzte, ohne auch nur darüber nachzudenken. Er feilschte in sechs Sprachen, und viele Kaufleute mussten entsetzt feststellen, dass ihre eigenen, geheimen Ausdrücke gegen sie ins Feld geführt wurden. Er schmeichelte und rüffelte, schnaubte verächtlich angesichts mancher Preise und der angebotenen Qualität und stolzierte davon, und wenn man ihn dann eilends zurückholte, zeigte er sich erst so wenig greifbar wie Öl und dann so unnachgiebig wie Eisen und ließ zahllose jammernde Kaufleute in seinem Kielwasser zurück.

Trigg hielt seine Kette mit so leichter Hand, dass Yarvi beinahe vergessen hätte, dass es sie gab. Bis sie dann fertig waren und das gesparte Hacksilber in der Börse der Schiffsführerin rasselte, das Flüstern des Aufsehers Yarvis Ohr kitzelte und ihm die Haare zu Berge stehen ließ.

»Du bist ein ganz schön durchtriebener kleiner Krüppel, was?«

Yarvi schwieg kurz, um sich zu sammeln. »Ich habe … einen gewissen Durchblick.«

»Zweifelsohne. Es ist klar, dass du mich und Ankran durchschaut hast, um dann deinen Durchblick der Schiffsführerin mitzuteilen. Sie hat ein ziemlich rachsüchtiges Temperament, nicht wahr? Die Geschichten, die sie erzählt, mögen ja allesamt erfunden sein, aber ich könnte dir wahre erzählen, die dich nicht weniger erstaunen würden. Ich habe einmal miterlebt, wie sie einen Mann dafür umgebracht hat, dass er ihr auf den Schuh trat. Und das war ein ziemlich großer, schwerer Mann.«

»Vielleicht hat es ihr gerade deswegen so viel ausgemacht, dass er ihr die Zehen quetschte.«

Trigg zog ruckartig an der Kette, und das Halseisen biss so heftig in Yarvis Nacken, dass er einen leisen Schrei ausstieß. »Spekuliere nicht zu sehr auf meine Gutmütigkeit, mein Kleiner.«

Triggs Gutmütigkeit schien tatsächlich so schwach ausgeprägt, dass niemand jemals darauf hätte setzen wollen. »Ich spiele das Blatt, das ich bekommen habe«, krächzte Yarvi.

»Das tun wir alle«, schnurrte Trigg. »Ankran hat schlecht gespielt und dementsprechend verloren. Das habe ich nicht vor. Daher biete ich dir dieselbe Übereinkunft an. Die Hälfte dessen, was du Schadikschirram abnimmst, geht an mich.«

»Und wenn ich mir gar nichts nehme?«

Trigg schnaubte. »Jeder nimmt sich irgendetwas, Kleiner. Ein bisschen von dem, was du mir gibst, reiche ich an die Wachen weiter, und dann sind alle guter Dinge. Überall freundliche Gesichter. Wenn du mir nichts gibst, schaffst du dir Feinde. Feinde, die man besser nicht haben sollte.« Er schlang sich Yarvis Kette um seine große Hand und riss ihn noch etwas näher zu sich heran. »Vergiss nicht: Schlaue Kinder und dumme Kinder ertrinken auf ziemlich ähnliche Weise.«

Yarvi schluckte wieder. Mutter Gundring hatte immer gesagt: *Ein guter Gelehrter sagt niemals Nein, wenn er* Vielleicht *sagen kann.*

»Die Schiffsführerin ist wachsam. Sie vertraut mir noch nicht. Gib mir noch ein bisschen Zeit.«

Trigg versetzte ihm einen kleinen Stoß, der ihn zur *Südwind* hinüberstolpern ließ. »Aber nur noch ein bisschen.«

Das reichte Yarvi einstweilen. Seine alten Freunde in Thorlby – von den alten Feinden gar nicht zu reden – würden nicht ewig auf ihn warten. Und Yarvi hoffte, nicht mehr allzu viel Zeit in Triggs charmanter Gesellschaft verbringen zu müssen.

Von Roystock aus ging es weiter nach Norden.

Sie kamen an Landstrichen vorbei, die keinen Namen hatten, in denen sich Marschen und Moore aus spiegelnden Tümpeln endlos weit ausdehnten. Viele Tausend Sonnenfragmente verteilten sich über diese eigenwillige Mischung aus Meer und Land, und Yarvi atmete die salzig kühle Luft tief ein und sehnte sich nach zu Hause.

Oft dachte er an Isriun, versuchte sich an ihren Geruch zu erinnern, wenn sie sich zu ihm herüberneigte, an die leise Berührung ihrer Lippen, die Art ihres Lächelns und daran, wie sich die Sonne in ihrem Haar gefangen hatte, als sie in der Tür zur Götterhalle stand. Schwache Erinnerungen, die er in seinem Kopf so oft hin und her wälzte, bis sie so fadenscheinig und abgenutzt waren wie die Kleider eines Bettlers.

War sie inzwischen einem besseren Mann versprochen worden? Lächelte sie einen anderen an? Küsste sie einen neuen Geliebten? Yarvi biss die Zähne zusammen. Er musste zurück nach Hause!

Jede freie Minute schmiedete er Fluchtpläne.

An einem Handelsposten, dessen Häuser aus so roh behauenen Stämmen bestanden, dass man sich schon Splitter einfangen konnte, wenn man nur an ihnen vorüberging, machte Yarvi Trigg auf ein Dienstmädchen aufmerksam, und als der Aufseher kurz abgelenkt war, gelang dem frischgebackenen Frachtmeister, neben Salz und Kräutern noch ein paar zusätzliche Waren zu erwerben. Genug Wirrfußkraut, um jeden Wachmann auf dem Schiff langsam und träge zu machen oder ihn sogar einzuschläfern, wenn die Dosis stimmte.

»Was ist mit dem Geld, Kleiner?«, zischte Trigg, als sie zur *Südwind* zurückkehrten.

»Dafür habe ich einen Plan.« Yarvi lächelte demütig, während er sich vorstellte, wie er den schlafenden Trigg über die Bordwand wuchtete.

Er bekam als Frachtmeister inzwischen wesentlich mehr Wertschätzung und Respekt, als man ihm als König entgegengebracht hatte, und wenn er ehrlich war, dann war er hier und jetzt auch wesentlich mehr von Nutzen. Die Rudersklaven bekamen genug zu essen und wärmere Kleidung, und sie brummten anerkennend, wenn er an ihnen vorüberging. Solange sie auf See waren, führte er das Schiff, aber wie mehr Geld den Geizhals nur noch gieriger werden lässt, steigerte dieser Hauch von Freiheit nur seinen Wunsch, die Ketten endgültig loszuwerden.

Wenn Yarvi glaubte, dass ihn niemand sah, dann ließ er in der Nähe von Nichts' Hand ein paar Brotkanten fallen und sah zu, wie der die Nahrung schnell unter seine Lumpen schob. Einmal trafen sich anschließend ihre Blicke, und Yarvi fragte sich, ob der Deckschrubber überhaupt Dankbarkeit empfinden konnte, denn hinter diesen seltsamen, hellen, eingefallenen Augen schien kaum noch etwas Menschliches zu liegen.

Aber Mutter Gundring hatte immer gesagt: *Gutes tut man sich selbst zuliebe.* Wann immer er konnte, ließ er ein paar Krümel fallen.

Schadikschirram stellte zufrieden fest, dass ihre Börse sich zunehmend füllte, und noch mehr freute sie die verbesserte

Qualität ihres Weins, die zum Teil auch darauf zurückzuführen war, dass Yarvi große Mengen abnehmen konnte.

»Das ist ein besserer Jahrgang als das Zeug, das Ankran mir besorgt hat«, murmelte sie und betrachtete mit zusammengekniffenen Augen die Farbe der Flüssigkeit in ihrer Flasche.

Yarvi verneigte sich tief. »Ein Wein, der deiner Verdienste würdig ist.« Hinter der Maske seines Lächelns stellte er sich vor, wie er, wenn er erst wieder auf dem Schwarzen Thron saß, ihren Kopf über dem Schreienden Tor aufspießen und ihr verfluchtes Schiff niederbrennen lassen würde.

Manchmal, wenn es dunkel wurde, streckte sie ihm erst den einen, dann den anderen Fuß hin, damit er ihr die Stiefel auszog, während sie von irgendwelchen vergangenen Großtaten schwadronierte, wobei die Namen und Einzelheiten wie Ölflecken bei jeder neuen Schilderung eine neue Gestalt annahmen. Dann erklärte sie meist, er sei ein guter und nützlicher Junge, und wenn er richtig großes Glück hatte, gab sie ihm die Reste ihrer Mahlzeit und beteuerte: »Mein weiches Herz wird noch einmal mein Untergang sein.«

Wenn er sich so weit beherrschen konnte, dass er sich nicht gleich alles selbst in den Mund schob, dann steckte er diese Reste Jaud zu, und der wiederum gab Rulf etwas ab, während Ankran schlecht gelaunt zwischen ihnen hockte, mit einem frisch rasierten Kopf voller Schnittwunden und einem verschorften Gesicht, das sich seit dem Zusammentreffen mit Schadikschirrams Stiefel im Aussehen ziemlich verändert hatte.

»Ihr Götter«, knurrte Rulf, »nehmt um Himmels willen diesen zweihändigen Narren von unserem Riemen und gebt uns Yorv zurück!«

Die Rudersklaven in der Nähe lachten, aber Ankran saß so still da, als sei er aus Holz, und Yarvi fragte sich, ob der frühere Frachtmeister vielleicht einen eigenen Racheschwur geleistet hatte. Er hob den Kopf und sah Sumael, die von ihrem Platz auf der Rahe zu ihm herunterblickte. Sie beobachtete immer alles und sah dabei aus, als müsste sie einen Kurs fahren, der nicht ihre Zustimmung fand. Obwohl man sie nachts an denselben Ring vor der Kajüte der Schiffsführerin ankettete, sagte sie nie etwas zu ihm, von gelegentlichem Knurren einmal abgesehen.

»Weiterrudern!«, herrschte Trigg die Sklaven an, drängte sich vorbei und schubste Yarvi gegen den Riemen, an dem er früher selbst gepullt hatte.

Offenbar hatte er sich nicht nur Freunde, sondern auch Feinde gemacht.

Aber Feinde, hatte seine Mutter immer gesagt, *sind der Preis des Erfolgs.*

»Stiefel, Yorv!«

Yarvi zuckte zusammen, als hätte man ihn geohrfeigt. Seine Gedanken waren in weite Ferne abgeschweift, wie so oft. Zu den Hängen über dem brennenden Schiff seines Vaters, an denen er seinen Racheschwur vor den Göttern abgelegt hatte. Zu den Dächern von Amwends Feste, mit dem Brandgeruch in der Nase. Zu dem ruhig lächelnden Gesicht seines Onkels.

Du hättest einen guten Hofnarren abgegeben.

»Yorv!«

Er befreite sich aus seinem Deckennest, zog ein Stück Kette hinter sich her und trat einen Schritt über Sumael hinweg, die unter ihren eigenen Decken eingerollt dalag. Ihr dunkles Gesicht zuckte leicht im Schlaf. Es wurde stetig kälter, je weiter sie nach Norden kamen, und ein scharfer Wind trieb einzelne Schneeflocken vor sich her, die bereits die Pelze, unter denen die Rudersklaven schliefen, weiß bestäubt hatten. Die Wächter hatten ihre Rundgänge aufgegeben, und die zwei, die noch wach waren, standen an der vorderen Ladeluke über eine Kohlenpfanne gebeugt, die verkniffenen Gesichter orangerot erleuchtet.

»Diese Stiefel sind mehr wert als du, verdammt!«

Schadikschirram saß auf ihrem Bett, die Augen feucht glänzend, reckte sich nach vorn und versuchte ihren Fuß zu packen, was ihr jedoch nicht gelang, weil sie so betrunken war, dass sie immer wieder danebengriff. Als sie Yarvi sah, ließ sie sich wieder zurückfallen.

»Geh mir mal zur Hand, ja?«

»Wenn dir eine dazu genügt?«, gab Yarvi zurück.

Sie stieß ein gurgelndes Lachen aus. »Du bist ein schlauer kleiner Krüppel, was? Die Götter haben dich mir gesandt, das schwöre ich. Gesandt, um mir ... meine Stiefel auszuziehen.« Ihr Gekicher verwandelte sich in Schnarchen, und als er ihr den zweiten Stiefel vom Fuß gezogen und ihr Bein auf das Bett geschoben hatte, schlief sie schon fest, den Kopf in den Nacken gelegt. Jeder schnarchende Atemzug ließ die Haarsträhne leicht flattern, die über ihrem Mund lag.

Er sah zur Tür, die einen Spalt offen stand. Draußen glitzerten die Flocken. Er öffnete die Lampe und blies die Flamme aus, und der Raum versank in Dunkelheit. Es war ein schreckliches Risiko, aber ein Mann, dem die Zeit davonlief, musste manchmal alles auf eine Karte setzen.

Die Weisen warten auf den rechten Augenblick, aber dann lassen sie ihn nicht ungenutzt verstreichen. Leise schlich er wieder zum Bett, und seine Haut prickelte, als er seine einfingrige Hand unter Schadikschirrams Kopf schob.

Ganz, ganz sachte hob er ihn an, erschrak beinahe wegen des enormen Gewichts und biss in dem Bemühen, so langsam wie möglich vorzugehen, die Zähne zusammen. Er zuckte zusammen, als sie sich bewegte und aufschnarchte, in dem sicheren Bewusstsein, gleich in ihre geöffneten Augen zu sehen, und in seinen Gedanken sah er ihren Absatz auf sein Gesicht herabsausen, so wie auf Ankrans.

Doch dann holte er tief Luft, hielt den Atem an und fasste um sie herum nach dem Schlüssel, den ein Strahl von Vater Mond, der durch eines der schmalen Fenster fiel, deutlich zeigte. Er reckte sich danach ... aber seine zuckenden Fingerspitzen reichten nicht ganz heran.

Dann spürte er plötzlich einen würgenden Druck um seinen Hals. Seine Kette hatte sich an etwas verfangen. Er wandte sich um, wollte sie mit einem Ruck lösen, und dort in der Tür, das Kinn entschlossen vorgeschoben und Yarvis Kette in beiden Händen, stand Sumael.

Einen Augenblick standen sie beide wie erstarrt da. Dann zog sie ihn zu sich heran.

Er ließ Schadikschirrams Kopf so sachte wie möglich los, packte die Kette mit seiner gesunden Hand und versuchte sie keuchend wieder an sich zu ziehen. Sumael stemmte sich nur noch stärker dagegen, das Halseisen biss in Yarvis Nacken, die Kettenglieder bohrten sich in seine Hand, und er musste sich auf die Lippe beißen, damit sich ihm kein Schrei entrang.

Es war wie beim Tauziehen, das die Jungen am Strand von Thorlby spielten. Allerdings hatte dieses Mal nur einer der Jungen zwei Hände, und das Ende des Taus war um Yarvis Hals geschlungen.

Er wand und wehrte sich, aber Sumael war zu stark für ihn, und schweigend zog sie ihn näher und näher. Seine Stiefel rutschten über den Boden, stießen gegen eine Flasche, die umkippte und davonrollte, bis sie ihn schließlich an seinem Halseisen zu fassen bekam, nach draußen an Deck schubste und dort wieder ganz nahe zu sich heranzog.

»Du verdammter Narr!«, zischte sie ihm ins Gesicht. »Willst du dich umbringen lassen?«

»Was kümmert es dich!«, zischte er zurück. Ihre Fingerknöchel lagen weiß um sein Eisen, seine Fingerknöchel krallten sich weiß um ihre Faust.

»Mich kümmert es sehr wohl, wenn sie alle Schlösser austauschen, bloß weil du den Schlüssel geklaut hast, du Idiot!«

Eine lange Pause folgte nun, während sie einander in der Dunkelheit anstarrten, und ihm wurde bewusst, wie nahe sie ihm war. Nahe genug, um die Zornesfalten über ihrer Nasenwurzel zu erkennen und die Zähne, die durch die kleine Kerbe in der Lippe blitzten, und um ihre Wärme zu spüren. Nahe genug, dass er ihren schnellen Atem riechen konnte, ein bisschen sauer vielleicht, aber insgesamt nicht unangenehm. Nahe genug, fast jedenfalls, für einen Kuss. Ihr dämmerte das vermutlich ebenfalls, denn sie ließ sein Halseisen los, als hätte sie sich daran verbrannt, machte einen Schritt zurück und entwand ihr Handgelenk seinem Griff.

Er ließ sich ihre Worte durch den Kopf gehen, in die eine und in die andere Richtung, besah sie sich von allen Seiten, und plötzlich begriff er.

»Das würde wohl nur jemanden stören, der schon einen Schlüssel hätte. Der vielleicht die Möglichkeit gefunden hätte, sich einen nachzumachen?« Er setzte sich auf seinen angestammten Platz, rieb sich mit der gesunden Hand die Abschürfungen und die alten Verbrennungsnarben am Hals und wärmte die verkrüppelte Linke unter seiner Achsel. »Aber der einzige Grund, aus dem ein Sklave einen Schlüssel haben könnte, wäre doch wohl der, dass er zu fliehen plant.«

»Halt die Klappe!« Sie rutschte neben ihn, und wieder entstand eine Pause. Immer noch umspielten sie die Schneeflocken, legten sich auf ihr Haar, über seine Knie.

Erst als er schon fast die Hoffnung aufgegeben hatte, dass sie überhaupt je wieder etwas sagen würde, tat sie es doch, so leise, dass er sie über den Wind kaum hören konnte. »Ein Sklave mit einem Schlüssel könnte vielleicht auch andere Sklaven befreien. Alle vielleicht. Und in dem Durcheinander, wer weiß … vielleicht könnte auch jemand verschwinden?«

»In dem Durcheinander könnte aber auch eine Menge Blut vergossen werden«, murmelte Yarvi. »Und wer könnte vorher schon sagen, wen es träfe? Es wäre viel sicherer, wenn man die Wachen zuvor in Schlaf versetzte.« Sumael warf ihm einen scharfen Blick zu, und er sah das Schimmern in ihren Augen, den weißen Atem vor ihrem Mund. »Ein Sklave, der sich mit Pflanzen auskennt und der den Wächtern ihr Bier einschenkt und der Schiffsführerin den Wein bringt, der würde dazu vielleicht eine Möglichkeit finden.« Es war gefährlich, das wusste er, aber mit ihrer Hilfe konnten die Dinge wesentlich einfacher werden, und ein Mann, dem die Zeit davonläuft, muss, wie schon gesagt, manchmal alles auf eine Karte setzen. »Vielleicht könnten zwei Sklaven zusammen das schaffen …«

»… was einem allein nicht gelingen würde«, vollendete sie den Satz für ihn. »Am besten verschwindet man vom Schiff, wenn es im Hafen liegt.«

Yarvi nickte. »Das denke ich auch.« Er dachte seit Tagen kaum noch an etwas anderes.

»In Skekenheim wäre die Gelegenheit am besten. Die Stadt ist belebt, aber die Wachleute dort sind faul, und die Schiffsführerin und Trigg sind oft nicht an Bord …«

»Es sei denn, jemand hätte Freunde irgendwo anders an den Ufern der Bruchsee.« Er ließ den Köder vor ihrer Nase baumeln.

Sie schluckte ihn sofort. »Freunde, die ein paar geflohene Sklaven verstecken würden?«

»Genau. Vielleicht in … Thorlby?«

»Die *Südwind* wird innerhalb der nächsten ein oder zwei Monate wieder nach Thorlby kommen.« Yarvi hörte die Aufregung in ihrer sich leicht überschlagenden Stimme.

Auch aus seiner eigenen konnte er dieses Gefühl nicht ganz verbannen. »Und dann könnte ein Sklave mit einem Schlüssel … und ein Sklave, der sich mit Pflanzen auskennt … dann könnten vielleicht beide frei sein.«

Sie saßen schweigend da, in der Kälte, in der Dunkelheit, wie so viele Nächte schon zuvor. Aber als Yarvi zu ihr hinübersah, in Vater Monds blassem Licht, da glaubte Yarvi die leise Andeutung eines Lächelns in Sumaels Mundwinkel zu erkennen.

Es stand ihr gut, fand er.

Ein Freund

Weit oben im Norden trieben die Rudersklaven die *Südwind* nun über die schwarze See. Der Winter war auf dem Vormarsch. Oft fiel Schnee, der sich auf das Dach der Schiffskastelle und auf die Schultern der zitternden Ruderer legte, die sich bei jedem Schlag den dampfenden Atem auf die tauben Finger bliesen. Die ganze Nacht über stöhnte der geflickte Rumpf. Morgens beugten sich die Männer über die Bordwand, um das Eis von den beschädigten Flanken zu schlagen. Bei Sonnenuntergang kam Schadikschirram dann für gewöhnlich aus ihrer Kabine, in Pelze gehüllt, die Augen und Nasenlöcher rot gerändert vor Trunkenheit, und erklärte, sie fände es nicht besonders kalt.

»Ich versuche, die Liebe in meinem Herzen zu bewahren«, sagte Jaud, der mit beiden Händen nach der Suppenschale griff, die Yarvi ihm reichte. »Aber bei den Göttern, ich hasse den Norden.«

»Und mehr im Norden als hier kann man nicht sein«, erwiderte Rulf und rieb sich den Rand seiner Ohren, während er grimmig zu der weißen Decke hinübersah, unter der die Küstenregion schlummerte.

Ankran sagte wie üblich nichts.

Das Meer war eine eisgesprenkelte Leere, und kleine Grüppchen schwerfälliger Seehunde beobachteten sie traurig von der felsigen Küste aus. Ihnen begegneten nur wenige andere Schiffe, und wenn, dann starrte Trigg zu ihnen hinüber, die Hand am Schwertgriff, bis sie nur noch weit entfernte Punkte waren. So mächtig sich der Hochkönig auch zu sein wähnte: Hier draußen würde seine Lizenz keinen von ihnen beschützen.

»Die meisten Kaufleute haben nicht den Mut für diese Gewässer.« Schadikschirram stemmte ihren Stiefel achtlos auf das Bein eines Ruderers. »Aber ich bin nicht die meisten.« Yarvi dankte den Göttern wortlos dafür. »Die Banyas, die in dieser Eishölle leben, verehren mich als Göttin, denn ich bringe ihnen Töpfe und Messer und Werkzeuge aus Eisen, die sie wie Albenzauber bestaunen, und bitte sie im Gegenzug nur um Pelze und Bernstein, die sie derart im Überfluss besitzen, dass sie bei ihnen fast keinen Wert haben. Sie tun alles für mich, diese armen Barbaren.« Sie rieb sich mit einem zischenden Geräusch die Hände. »Hier mache ich meine größten Gewinne.«

Tatsächlich warteten die Banyas schon auf die *Südwind*, als sie endlich das Eis des Küstengürtels durchbrachen und an einem glitschigen Kai vor einem grauen Strand anlegten. Verglichen mit diesen Leuten wirkten die Ruiner in Yarvis Erinnerung geradezu zivilisiert – die Banyas waren in Felle gekleidet, mit denen sie mehr wie Wölfe oder Bären als wie Menschen aussahen, zwischen dem struppigen Haar und den Bärten waren ihre Nasen, Lippen und Wangen mit polierten Knochen oder Bernsteinstückchen durchbohrt, und ihre Bögen waren mit Federn, die Keulen mit Zähnen geschmückt. Yarvi fragte sich, ob es sich um Menschenzähne handelte, und überlegte, dass es sich Leute, die diesem elenden Land ihren Lebensunterhalt abtrotzten, vermutlich nicht leisten konnten, irgendetwas zu verschwenden.

»Ich werde vier Tage unterwegs sein.« Schadikschirram schwang sich über die Bordwand und kam hart auf den verzogenen Bohlen des Anlegers auf, und die Matrosen der *Südwind* folgten ihr mit ihren auf schwerfällige Schlitten geladenen Waren. »Trigg, du übernimmst die Verantwortung!«

»Du wirst dein Schiff in einem besseren Zustand vorfinden als jetzt«, rief der Aufseher mit einem breiten Grinsen zurück.

»Vier faule Tage«, raunte Yarvi, als das letzte Licht den Himmel rot färbte, und fummelte mit dem verkrümmten Daumen an seinem Halseisen herum. Jeder Tag, den er auf dieser verrottenden Badewanne verbrachte, schien seine wunden Stellen zu verschlimmern.

»Geduld.« Sumael sprach durch die zusammengebissenen Zähne, sodass sich ihre vernarbten Lippen kaum bewegten, und hatte die dunklen Augen auf die Wachleute gerichtet, besonders auf Trigg. »Noch ein paar Wochen, dann sind wir vielleicht bei deinen Freunden in Thorlby.« Sie wandte sich mit der üblichen grimmigen Miene an ihn. »Es wäre besser für dich, wenn du tatsächlich Freunde in Thorlby hättest.«

»Du wärst überrascht, wen ich alles kenne.« Yarvi kuschelte sich tiefer in seine Pelze. »Vertrau mir.«

Sie schnaubte. »Vertrauen?«

Yarvi drehte ihr den Rücken zu. Sumael mochte stachlig wie ein Igel sein, aber sie war zäh und schlau, und es gab niemand anderen auf dem Schiff, den er lieber auf seiner Seite gehabt hätte. Er brauchte einen Komplizen, keine Freundin, und sie wusste, was zu tun war und wann.

Er konnte es vor sich sehen, als ob es schon geschehen wäre. Jede Nacht lullte er sich selbst in den Schlaf, indem er daran dachte. Die *Südwind* schaukelte sanft an einem Anleger unterhalb der Zitadelle von Thorlby. Die Wachleute schnarchten benebelt neben ihren leeren Bierkrügen. Der Schlüssel drehte sich geräuschlos im Schloss. Er und Sumael schlichen sich vom Schiff, die Ketten in Lumpen gewickelt, damit sie keinen Lärm machten, und liefen durch die steilen, dunklen Gassen, die er so gut kannte, und Schneematsch voller Stiefelabdrücke bedeckte das Kopfsteinpflaster, weißer Schnee lag auf den steilen Dächern.

Er lächelte, als er sich das Gesicht seiner Mutter vorstellte, wenn sie ihn wiedersah. Und noch mehr lächelte er, als er sich das von Odem vorstellte, bevor er dem das Messer in den Bauch rammte …

Yarvi stach zu, schlug tiefe Wunden, stach wieder, seine Hände waren rot von Verräterblut, und sein Onkel quiekte wie ein abgestochenes Schwein.

»Der rechtmäßige König von Gettland!«, ertönte ein Ruf, und alle applaudierten, besonders Grom-gil-Gorm, der bei jedem schmatzenden Stich seine großen Hände aneinanderklatschte, während Mutter Scaer voller Begeisterung kreischte und herumsprang und sich dann in eine Wolke weißer Tauben verwandelte.

Aus dem Schmatzen wurde ein saugendes Geräusch, und Yarvi sah zu seinem Bruder, der weiß und kalt auf seiner Grabplatte lag. Isriun beugte sich über sein Gesicht und küsste, küsste ihn.

Sie lächelte Yarvi durch das Leichentuch ihrer herabhängenden Haare an. Dieses Lächeln. »Nach deinem Sieg erwarte ich einen besseren Kuss.«

Odem stützte sich auf den Ellenbogen auf. »Wie lange wird das denn noch dauern?«

»Töte ihn«, sagte Yarvis Mutter. »Zumindest einer von uns muss ein Mann sein.«

»Ich bin ein Mann!«, fauchte Yarvi, der stach und stach, und seine Arme brannten schon vor Anstrengung. »Oder … ein halber Mann?«

Hurik hob eine Augenbraue. »Doch so viel?«

Das Messer war glitschig in Yarvis Hand, und die vielen Tauben waren eine große Ablenkung, wie sie ihn anstarrten und anstarrten, und in ihrer Mitte saß ein bronzegefiederter Adler, der eine Nachricht von Großmutter Wexen hatte.

»Hast du über den Gelehrtenkreis nachgedacht?«, krächzte er ihm entgegen.

»Ich bin ein König!«, zischte er mit brennenden Wangen und versteckte seine unnütze Narrenhand hinter seinem Rücken.

»Ein König sitzt zwischen Göttern und Menschen«, sagte Keimdal, dem das Blut aus der aufgeschlitzten Kehle drang.

»Ein König sitzt allein«, sagte Yarvis Vater, der sich auf dem Schwarzen Thron nach vorn beugte, und die Wunden, die schon versiegt waren, nässten wieder. Ein dünner Blutfilm breitete sich auf dem Boden der Götterhalle aus.

Odems Schreie hatten sich in Gekicher verwandelt. »Du hättest einen guten Hofnarren abgegeben.«

»Verdammt!«, brüllte Yarvi und versuchte, härter zuzustechen, aber das Messer war so schwer, dass er es kaum noch heben konnte.

»Was machst du denn?«, fragte Mutter Gundring. Sie klang verängstigt.

»Halt die Klappe, du Schlampe«, sagte Odem, und er packte Yarvi am Hals und drückte zu …

Yarvi erwachte mit einem schrecklichen Ruck. Trigg hatte ihm die Hände um den Hals gelegt.

Mehrere gemein grinsende Gesichter verschwammen rund um ihn; Zähne glänzten im Fackellicht. Er würgte und wand sich, aber er war gefangen wie eine Fliege im Honig.

»Du hättest auf meinen Vorschlag eingehen sollen, Kleiner.«

»Was machst du denn?«, fragte Sumael wieder. Er hatte sie noch nie zuvor so verängstigt gehört. Allerdings klang sie nicht halb so panisch, wie Yarvi sich fühlte.

»Ich hab dir gesagt, du sollst die Klappe halten!«, brüllte einer der Wachleute ihr ins Gesicht. »Es sei denn, du willst sein Schicksal teilen!«

Sie versank wieder in ihren Decken. Sie wusste, was sie wann zu tun hatte. Vielleicht wäre eine Freundin doch besser gewesen als eine Komplizin, aber jetzt war es ein bisschen spät dafür, eine zu finden.

»Ich habe dir doch gesagt, schlaue Kinder ertrinken genauso leicht wie dumme.« Trigg schob den Schlüssel in das Schloss und löste Yarvis Kette. Da war sie, die Freiheit, aber nicht so, wie er sich das vorgestellt hatte. »Wir werden dich ins Wasser schmeißen und gucken, ob das stimmt.«

Damit zerrte Trigg Yarvi über Deck wie ein gerupftes Huhn, das in den Topf sollte. An den Ruderern vorüber, die auf ihren Bänken schliefen und von denen der eine oder andere aus seinen kahlen Pelzen herauslugte. Niemand rührte einen Finger, um ihm zu helfen. Wieso sollten sie auch? Und was hätten sie tun können?

Yarvis Hacken schlugen wirkungslos auf die Planken, seine Hände griffen nach Trigg, aber seine gesunde Hand konnte ebenso wenig ausrichten wie seine verkrüppelte. Vielleicht hätte er feilschen und sich die Freiheit erschmeicheln und erhandeln sollen, aber seine Brust fühlte sich an, als wollte sie zerspringen, und er bekam gerade genug Luft, um ein kleines Geräusch zu machen, das wie ein Furz klang …

In diesem Augenblick wurden den Künsten des Gelehrten die Grenzen aufgezeigt.

»Wir haben eine Wette laufen«, sagte Trigg nüchtern, »wie lange es nämlich dauern wird, bis du untergehst.«

Yarvi zog an Triggs Arm, kratzte ihm mit den Nägeln über die Schulter, aber der Aufseher achtete kaum darauf. Aus den tränenverschwommenen Augenwinkeln sah er Sumael dastehen, die ihre Decken abschüttelte. Als Trigg Yarvis Kette aufgeschlossen hatte, hatte er damit auch ihre gelöst.

Aber Yarvi wusste, dass er keine Hilfe von ihr erwarten konnte. Er konnte überhaupt keine erwarten.

»Lasst das euch anderen eine Lehre sein!« Trigg tippte sich

mit dem Daumen seiner freien Hand gegen die Brust. »Das ist mein Schiff. Wer sich mir in den Weg stellt, den mache ich fertig.«

»Lasst ihn in Frieden!«, knurrte jemand. »Er hat doch nichts getan.« Jaud, wie Yarvi feststellte, als er an ihm vorübergezerrt wurde. Aber niemand achtete auf den großen Mann. Neben ihm, auf Yarvis altem Platz, sah Ankran zu und rieb sich die krumme Nase. Aus Yarvis jetziger Perspektive erschien ihm dieser Platz gar nicht so schlecht.

»Du hättest auf meinen Handel eingehen sollen.« Trigg schleppte ihn wie ein Bündel Lumpen über die eingezogenen Riemen. »Einem guten Sänger sehe ich gern das eine oder andere nach, aber …«

Mit einem plötzlichen Schrei stürzte der Aufseher und fiel auf den Rücken, und sein Griff löste sich. Yarvi rammte ihm den verdrehten kleinen Finger ins Auge, trat ihm mit einer Drehung gegen die Brust und kämpfte sich frei.

Trigg war über die schwere Kette von Nichts gestolpert, die sich unverhofft gestrafft hatte. Der Deckschrubber kauerte in den Schatten, und seine Augen schimmerten hinter dem Vorhang aus Haar. »Lauf«, flüsterte er.

Vielleicht hatte Yarvi doch einen Freund gewonnen.

Beim ersten tiefen Atemzug drehte sich ihm noch alles vor Augen. Er kam stolpernd auf die Beine, schluchzte, schnaubte, taumelte gegen die Bänke, über noch halb schlafende Ruderasklaven, kletterte über die Riemen und rutschte unter ihnen hindurch.

Leute schrien, aber Yarvi hörte die Worte kaum, so laut rauschte das Blut in seinen Ohren, wie der dröhnende Donner in einem Sturm.

Er sah die vordere Ladeluke, wankte, erschauerte. Seine Hand schloss sich um den Griff. Dann riss er die Luke auf und sprang mit dem Kopf voran in die Dunkelheit.

Frau Tod wartet

Yarvi stürzte hinab, stieß sich erst die Schulter, dann den Kopf, rollte über ein paar Säcke und landete vornüber auf dem Bauch.

Seine Wange wurde nass. Er lag in der Bilge im Laderaum.

Mit großer Anstrengung drehte er sich auf den Rücken und robbte dann in die Schatten.

Hier unten war es dunkel. Stockdunkel, aber ein Gelehrter muss sich auch im Dunkeln auskennen, und nun ertastete er sich seinen Weg mit den Fingerspitzen.

Das Entsetzen brüllte in seinen Ohren, brannte in seiner Brust und kitzelte ihn an seinem ganzen Körper, aber er musste es überwinden und nachdenken. *Es gibt immer einen Weg,* hatte seine Mutter ihm stets gesagt.

Er hörte das Gebrüll der Wachleute – viel, viel zu nahe hinter ihm. Schnell zog er seine Kette zu sich heran, drückte sich zwischen Kisten und Fässer, und ein wenig von dem Licht der Fackeln oben an der Luke tanzte auf Fassreifen und Nieten und half ihm, sich zurechtzufinden.

Er glitt durch die niedrige Tür und watete zwischen Regalen und Kisten in der eiskalten Brühe, die heute durch die lecken Wände gedrungen war. Schließlich kauerte er sich an der kalten Schiffswand zusammen, der Atem fuhr ihm keuchend aus der Brust, und jetzt wurde es ein wenig heller, da die Wachleute auf der Suche nach ihm mit ihren Fackeln in den Laderaum hinunterstiegen.

»Wo ist er?«

Es musste einen Weg geben. Ohne Zweifel würden sie auch bald aus der anderen Richtung, von der Heckluke her, auf ihn zukommen. Seine Augen glitten zu der dazugehörigen Leiter.

Es musste einen Weg geben. Keine Zeit für Pläne; seine Pläne hatten sich gerade in Wohlgefallen aufgelöst. Trigg würde auf ihn warten. Trigg würde ziemlich wütend sein.

Jedes Geräusch ließ seine Augen hin und her zucken, zu jedem Lichtschimmer, und er suchte verzweifelt nach einer Fluchtmöglichkeit oder nach einem Versteck, aber beides gab es nicht. Er brauchte einen Verbündeten. Hilflos drückte er sich gegen die Planken, fühlte die eisige Feuchtigkeit, hörte das Salzwasser tropfen. Und dann hörte er in seiner Erinnerung die sanfte und bedächtige Stimme von Mutter Gundring an ihrer Feuerstelle.

Wenn eine weise Gelehrte nur noch Feinde um sich hat, dann vernichtet sie den einen mit einem noch schlimmeren.

Yarvi rutschte unter das nächstgelegene Regal, tastete im Dunkeln herum, und dann schlossen sich seine Finger um die Eisenstange, mit der er die Nägel eingeschlagen hatte.

Der schlimmste Feind des Seemanns ist die See, hatte Schadikschirram immer wieder gesagt.

»Wo bist du, Kleiner?«

Er konnte die Umrisse von Sumaels Flickwerk ungefähr erahnen, rammte die Eisenstange zwischen den Rumpf und die neuen Planken und zog mit aller Kraft. Mit zusammengebissenen Zähnen bohrte er das Metall immer tiefer hinein, er fauchte vor Wut und Schmerz und Hilflosigkeit und riss an der Stange, als sei sie Trigg und Odem und Grom-gil-Gorm zusammen. Er zerrte daran, stemmte sich dagegen, schlang die Krümmung seiner nutzlosen Hand darum, und das gemarterte Holz knarrte, und Töpfe und Kisten fielen klappernd zu Boden, als er mit der Schulter gegen die Regale stieß.

Jetzt hörte er die Wachleute, schon ganz nahe, sah das Glimmen ihrer Lampen im Laderaum, ihre geduckten Umrisse in der niedrigen Tür und das Schimmern ihrer Klingen.

»Komm her, Krüppel!«

Mit einem lauten Kreischen strengte er seine Muskeln ein letztes Mal an. Ein Knacken ertönte, und die Planken gaben plötzlich nach. Yarvi taumelte mit ausgestreckten Armen nach hinten, und zischend wie ein aus der Hölle entflohener Teufel brach Mutter Meer ins Schiff.

Yarvi hatte bei seinem Fall ein Regal mit sich gerissen und wurde nun von dem eiskalten Wasser durchtränkt, holte keuchend Luft und rollte sich hinüber zur hinteren Ladeluke, und während das Gebrüll der Männer und der entfesselten See und des splitternden Holzes in seinen Ohren brandete, richtete er sich triefnass auf.

Als er zur Leiter hinüberstolperte, stand ihm das Wasser schon bis zu den Knien. Ein Wachmann war ihm auf den Fersen und versuchte ihn in der Dunkelheit zu fassen zu bekommen. Yarvi warf die Eisenstange nach ihm, und der Mann taumelte in den Strahl des hereinströmenden Wassers, das ihn wie ein Spielzeug durch den Laderaum schleuderte. Jetzt hatten sich weitere Lecks aufgetan, das Meer sprühte in einem Dutzend Richtungen hinein, und das Geheul der Wachleute war über das ohrenbetäubende Brüllen des Wassers kaum zu hören.

Yarvi zog sich ein paar Stufen der Leiter empor, drückte die Luke auf, wand sich hindurch, und als er sich schwankend aufgerichtet hatte, fragte er sich, ob er durch irgendeine Zauberei an Deck eines anderen Schiffs geraten war.

Auf dem Laufgang zwischen den Ruderbänken wimmelte es von Männern, erhellt vom grellen Licht brennenden Öls, das offenbar über dem Bugkastell ausgegossen worden war. Flackernde Flammen tanzten auf dem schwarzen Wasser, in den schwarzen Augen der in Panik geratenen Sklaven, auf den gezogenen Schwertern der Wachen. Yarvi sah, wie Jaud einen von ihnen packte und mit einem mächtigen Schwung ins Meer warf.

Er stand nicht mehr an seiner Bank. Die Sklaven waren frei.

Oder jedenfalls einige. Die meisten waren immer noch angekettet und drängten sich an die Bordwand, um nicht zwischen die Kämpfenden zu geraten. Einige lagen blutüberströmt auf dem Laufgang. Andere sprangen sogar über Bord und wollten es offenbar lieber mit Mutter Meer aufnehmen als mit Triggs Männern, die gnadenlos auf sie einschlugen.

Yarvi sah, wie Rulf einem Wächter eine Kopfnuss verpasste, hörte, wie das Nasenbein des Mannes brach und sein Schwert klappernd auf Deck fiel.

Er musste seinen Ruderkameraden helfen. Seine gesunde Hand öffnete und schloss sich unwillkürlich. Er musste ihnen helfen, aber wie? Die letzten Monate hatten Yarvi nur bestätigt, was er lange schon geahnt hatte – er war kein Held. Sie waren in der Unterzahl und unbewaffnet. Er zuckte zusammen, als ein Wachmann einen hilflosen Sklaven mit einer Axt niederschlug, die eine klaffende Wunde riss. Und er fühlte, wie das Deck sich neigte, da nun immer mehr Wasser ins Schiff drang und die *Südwind* allmählich sank.

Ein guter Gelehrter stellt sich den Tatsachen und rettet, was zu retten ist. Ein guter Gelehrter akzeptiert das kleinere Übel. Yarvi kletterte über die nächste Bank, lief auf die Bordwand und das dunkle Wasser zu und bereitete sich darauf vor, mit einem Sprung hineinzutauchen.

Er hatte es halb über das Schiff geschafft, als er an seinem Halseisen zurückgerissen wurde. Die Welt drehte sich, und er krachte zu Boden, wo er nach Luft schnappend wie ein Fisch auf dem Trockenen liegen blieb.

Trigg sah auf ihn hinab und hielt seine Kette mit einer Hand fest. »Du bleibst schön hier, Freundchen.«

Er beugte sich zu ihm hinüber und legte die andere Hand auf Yarvis Kehle, gleich unter dem Halseisen, sodass sich der Metallrand in seine Kinnlade bohrte. Dann drückte der Aufseher noch stärker zu. Er zog Yarvi zu sich empor, bis dessen um sich tretende Füße nur noch eben über das Deck schrammten, und dann drehte er ihm den Kopf so zur Seite, dass er sich das blutige Chaos ansehen musste, das an Bord tobte. Überall lagen Tote und Verwundete, und zwei Wächter schlugen mit ihren Stöcken auf einen Sklaven ein.

»Siehst du, was du mir für einen Ärger machst?«, kreischte Trigg. Das Auge, in das Yarvi noch kurz zuvor seinen Finger gebohrt hatte, war rot und entzündet. Die Wächter überschrien sich gegenseitig.

»Wo sind Jaud und dieser Dreckskerl Rulf?«

»Auf den Anleger gesprungen. Aber die erfrieren da garantiert.«

»Götter, meine Finger!«

»Wie sind sie denn von der Kette losgekommen?«

»Sumael.«

»Dieses kleine Luder hatte einen Schlüssel.«

»Wo zur Hölle hat sie das Beil hergehabt?«

»Sie hat mir die Finger abgehackt! Wo sind meine Finger?«

»Wozu willst du das wissen? Die nützen dir nun sowieso nichts mehr!«

»Er hat den Rumpf eingeschlagen!«, keuchte ein klatschnasser Wächter, der gerade aus der Heckluke kroch. »Da strömt überall Wasser herein!« Und wie um seine Worte zu unterstreichen, erzitterte die *Südwind* noch einmal, und das Deck neigte sich weiter, sodass Trigg sich an einer Bank festhalten musste, um nicht wegzurutschen.

»Die Götter mögen uns helfen!«, kreischte einer der angeketteten Rudersklaven, der an seinem Halseisen riss.

»Sinken wir?«, fragte ein anderer mit wild rollenden Augen.

»Wie sollen wir das nur Schadikschirram erklären?«

»Verdammt noch mal, bei allen Göttern!«, brüllte Trigg und schlug Yarvis Kopf gegen das stumpfe Ende des nächsten Riemens. Ein heller Blitz zuckte vor Yarvis Augen auf, und Übelkeit füllte seinen Mund, dann drückte der Aufseher ihn auf den Boden und würgte ihn mit aller Gewalt.

Yarvi wehrte sich nach Kräften, aber Triggs ganzes Gewicht lastete auf ihm, und er bekam keine Luft mehr, sah nichts außer Triggs fauchendem Mund, der immer mehr verschwamm, als ob er sich am Ende eines Tunnels befand, durch den er stetig gezogen wurde.

Er war Frau Tod in den letzten Wochen ein paar Dutzend Mal von der Schippe gesprungen, aber man kann noch so schlau und noch so stark sein, und man kann noch so viel Wetterglück oder Waffenglück haben, dem Letzten Tor kann niemand auf ewig entgehen. Alle schreiten sie eines Tages hindurch, Helden und Hochkönige und die Großmütter des Gelehrtenkreises. Frau Tod macht keine Ausnahmen für einhändige Jungen mit großem Mundwerk und hitziger Natur. Der Schwarze Thron würde Odem gehören, Yarvis Vater würde ungerächt bleiben, sein Eid für immer unerfüllt …

Und dann, als das angestaute Blut schon in seinen Ohren rauschte, hörte Yarvi eine Stimme.

Es war eine gebrochene, flüsternde Stimme, so rau wie eine Plankenbürste. Wäre es die Stimme von Frau Tod gewesen, Yarvi hätte sich nicht gewundert. Außer vielleicht über das, was sie sagte.

»Habt ihr Schadikschirram nicht gehört?«

Mit Mühe sah Yarvi mit tränenden Augen in die Richtung, aus der die Worte ertönten.

Nichts stand mitten auf dem Deck. Sein fettiges, verfilztes Haar hatte er zurückgeschoben, und zum ersten Mal sah Yarvi sein Gesicht, verschoben und schief, vernarbt und gebrochen, verdreht und eingefallen, und seine weit aufgerissenen Augen glänzten feucht.

Er hatte sich die schwere Kette wieder und wieder um die Hand gewickelt, und von seiner Faust baumelte der Haken, an dem sie festgemacht gewesen war und an dem noch ein Stück gesplittertes Holz und die dazugehörigen Nägel hingen. In der anderen Hand hielt er das Schwert, das Rulf dem Wachmann aus der Hand geschlagen hatte.

Nichts lächelte. Es war ein kaputtes Lächeln, das seine kaputten Zähne zeigte und seine kaputte Seele verriet. »Sie hat euch gesagt, ihr sollt mir niemals eine Klinge in die Hand geben.«

»Tu das Schwert weg!«, bellte Trigg, und er versuchte vor allem dem letzten Wort besonderen Nachdruck zu verleihen, aber in seiner Stimme schwang etwas mit, das Yarvi noch nie bei ihm gehört hatte.

Angst.

Als ob tatsächlich Frau Tod persönlich vor ihm an Deck stand.

»O nein, Trigg, nein.« Nichts lächelte noch breiter und verrückter, und die Tränen, die in seinen Augen schwammen, rannen nun die vernarbten Wangen herab. »Ich denke mal, ich werde dich wegtun.«

Ein Wachmann sprang auf ihn zu und griff ihn an.

Beim Deckschrubben hatte Nichts stets alt gewirkt und schrecklich langsam. Der ausgemergelte, zerbrechliche Schatten eines Menschen, wie aus dünnen Zweigen und Bindfaden gemacht. Doch mit dem Schwert in der Hand bewegte er sich nun fließend wie Wasser und tanzte wie flackerndes Feuer. Es war, als hätte die Klinge ihren eigenen Willen, schösse schnell und gnadenlos wie der Blitz nach vorn und zöge Nichts lediglich widerstandslos hinter sich her.

Das Schwert zuckte voran, seine Spitze schimmerte kurz zwischen den Schulterblättern des angreifenden Wachmanns und war schon wieder verschwunden, während der Wächter sich stolpernd und keuchend die Hände gegen die Brust presste. Ein anderer hob eine Axt, und Nichts wich geschmeidig aus, sodass die Waffe nur ein paar Spreißel aus dem Rand einer Bank hackte. Sie fuhr wieder in die Höhe, doch mit einem metallischen Klacken verschwand der Arm, der sie gehalten hatte, in der Dunkelheit. Der Wächter fiel auf die Knie, die Augen traten ihm aus den Höhlen, und Nichts schickte ihn mit einem Tritt seines nackten Fußes auf die Planken.

Ein dritter sprang nun mit erhobenem Schwert von hinten auf ihn zu. Ohne hinzusehen, stieß Nichts mit der Klinge zu, durchbohrte dem Angreifer die Kehle und ließ ihn Blut spuckend liegen, dann schlug er mit dem Arm, der die Kette trug, eine Keule beiseite, rammte den Knauf seines Schwerts dem eigentlichen Besitzer so hart auf den Mund, dass dem die Zähne herausflogen, und ließ sich geräuschlos sinken, um einem weiteren Mann die Beine abzusäbeln und ihn mit dem Gesicht voran auf die Planken zu schicken.

Und all das in einer Zeit, in der Yarvi gerade einmal hätte Luft holen können. Wenn er denn hätte Luft holen können.

Der erste Wachmann hielt sich noch immer auf den Beinen, betastete ungläubig seine durchbohrte Brust, versuchte etwas zu sagen, brachte aber nur roten Schaum heraus. Nichts schob ihn mit dem Ellenbogen behutsam aus dem Weg, als er auf seinen nackten Füßen völlig geräuschlos an ihm vorüberging. Er betrachtete die blutbespritzten Planken und schnalzte missbilligend mit der Zunge.

»Das Deck ist ziemlich dreckig.« Dann sah er auf, das zerstörte Gesicht voller schwarzer Schlieren und roter Flecken. »Soll ich es schrubben, Trigg?«

Der Aufseher wich zurück, während Yarvi hilflos mit seiner Hand herumfummelte. »Wenn du näher kommst, bringe ich ihn um!«

»Tu das.« Nichts zuckte die Achseln. »Frau Tod wartet auf uns alle.« Der Wachmann mit den abgeschlagenen Beinen versuchte, sich das immer stärker geneigte Deck emporzuziehen. Nichts durchbohrte ihm im Vorbeigehen den Rücken. »Heute wartet sie auf dich. Sie greift schon nach ihrem Schlüssel, Trigg. Sie schließt das Letzte Tor auf.«

»Darüber kann man doch reden!« Trigg rutschte weiter zurück, eine Handfläche abwehrend nach außen gestreckt. Das Deck neigte sich noch weiter, und Wasser quoll aus der Heckluke. »Reden wir doch einfach!«

»Reden schafft nur Probleme.« Nichts hob das Schwert. »Stahl ist stets die beste Antwort.« Damit drehte er das Schwert in seiner Hand, sodass die Klinge das Licht fing und Rot und Weiß und Gelb und alle anderen Feuerfarben darauf tanzten. »Stahl schmeichelt nicht und geht keine Kompromisse ein. Stahl lügt nicht.«

»Gib mir einfach noch eine Chance!«, wimmerte Trigg. Das Wasser schwappte nun über die Bordwand und umspülte die Bänke.

»Warum?«

»Ich habe Träume! Ich habe Pläne! Ich habe …«

Mit einem hohlen Klacken spaltete das Schwert Triggs Schädel bis zur Nase. Sein Mund formte kurz noch weitere Worte, aber es war kein Atem mehr in ihm, der ihnen Klang verliehen hätte. Er fiel zurück, trat noch leicht um sich, und Yarvi entwand sich seiner schlaffen Hand, atmete keuchend ein, hustete und versuchte sein Halseisen zu lockern, um wieder Luft zu bekommen.

»Vielleicht hätte ich das nicht tun sollen«, sagte Nichts und zog das Schwert aus Triggs Kopf, »aber ich fühle mich jetzt viel besser.«

Um sie herum kreischten und brüllten die Männer. Die Wachleute, die bisher überlebt hatten, zogen das Meer Nichts' Klinge vor. Einige der Sklaven versuchten von ihren überspülten Bänken auf trockenere zu klettern, die weiter oben lagen, andere zerrten an ihren Ketten, während das Wasser immer höher stieg, und wieder andere sahen nur noch mit dem Kopf aus dem Meer, ihre Münder schnappten verzweifelt nach Luft, während ihnen die Augen vor Entsetzen aus den Höhlen quollen. Wieder andere, das wusste Yarvi, hatte die schwarze Oberfläche schon verschluckt, und sie würden verzweifelt noch die Luft anhalten, während sie hoffnungslos an ihren Ketten zerrten.

Er kniete sich hin, würgte, und während sich alles vor seinen Augen drehte, durchsuchte er Triggs Kleider nach dessen Schlüssel, wobei er sich alle Mühe gab, das gespaltene Gesicht nicht anzusehen. Dennoch erhaschte er immer wieder kurze Blicke auf die verzerrten Züge und das glibberige Zeug in der großen Wunde, und er schluckte Erbrochenes runter, tastete weiter nach dem Schlüssel, und das Heulen der angeketteten Sklaven dröhnte in seinen Ohren.

»Lass das.« Nichts beugte sich über ihn. Er war viel größer, als Yarvi sich vorgestellt hatte. Das blutbefleckte Schwert hatte er noch in der Hand.

Yarvi sah ihn blinzelnd an und blickte dann zu den ertrinkenden Sklaven auf dem schrägen Deck. »Aber sie sterben.« Seine Stimme war nur noch ein leises Krächzen.

»Frau Tod wartet auf uns alle.«

Nichts packte Yarvi bei seinem Halseisen, riss ihn hoch in die Luft und über die Reling, und wieder einmal schloss ihn Mutter Meer in ihre eisigen Arme.

III
DER LANGE WEG

Zwingende Umstände

Jemand klatschte Yarvi ins Gesicht. Er sah die Hand, hörte das Geräusch, fühlte aber kaum etwas.

»Lauf«, zischte Jauds Stimme.

Yarvi brachte kaum mehr zustande als ein zitterndes Schlenkern. Seine klappernde Kette und seine durchweichte Kleidung zogen ihn mit jedem Schritt nach unten, und der Kies krallte sich an seine mit Wasser vollgelaufenen Stiefel. Er stolperte oft, aber wenn er fiel, dann waren da stets starke Arme, die ihn wieder aufrichteten und weiter durch die Dunkelheit zerrten.

»Geh«, schnaufte Rulf.

Oben am schneebedeckten Rand des Strandes drehte Yarvi sich kurz um und stieß mit klappernden Zähnen ein Wort hervor: »Götter.«

Mutter Meer verschlang hungrig die *Südwind.*

Das Bugkastell stand in hellen Flammen, die Takelung zeichnete sich in gleißenden Feuerlinien ab, und selbst die Mastspitze, wo Sumael so gern gehockt hatte, brannte. Die Bänke, auf denen Yarvi sich einst abgemüht hatte, waren geflutet, die Riemen ragten in alle Richtungen empor wie die Beine einer auf den Rücken gedrehten Kellerassel. Vom Heckkastell guckte nur noch eine Ecke über die Wasseroberfläche, auf der sich das Feuer zuckend spiegelte. Der Laderaum, die gesamte Fracht und die Kapitänskajüte waren im Schweigen darunter versunken.

Am Ufer, am Anleger waren dunkle Gestalten zu sehen,

die starr zum Schiff hinüberblickten. Wachleute, die Nichts' Schwert entkommen waren? Sklaven, die sich irgendwie von den Ketten befreit hatten? Yarvi fragte sich, ob er über den scharfen Wind leise Schreie hörte. Man konnte unmöglich sagen, wen das Glück vor Feuer oder Wasser bewahrt hatte, wer noch lebte oder wer tot war, und Yarvi war zu kalt, als dass er sich darüber hätte freuen können, dass er eine weitere Katastrophe überlebt hatte – um andere zu trauern, daran war erst recht nicht zu denken. Zweifelsohne würden sich die Gewissensbisse schon bald genug einstellen.

Wenn er die Nacht überleben würde.

»Los, beweg dich«, knurrte Sumael.

Sie schleppten ihn bis über die Böschung, und dort brach er zusammen, fiel mit dem Rücken in eine Schneewehe, und seine Haut brannte wie Feuer von der Kälte, während jeder eisige Atemzug ihm wie ein Messer durch die Kehle fuhr. Er sah Rulfs breites Gesicht, auf dessen eine Wange orangefarbenes Licht fiel, während Sumaels hagere Züge im Licht von Vater Mond zuckten.

»Lasst mich«, versuchte er zu sagen, aber sein Mund war zu taub, um die Worte zu formen, seine Zähne eisig bis zu den Wurzeln, und außer einem schwachen Wölkchen weißem Atem kam nichts heraus.

»Wir gehen zusammen«, sagte Sumael. »So war doch die Abmachung, oder nicht?«

»Ich dachte, die hätte sich erledigt, als Trigg anfing, mich zu würgen.«

»Oh, so schnell wirst du dich nicht herauswinden.« Sie fasste nach seinem verkrümmten Handgelenk. »Steh auf.«

Seine eigene Familie hatte ihn verraten, seine eigenen Leute, und jetzt brachten ihm Sklaven, die ihm nichts schuldig waren, so viel Loyalität entgegen. Er war so unglaublich froh, dass er am liebsten geweint hätte. Allerdings hatte er das Gefühl, dass er sich seine Tränen besser für später aufsparte.

Mit Sumaels Hilfe gelang es ihm aufzustehen. Mit Rulfs und Jauds Hilfe schaffte er es weiterzuschlurfen – wohin, daran verschwendete er kaum einen Gedanken, wichtig war ihm nur, die sinkende *Südwind* hinter sich zu lassen. Die eisige Nässe schmatzte in seinen Schuhen, und der Wind fasste durch seine durchweichten, auf seiner Haut schmerzhaft reibenden Kleider, als hätte er überhaupt nichts an.

»Musstest du dir für deine Flucht den kältesten Ort aussuchen, den die Götter geschaffen haben?«, knurrte Rulf. »Und die kälteste Zeit des Jahres?«

»Ich hatte einen besseren Plan.« Sumael klang nicht besonders entzückt darüber, dass sie ihn hatte aufgeben müssen. »Aber der ist mit der *Südwind* untergegangen.«

»Pläne müssen sich manchmal ein wenig biegen, um sich den Umständen anzupassen«, sagte Jaud.

»Biegen?«, grollte Rulf. »Dieser Plan hat sich gebogen, bis er zerbrochen ist, würde ich sagen.«

»Da drüben.« Yarvi deutete mit dem eiskalten Fingerstummel nach vorn, dorthin, wo sich ein geduckter Baum in die Nacht krallte, die Äste auf der Oberseite weiß bestäubt und auf der Unterseite ganz leicht orangerot erhellt. Er wollte seinen eigenen Augen kaum trauen, aber er hielt darauf zu, so schnell er konnte, halb gehend, halb kriechend, ganz verzweifelt. In diesem Augenblick erschien ihm selbst der Traum von einem Feuer besser als nichts.

»Wartet!«, zischte Sumael, »wir wissen nicht, wer dort …«

»Das ist uns auch egal«, erklärte Rulf und drängte sich an ihr vorbei.

Das Feuer war in einer Senke angezündet worden, neben dem besagten Baum, der ein wenig Schutz vor dem Wind gab. Jemand hatte ein paar zerbrochene Kistenbretter sorgfältig aufgeschichtet, unter denen eine winzige Flamme züngelte, und dieser Jemand, der sich über das Feuer beugte und ihm mit weiß wallendem Atem Leben einhauchte, war Ankran.

Hätte Yarvi wählen können, wer von der Besatzung gerettet werden sollte, wäre ihm sicherlich nicht ausgerechnet Ankrans Name als erster eingefallen. Aber als die Ketten von Rulf und Jaud gelöst worden waren, war natürlich auch ihr Rudergenosse freigekommen, und Yarvi hätte sich jetzt sogar Odem zu Füßen geworfen, wenn der ihm Wärme versprochen hätte. Er ließ sich auf die Knie sinken und streckte seine zitternden Finger den Flammen entgegen.

Jaud stemmte die Hände in die Hüften. »Du also hast das angezündet.«

»Manche Kacke schwimmt immer oben«, sagte Rulf.

Ankran rieb sich lediglich die krumme Nase. »Wenn euch mein Gestank stört, dann könnt ihr euch ja ein eigenes Feuer machen.«

Ein Beil glitt geräuschlos aus Sumaels Ärmel, und die Schneide glänzte hell. »Mir gefällt dieses hier ganz gut.«

Der ehemalige Frachtmeister zuckte die Achseln. »Dann würde es mir doch nicht einfallen, verzweifelte Menschen einfach so wieder wegzuschicken. Seid alle herzlich willkommen in meinem Schlösschen!«

Sumael war bereits die überfrorenen Felsen zu dem Baum hinaufgestiegen und schlug leichthändig einen Ast ab, den sie dann so in den Boden bohrte, dass seine Zweige zum Feuer zeigten. Sie schnippte in Yarvis Richtung mit den Fingern. »Zieh dich aus.«

»Ach, wie schön. Es gibt doch immer noch Romantik.« Rulf sah mit flatternden Lidern zum Himmel.

Sumael beachtete ihn nicht. »Nasse Kleider bringen dich nachts genauso um wie jeder andere Feind.«

Nun, da die Kälte langsam aus seinen Gliedern wich, spürte Yarvi seine blauen Flecke, jeder Muskel tat ihm weh, sein Kopf brannte, und sein Hals pochte noch von Triggs hartem Griff. Selbst wenn er gewollt hätte, hätte er nicht die Kraft gehabt, sich zu wehren. Also pellte er sich aus seinen nassen Sachen, die teilweise am Saum schon gefroren waren, und kauerte sich dann, nur noch mit Halseisen und Kette bekleidet, so nahe am Feuer zusammen, wie er sich traute.

Rulf warf ihm einen alten Pelz um die bebenden Schultern. »Der ist nur geliehen«, erklärte er, »nicht geschenkt.«

»So oder so, vielen Dank«, brachte Yarvi mit klappernden Zähnen hervor und sah zu, wie Sumael seine Kleider nahe bei den Flammen über die Zweige ausbreitete, und sofort stieg leichter Dampf aus ihnen auf.

»Was, wenn jemand den Lichtschein sieht?«, fragte Jaud, der besorgt den Weg entlang sah, den sie gekommen waren.

»Wenn du lieber erfrieren willst, dann kannst du dich gerne in die Dunkelheit hocken. Davon gibt es hier mehr als genug.« Ankran versuchte das Feuer mit einem Zweig ein wenig zu schüren. »Ich könnte mir vorstellen, dass sie nach dem Kampf, dem Brand und dem Untergang des Schiffes keine große Lust mehr auf eine lange Suche haben.«

»Solange wir vor Sonnenaufgang verschwunden sind«, fügte Rulf hinzu.

»Wohin denn?«, fragte Sumael, die sich jetzt neben Yarvi hockte.

Osten erschien zweifelsohne am sinnvollsten. Ostwärts die Küste entlang, den Weg zurück, den die *Südwind* zuvor genommen hatte. Aber Yarvi musste nach Westen. Westwärts nach Vansterland. Westwärts nach Gettland. Westwärts zu Odem, zu seiner Rache, und zwar je schneller, desto besser. Er sah das zusammengewürfelte Grüppchen an, mit dem er hier gestrandet war, das sich mit verkniffenen Gesichtern um die lebensspendenden Flammen scharte, seltsam anzusehen im Feuerschein, und fragte sich, wie er die anderen dazu überreden konnte, in die falsche Richtung zu gehen.

»Natürlich nach Osten«, sagte Rulf. »Wie lange ist es her, dass wir von dem Handelsposten losgesegelt sind?«

Sumael rechnete unter Zuhilfenahme der Finger etwas aus. »Zu Fuß könnten wir es in drei Tagen schaffen.«

»Das wird ein harter Weg.« Rulf fuhr sich mit den Fingernägeln über das stoppelige Kinn. »Ein verdammt harter Weg, und ...«

»Ich gehe nach Westen«, sagte Ankran, der das zerschlagene Kinn entschlossen vorstreckte und in die Flammen starrte.

Schweigen breitete sich aus, als sich alle Blicke auf ihn richteten. »Wohin denn nach Westen?«, fragte Jaud.

»Nach Thorlby.«

Yarvi konnte angesichts solch unerwarteter Unterstützung nur verblüfft die Augenbrauen heben. Rulf brach in Gelächter aus. »Vielen Dank, dass du mich noch mal ordentlich zum Lachen gebracht hast, bevor ich sterbe, Meister Ankran! Unser ehemaliger Frachtmeister läuft nach Gettland.«

»Nach Vansterland. Dort werde ich versuchen, ein Schiff aufzutreiben, das mich den Rest der Strecke mitnimmt.«

Rulf kicherte wieder. »Ach so, dann willst du nur bis Vulsgard laufen? Und wie lange wird so ein Spaziergang wohl dauern, was sagst du, Steuerfrau?«

»Zu Fuß mindestens einen Monat.« Sumael antwortete so schnell, dass sie sich das schon zuvor ausgerechnet haben musste.

»Einen Monat durch diese Hölle!« Rulf machte mit seiner breiten Hand eine Bewegung zu der schneebedeckten Leere, durch die sie sich hierher gekämpft hatten, und Yarvi musste zugeben, dass die Vorstellung nicht gerade ermutigend war. »Mit welcher Ausrüstung?«

»Ich habe einen Schild.« Jaud schwang ihn von seinem Rücken und klopfte mit einer Faust dagegen. Es war ein großer, runder Schild aus roh behauenem Holz mit eisernem Buckel. »Ich dachte, den könnten wir vielleicht als Floß benutzen.«

»Und ein großzügiger Wachmann hat mir seinen Bogen geliehen.« Rulf zupfte an der Sehne, als ob er eine Harfe in der

Hand hielt. »Aber ohne Pfeile gibt es keine Musik. Hat jemand ein Zelt? Ersatzkleidung? Decken? Schlitten?« Schweigen, abgesehen vom Stöhnen des kalten Windes, der um ihre feuererhellte Senke fuhr. »Dann wünsche ich viel Glück, Meister Ankran! Es war mir ein Vergnügen, neben dir zu rudern, aber ich fürchte, jetzt müssen sich unsere Wege trennen. Wir anderen gehen nach Osten.«

»Welcher Narr hat denn dich zum Anführer ernannt?«

Sie alle fuhren herum, als die krächzende Stimme aus der Dunkelheit ertönte. Vor ihnen stand Nichts. Abgesehen von seinem üblichen Dreck war er jetzt auch noch mit Ruß beschmiert; seine Lumpen, sein Haar, sein Bart – alles war geschwärzt. Er trug Triggs Stiefel und Triggs Jacke, an deren einer Schulter noch das Blut klebte. Über der anderen trug er eine dicke Rolle angesengtes Segeltuch, und im Arm hielt er, so vorsichtig, als wollte er einen Säugling vor der Kälte schützen, das Schwert, mit dem er vor Yarvis Augen sechs Männer getötet hatte.

Er ließ sich im Schneidersitz am Feuer fallen, als hätten sie sich hier verabredet, und stieß einen zufriedenen Seufzer aus, während er die Hände zu den Flammen streckte. »Westwärts nach Gettland klingt gut. Man wird uns folgen.«

»Trigg?«, fragte Sumael.

»An unseren Aufseher musst du keinen weiteren Gedanken mehr verschwenden. Meine Schuld ihm gegenüber ist bezahlt. Aber die Rechnung zwischen Schadikschirram und mir ist noch offen.« Nichts benetzte einen Finger und rieb einen kleinen Fleck von der Schwertklinge. »Wir müssen sie weit hinter uns lassen.«

»Uns?«, fuhr Sumael ihn an, und Yarvi stellte fest, dass sie hinter ihrem Rücken das Beil im Anschlag hielt. »Du lädst dich zu unserer Unternehmung ein?«

Das Feuerlicht tanzte in Nichts' verrückten Augen. »Wenn mich sonst niemand einlädt?«

Yarvi hob beschwichtigend die Hände und ebnete Vater Friede den Weg. »Wir brauchen alle Hilfe, die wir bekommen können. Wie heißt du denn eigentlich?«

Nichts starrte in den Nachthimmel, als stünde die Antwort in den Sternen. »Ich hatte drei Namen … vielleicht auch vier … aber sie haben mir alle kein Glück gebracht. Es wäre mir unangenehm, wenn ich euch nun auch kein Glück bringen würde. Wenn ihr mich ansprechen müsst, dann genügt Nichts, aber ich bin kein großer Redner. Schadikschirram wird kommen, und sie wird davon ausgehen, dass wir nach Osten gegangen sind.«

»Weil es verrückt ist, nach Westen zu gehen!« Rulf rückte an Sumael heran. »Sag's ihnen!«

Sie presste die vernarbten Lippen zusammen und sah mit zusammengekniffenen Augen ins Feuer. »Ostwärts ist schneller. Ostwärts ist einfacher.«

»Sag ich doch!«, brüllte Rulf und klatschte sich auf den Schenkel.

»Ich gehe nach Westen«, erklärte Sumael.

»Hä?«

»Im Osten sind Menschen. Jeder, der es vom Schiff geschafft hat, wird diese Richtung nehmen. Und an dem Handelsposten wimmelte es von Sklavenhändlern.«

»Ach, in Vansterland etwa nicht?«, fragte Rulf. »Da haben wir nämlich immer gute Geschäfte gemacht, wenn wir Inglinge zu verkaufen hatten.«

»Im Osten ist es gefährlich«, beharrte Sumael.

»Aber im Westen ist nichts als Wildnis!«

»Es gibt dort Wald. Wald bedeutet vielleicht Brennholz. Vielleicht sogar etwas zu essen. Im Osten gibt es den Handelsposten, aber davon abgesehen? Nur die Sümpfe und die Wildnis, und das auf viele Hundert Meilen. Im Westen liegt Vansterland. Die Zivilisation. Im Westen gibt es … vielleicht … Schiffe, die weiter nach Westen segeln. Nach Hause.«

»Nach Hause.« Jaud starrte in die Flammen, als könnte er darin sein Dorf erkennen, mitsamt dem Brunnen, der das süßeste Wasser der ganzen Welt förderte.

»Wir ziehen zunächst ins Inland«, sagte Sumael, »außer Sichtweite anderer Schiffe. Und dann nach Westen.«

Rulf hob die Hände. »Wie willst du denn im Schnee dort oben deinen Weg finden? Du wirst im Kreis laufen!«

Sumael ließ ein Lederpäckchen aus einer Innentasche ihres Mantels gleiten, und als sie es aufschlug, lagen ihr Fernrohr und ihre Instrumente darin. »Ich werde meinen Weg schon finden, alter Mann, mach dir darüber keine Sorgen. Zwar kann ich nicht sagen, dass ich mich auf den Weg freue, egal, welche Route wir einschlagen – vor allem in dieser Gesellschaft –, aber im Westen haben wir vielleicht mehr Möglichkeiten.«

»Vielleicht?«

Sumael zuckte die Achseln. »Manchmal ist ein Vielleicht das Beste, worauf man hoffen kann.«

»Drei Stimmen für Westen also.« Ankran zeigte das erste Lächeln, das Yarvi bei ihm gesehen hatte, seit ihm Schadikschirram zwei Vorderzähne ausgeschlagen hatte. »Was ist mit dir, großer Mann?«

»Hmm.« Jaud stützte das Kinn nachdenklich auf die Faust und sah in die Runde. »Ha.« Er musterte jeden der anderen sorgfältig, und schließlich ruhte sein Blick auf Sumaels Instrumenten. »He.« Er zuckte die breiten Schultern und holte tief Luft. »Es gibt keinen Mann, den ich bei einem Kampf lieber an meiner Seite hätte als dich, Rulf. Aber wenn es darum geht, von einem Ort zum anderen zu gelangen … dann vertraue ich Sumael. Ich gehe nach Westen. Wenn du mich mitnimmst.«

»Du kannst deinen Schild über meinen Kopf halten, wenn es schneit«, sagte Sumael.

»Ihr seid alle völlig verrückt!« Rulf ließ seine schwere

Hand auf Yarvis Schulter fallen. »So, wie's aussieht, bleiben dann nur noch wir beide, Yorv.«

»Das ist ein sehr schmeichelhaftes Angebot, aber ...« Yarvi rutschte unter Rulfs Griff und dessen Pelz hervor und zog sich sein Hemd wieder über, das zwar noch nicht ganz trocken war, aber zumindest einigermaßen. »Am wichtigsten wird es für uns sein, dass wir zusammenhalten. Zusammenhalten oder allein sterben.« Das war das eine. Und dann warteten sein Thron und sein Schwur und seine Rache auf ihn in Gettland, und je länger sie warteten, desto geringer wurde die Wahrscheinlichkeit, dass er sie je bekommen würde. »Wir werden alle nach Westen gehen.« Und damit grinste Yarvi Rulf an und klopfte ihm mit seiner gesunden Hand auf die Schulter. »Ich hatte um jüngere Unterstützung gebetet, aber ich nehme alles, was ich kriegen kann.«

»Bei den Göttern!« Rulf presste sich die Handballen gegen die Schläfen. »Das werden wir alle bereuen.«

»Dann bereue ich das eben, neben den anderen Dingen, die mir heute leidtun.« Nichts sah in die Dunkelheit, als hätte er hinter dem Feuerschein eine geisterhafte Erscheinung erspäht. »Davon gibt es genug.«

Freiheit

Sumael führte sie in einer wahnwitzigen Geschwindigkeit voran, und sie folgten ihrem Kurs zu Fuß ebenso widerspruchslos wie früher, als sie noch an den Riemen gesessen hatten. Es ging durch ein karges Land aus schwarzem Fels und weißem Schnee, bestanden mit krüppligen Bäumen, die der Wind in eine geduckte, gemarterte Form gezwungen hatte und die sich trauernd zur See neigten.

»Wie viele Schritte sind es noch nach Vansterland?«, rief Rulf.

Sumael betrachtete ihre Instrumente, bewegte still rechnend die Lippen, sah zum blassen Fleck empor, der anzeigte, wo ungefähr Mutter Sonne am eisernen Himmel stand, und ging schweigend weiter.

In der Zitadelle von Thorlby hätte man die verschimmelte Rolle Segeltuch, die Nichts von der *Südwind* geborgen hatte, wohl kaum eines Blickes gewürdigt, aber schon bald erwies sie sich als ihr wertvollster Besitz. So sorgfältig wie Piraten bei der Aufteilung eines gestohlenen Schatzes hatten sie das Tuch zerrissen und dazu benutzt, um es unter ihre Kleider und um ihre gefrorenen Hände und Köpfe zu wickeln und es sich in ihre Stiefel zu stopfen. Eine Hälfte trug Jaud, damit sie sich darunter zusammenkauern konnten, wenn es Nacht wurde. Zwar war es darunter vermutlich kaum wärmer als in der völligen Dunkelheit draußen, aber sie wussten, dass sie für das bisschen trotzdem dankbar sein würden.

Das bisschen konnte den Unterschied bedeuten zwischen Leben und Tod.

Sie wechselten sich damit ab, einen Weg durch den Schnee zu bahnen. Jaud stapfte klaglos vor ihnen her, während Rulf den Schnee verfluchte, als wäre er ein alter Feind, Ankran kämpfte sich mit um die Brust geschlungenen Armen voran, Nichts hatte den Kopf hoch erhoben und hielt das Schwert fest in der Hand, als ob er der festen Überzeugung sei, selbst aus Stahl gemacht zu sein und dem Wetter, sei es heiß oder kalt, zu trotzen, selbst wenn sich trotz Yarvis Gebeten der Schnee auf den Schultern seiner gestohlenen Jacke sammelte.

»Verdammt wunderbar«, brummte Rulf in Richtung Himmel.

»Für uns ist das ein Segen«, sagte Ankran. »Der Schnee löscht unsere Spuren aus und gibt uns Deckung. Mit ein wenig Glück wird unsere alte Herrin glauben, wir seien hier draußen erfroren.«

»Ohne ein wenig Glück wird uns auch genau das passieren«, brummte Yarvi.

»Ist doch völlig egal«, sagte Rulf. »Es wird ja wohl keiner so verrückt sein, uns hierher zu folgen.«

»Ha!«, bellte Nichts. »Schadikschirram ist so verrückt, dass sie das garantiert tun wird.« Damit warf er sich das Ende seiner schweren Kette über die Schulter wie einen Schal und beendete dieses Gespräch damit so endgültig wie das Leben der Wachleute auf der *Südwind*.

Yarvi sah mit gerunzelter Stirn den Weg zurück, den sie gekommen waren. Ihre Spur verlor sich in der grauen Ferne. Er fragte sich, wann Schadikschirram das Wrack ihres Schiffes finden würde. Und dann fragte er sich, was sie tun würde, wenn sie es gefunden hatte. Und dann schluckte er und stolperte hinter den anderen her, so schnell er konnte.

Gegen Mittag, als Mutter Sonne ihren blassen Zenit erreicht hatte – auf einer Höhe, die ungefähr Jauds Schulter entsprach – und ihnen ihre langen Schatten über die weiße

Weite folgten, machten sie Rast und drängten sich in einer Senke zusammen.

»Essen«, sagte Sumael und sprach damit aus, was sie alle dachten.

Niemand wollte gern den Anfang machen. Sie alle wussten, dass Nahrung hier draußen mehr wert war als Gold. Doch dann überraschte Ankran sie alle, indem er als Erster unter seine Pelze griff und ein Päckchen eingesalzenen Fisch zutage förderte.

Er zuckte die Achseln. »Ich mag keinen Fisch.«

»Der Mann, der uns früher aushungerte, ernährt uns jetzt«, sagte Rulf. »Da soll noch mal einer sagen, es gäbe keine Gerechtigkeit.« Er selbst holte ein wenig Zwieback hervor, der seine beste Zeit schon hinter sich hatte, wenn er denn je eine gehabt hatte. Sumael steuerte zwei trockene Brotlaibe bei.

Yarvi konnte nur die leeren Handflächen zeigen und begleitete die Geste mit einem entschuldigenden Lächeln. »Eure Großzügigkeit … erfüllt mich mit Demut …«

Ankran rieb sich sanft die krumme Nase. »Es wärmt mich ein wenig, dass auch du die Demut kennenlernst. Wie ist es mit euch beiden?«

Jaud zuckte die Achseln. »Ich hatte keine Zeit, Vorbereitungen zu treffen.«

Nichts hielt sein Schwert hoch. »Ich habe das Messer dabei.«

Sie alle betrachteten ihre mageren Vorräte, die kaum ausreichten, um ihnen auch nur eine einzige anständige Mahlzeit zu gewähren.

»Dann übernehme ich wohl mal die Rolle der Mutter«, sagte Sumael.

Yarvi saß da und sabberte wie die Hunde seines Vaters, wenn sie nach den Resten vom Tisch gierten, während Sumael sechs erschreckend gleich große und fürchterlich dünne Portionen Brot abschnitt. Rulf schlang seinen Teil in zwei Bissen runter und sah dann zu, wie Ankran, die Augen ekstatisch geschlossen, jeden Krümel hundertmal kaute.

»Mehr essen wir nicht?«

Sumael packte das kostbare Bündel wieder zusammen, das Kinn entschlossen vorgereckt, und schob es sich kommentarlos unter das Hemd.

»Ich vermisse Trigg«, sagte Rulf sehnsüchtig. Sumael hätte wahrlich eine gute Gelehrte abgegeben. Ganz offensichtlich hatte sie bei ihrer Flucht vom Schiff noch klar genug denken können, um sich zwei von Schadikschirrams herrenlosen Weinflaschen zu schnappen, die sie jetzt mit Schnee füllten und wechselweise unter ihren Kleidern trugen. Yarvi lernte schon bald, nur kleine Schlucke daraus zu nehmen, da es wahren Heldenmut erforderte, sich in dieser Kälte zum Pinkeln aus seinen Kleidern zu wickeln, begleitet von den ermutigenden Sprüchen der anderen, die schließlich wussten, dass sich jeder von ihnen irgendwann unten herum frei machen musste, um seine intimsten Körperteile in den beißenden Wind zu halten.

Zwar fühlte es sich für sie alle wie ein Monat voller Qualen an, aber der Tag war nur kurz, und als der Abend heraufzog, funkelte der Himmel voller Sterne mit schimmernden Wirbeln und brennenden Schweifen, hell wie die Augen der Götter. Sumael zeigte ihnen seltsame Sternbilder und hatte für sie alle einen Namen – Kahler Weber, Krummer Weg, Fremder-der-anklopft, Traumfresser. Als sie ihnen davon erzählte und der weiße Hauch vor ihrem Mund in der Dunkelheit stand, lächelte sie, und eine Freude schwang in ihrer Stimme mit, die Yarvi noch nie zuvor bei ihr gehört hatte und die ihn selbst ebenfalls lächeln ließ.

»Wie viele Schritte noch nach Vansterland?«, fragte er.

»Ein paar.« Sie sah wieder hinauf zum Himmel, die Freude schon wieder erloschen, und ging schneller.

Er stolperte hinter ihr her. »Ich habe mich noch gar nicht bei dir bedankt.«

»Das kannst du machen, wenn aus uns keine erfrorenen Leichen werden.«

»Da ich dazu ja vielleicht keine Möglichkeit haben werde ... danke. Du hättest auch zulassen können, dass Trigg mich tötet.«

»Wenn ich einen Augenblick drüber nachgedacht hätte, dann hätte ich das vielleicht auch getan.«

Darüber konnte er sich nicht beschweren. Er fragte sich, was er getan hätte, wenn sie es gewesen wäre, die Trigg hätte erwürgen wollen, und die Antwort gefiel ihm nicht besonders. »Dann bin ich froh, dass du nicht nachgedacht hast.«

Eine lange Pause folgte, in der nur das Knirschen ihrer Stiefel auf dem Schnee zu hören war. Dann sah er, wie sie ihm über ihre Schulter einen grimmigen Blick zuwarf und schnell wieder wegsah. »Ich auch.«

Am zweiten Tag rissen sie Witze, um die Stimmung ein wenig zu heben.

»Du bist schon wieder so geizig mit den Vorräten, Ankran! Reich mal das geröstete Spanferkel rüber!« Und sie lachten.

»Kommt, wir machen ein Wettrennen bis Vulsgard! Wer als Letzter durchs Tor kommt, muss für die anderen das Bier zahlen!« Und sie kicherten.

»Ich hoffe, Schadikschirram hat ein paar Flaschen Wein dabei, wenn sie uns einholt.« Nicht einmal ein Lächeln.

Als sie am Morgen des dritten Tages, wenn man die trübe Dämmerung denn so bezeichnen konnte, aus ihrem Behelfszelt krochen, waren sie alle schlechter Laune.

»Dieser alte Stolperfuß da vorne geht mir auf die Nerven«, krächzte Nichts, als er Rulf zum dritten Mal in die Hacken getreten war.

»Ich weiß auch nicht, ob es mir gefällt, das Schwert eines Verrückten im Rücken zu wissen«, gab Rulf über die Schulter hinweg zurück.

»Du könntest es ganz schnell wirklich im Rücken haben.«

»Wie alt seid ihr zusammen, dass ihr euch immer noch wie kleine Kinder benehmt?« Yarvi drängte sich zwischen die beiden. »Wir müssen uns gegenseitig helfen, sonst bringt uns der Winter alle um.«

Leise, ein kleines Stück voraus, hörte er Sumael sagen: »Höchstwahrscheinlich tut er das sowieso.«

Er widersprach nicht.

Am vierten Tag, als der gefrierende Nebel wie ein Leichentuch über dem weißen Land lag, schwiegen sie. Nur gelegentlich schnaufte jemand, wenn ein anderer stolperte, oder jemand schnaufte, wenn man ihm aufhalf und sie weitermarschierten ins weiße Nichts. Sechs schweigende Gestalten in der großen Leere, in der großen, kalten Einsamkeit, die alle unter der Last ihres eigenen kalten Elends stöhnten, unter ihren wund reibenden Halseisen, unter den Ketten, die sich immer schwerer anfühlten. Alle gebeugt von ihren eigenen Schmerzen, ihrem Hunger und ihrer Angst.

Zuerst dachte Yarvi noch an die Männer, die auf dem Schiff ertrunken waren. Wie viele Tote waren es gewesen? Er dachte daran, wie die Planken brachen und die See in den Rumpf strömte. Alles nur, damit er sich selbst retten konnte? Und dann sah er wieder die Sklaven, die an ihren Ketten zerrten, um noch einmal Luft holen zu können, bevor Mutter Meer sie tief, tief, tief nach unten zog.

Aber seine Mutter hatte immer gesagt: *Sorge dich nicht um das, was geschehen ist, sondern nur um das, was sein wird.*

Jetzt war es nicht mehr zu ändern, und die Schuldgefühle aus der Vergangenheit und die Sorgen um die Zukunft begannen zu verblassen und ließen nur eines zurück: die Erinnerung an Essen. Die vier Dutzend Schweine, die für den

Besuch des Hochkönigs gegrillt worden waren; so viel für diesen kleinen, grauhaarigen Mann und seine Gelehrte mit den harten Augen. An das Fest, als Yarvis Bruder seine Kriegerprüfung bestanden und bei dem Yarvi nur auf seinem Teller herumgestochert hatte, weil er genau wusste, dass diese Prüfung für ihn nicht infrage kam. An den Abend am Strand vor seiner unglücklichen Rachefahrt, als sich die Männer ihre Mahlzeiten bereitet hatten, die vielleicht ihre letzten gewesen waren, und daran, wie sich das Fleisch über hundert Feuern drehte und sich die Hitze wie eine Hand spürbar auf die Haut legte, wie hundert grinsende, hungrige Gesichter von den Flammen beleuchtet wurden, wie das Fett brutzelte und die Kruste sich schwärzte …

»Freiheit!«, brüllte Rulf und breitete die Arme aus, um die riesige, leere Weiße zu umfangen. »Freiheit, um zu erfrieren, wo immer man will! Freiheit, um zu verhungern, wo immer man will! Freiheit, um zu laufen, bis man umfällt!«

Seine Stimme erstarb schnell in der dünnen, scharfen Luft.

»Bist du fertig?«, fragte Nichts.

Rulf ließ die Arme wieder sinken. »Ja.« Und sie schlurften weiter.

Es war nicht der Gedanke an seine Mutter, der Yarvi weitergehen ließ, einen stolpernden Schritt nach dem anderen, ein schmerzendes Ausschreiten nach dem anderen, ein kühler Fall nach dem anderen, immer in den Spuren der anderen. Es war nicht der Gedanke an seine Angetraute oder an seinen toten Vater, nicht einmal an seinen Hocker an Mutter Gundrings Feuer. Es war der Gedanke an Odem, wie er mit seiner Hand auf Yarvis Schulter lächelte. Wie er versprach, Yarvis Schultermann zu sein. Wie er so sanft wie Frühlingsregen fragte, ob ein Krüppel König von Gettland sein sollte.

»Ich glaube *nicht*«, stieß Yarvi knirschend mit weißem Atem durch seine gesprungenen Lippen hervor. »Ich glaube *nicht* … Ich glaube *nicht.*«

Und einen quälenden Schritt nach dem anderen kam Gettland näher und näher.

Der fünfte Tag war klar und von frischer Kälte, der Himmel blendend blau, sodass Yarvi fast bis hinunter zum Meer blicken konnte, ein schwarz-weißer Streifen am Horizont in einem schwarz-weißen Land.

»Wir haben uns gut geschlagen«, sagte er. »Das müsst ihr zugeben.«

Sumael, die ihre Augen gegen die Helligkeit mit der Hand beschattete, wollte nichts davon hören. »Wir hatten Glück mit dem Wetter.«

»Ich fühle mich nicht sehr glücklich«, murmelte Rulf, der die Arme um den Oberkörper schlang. »Fühlst du dich glücklich, Jaud?«

»Ich fühle mich kalt«, sagte Jaud, der sich die geröteten Ohren rieb.

Sumael schüttelte den Kopf angesichts des Himmels, der abgesehen von einer weit entfernten, kleinen Eintrübung im Norden ungewöhnlich klar wirkte. »Vielleicht heute Nacht, vielleicht auch erst morgen werdet ihr erfahren, was Pech mit dem Wetter bedeutet. Wir bekommen Sturm.«

Rulf sah mit zusammengekniffenen Augen auf. »Sicher?«

»Sag ich dir vielleicht, wie du zu schnarchen hast? Also sag du mir nicht, wie ich unseren Weg bestimmen soll.«

Rulf sah Yarvi an und zuckte die Achseln. Aber bevor es dunkel wurde, zeigte sich, dass Sumael wie immer recht gehabt hatte. Die Eintrübung am Himmel wurde größer, schwoll an, verdunkelte sich und nahm seltsame Farben an.

»Die Götter zürnen«, raunte Nichts, der grimmig emporblickte.

»Wann tun sie das nicht?«, fragte Yarvi.

Dann fiel Schnee in riesigen Flocken, in Vorhängen und Wirbeln. Der Wind blies in kreischenden Böen, warf sich ihnen von allen Seiten gleichzeitig entgegen, schlug von links und von rechts gegen sie. Yarvi stürzte, und als er sich wieder aufgerappelt hatte, war niemand von den anderen mehr zu sehen. Panisch rannte er los und prallte direkt gegen Jauds Rücken.

»Wir müssen hier raus!«, kreischte er und konnte bei dem Wind kaum die eigene Stimme hören.

»Da würde ich nicht widersprechen!«, bellte Jaud zurück.

»Wir brauchen tiefen Schnee!«

»Schnee haben wir ja wohl!«, brüllte Ankran.

Sie schlugen sich zum Grund eines schmalen Grabens durch, der den besten Hang abgab, den Yarvi auf die Schnelle finden konnte, da der Schnee jetzt so dicht um sie herumwirbelte, dass die anderen gerade noch geisterhaft zu erkennen waren. Er buddelte wie ein Karnickel, schippte den Schnee zwischen seinen Beinen hindurch, grub sich verzweifelt nach innen und dann, als er sich eine Körperlänge hineingearbeitet hatte, nach oben. Unter den Streifen nassen Segeltuchs brannten seine Hände vor Kälte, seine Muskeln brannten vor Anstrengung, aber er zwang sich weiterzumachen. Er grub, als hinge sein Leben davon ab.

Das tat es auch.

Sumael schlängelte sich hinter ihm hinein, knurrte durch die zusammengebissenen Zähne und schippte mit ihrem Beil den Schnee heraus. Zuerst gruben sie einen Absatz, dann eine Höhlung, dann eine winzige Kammer. Ankran wand sich zu ihnen hinein, die Zunge in die Lücke zwischen seinen Vorderzähnen gepresst, als er den Schnee nach hinten schaufelte. Rulf erschien als Nächster in der Düsternis, dann schob Jaud seine breiten Schultern in die wachsende Höhle, und schließlich steckte Nichts den Kopf zu ihnen hinein.

»Hübsch«, sagte er.

»Wir müssen den Eingang freihalten«, raunte Yarvi, »sonst werden wir über Nacht verschüttet.« Er lehnte sich gegen den festgestampften Schnee, wickelte die durchnässte Leinwand ab und blies sich in die hohlen Hände. Schließlich hatte er sowieso schon nur wenige Finger; er konnte es sich nicht leisten, noch weitere zu verlieren.

»Wo hast du das gelernt?«, fragte Sumael, die sich neben ihn setzte.

»Hat mir mein Vater beigebracht.«

»Ich glaube, er hat uns das Leben gerettet.«

»Du musst ihm danken, wenn du ihn siehst.« Ankran bewegte die Schultern, bis er bequemer saß. Sie waren eng aneinandergedrängt, aber das waren sie schon seit Tagen. Hier draußen in der Eiswüste war kein Platz für Stolz, für Ablehnung oder für Feindseligkeiten.

Yarvi schloss die Augen und dachte dann an seinen Vater, wie er blass und kalt auf der Bahre lag. »Mein Vater ist tot.«

»Tut mir leid«, ertönte Jauds tiefe Stimme.

»Schön, dass es zumindest einem von uns leidtut.«

Yarvi ließ die Hand sinken und spürte kurz darauf, dass sie gegen Sumaels gerutscht war und ihre hochgebogenen Finger gegen seine Handfläche stießen. Es fühlte sich gut an; es war warm, dort, wo sich ihre Haut berührte. Er bewegte sich nicht. Sie sich auch nicht.

Langsam schloss er seine Finger um die ihren.

Dann herrschte langes Schweigen, während der Wind draußen leise um ihren Unterschlupf heulte und die Atemzüge drinnen schwerer wurden. Und jetzt fühlte Yarvi sich beinahe wohl, an diesem Ort, unter vielen Ellen gefrorenen Schnees – so wohl, wie er sich seit Ankrans Feuer nicht mehr gefühlt hatte.

»Hier.« Er fühlte den Hauch des Wortes auf seinem Gesicht, spürte, dass Sumael sanft sein Handgelenk berührte. Seine Augen öffneten sich flatternd wieder, aber ihre Miene war in der Dunkelheit nicht zu erahnen.

Sie drehte seine Hand um und drückte etwas hinein. Es war trocken und altbacken und halb matschig, halb gefroren, aber es war Brot, und bei den Göttern, er war so froh, dass er es bekam.

Sie saßen aneinandergedrängt da, mit ihrem Stück in der Hand, kauten mit einer gewissen Zufriedenheit oder zumindest Erleichterung und schwiegen, und Yarvi saß da und fragte sich, ob er es wagen konnte, noch einmal nach Sumaels Hand zu greifen.

Dann sagte sie: »Das war das Letzte, was wir an Vorräten hatten.«

Wieder herrschte Schweigen, aber es war nicht mehr so zufrieden.

Rulfs Stimme drang gedämpft aus der Dunkelheit. »Wie weit ist es noch bis Vansterland?«

Niemand antwortete.

Die besseren Männer

Gettländer sind die besseren Männer«, ertönte Nichts' heiseres Krächzen. »Sie kämpfen als Einheit. Jeder beschützt vom Schild seines Schultermannes.«

»Gettländer? Pah!« Rulf schnaubte eine kleine Dampfwolke hervor, als er sich den verschneiten Hang hinter Sumael hinaufmühte. »Eine Herde blöder Schafe, die blökend zum Schlachter getrieben wird! Wenn der Schultermann fällt, was ist dann? Die Throvenländer, die haben Feuer!«

Sie hatten schon den ganzen Tag gestritten. Ob Schwerter oder Bögen besser waren. Ob Hemenholm südlich von der Grenmer-Insel lag. Ob Mutter Meer bemaltes oder geöltes Holz mehr schätzte und sich demnach das eine oder das andere besser für den Schiffbau eignete. Yarvi wusste nicht, woher sie den Atem dazu nahmen. Er hatte kaum genug, um weiterzulaufen.

»Throvenländer?«, krächzte Nichts. »Pah! Und wenn das Feuer heruntergebrannt ist, was dann?« Erst brachten sie ihre Argumente vor, dann versteiften sie sich auf ihre jeweilige Haltung, und schließlich knurrten sie sich nur noch verächtlich an. Soweit Yarvi gehört hatte, war keiner von beiden dem anderen bei irgendeiner Frage auch nur einen Schritt entgegengekommen, seit sie die sinkende *Südwind* verlassen hatten.

Es war drei Tage her, seit ihre Vorräte zur Neige gegangen waren, und Yarvis Hunger war eine schmerzende Leere in seinem Innern, die alle Hoffnung verschlang. Als er sich das Segeltuch am Morgen von den Händen wickelte, hatte er sie kaum erkannt: Sie waren gleichzeitig eingeschrumpelt und aufgedunsen. Die Haut an den Fingerspitzen sah wächsern aus, und bei Berührungen spürte er ein taubes Prickeln. Selbst Jaud wirkte hohlwangig. Ankran versuchte erfolglos zu verbergen, dass er seit einiger Zeit humpelte. Rulfs Atem kam in keuchenden Stößen, die Yarvi durch und durch gingen. Nichts hatte Frost in den struppigen Augenbrauen. Sumaels vernarbte Lippen waren dünner und grauer und mit jeder Meile, die sie sich voranschleppten, fester zusammengepresst.

Während dieser verdammte Streit endlos weiterging, konnte Yarvi an nichts anderes denken als daran, wer von ihnen als Erster sterben würde.

»Gettländer haben Disziplin«, dröhnte Nichts. »Gettländer sind …«

»Welchen Idioten interessiert denn das?«, fauchte Yarvi, der sich ruckartig zu den beiden Alten umdrehte und mit seinem Fingerstumpf in ihre Richtung zuckte, von plötzlicher Wut gepackt. »Männer sind einfach nur Männer, gut oder schlecht, je nachdem, ob sie Glück oder Pech haben! Und jetzt spart euch euren Atem fürs Laufen!« Damit klemmte er sich die Hände wieder unter die Achseln und schleppte sich weiter den Hügel hinauf.

»Er ist Küchenjunge und Philosoph«, hörte er Rulf keuchen.

»Ich könnte kaum sagen, was davon hier draußen weniger von Nutzen ist«, brummte Nichts. »Ich hätte Trigg nicht daran hindern sollen, ihn umzubringen. Gettländer sind ganz klar …«

Er verstummte, als er den Hügelkamm erreichte. Sie alle taten das.

Vor ihnen lag ein Wald, der sich vor ihnen in jede Richtung erstreckte, bis er sich im grauen Schleier fallenden Schnees verlor.

»Bäume?«, flüsterte Sumael, als könnte sie ihren eigenen Sinnen kaum trauen.

»Im Wald könnte es Nahrung geben«, sagte Yarvi.

»Im Wald könnte es Brennholz geben«, sagte Ankran.

Wie auf ein Zeichen stürmten sie alle den Abhang hinunter und jubelten wie Kinder, die unerwartet von ihren Aufgaben befreit worden sind. Yarvi stürzte, fiel in den aufwirbelnden Schnee, war aber schnell wieder auf den Beinen. Sie schwärmten begeistert zwischen den kurz gewachsenen, vorgelagerten Einzelbäumen umher und erreichten schnell hoch aufragende Fichten mit so dicken Stämmen, dass Yarvi sie kaum hätte umfassen können. Mächtige Säulen eines heiligen Ortes, in dem sie ganz klar unwillkommene Eindringlinge waren.

Sie wurden langsamer, rannten nicht mehr, sondern wechselten erst zu schnellem Schritt, dann zu vorsichtigem Schlurfen. Von den kargen Zweigen fielen ihnen keine Früchte in den Schoß. Kein Wild spießte sich von selbst auf Nichts' Schwert. Das Totholz, das sie fanden, war durchweicht und verrottet. Unter dem Schnee war der Boden heimtückisch mit verdrehten Wurzeln überwachsen, und dazwischen lag ein Teppich aus endlosen Jahren verrotteter Nadeln.

Ihr Lachen verstummte. Der Wald war völlig still. Nicht einmal das Zwitschern eines Vogels brach das lastende Schweigen.

»Bei den Göttern«, flüsterte Ankran. »Hier haben wir es auch nicht besser als da hinten.«

Yarvi stolperte zu einem Baumstamm und brach mit zitternder Hand ein Stück halb gefrorenen Baumpilz ab.

»Hast du was gefunden?«, fragte Jaud mit vor Hoffnung schwankender Stimme.

»Nein.« Yarvi warf den Brocken wieder weg. »Diese Art ist nicht essbar.« Und Verzweiflung begann mit dem Schnee auf sie herabzusinken und legte sich noch schwerer über Yarvi als zuvor.

»Wir brauchen ein Feuer«, sagte er und versuchte, das flackernde Flämmchen Hoffnung am Leben zu erhalten. Ein Feuer würde sie wärmen und ihre Laune bessern und sie wieder zusammenrücken lassen, ein Feuer würde ihnen helfen, noch ein bisschen durchzuhalten. Wofür überhaupt? Diesen Gedanken ließ er nicht zu! Immer ein Schlag nach dem anderen, wie Jaud ihm damals immer gesagt hatte.

»Für ein Feuer bräuchten wir trockenes Holz«, sagte Ankran. »Weiß der Küchenjunge vielleicht auch, wo man so etwas findet?«

»Ich weiß, wo man es in Thorlby kaufen kann«, gab Yarvi kurz angebunden zurück. Um der Wahrheit die Ehre zu geben, hätte er auch das wahrscheinlich nicht gewusst. Dafür hatte es schließlich Sklaven gegeben.

»Weiter oben sollte es trockener sein.« Sumael verfiel wieder in eine schnellere Gangart, und Yarvi stolperte hinter ihr her, rutschte den Abhang hinunter und in eine baumlose Senke, die von sauberem, weißen Schnee überzogen war. »Vielleicht da hinten …«

Sie lief auf den Graben zu, der sich wie eine Narbe durch den Wald zog, und Yarvi folgte ihrer schnellen Spur. Bei den Göttern, er war so müde. Er konnte sich kaum auf den Beinen halten. Da war etwas Seltsames an diesem Gelände, das sich so eben und hart unter der Schneedecke erstreckte und zwischendurch schimmernde, schwarze Flecken aufwies. Bei Sumaels nächstem Schritt ertönte ein seltsames Knacken.

Sie hielt inne und sah verwundert zu Boden.

»Wartet!« Nichts stand am Hang hinter ihnen, klammerte sich mit einer Hand an einen Baum und hielt mit der anderen sein Schwert fest. »Das ist ein Fluss!«

Yarvi sah auf seine Füße, und vor Entsetzen stand ihm jedes Haar zu Berge. Das Eis knackte, knirschte, bewegte sich unter ihm. Ein lang gezogenes Stöhnen ertönte, als Sumael sich zu ihm umdrehte und mit weit aufgerissenen Augen seinen Blick suchte.

Yarvi schluckte, traute sich kaum zu atmen und streckte ihr die Hand entgegen.

»Ganz sachte«, flüsterte er.

Sie machte einen Schritt, und noch bevor sie auch nur einen weiteren Atemzug hätte tun können, brach sie durch das Eis und war verschwunden.

Zuerst stand er wie erstarrt da.

Dann ging ein Zucken durch seinen ganzen Körper, als wollte er einen Sprung nach vorn machen.

Mit einem lauten Stöhnen bremste er sich, ließ sich auf alle viere sinken und rutschte zu der Stelle hinüber, wo sie eingebrochen war. Schwarzes Wasser und treibende Eissplitter und nicht die kleinste Spur von ihr. Als er über seine Schulter blickte, sah er Jaud in einer Schneewolke den Hang herunterrennen.

»Bleib da!«, kreischte Yarvi. »Du bist zu schwer!«

Dann glaubte er eine Bewegung unter dem Eis zu sehen, schob sich flach auf dem Bauch ausgestreckt an die Stelle heran, wischte den Schnee beiseite, konnte aber auch dort nichts außer Schwärze und einsam dahintreibenden Luftblasen erkennen.

Ankran tastete sich vorsichtig aufs Eis, die Arme weit ausgebreitet, und kam rutschend zum Stehen, als die gefrorene Fläche knirschte. Nichts pflügte sich durch den Schnee weiter flussabwärts und hielt auf eine Fläche nackten Eises zu, durch die sich scharfzackige Felsen bohrten.

Eine fürchterliche Stille breitete sich aus.

»Wo ist sie?«, schrie Yarvi. Rulf starrte mit offen stehendem Mund vom Ufer hilflos zu ihm hinüber. Wie lange konnte man den Atem anhalten? Doch sicher nicht so lange.

Er sah, wie Nichts sich ein paar Schritte vom Ufer entfernte und das Schwert erhob, die Spitze nach unten gerichtet.

»Bist du verrückt?«, kreischte Yarvi, bevor er begriff.

Natürlich war er verrückt.

Das Schwert fuhr hinab, ein Schwall Wasser spritzte hoch, und Nichts ließ sich aufs Eis fallen und stieß den anderen Arm unter die Oberfläche.

»Ich habe sie!« Als er Sumael aus dem Fluss zog, war sie so schlaff wie ein Bündel Lumpen, aus dem das eisige Wasser strömte. Er brachte sie ans Ufer, wo Jaud und Rulf warteten.

»Atmet sie noch?«, schrie Yarvi, der auf Händen und Knien weiterkroch, weil er selbst immer noch einzubrechen fürchtete.

»Woran merke ich das?«, rief Jaud zurück, der neben ihr niederkniete.

»Leg deine Wange an ihren Mund.«

»Ich bin doch nicht verrückt!«

»Hebt ihre Füße hoch!« Yarvi hatte das Ufer des gefrorenen Flusses erreicht und zwang seine bleischweren Beine die schneebedeckte Böschung hinauf.

»Was?«

»Stellt sie auf den Kopf!«

Jaud hob Sumael schwerfällig an den Knöcheln empor. Ihre Hand schlenkerte locker über den Schnee, und Yarvi, der nun endlich herangestolpert war, steckte ihr zwei Finger in den Mund, bog sie leicht und schob sie ihr in die Kehle.

»Komm schon!«, knurrte er keuchend und spuckend. »Komm schon!« Er hatte einmal gesehen, wie Mutter Gundring es so gemacht hatte, als ein Junge in einen Mühlteich gefallen war.

Der Junge war gestorben.

Sumael bewegte sich nicht. Sie war kalt und klamm und jetzt schon wie tot, und Yarvi stieß eine Reihe von Gebeten durch die zusammengebissenen Zähne aus, ohne zu wissen, an wen er sie eigentlich richtete.

Er fühlte Nichts' Hand auf seiner Schulter. »Frau Tod wartet auf uns alle.«

Yarvi stieß ihn weg und drückte etwas stärker zu. »Komm schon!«

Und so plötzlich wie ein Kind, das mit einem Ruck erwacht, zuckte Sumael und spuckte Wasser aus, machte röchelnd einen halben Atemzug und hustete noch mehr.

»Bei den Göttern!«, sagte Rulf und trat wie vom Donner gerührt einen Schritt zurück.

Yarvi war mindestens ebenso überrascht wie er. Noch nie war er über eine Handvoll kalte Kotze so glücklich gewesen.

»Werdet ihr mich jetzt endlich absetzen?«, krächzte Sumael, deren Pupillen zu den Augenwinkeln rutschten. Jaud ließ sie fallen, und sie kauerte sich im Schnee zusammen, zerrte an ihrem Halseisen, hustete und spuckte und begann dann, heftig zu zittern.

Rulf starrte sie an, als hätte er ein Wunder mit angesehen. »Du bist ein Zauberer!«

»Oder ein Gelehrter«, murmelte Ankran.

Yarvi spürte nicht das geringste Bedürfnis, jemanden in dieser Wunde herumstochern zu lassen. »Wir müssen sie wärmen.«

Sie gaben sich alle Mühe, mit Ankrans kleinem Feuerstein und etwas Moos, das sie von den Bäumen zupften, ein kleines Flämmchen zustande zu bringen, aber es war alles nass, und die wenigen Funken setzten nichts in Brand. Einer nach dem anderen versuchte es, während Sumael mit starrem Blick zusah, die Augen fieberhell, und immer stärker zitterte, bis sie hörten, wie ihr die Glieder gegen die Kleider schlotterten.

Jaud, der einst jeden Morgen in einer Bäckerei die Öfen angefeuert hatte, konnte nichts ausrichten, und Rulf, der überall entlang der Bruchsee Feuer an windigen und regnerischen Stränden in Gang bekommen hatte, konnte nichts ausrichten, und selbst Yarvi unternahm einen fruchtlosen Versuch, fummelte mit dem Feuerstein in seiner nutzlosen Stummelhand herum, bis seine Finger voller Schnitte waren, während Ankran ein Gebet an Jenen-der-die-Flamme-erschafft sprach.

Aber die Götter waren nicht bereit, an diesem Tag ein weiteres Wunder geschehen zu lassen.

»Können wir keinen Unterschlupf graben?«, fragte Jaud, der sich hingehockt hatte und auf den Fersen wippte. »Wie in dem Schneesturm?«

»Dazu haben wir nicht genug Schnee«, sagte Yarvi.

»Oder dann mit Ästen?«

»Dazu liegt zu viel Schnee.«

»Ich muss weiter.« Sumael kam plötzlich schwankend auf die Beine und schleppte Rulfs übergroßen Mantel hinter sich durch den Schnee. »Zu warm«, sagte sie und wickelte sich das Segeltuch von den Händen, das nun im Wind flatterte, öffnete sich das Hemd und zog an der Kette, die sie darunter trug. »Der Schal ist zu eng.« Sie machte noch ein paar Schritte und fiel dann vornüber aufs Gesicht. »Muss weiter«, murmelte sie in den Schnee hinein.

Jaud drehte sie sanft um, richtete sie auf und zog sie in seinen Arm.

»Vater wird nicht ewig warten«, flüsterte sie, und nur ein winziges weißes Atemwölkchen kam über ihre blauen Lippen.

»Die Kälte ist in ihrem Kopf.« Yarvi legte ihr die Hand auf die klamme Stirn und spürte, wie sie zitterte. Vielleicht hatte er sie vor dem Ertrinken gerettet, aber ohne Feuer oder Nahrung würde der Winter sie trotzdem durch das Letzte Tor führen, und den Gedanken konnte er nicht ertragen. Was würden sie nur ohne sie anfangen?

Was sollte *er* ohne sie anfangen?

»Tu was!«, zischte Rulf und packte Yarvi hart am Arm.

Aber was? Yarvi nagte an seiner gesprungenen Unterlippe und starrte in den Wald, als ob dort zwischen den Stämmen eine Antwort geschrieben stand.

Es gibt immer einen Weg.

Kurz zog er ein grimmiges Gesicht, dann schüttelte er Rulf ab und lief zum nächsten Baum, während er sich das Tuch von der gesunden Hand zog. Er pflückte ein kleines, rotbraunes Büschel von der Rinde, und die Glut der Hoffnung flammte wieder auf.

»Wolle«, sagte Ankran leise, der ein weiteres Büschel hochhielt. »Hier sind Schafe entlanggekommen.«

Rulf riss sie ihm aus der Hand. »Wohin wurden sie getrieben?«

»Nach Süden«, stellte Yarvi fest.

»Woher weißt du das?«

»Das Moos wächst an der dem Wind abgewandten, westlichen Seite der Stämme.«

»Schafe bedeuten Wärme«, sagte Rulf.

»Schafe bedeuten Nahrung«, sagte Jaud.

Yarvi sagte nicht, was er dachte. Dass Schafe auch Menschen bedeuteten und dass diese Menschen vielleicht nicht freundlich gesinnt sein würden. Aber um die richtige Wahl zu treffen, musste man erst einmal eine haben.

»Ich bleibe bei ihr«, sagte Ankran. »Und ihr holt Hilfe, wenn ihr könnt.«

»Nein«, sagte Jaud. »Wir gehen zusammen. Wir sind jetzt alle Ruderkameraden.«

»Wer soll sie tragen?«

Jaud zuckte die Achseln. »Wenn man eine Last tragen muss, dann packt man besser gleich an, als lange herumzujammern.« Damit schob er Sumael die Arme unter die Achseln und hob sie mit einem Ruck hoch, runzelte die Stirn und stolperte nur ein kleines bisschen, bevor er ihr Gesicht gegen seine Schulter bettete und ohne ein Wort nach Süden marschierte, den Kopf hocherhoben. Sie wog jetzt wahrscheinlich kaum noch etwas, aber so kalt und hungrig und müde, wie Yarvi war, erschien es ihm eine beinahe unmögliche Leistung.

»Ich habe schon viel erlebt«, murmelte Rulf, der Jauds Rücken betrachtete. »Aber ich kann nicht sagen, dass ich je etwas Beeindruckenderes gesehen habe.«

»Ich auch nicht«, sagte Yarvi, der sich aufrappelte und ihnen folgte. Wie konnte er klagen, wie konnte er zweifeln oder zögern, mit diesem Vorbild an Stärke vor Augen?

Wie konnten sie alle das?

Freundlichkeit

Sie hatten sich in das feuchte Gebüsch gekauert und sahen zu dem Gehöft hinunter.

Ein Gebäude war aus Stein und so alt, dass es wie ins Land eingewachsen wirkte. Ein dünner Rauchfaden stieg aus dem schneebedeckten Dach und brachte neblige Erinnerungen an Nahrung und Wärme mit sich, die Yarvi das Wasser im Mund zusammenlaufen und seine Haut kribbeln ließen. Ein anderes Gebäude, das dem gelegentlichen Blöken nach wohl die Schafe beherbergte, sah aus, als wäre es aus dem Rumpf eines umgedrehten Schiffes errichtet worden, obwohl er sich nicht vorstellen konnte, wie das hier, so weit im Landesinneren, möglich sein sollte. Ansonsten gab es noch eine Reihe grob zusammengezimmerter Schuppen, die bei dem Schneetreiben kaum zu erkennen waren, und die Lücken zwischen ihnen schloss ein Zaun aus angespitzten Pfählen.

Direkt vor dem Eingang, bei einem Loch im Eis und ausgestattet mit einer Angel, die er auf zwei gekreuzte Stecken gestützt hatte, saß ein in dicke Pelze gehüllter Junge, der sich von Zeit zu Zeit geräuschvoll die Nase putzte.

»Das macht mir Sorgen«, flüsterte Jaud. »Wie viele werden da wohl drin sein? Wir wissen nichts über sie.«

»Außer dass es Menschen sind, und Menschen kann man niemals trauen«, sagte Nichts.

»Wir wissen, dass sie Vorräte, Kleider und ein Dach über dem Kopf haben.« Yarvi sah zu Sumael hinüber, die sie in jedes Stück Stoff gehüllt hatten, das sie entbehren konnten, was allerdings nicht besonders viel war. Sie zitterte so heftig, dass ihre Zähne vernehmlich klapperten, ihre Lippen waren blaugrau wie Schieferplatten, und ihre Augenlider flatterten, fielen zu, öffneten sich und flatterten wieder. »Dinge, die wir zum Überleben brauchen.«

»Dann ist es ganz einfach.« Nichts wickelte den Lappen von seinem Schwertgriff. »Dann lautet die Antwort Stahl.«

Yarvi starrte ihn an. »Du willst den Jungen töten?«

Rulf rührte sich unbehaglich, aber Nichts zuckte nur gleichgültig die Schultern. »Wenn sein Tod gegen unseren steht, dann ja, dann werde ich ihn töten, so wie auch alle anderen da unten. Die können sich dann zu dem gesellen, was mir sonst schon leidtut.« Er wollte aufstehen, aber Yarvi packte sein zerlumptes Hemd und zog ihn wieder herab, und dann merkte er, dass er in Nichts' harte, ausdruckslose, graue Augen sah. Aus der Nähe wirkten sie kein bisschen weniger verrückt. Ganz im Gegenteil.

»Das betrifft auch dich, Küchenjunge«, flüsterte Nichts.

Yarvi schluckte, aber er sah nicht weg und ließ auch nicht los. Sumael hatte auf der *Südwind* ihr Leben für ihn riskiert. Es war an der Zeit, diese Schuld zu begleichen. Und davon abgesehen hatte er es satt, ein Feigling zu sein.

»Erst versuchen wir zu reden.« Er stand auf und versuchte über eine Geste nachzudenken, mit der er vielleicht weniger wie ein zerlumpter Bettler im letzten Stadium der Verzweiflung wirken mochte, aber er musste feststellen, dass ihm keine einfiel.

»Wenn sie dich umgebracht haben«, sagte Nichts, »können wir dann den Stahl sprechen lassen?«

Yarvi stieß einen weißnebligen Seufzer aus. »Würde ich sagen.« Damit schlich er den Hang hinunter zu den Gebäuden.

Alles war still. Kein Lebenszeichen, von dem Jungen abgesehen. Yarvi blieb vielleicht ein Dutzend Schritte entfernt von ihm stehen.

»Hallo.«

Der Junge zuckte zusammen, stieß gegen die Angel, stolperte zurück und wäre fast gestürzt, dann rannte er zum Haus. Yarvi konnte nur warten und zittern. Zittern vor Kälte und zittern vor Angst, vor dem, was da kommen mochte. Von Leuten, die in einem so harten Land lebten, konnte man nicht allzu viel Freundlichkeit erwarten.

Sie schwärmten aus dem Steinhaus wie Bienen aus einem zerstörten Stock. Er zählte sechs Leute, alle gut in Felle gehüllt, und alle mit einem Speer bewaffnet, von denen drei jedoch Spitzen aus Stein statt aus Metall hatten, aber sie alle waren entschlossen erhoben. Schweigend bildeten die sechs Menschen einen Halbkreis und richteten die Speere auf ihn.

Yarvi konnte nichts weiter tun, als die Hände zu heben, die, von den dreckigen Segeltuchumwicklungen einmal abgesehen, leer waren. Er schickte ein stilles Gebet an Vater Friede und krächzte: »Ich brauche eure Hilfe.«

Die Frau in der Mitte bohrte ihren Speer mit dem Schaft voran in den Boden und ging langsam auf Yarvi zu. Sie schob die Kapuze zurück und enthüllte blondgraues Haar und ein tief durchfurchtes Gesicht, das von Arbeit und Wetter gezeichnet war. Sie nahm ihn kurz in Augenschein.

Dann tat sie einen letzten Schritt, und bevor Yarvi zurückweichen konnte, schlang sie die Arme um seine Schultern und umarmte ihn fest.

»Ich bin Schidwala«, sagte sie in der Einen Sprache. »Bist du allein?«

»Nein«, flüsterte er und versuchte mit aller Macht, die Tränen der Erleichterung zurückzuhalten. »Meine Ruderkameraden sind bei mir.«

Das Innere des Hauses war niedrig und beengt, es stank nach Schweiß und Holzrauch – und es erschien trotzdem wie ein Palast. Ein fettiger Eintopf aus Wurzeln und Hammel wurde aus einem geschwärzten Topf in eine hölzerne Schüssel gefüllt, die vom jahrelangen Gebrauch blank gescheuert war. Yarvi schlang das Essen mit den Fingern in sich hinein und hatte noch nie etwas so Köstliches und Schmackhaftes genossen. An den gerundeten Wänden standen Bänke, und Yarvi und seine Freunde saßen auf einer Seite der knisternden Feuerstelle, ihre Gastgeber auf der anderen – Schidwala und vier Männer, von denen er vermutete, dass sie ihre Söhne waren, und der Junge vom Eisloch, der Sumael und Jaud anstarrte, als seien ihm die Alben aus den Legenden leibhaftig erschienen.

Zu Hause in Thorlby hätten diese Leute unvergleichlich arm gewirkt. Aber jetzt kam es ihm so vor, als sei der Raum voller Reichtümer. Werkzeuge aus Holz und Knochen waren an den Wänden aufgehängt, geschickte Hilfsmittel zum Jagen und Fischen, zum Bauen von Unterschlüpfen und um dem Eis ein Leben abzutrotzen: Felle von Wölfen, Ziegen, Bären und Seehunden bedeckten jede freie Fläche. Einer der Männer, ein Kerl mit einem dichten, braunen Bart, kratzte den Topf aus, um Jaud eine zweite Schüssel zu reichen, und der große Mann nickte dankbar und schaufelte den Eintopf in sich hinein, die Augen ekstatisch geschlossen.

Ankran beugte sich zu ihm hinüber. »Ich glaube, wir haben ihr ganzes Abendessen verputzt.«

Jaud erstarrte, die Finger noch im Mund, und der bärtige Mann lachte und beugte sich über das Feuer, um ihm auf die Schulter zu klopfen.

»Es tut mir leid«, sagte Yarvi und stellte seine Schüssel beiseite.

»Ihr seid hungriger als wir, glaube ich«, sagte Schidwala. Sie sprachen die Eine Sprache mit einem seltsamen Akzent. »Und außerdem ziemlich weit von eurem Weg abgekommen.«

»Wir kommen vom Land der Banyas und sind unterwegs nach Vulsgard«, sagte Ankran.

Die Frau bedachte das kurz. »Dann habt ihr euch bemerkenswert genau an euren Weg gehalten. Allerdings erscheint er mir sehr seltsam.«

Dem konnte Yarvi nur zustimmen. »Wenn wir gewusst hätten, welche Härte auf uns wartete, dann hätten wir wohl einen anderen gewählt.«

»So ist es oft mit den Entscheidungen.«

»Aber jetzt müssen wir durchhalten.«

»So ist es oft mit den Entscheidungen.«

Nichts lehnte sich zu Yarvi und flüsterte ihm mit seiner knirschenden, wüsten Stimme zu: »Ich traue ihnen nicht.«

»Er möchte euch für eure Gastfreundschaft danken«, sagte Yarvi schnell.

»Das möchten wir alle«, sagte Ankran. »Euch und den Göttern eures Heims.«

Yarvi bürstete ein wenig Asche von dem Gebetsstein, der in die Feuerstelle eingefügt worden war, und entzifferte die Runen darauf. »Und Jener-mit-dem-Schnee-auf-dem-Atem.«

»Wohl gesprochen und wohl erkannt.« Schidwala kniff die Augen leicht zusammen. »Dort, wo ihr herkommt, ist sie eine Kleine Göttin, nicht wahr?«

Yarvi nickte. »Aber hier eine Große, nehme ich an.«

»Wie es mit vielen Dingen so ist, wirken auch die Götter größer, wenn man ihnen nahe ist. Hier ist Jene-mit-dem-Schnee-auf-dem-Atem stets an deiner Seite.«

»Sie soll unsere ersten Gebete am Morgen hören«, sagte Ankran.

»Weise«, sagte Schidwala.

»Und euch gelten unsere zweiten«, sagte Yarvi. »Ihr habt uns das Leben gerettet.«

»Hier müssen alle Lebenden Freunde sein.« Sie lächelte. Die tiefen Furchen in ihrem Gesicht erinnerten Yarvi an Mutter Gundring, und ganz kurz stieg Heimweh in ihm auf. »Der Winter ist uns allen Feind genug.«

»Ja, das wissen wir.« Yarvi sah zu Sumael hinüber, die zusammengesunken nahe am Feuer saß, die Augen geschlossen und eine Decke um die Schultern, und sich sanft hin und her wiegte. Die Farbe war größtenteils schon wieder in ihr Gesicht zurückgekehrt.

»Ihr könntet bei uns bleiben, bis der Winter vergeht.«

»Das kann ich nicht«, sagte Ankran, dem die Stimme brach, während er das Kinn vorschob. »Ich muss zu meiner Familie.«

»Und ich zu meiner«, sagte Yarvi, dem es allerdings eher ein Anliegen war, einen davon zu töten, als jemanden zu retten. »Wir müssen weiter, aber wir bräuchten so viele Dinge …«

Schidwala betrachtete ihr abgerissenes Äußeres und hob die Brauen. »Das ist wohl wahr. Wir handeln gern.«

Bei dem Wort »Handeln« lächelten Schidwalas Söhne und nickten bestätigend.

Yarvi sah zu Ankran hinüber, und Ankran hob die leeren Handflächen. »Wir haben nichts zu bieten.«

»Da wäre das Schwert.«

Nichts machte ein noch grimmigeres Gesicht und umklammerte die Klinge noch fester, und Yarvi war sich schmerzhaft bewusst, dass dieser Mann vor nur wenigen Augenblicken bereit gewesen war, diese Menschen zu töten.

»Davon will er sich nicht trennen.«

»Es gäbe etwas, das ich gut gebrauchen könnte.« Der Mann mit dem braunen Bart sah über das Feuer zu Sumael.

Jaud richtete sich leicht auf, Rulf stieß ein ablehnendes Knurren aus, und Ankrans Stimme bekam einen harten Unterton. »Wir verkaufen keinen der Unseren. Um keinen Preis.«

Schidwala lachte. »Ihr habt uns missverstanden. Metall ist hier sehr selten.« Sie umrundete geduckt das Feuer, griff in Sumaels Hemd, unter dem der Stahl glänzte, und zog ein Stück ihrer feinen Kette vor. »Das hier wollen wir.«

Yarvi fühlte, wie sich ein Lächeln auf seinem Gesicht ausbreitete. Er hatte sich schon so daran gewöhnt, dass es ihn gar nicht mehr störte. »Wenn das so ist …« Er wickelte seinen Schal aus ausgefranstem Segeltuch ab und zog seine eigene, solidere Kette hervor. »Dann könnt ihr diese vielleicht auch gebrauchen.«

Die Augen des Bärtigen blitzten auf, als er das Metall in der Hand wog, und ihm klappte die Kinnlade herunter, als Nichts nun seinen eigenen Kragen öffnete. »Und dann ist da noch diese«, sagte er und zeigte die schweren Kettenglieder.

Jetzt lächelten alle. Yarvi beugte sich zum Feuer und verschränkte seine Hände, so wie seine Mutter es immer getan hatte. »Lasst uns handeln.«

Nichts raunte ihm ins Ohr: »Ich habe dir doch gesagt: Die Antwort lautet Stahl.«

Mit einem letzten Krachen brach der verrostete Bolzen durch, und Nichts' Halseisen sprang auf.

»Das war ein harter Brocken«, sagte der Bärtige, der seinen beschädigten Meißel musterte.

Leicht schwankend erhob sich Nichts von dem Block und griff mit einer zitternden Hand nach seinem Hals an die Stelle, an der die Haut durch die jahrelange Reibung lederartig hart geworden war.

»Zwanzig Jahre lang habe ich dieses Eisen getragen«, flüsterte er, und Tränen standen in seinen Augen.

Rulf klopfte ihm auf die Schulter. »Ich das meine nur drei, und dennoch fühle ich mich jetzt so leicht wie Luft. Dir muss es doch vorkommen, als könntest du hinwegschweben.«

»Tut es mir auch«, flüsterte Nichts. »Und das werde ich auch.«

Yarvi strich sich geistesabwesend über die vernarbten Stellen, wo sein eigener Halsring gesessen hatte, und sah Ankran dabei zu, wie er sorgfältig alle Dinge zusammenpackte, die ihnen ihre Eisen eingebracht hatten: eine Angel mit Ködern; eine Schaufel, aus dem Schulterblatt eines Elchs gemacht; ein Bronzemesser, das aussah, als stammte es noch aus der Zeit gleich nach dem Bruch der Göttin; neun Pfeile für Rulfs Bogen; eine hölzerne Schüssel zum Trinken; getrocknetes Moos, um Feuer anzubrennen; ein Seil aus gedrehter Wolle; Schafskäse und Hammelfleisch und Dörrfisch, auch Pelze und grobe Überkleidung, die aus Häuten gemacht war, und ungereinigte Wolle, die man unter die Kleider stopfen konnte; Ledersäcke, um all das zu transportieren. Und sogar einen Schlitten.

Wie unwichtig wären ihnen diese Dinge in früherer Zeit erschienen, wie Bettlerkram. Jetzt waren sie ein wahrer Schatz.

Sumael war bis zum Kinn in einen dicken, weißen Pelz gehüllt, und ein seltenes Lächeln lag auf ihrem Gesicht. Durch die Kerbe in der Lippe guckte ein weißes Stückchen Zahn.

»Fühlt es sich gut an?«, fragte Jaud.

»Mir ist warm«, flüsterte sie, ohne die Augen zu öffnen. »Falls ich träume, dann weckt mich bitte nicht.«

Schidwala warf Nichts' aufgebrochenen Halsring in ein Fass, in dem auch schon die anderen Ketten lagen. »Falls ihr einen Rat hören wollt …«

»Immer«, sagte Ankran.

»Haltet euch nach Norden und Westen. Nach zwei Tagen werdet ihr in ein Land kommen, das heiß ist von unterirdischen Feuern. An seinem Rand führen die Flüsse warmes Wasser, und es wimmelt dort von Fischen.«

»Ich habe von einem solchen Land erzählen hören«, sagte Yarvi, in dessen Erinnerung Mutter Gundrings Stimme über die Feuerstelle zu ihm drang.

»Wir werden nach Norden und Westen gehen«, sagte Ankran.

Schidwala nickte. »Und mögen die Götter mit euch sein.« Sie wollte sich zum Gehen wenden, aber Nichts sank plötzlich auf die Knie, nahm ihre Hand und drückte sie an seine gesprungenen Lippen.

»Ich werde diese Freundlichkeit nie vergessen«, sagte er und wischte sich die Tränen mit dem Handrücken ab.

»Das wird keiner von uns«, sagte Yarvi.

Mit einem Lächeln zog Schidwala Nichts wieder auf die Beine und tätschelte ihm die gefurchte Wange. »Das ist mir Lohn genug.«

Die Wahrheit

Rulf glitt mit einem breiten Grinsen unter den Bäumen hervor, den Bogen über der einen Schulter, ein mageres Reh über der anderen. Damit niemand seine Künste als Bogenschütze in Zweifel ziehen konnte, hatte er den Pfeil im Herzen des Tieres stecken lassen.

Sumael hob eine Augenbraue, als sie ihn sah. »Also siehst du nicht nur gut aus.«

Er zwinkerte zurück. »Für einen Bogenschützen sind Pfeile nun einmal unerlässlich.«

»Willst du die Haut abziehen, Küchenjunge, oder soll ich es tun?« Ankran hielt Yarvi das Messer hin, und Yarvi glaubte ein leicht anzügliches Grinsen auf seinen Lippen zu entdecken. Als ob Ankran wusste, dass er Nein sagen würde. Er war kein Narr. Die wenigen Male, die man Yarvi früher auf die Jagd mitgeschleppt hatte, war es ihm wegen seiner Hand nicht möglich gewesen, einen Bogen zu spannen oder einen Speer zu werfen, und wenn es ans Töten der Tiere ging, war ihm übel geworden. Sein Vater hatte ihn deswegen gescholten, sein Bruder hatte sich über ihn lustig gemacht, und ihre Gefolgsleute hatten sich keine große Mühe gegeben, ihre Verachtung zu verbergen.

So, wie es in seiner Kindheit eben meistens zugegangen war.

»Dieses Mal kannst du das übernehmen«, sagte Yarvi. »Ich gebe dir ein paar Ratschläge, falls du nicht zurechtkommst.«

Nach dem Essen schob Jaud seine nackten Füße zum Feuer und rieb sich Fett in die Risse zwischen seinen dicken Zehen.

Rulf warf den letzten Knochen beiseite und wischte sich die fettigen Finger an seiner Felljacke ab.

»Mit ein bisschen Salz wäre das noch besser gewesen.«

Sumael schüttelte den Kopf. »Gibt es eigentlich irgendetwas, woran du nichts zu meckern hast?«

»Wenn man nichts zu meckern findet, dann guckt man nicht genau genug hin.« Rulf stützte sich auf einen Ellenbogen, sah lächelnd in die Dunkelheit und kratzte sich das dichte Bartgestrüpp. »Obwohl ich nie etwas an meiner Frau auszusetzen hatte. Bis vor Kurzem hatte ich geglaubt, ich würde an den Riemen sterben. Aber da ich jetzt immer noch einen Schatten werfe, habe ich gute Lust, sie wiederzusehen. Nur, um Hallo zu sagen. Nur, um zu wissen, ob es ihr gut geht.«

»Wenn sie auch nur ein bisschen Verstand hat, dann hat sie jemand anderen gefunden«, sagte Sumael.

»Sie hatte mehr Verstand als die meisten. Viel zu viel, um das Leben mit Warten zu verschwenden.« Rulf zog den Rotz hoch und spuckte dann ins Feuer. »Und bessere Männer als mich findet man ohne Schwierigkeiten.«

»Da sind wir uns wohl einig.« Nichts saß ein wenig abseits des Feuers, wandte den anderen den steifen Rücken zu, hatte das blanke Schwert auf den Knien und polierte die Klinge mit einem Lappen.

Rulf grinste nur in seine Richtung. »Und was ist mit dir, Nichts? Du hast jahrelang das Deck geschrubbt, willst du jetzt dein restliches Leben das Schwert da putzen? Was wirst du denn tun, wenn wir Vulsgard erreichen?«

Yarvi stellte fest, dass zum ersten Mal seit dem Untergang der *Südwind* einer von ihnen darüber sprach, was in der Zukunft kommen mochte. Zum ersten Mal sah es so aus, als hätten sie eine.

»Ich habe ein paar Rechnungen zu begleichen. Aber die haben sich über zwanzig Jahre frisch gehalten.« Nichts wandte sich wieder dem Schwert zu und polierte verbissen weiter. »Blut kann es später regnen.«

»Wenn überhaupt einmal etwas anderes als Schnee vom Himmel fiele, wäre das schon mal eine Verbesserung«, brummte Jaud. »Ich werde mir ein Schiff nach Süden suchen, das mich zurück nach Catalia bringt. Najit heißt mein Dorf, und dort gibt es das süßeste Wasser der ganzen Welt.« Er verschränkte die Hände über dem Bauch und lächelte, wie er das immer tat, wenn er diesen Ort erwähnte. »Von diesem Brunnen möchte ich wieder trinken.«

»Vielleicht schließe ich mich dir an«, sagte Sumael. »Das liegt nicht allzu weit abseits von meinem Weg.«

»Deinem Weg wohin?«, fragte Yarvi. Zwar hatten sie an Bord monatelang Seite an Seite geschlafen, aber dennoch wusste er kaum etwas über sie, und jetzt merkte er, dass er das gern ändern wollte. Sie sah ihn mit gerunzelter Stirn an, als dächte sie darüber nach, ob sie eine Tür öffnen wollte, die schon seit Langem verschlossen war. Dann zuckte sie die Achseln.

»Zur Ersten der Städte, denke ich. Dort bin ich aufgewachsen. Mein Vater war ein berühmter Mann, jedenfalls für seine Verhältnisse. Er war Schiffbauer der Kaiserin. Sein Bruder ist es immer noch ... vielleicht. Ich hoffe. Wenn er noch lebt. In der Zeit, in der ich nicht dort war, hat sich bestimmt viel verändert.«

Und sie schwieg und sah grimmig in die Flammen, und Yarvi tat dasselbe, während er darüber nachdachte, was sich in Thorlby verändert haben mochte, während er nicht dort gewesen war.

»Nun, ich werde deine Gesellschaft bestimmt nicht ausschlagen«, sagte Jaud. »Jemand, der tatsächlich weiß, wohin er geht, kann auf einer langen Reise eine große Hilfe sein. Was ist mit dir, Ankran?«

»Am Angulfplatz von Thorlby hat ein Menschenhändler sein Geschäft.« Ankran stieß die Worte knurrend ans Feuer gewandt hervor, und sein knochiges Gesicht lag voller Schatten. »Das, in dem Schadikschirram mich gekauft hat. Von einem Kerl namens Yoverfell.« Ein Zucken ging über seine Züge, als er den Namen nannte. So, wie es vielleicht bei Yarvi sein mochte, wenn er an Odem dachte. »Er hat meine Frau. Er hat meinen Sohn. Ich muss sie wiederbekommen.«

»Und wie willst du das anstellen?«, fragte Rulf.

»Da wird mir schon etwas einfallen.« Ankran ballte die Faust und stieß sie heftig und immer heftiger gegen sein Knie, bis es wehtun musste. »Irgendwie wird mir das gelingen.«

Yarvi blinzelte über das Feuer. Als er Ankran zum ersten Mal gesehen hatte, hatte der ihn gehasst, denn er hatte ihn vorgeführt, hatte zugesehen, wie er zusammengeschlagen worden war, und schließlich nur zu gern seinen Platz eingenommen. Später dann hatte Ankran ihn akzeptiert, war mit ihm gewandert und hatte von seiner Großzügigkeit profitiert. Jetzt vertraute Yarvi ihm. Und er stellte fest, dass er noch etwas anderes tat, was er nie für möglich gehalten hätte: dass er Ankran bewunderte.

Alles, was Yarvi bisher getan hatte, hatte er für sich selbst getan. Für seine Freiheit, seine Rache, seinen Thron. Ankran hingegen hatte alles für seine Familie getan.

»Ich könnte dir helfen«, sagte er.

Ankran hob ruckartig den Kopf. »Du?«

»Ich habe … Freunde in Thorlby. Mächtige Freunde.«

»Der Koch, bei dem du in der Lehre warst?«, schnaubte Rulf.

»Nein.«

Yarvi wusste nicht, wieso er ausgerechnet diesen Augenblick wählte. Vielleicht machte ihm die Lüge immer mehr zu schaffen, je enger er sich diesem Grüppchen Außenseiter anschloss. Vielleicht hatte doch noch ein kleiner Funken Stolz in ihm überlebt und beschlossen, gerade jetzt zum Vorschein zu kommen. Vielleicht glaubte er, dass Ankran sich die Wahrheit sowieso zusammenreimen würde. Vielleicht war er aber auch einfach nur ein Narr.

»Laithlin«, sagte er. »Die Gattin des toten Königs Uthrik.«

Jaud seufzte prustend und verkroch sich tiefer in seinen Pelzen. Rulf lachte nicht einmal. »Und woher kennst du die Goldene Königin von Gettland?«

Yarvi sprach ganz ruhig, obwohl sein Herz plötzlich klopfte. »Ich bin ihr jüngster Sohn.«

Das verschlug ihnen allen die Sprache.

Yarvi vor allem, denn ihm fiel plötzlich ein, dass er ein Küchenjunge hätte bleiben können und dann frei gewesen wäre, zu gehen, wohin er wollte. Er hätte mit Rulf weiterziehen und bei dessen Frau vorbeischauen oder er hätte Nichts zu irgendeiner verrückten Unternehmung folgen können. Er hätte mit Jaud von diesem Brunnen in Catalia trinken oder sich mit Sumael die Wunder der Ersten der Städte ansehen können. Sie beide, zusammen …

Aber jetzt gab es keinen anderen Weg mehr als den zum Schwarzen Thron. Außer noch den durch das Letzte Tor.

»Ich heiße nicht Yorv, sondern Yarvi. Und ich bin der rechtmäßige König von Gettland.«

Langes Schweigen breitete sich aus. Sogar Nichts hörte mit dem Polieren auf und drehte sich auf seinem Stein zu ihm um, sah ihn mit fieberhellen Augen an.

Ankran räusperte sich leise. »Das würde deine beschissenen Kochkünste erklären.«

»Das ist kein Witz, oder?«, fragte Sumael.

Yarvi erwiderte ihren Blick ruhig und offen. »Lache ich vielleicht?«

»Wenn ich dann fragen darf: Was machte der König von Gettland auf der Ruderbank einer verrottenden Kaufmannsgaleere?«

Yarvi zog sich den Pelz fest um die Schultern und sah wieder ins Feuer, und in den Flammen las er die Formen von geschehenen Dingen und vergangenen Gesichtern. »Wegen meiner Hand … oder eben, weil ich keine zwei richtigen habe, sollte ich meine Erbansprüche aufgeben und in den Gelehrtenkreis eintreten. Aber dann wurde mein Vater Uthrik getötet. Verraten von Grom-gil-Gorm und seiner Gelehrten, Mutter Scaer … so wurde es mir jedenfalls gesagt. Daraufhin führte ich siebenundzwanzig Schiffe gegen die Vansterländer. Die Pläne für den Angriff stammten von meinem Onkel Odem.« Er spürte, dass seine Stimme zitterte. »Und zu seinen Plänen gehörte auch, mich zu töten und mir den Thron zu stehlen.«

»Prinz Yarvi«, raunte Ankran. »Uthriks jüngerer Sohn. Er hatte eine verkrüppelte Hand.« Yarvi hielt sie ins Licht, und Ankran betrachtete sie, wobei er sich gedankenverloren die Nase rieb. »Als wir das letzte Mal durch Thorlby kamen, erzählte man von seinem Tod.«

»Diese Ankündigung war ein wenig verfrüht. Ich bin von einem Turm gestürzt, und Mutter Meer spülte mich in die Arme von Grom-gil-Gorm. Ihm gegenüber gab ich vor, ein Küchenjunge zu sein, und er legte mir ein Halseisen um und verkaufte mich an einen Sklavenhändler in Vulsgard.«

»Und dort kauften Trigg und ich dich«, sagte Ankran sinnend, der die Geschichte offenbar im Kopf hin und her drehte, um sie auf ihren Wahrheitsgehalt zu prüfen, so wie ein Kaufmann einen Ring von allen Seiten betrachtet, wenn er herausfinden will, wie viel Gold in der Legierung steckt. »Weil du sagtest, du könntest rudern.«

Yarvi konnte nur die Achseln zucken, und er schob die verkrüppelte Hand wieder unter den warmen Pelz. »Wie du jetzt weißt, war das nicht die größte Lüge, die ich je erzählt habe.«

Jaud blies die Backen auf. »Es hat ja sicher jeder Mensch seine Geheimnisse, aber das hier ist doch größer als die meisten.«

»Und wesentlich gefährlicher«, sagte Sumael, die leicht die Augen zusammenkniff. »Wieso hast du es verraten?«

Yarvi dachte kurz darüber nach. »Ihr habt es verdient, die Wahrheit zu erfahren. Und ich hatte es verdient, sie zu erzählen. Und sie verdient, erzählt zu werden.«

Wieder Schweigen. Jaud rieb sich mehr Fett zwischen die Zehen, Ankran und Sumael tauschten einen nachdenklichen Blick. Dann schob Rulf die Zunge zwischen die Zähne und machte ein lautes Furzgeräusch. »Glaubt etwa irgendjemand diesen Quatsch?«

»Ich glaube ihm.« Nichts erhob sich, die Augen plötzlich schwarz und riesenhaft, und hob sein Schwert. »Und jetzt schwöre ich einen Eid!« Er rammte die Klinge ins Feuer, sodass die Funken emporwirbelten und alle überrascht zurückwichen. »Einen Sonneneid und einen Mondeid. Auf dass er mir eine Kette um den Hals sei und ein Stachel des Ansporns in meinem Inneren. Ich werde nicht ruhen, bis der rechtmäßige König von Gettland wieder auf dem Schwarzen Thron sitzt!«

Jetzt wurde das Schweigen noch länger, und niemand war verblüffter als Yarvi selbst.

»Hast du je das Gefühl gehabt, in einem Traum zu leben?«, raunte Rulf.

Jaud seufzte wieder. »Oft.«

»In einem Albtraum«, ergänzte Sumael.

Früh am nächsten Morgen erreichten sie einen Hügelkamm, und ihnen bot sich ein Anblick, der direkt einem Traum zu entstammen schien. Oder vielleicht einem Albtraum. Statt weißen Hügeln sahen sie nun schwarze vor sich, und eine ferne Bergkette schimmerte geisterhaft durch dampfenden Nebel.

»Das Heiße Land«, sagte Ankran.

»Ein Ort, an dem die Götter von Feuer und Eis Krieg gegeneinander führen«, flüsterte Nichts.

»Für ein Schlachtfeld«, sagte Yarvi, »sieht es doch ganz nett aus.«

Ein Streifen leuchtenden Grüns erstreckte sich zwischen dem weißen und dem schwarzen Land, und die Pflanzen wiegten sich in einer leichten Brise, dichte Schwärme bunter Vögel kreisten in der Luft, und Wasser schimmerte in der blassen Sonne.

»Ein Streifen Frühling, der dem Winter entrissen wurde«, mutmaßte Sumael.

»Ich traue ihm nicht«, sagte Nichts.

»Wem oder was vertraust du überhaupt?«, fragte Yarvi.

Nichts lächelte gerade so weit, dass seine abgebrochenen Zähne sichtbar wurden, und hob sein Schwert. »Nur dem hier.«

Niemand sprach über die Enthüllung vom Vortag, als sie weitergingen. Es war, als ob sie nicht wussten, ob sie ihm seine Geschichte überhaupt glauben sollten, und wenn ja, wie sie darauf reagieren sollten, und so hatten sie sich unbewusst darauf geeinigt, gar nichts gehört zu haben; sie behandelten ihn genau wie zuvor.

Das passte Yarvi letztlich sehr gut. Er hatte sich immer mehr wie ein Küchenjunge denn wie ein König gefühlt.

Der Schnee wurde dünner unter seinen zerlumpten Stiefeln, und schließlich schmolz er und leckte durch das Leder, dann verwandelte er sich in rutschigen Matsch, und dann verschwand er ganz. Der Boden war erst mit einem Fleckenteppich aus Moos bedeckt, dann mit hohem, grünem Gras, dann mit Wildblumen, deren Namen nicht einmal Yarvi kannte. Schließlich kamen sie an das kiesige Ufer eines breiten Teiches, aus dessen milchigem Wasser Dampf aufstieg, und ein krumm gewachsener Baum breitete seine raschelnden, orangefarbenen Blätter über ihren Köpfen aus.

»Ich habe die letzten Jahre und vor allem die letzten Tage darüber nachgedacht, was ich getan habe, um eine solche Strafe zu verdienen«, sagte Jaud. »Jetzt frage ich mich, wieso ich einen solchen Lohn verdiene.«

»Im Leben geht's nicht darum, was man verdient«, sagte Rulf, »sondern darum, dass man sich nimmt, was man kriegen kann. Wo ist denn diese Angel?«

Damit begann der alte Seeräuber, einen blassen Fisch nach dem anderen aus dem milchigen Wasser zu ziehen, so schnell er einen neuen Köder an den Haken bekam. Es schneite wieder, aber die Flocken blieben auf dem warmen Boden nicht liegen, und überall gab es trockenes Holz. Sie zündeten ein Feuer an, und Ankran kochte auf einem flachen Stein, den sie darüber legten, ein Festessen aus Rulfs Beute.

Danach streckte sich Yarvi auf dem Boden aus, die Hände über dem vollen Bauch, die wunden Füße im warmen Wasser, und fragte sich, wann er das letzte Mal so glücklich gewesen war. Jedenfalls nicht auf dem Kampfplatz, wenn er wieder eine beschämende Abreibung verpasst bekam. Nicht, wenn er sich vor den Schlägen seines Vaters versteckte oder unter den vernichtenden Blicken seiner Mutter immer kleiner wurde. Nicht einmal an Mutter Gundrings Feuer. Er hob den Kopf und sah seine zusammengewürfelten Ruderkameraden an. Wem würde es schaden, wenn er niemals zurückkehrte? Ein unerfüllter Schwur war doch sicher nicht dasselbe wie ein gebrochener Schwur …

»Vielleicht sollten wir einfach hierbleiben«, murmelte er.

Sumael sah ihn mit leicht spöttisch erhobenen Mundwinkeln an. »Wer würde dann das Volk von Gettland in eine glücklichere Zukunft führen?«

»Ach, ich glaube, die Leute kämen schon zurecht. Ich könnte an diesem Teich hier König sein, und du wirst meine Gelehrte.«

»Mutter Sumael?«

»Du weißt doch immer den richtigen Weg. Du könntest mir aufzeigen, worin das geringere Übel und der allgemein größte Nutzen liegt.«

Sie schnaubte. »So etwas ist auf meinen Karten nicht eingezeichnet. Ich muss pinkeln.« Yarvi sah ihr nach, wie sie im hohen Gras verschwand.

»Ich habe den Eindruck, du magst sie«, raunte Ankran.

Yarvi drehte ihm ruckartig den Kopf zu. »Na ja … wir mögen sie doch alle.«

»Natürlich«, sagte Jaud, der breit grinste. »Ohne sie wären wir verloren. Im wahrsten Sinn des Wortes.«

»Aber du«, grunzte Rulf, die Augen geschlossen, die Hände hinter dem Kopf verschränkt, »magst sie so richtig.«

Yarvi bewegte missgelaunt die Lippen, merkte aber, dass er das nicht abstreiten konnte. »Kann ja sein, dass ich eine verkrüppelte Hand habe«, erklärte er. »Aber alles andere an mir funktioniert prächtig.«

Ankran stieß ein Geräusch aus, das man als Kichern hätte werten können. »Ich habe das Gefühl, sie mag dich auch.«

»Mich? Sie geht mit mir doch viel ruppiger ins Gericht als mit allen anderen!«

»Genau.« Rulf lächelte ebenfalls, während er zufrieden die Schultern bewegte, bis er noch bequemer lag. »Ach, ich weiß noch, wie das war, so jung zu sein …«

»Yarvi?« Nichts stand hoch aufgerichtet und starr auf einem Felsen neben der breiten Baumkrone und interessierte sich offenkundig kein bisschen dafür, wer wen mögen mochte; er sah nur die Strecke zurück, die sie vorhin gekommen waren. »Meine Augen sind alt und deine sind jung. Ist das da Rauch?«

Yarvi war beinahe froh über die Unterbrechung und kletterte zu Nichts hinauf; dann spähte er nach Süden. Seine Freude hielt nicht lange – so, wie es eben meistens war. »Ich kann es nicht genau sagen«, meinte er. »Vielleicht.« Dabei war er sich beinahe sicher. Er sah dünne Flecken vor dem blassen Himmel.

Sumael trat zu ihnen, beschattete ihre Augen mit einer Hand und machte nicht den Eindruck, als ob sie überhaupt irgendjemanden mochte. Ihre Kinnmuskeln strafften sich. »Das kommt von Schidwalas Gehöft.«

»Vielleicht haben sie einen Feuerstoß errichtet und angebrannt«, sagte Rulf, aber sein Lächeln war verschwunden.

»Oder es war Schadikschirram«, sagte Nichts.

Ein guter Gelehrter hofft auf das Beste und bereitet sich auf das Schlimmste vor. »Wir müssen auf einen Berg hinauf«, sagte Yarvi, »und schauen, ob uns jemand folgt.«

Nichts schürzte ganz leicht die Lippen und blies sanft ein Staubkörnchen von der Klinge seines Schwerts. »Du weißt, dass sie das tut.«

Und so war es auch.

Als er vom steinigen Hang oberhalb des Teichs durch das seltsame, runde Fenster von Sumaels Fernrohr schielte, sah Yarvi kleine Flecken auf dem Schnee. Schwarze Flecken, die sich bewegten, und die Hoffnung sickerte aus ihm heraus wie Wein aus einem löchrigen Schlauch. Was Hoffnung betraf, war er schon lange ein leckendes Gefäß.

»Ich zähle zwei Dutzend«, sagte Sumael. »Banyas, vermute ich, und ein paar Seeleute von der *Südwind*. Sie haben Hunde, und sie haben Schlitten, und sie sind höchstwahrscheinlich gut bewaffnet.«

»Und wollen uns vernichten«, murmelte Yarvi.

»Es sei denn, natürlich, sie wollten uns unbedingt noch alles Gute für die Reise wünschen«, sagte Rulf.

Yarvi ließ das Fernrohr sinken. Er konnte sich kaum noch vorstellen, dass sie eine Stunde zuvor gescherzt und gelacht hatten. Die Gesichter seiner Freunde zeigten wieder die angespannten und besorgten Mienen, die ihm inzwischen so bedrückend vertraut waren.

Abgesehen von Nichts natürlich, der genauso verrückt aussah wie immer.

»Wie weit sind sie noch entfernt?«

»Gut fünfzehn Meilen, würde ich vermuten«, sagte Sumael.

Yarvi hatte sich längst daran gewöhnt, ihre Vermutungen als Tatsachen hinzunehmen. »Wie lange wird es dauern, bis sie die zurückgelegt haben?«

Ihre Lippen bewegten sich tonlos, während sie rechnete. »Wenn sie die Schlittenhunde antreiben, dann könnten sie morgen früh bei Sonnenaufgang hier sein.«

»Wir sind es dann besser nicht mehr«, sagte Ankran.

»Nein.« Yarvi wandte den Blick von seinem friedlichen kleinen Königreich ab und sah zu einem Hang aus grobem Schotter und gespaltenem Fels. »Im Heißen Land werden ihnen ihre Schlitten nichts nützen.«

Nichts sah mit gerunzelter Stirn in den weißen Himmel und kratzte sich mit der Oberseite seiner dreckigen Fingernägel den Hals. »Früher oder später wird Stahl die Antwort sein. Das ist immer so.«

»Dann später«, sagte Yarvi, der seinen Rucksack schulterte. »Zunächst einmal rennen wir.«

Flucht

Sie rannten.

Oder sie liefen. Oder sie watschelten und stolperten und schlurften über eine höllische Landschaft aus kahlem Gestein, auf der keine Pflanze wuchs und über die kein Vogel flog. Vater Erde war hier gefoltert worden, bis er zu einer heißen Wüste geworden war, in der es ebenso wenig Leben gab wie im Eis.

»Die Winde des Schicksals haben mich letzthin an einige faszinierende Orte geführt«, sagte Ankran nachdenklich, als sie auf eine Anhöhe kamen und wieder nur rauchender Fels vor ihnen lag.

»Sind sie uns noch auf den Fersen?«, fragte Jaud.

»In diesem zerklüfteten Land sind Menschen schwer auszumachen.« Sumael spähte durch ihr Fernglas über die wüste Weite hinter ihnen, über die stinkender Dampf zog. »Schon gar nicht, wenn sie nicht gesehen werden wollen.«

»Vielleicht haben sie wieder umgedreht.« Yarvi schickte ein Gebet an Jenen-der-die-Würfel-rollen-lässt und bat entgegen aller Wahrscheinlichkeit um ein kleines bisschen Glück. »Vielleicht konnte Schadikschirram die Banyas nicht dazu bewegen, uns zu folgen.«

Sumael wischte sich schmierigen Schweiß über das Gesicht. »Wer würde denn hierherkommen wollen?«

»Ihr kennt Schadikschirram nicht«, sagte Nichts. »Sie kann sehr überzeugend sein. Eine große Anführerin.«

»Davon habe ich wenig gesehen«, sagte Rulf.

»Du warst ja auch nicht in Fulku, als sie die Flotte der Kaiserin zum Sieg geführt hat.«

»Aber du, oder was?«

»Ich habe auf der anderen Seite gekämpft«, sagte Nichts. »Ich war der Kämpe des Königs der Alyuken.«

Jaud runzelte ungläubig die Stirn. »Du warst der Kämpe eines Königs?« Wenn man ihn so ansah, war das kaum zu glauben, aber Yarvi hatte viele große Krieger auf dem Kampfplatz erleben können, und keiner von ihnen hatte seine Klinge so zu führen gewusst wie Nichts.

»Unser Flaggschiff stand in Flammen.« Die Knöchel des alten Mannes traten weiß hervor, als er, von Erinnerungen überwältigt, die Hand um den Schwertgriff spannte. »Ein Dutzend Langschiffe hatte uns eingekreist, das Deck war glitschig vom Blut der Gefallenen, und überall wimmelte es von Soldaten der Kaiserin, als Schadikschirram und ich zum ersten Mal gegeneinander kämpften. Ich war erschöpft von der Schlacht, angeschlagen durch viele Wunden und den Kampf auf Deck nicht gewohnt. Sie spielte die hilflose Frau, und in meinem Stolz nahm ich ihr das ab. Dafür ließ sie mich bluten. So wurde ich ihr Sklave. Als wir das zweite Mal kämpften, war ich schwach vor Hunger, und sie hatte Stahl in der Hand und starke Männer im Rücken, während ich nur mit einem Tafelmesser bewaffnet war. Sie ließ mich ein zweites Mal bluten, aber in ihrem Stolz ließ sie mich am Leben.« Sein Mund verzerrte sich zu seinem verrückten Lächeln, und kleine Speicheltröpfchen flogen von seinen Lippen, als er die Worte herausschleuderte: »Und jetzt werden wir ein drittes Mal aufeinandertreffen, und jetzt habe ich keinen Stolz mehr, der mir im Weg stehen wird, und wir werden auf einem Boden kämpfen, den ich gewählt habe, und sie wird für mich bluten. Ja, Schadikschirram!«

Er hob sein Schwert, seine gebrochene Stimme hallte von den nackten Felsen und schallte durch das Tal. »Der Tag ist gekommen! Die Zeit ist da! Jetzt wird abgerechnet!«

»Könnte der Tag kommen, wenn ich wieder sicher in Thorlby bin?«, fragte Yarvi.

Sumael zog ihren Gürtel mit grimmigem Gesicht ein wenig enger. »Wir müssen laufen.«

»Was haben wir denn die ganze Zeit gemacht?«

»Herumgetrödelt.«

»Was ist dein Plan?«, fragte Rulf.

»Vielleicht, dich umzubringen und deine Leiche als Friedensangebot hier auszulegen?«

»Du glaubst doch nicht, dass sie den ganzen Weg gekommen ist, um über Frieden zu verhandeln, oder?«

Sumaels Wangenmuskeln zuckten. »Leider nein. Mein Plan sieht vor, früher als sie nach Vansterland zu gelangen.« Damit lief sie den Hang hinab, und jeder ihrer Schritte trat eine kleine Lawine aus Kieseln los.

Der Weg durch den Dampf war fast so quälend wie der Weg durch das Eis. Zwar fiel immer noch Schnee, aber es wurde heißer und heißer, und nun legten sie die Kleidungsstücke, die sie zuvor wie Schätze bewacht hatten, eines nach dem anderen ab, bis sie halb nackt, schweißgebadet und dreckverschmiert unterwegs waren wie Bergarbeiter, die direkt aus der Mine kommen. Statt Hunger hatten sie nun Durst, und Ankran erwies sich mit dem milchigen, eklig schmeckenden Wasser in ihren beiden Flaschen als noch geiziger, als er es mit den Vorräten auf der *Südwind* gewesen war.

Angst war stets Yarvis Begleiter gewesen. Er konnte sich nicht daran erinnern, wann er zuletzt keine Angst gehabt hatte. Aber das war die langsame Angst vor Kälte, Hunger und Erschöpfung gewesen. Jetzt nagte sie grausamer an ihm. Es war die Angst vor geschärftem Stahl, vor den scharfen Zähnen der Banya-Hunde und vor dem Rachedurst ihrer Besitzerin.

Sie mühten sich voran, bis es so dunkel war, dass Yarvi kaum noch die verkümmerte Hand vor Augen sehen konnte.

Vater Mond und seine Sterne verloren sich in dieser Düsternis, und schweigend duckten sich die Wanderer in eine kleine Felsensenke. Yarvi fiel in eine hässliche Abart von Schlaf und hatte das Gefühl, dass er kaum die Augen zugemacht hatte, als er schon wieder wach gerüttelt wurde, zerschlagen und erledigt. Das erste Morgenlicht zog herauf, und es galt weiterzulaufen, während ihm die Splitter seiner Albträume noch im Fleisch steckten.

Sie dachten nur noch daran, ihren Vorsprung zu wahren. Die Welt schrumpfte zusammen auf das Stück nackter Felslandschaft, das zwischen ihnen und ihren Verfolgern lag, ein Abstand, der sich stetig verringerte. Eine Weile zog Rulf ein paar Schaffelle an Seilen hinter sich her: ein alter Wilderertrick, um die Hunde von der Fährte abzubringen. Doch die Hunde ließen sich nicht täuschen. Schon bald waren sie nach zahllosen Stürzen grün und blau, abgeschürft und blutig, und da er nur eine gesunde Hand hatte, war es für Yarvi noch schwerer als für die anderen. Aber immer, wenn er ausglitt, war Ankran an seiner Seite und stützte ihn, half ihm hoch, zog ihn mit sich.

»Danke«, sagte Yarvi, der irgendwann aufgehört hatte, seine Stürze zu zählen.

»Du wirst noch Gelegenheit bekommen, dich dafür erkenntlich zu zeigen«, sagte Ankran. »Spätestens in Thorlby, vielleicht auch früher.«

Eine Weile stolperten sie in befangenem Schweigen weiter, und dann sagte Yarvi: »Es tut mir leid.«

»Dass du gefallen bist?«

»Das, was ich auf der *Südwind* getan habe. Dass ich Schadikschirram verriet ...« Er verzog das Gesicht, als er daran dachte, wie die Weinflasche auf Ankrans Kopf gekracht war. Und wie die Schiffsführerin mit dem Stiefel zugetreten hatte.

Ankran zog eine Grimasse und steckte die Zunge durch die Lücke in den Vorderzähnen. »Was ich an diesem Schiff am meisten hasste, das war nicht, was man mir antat, sondern das, was man mich tun ließ. Nein. Was ich zu tun entschied.« Er hielt kurz inne, ließ Yarvi mit einer Handbewegung ebenfalls stehen bleiben und sah ihm ins Gesicht. »Ich dachte, ich sei ein guter Mensch.«

Yarvi legte ihm die Hand auf die Schulter. »Ich habe dich zu Anfang für einen Dreckskerl gehalten. Allmählich habe ich meine Zweifel.«

»Ihr könnt eure verborgene Edelmütigkeit beweinen, wenn wir in Sicherheit sind!«, rief Sumael, die als schwarzer Umriss auf einem Felsblock über ihnen zu sehen war und ins Nebelgrau deutete. »Jetzt aber müssen wir nach Süden. Wenn wir den Fluss vor ihnen erreichen, dann müssen wir einen Weg finden, um ihn zu überqueren. Aus Steinen und Dampf werden wir kaum ein Floß bauen können.«

»Werden wir es zum Fluss schaffen, bevor wir verdursten?«, fragte Rulf, der den letzten Tropfen aus einer der beiden Flaschen saugte und dann hoffnungsvoll hineinspähte, als ob sich dort noch etwas Wasser verbergen mochte.

»Verdursten.« Nichts stieß ein grimmiges Kichern aus. »Verbluten durch einen Banya-Speer im Rücken, darüber solltest du dir Sorgen machen.«

Sie rutschten endlose Schotterhänge hinab, umkreisten Felsblöcke, die groß wie Häuser waren, und kletterten schwarzes Gestein hinunter, das wie erstarrte Wasserfälle aussah. Sie durchquerten Täler, deren Boden so heiß war, dass er unter den Füßen brannte, während erstickender Dampf aus Erdspalten wie Teufelsmäulern stieg und Tümpel umringte, auf deren blubberndem Wasser ein schillernder Ölfilm lag. Sie mühten sich wieder aufwärts, kleine Steine rollten hinter ihnen in schwindelnde Tiefen, suchten mit wunden Fingerspitzen Halt, und Yarvi klammerte sich mit seiner nutzlosen Hand irgendwie fest, bis er endlich von der Höhe hinabschauen konnte …

Um dann diese schwarzen Punkte durch Sumaels Fernrohr zu erkennen, die ihnen immer noch folgten, jedes Mal ein wenig näher als zuvor.

»Werden sie denn niemals müde?«, fragte Jaud, der sich den Schweiß von der Stirn wischte. »Halten sie denn niemals an?«

Nichts lächelte. »Sie werden anhalten, wenn sie tot sind.«

»Oder wir«, sagte Yarvi.

Flussabwärts

Sie hörten den Fluss, bevor sie ihn sahen, wie ein Flüstern, das durch den Wald drang und ein wenig verlorenen Schwung in Yarvis müde Beine und ein wenig verlorene Hoffnung in sein schmerzendes Herz brachte. Aus dem Flüstern wurde ein Knurren und dann ein wildes Gebrüll, als sie verdreckt, verschwitzt und voller Staub und Asche unter den Bäumen hervortraten. Rulf warf sich am Kiesstrand auf den Bauch und leckte das Wasser wie ein Hund; die anderen taten es ihm schnell nach.

Als der brennende Durst eines harten Tagesmarsches gestillt war, setzte Yarvi sich wieder auf und blickte über den Fluss zu den Bäumen auf der anderen Seite, die den diesseitigen so sehr glichen und dann doch so anders waren.

»Vansterland«, murmelte er. »Den Göttern sei Dank!«

»Danke den Göttern, wenn wir drüben sind«, sagte Rulf, dessen sauberer Mund und ein Stück hellen Barts blass in seinem ascheverschmierten Gesicht leuchteten. »Dieses Wasser erscheint mir altem Seefahrer nicht gerade freundlich.«

Yarvi ging es genauso. Seine Erleichterung verwandelte sich in Grauen, als er die Breite des Ranghelds ermaß und das steile jenseitige Ufer betrachtete, das vielleicht zwei Bogenschussweiten entfernt lag. Der Fluss war durch das Schmelzwasser aus dem brennenden Land in ihrem Rücken angeschwollen. Auf der schwarzen Wasseroberfläche zeigten weiße Schaumkämme die schnelle Strömung, heimtückische

Strudel und vermutlich auch verborgene Felsen an, die so gefährlich waren wie das Messer eines Verräters.

»Könnte man ein Floß bauen, um hier überzusetzen?«, fragte er zweifelnd.

»Mein Vater war der beste Schiffbauer in der Ersten der Städte«, sagte Sumael und sah wieder zum Wald. »Er konnte mit einem Blick den besten Kielbaum erspähen.«

»Ich glaube nicht, dass wir die Zeit haben, eine Galionsfigur zu schnitzen«, sagte Yarvi.

»Vielleicht könnten wir dich stattdessen am Bug festbinden«, schlug Ankran vor.

»Sechs kleine Stämme für das Floß und dann ein größerer, der für zwei Querbalken in der Mitte gespalten wird.« Sumael lief zu einer Fichte hinüber und ließ die Hände über die Rinde gleiten. »Der hier ist schon gut geeignet. Jaud, du hältst fest, ich schlage zu.«

»Ich halte Ausschau nach unserer alten Herrin und ihren Freunden.« Rulf ließ den Bogen von der Schulter gleiten und ging ein Stück des Weges zurück, den sie gekommen waren. »Wie weit sind sie denn wohl noch entfernt?«

»Zwei Stunden, wenn wir Glück haben, und meist haben wir keins.« Sumael nahm ihr Beil zur Hand. »Yarvi, hole das Seil heraus, und dann sieh dich nach Holz um, das man als Paddel benutzen könnte. Nichts, wenn wir die Bäume gefällt haben, dann schlägst du die Äste ab.«

Nichts umklammerte sein Schwert. »Das hier ist keine Säge. Die Klinge muss schön scharf sein, wenn Schadikschirram kommt.«

»Bis dahin sind wir hoffentlich schon lange weg«, sagte Yarvi, in dessen schmerzendem Bauch zu viel Wasser herumschwappte, während er ihre Packsäcke durchstöberte.

Ankran streckte die Hand aus. »Wenn du es nicht benutzen willst, dann gib mir das Schwert …«

Schneller, als man es hätte für möglich halten können,

streifte die makellose Spitze Ankrans stopplige Kehle. »Wenn du versuchst, es mir abzunehmen, wirst du es zu spüren bekommen, Frachtmeister«, raunte Nichts.

»Die Zeit drängt«, zischte Sumael durch die zusammengebissenen Zähne, während sie schon mit schnellen, kurzen Hieben die Späne von dem Stamm fliegen ließ, den sie ausgewählt hatte. »Nimm das Schwert oder brich sie in deinem Hintern ab, aber sieh zu, dass die verdammten Äste herunterkommen. Lass jedoch ein paar von ihnen stehen, damit wir uns an irgendetwas festhalten können.«

Es dauerte nicht lange, und Yarvis rechte Hand war aufgescheuert und dreckig vom Hin- und Herschleppen des Bauholzes, und das linke Handgelenk, mit dem er seine Last von unten abstützte, war voller Splitter. Nichts' Schwert war mit Harz beschmiert, Jauds Kräuselhaar voller Holzstaub und Sumaels rechte Handfläche blutig vom Schwingen des Beils, aber sie hackte weiter, hackte und hackte und hackte.

Sie schwitzten und mühten sich, fielen mit kurzen, durch die zusammengebissenen Zähne hervorgestoßenen Bemerkungen übereinander her und wussten nicht, wann die Hunde der Banyas über sie herfallen würden, aber eins war klar: Lange würde es nicht mehr dauern.

Jaud hob die Stämme mit lautem Keuchen an, dass die Adern an seinem dicken Hals hervortraten, und flink wie eine Schneiderin beim Umsäumen fädelte Sumael das Seil zwischen ihnen hindurch, während Nichts genug Leine nachschoss. Yarvi stand daneben und sah zu, zuckte bei jedem Geräusch zusammen und wünschte sich nicht zum ersten Mal, zwei gesunde Hände zu haben.

Gemessen an den Werkzeugen, die ihnen zur Verfügung standen, und der Zeit, die sie nicht hatten, sah das fertige Floß sehr anständig aus. Angesichts der schäumenden Strömung, durch die sie würden steuern müssen, wirkte es jedoch schrecklich ungenügend: zusammengeschustertes, gesplittertes Holz, das mit einem dünnen Gewirr aus Wolle verbunden worden war, ihre Elchschulterblattschaufel, die als ein Paddel diente, und Jauds Schild, der ein zweites abgab, sowie ein einigermaßen löffelförmiger Ast, den Yarvi als drittes gefunden hatte.

Die Arme vor seinem Schwert gefaltet, sprach Nichts aus, was Yarvi dachte. »Mir gefällt dieses Floß nicht, wenn ich mir dazu diesen Fluss ansehe.«

Die Sehnen traten an Sumaels Hals hervor, als sie die Knoten noch einmal festzog. »Es muss ja nichts weiter tun als auf der Oberfläche treiben.«

»Das wird es ja vielleicht, aber werden wir dann auch noch drauf sein?«

»Das hängt ganz davon ab, wie gut ihr euch festhaltet.«

»Und was würdest du sagen, wenn es auseinanderbricht und in Einzelteilen zur See hinaustreibt?«

»Ich vermute, dann werde ich auf ewig schweigen, aber ich werde in der befriedigenden Gewissheit ertrinken, dass du vorher noch von Schadikschirram getötet wurdest, hier auf diesem gottverlassenen Ufer.« Sumael sah ihn mit erhobener Augenbraue an. »Oder willst du etwa mit?«

Nichts sah sie grimmig an, dann blickte er zu den Bäumen, wog sein Schwert in einer Hand, fluchte und stemmte sich zwischen Jaud und Yarvi gegen das Floß. Es bewegte sich knirschend auf das Wasser zu, und ihre Stiefel rutschten in den lockeren Kieseln weg. Yarvi fiel vor Schreck in den Matsch, als jemand aus dem Unterholz sprang.

Es war Ankran mit weit aufgerissenen Augen. »Sie kommen!«

»Wo ist Rulf?«, fragte Yarvi.

»Hinter mir! Ist es das?«

»Nein, das ist ein Witz«, zischte Sumael. »Ich habe ein Kriegsschiff mit neunzig Paar Rudern hinter dem Baum da versteckt.«

»Ich frag ja nur.«

»Hör auf zu fragen und hilf uns, das Scheißding ins Wasser zu schieben!«

Ankran stemmte sich mit seinem ganzen Gewicht gegen das Floß, und mit vereinten Kräften glitt es endlich vom Ufer ins Wasser. Sumael sprang hinauf, und ihr Fuß erwischte Yarvi dabei am Kinn, sodass er sich auf die Zunge biss. Er stand bis zur Hüfte im Wasser, als er hinter sich im Wald Gebrüll zu hören glaubte. Jetzt war auch Nichts auf dem Floß: Er packte Yarvis nutzlose Hand am Gelenk und zog ihn empor, wobei ihm einer der abgebrochenen Äste über die Brust schrammte. Ankran riss die Packtaschen am Strand an sich und warf sie aufs Floß.

»Bei den Göttern!« Rulf stürzte aus dem Wald, die Wangen bei jedem Atemzug gebläht. Yarvi sah Schatten hinter ihm unter den Bäumen, hörte wilde Rufe in einer Sprache, die er nicht kannte. Dann ertönte Hundebellen.

»Lauf, du alter Narr!«, kreischte er. Rulf rannte den Kies hinunter, planschte ins Wasser, und dann zogen Yarvi und Ankran ihn an Bord, während Jaud und Nichts wie wild zu paddeln begannen.

Das führte jedoch nur dazu, dass sie sich langsam drehten.

»Haltet geradeaus!«, fuhr Sumael sie an, als das Floß Fahrt aufnahm.

»Versuch ich ja!«, knurrte Jaud, der mit seinem Schild schippte und sie alle mit Wasser bespritzte.

»Versuch es noch mehr! Kennst du vielleicht ein paar gute Ruderer?«

»Hast du vielleicht ein paar gute Riemen?«

»Haltet die Klappe und paddelt!«, fauchte Yarvi, während das Wasser über das Floß schwappte und seine Knie durchnässte. Jetzt brachen Hunde aus dem Wald – riesige Hunde, die so aussahen, als seien sie so groß wie Schafe, und sie schienen nur aus gebleckten Zähnen und Geifer zu bestehen, wie sie am Ufer hin und her rannten und bellten.

Dann folgten Männer. Bei dem kurzen Blick, den Yarvi über die Schulter warf, konnte er nicht erkennen, wie viele es waren. Zerlumpte Gestalten zwischen Bäumen, kniend am Ufer, das Halbrund eines Bogens.

»In Deckung!«, brüllte Jaud, der zum hinteren Teil des Floßes rutschte und seinen Schild emporriss.

Yarvi hörte die Bogensehnen und sah schwarze Splitter heranfliegen. Er duckte sich, folgte der Flugbahn aber fasziniert mit den Augen. Es schien ewig zu dauern, bis sie fielen, alle mit sanftem Flüstern. Einer klatschte ein paar Schritte entfernt ins Wasser. Dann gab es zwei kurze Schläge, als sich Pfeile in Jauds Schild bohrten. Ein vierter schlug neben Yarvis Knie ins Floß. Nur eine Handbreit weiter, und er wäre durch seinen Schenkel gedrungen. Er sah den Pfeil blinzelnd an, den Mund weit offen.

Darin lag der Unterschied, ob man vor oder hinter dem Letzten Tor stand.

Er fühlte Nichts' Hand in seinem Nacken, die ihn zum Rand des Floßes schob. »Paddeln!«

Noch mehr Männer kamen aus dem Wald. Es waren vielleicht zwanzig, vielleicht auch mehr.

»Danke für die Pfeile!«, brüllte Rulf zum Ufer hinüber.

Einer der Bogenschützen schoss einen weiteren ab, aber sie gerieten jetzt in schnelleres Fahrwasser, weshalb der Pfeil sie nicht mehr erreichte. Dann erschien eine Gestalt, die ihnen nachblickte, die Hände in die Hüften gestemmt. Eine hochgewachsene Gestalt mit einem Krummsäbel, und Yarvi erhaschte einen kurzen Blick auf schimmerndes Kristall an einem herabhängenden Gürtel.

»Schadikschirram«, murmelte Nichts. Er hatte recht gehabt. Sie war ihnen die ganze Zeit gefolgt. Und obwohl Yarvi nicht hörte, ob sie etwas sagte, und auf diese Entfernung nicht einmal ihr Gesicht ausmachen konnte, wusste er, dass sie nicht aufgeben würde. Niemals.

Nur ein Teufel

Der Auseinandersetzung mit Schadikschirram mochten sie entgangen sein, aber schon bald lieferte ihnen der Fluss einen heftigeren Kampf, als selbst Nichts ihn sich hätte wünschen können.

Er duschte sie mit kaltem Wasser, durchnässte ihr Gepäck und sie selbst bis auf die Haut, ließ das Floß bocken und sich aufbäumen wie ein ungezähmtes Pferd. Felsen prallten gegen sie, überhängende Bäume griffen nach ihnen, verfingen sich in Ankrans Kapuze und hätten ihn fast vom Floß gezogen, wenn Yarvi sich nicht noch schnell an seine Schulter geklammert hätte.

Die Ufer wurden steiler, höher und verengten sich, bis das Floß eine felsige Schlucht zwischen zerklüfteten Klippen hinunterschoss. Das Wasser drang durch die Ritzen zwischen den Baumstämmen, und ihr Gefährt drehte sich wie ein Blatt im Strom, obwohl Jaud immer noch versuchte, mit seinem pfeildurchbohrten Schild zu steuern. Der Fluss weichte das Seil durch, riss an den Knoten und lockerte sie allmählich, bis das Floß auseinanderzubrechen drohte, wenn es sich in der Strömung bog.

Yarvi konnte Sumaels laute Befehle über das Donnern des Flusses nicht verstehen, und er tat schließlich nicht einmal mehr so, als könnte er den Fortgang ihrer Reise irgendwie beeinflussen. Er schloss die Augen und klammerte sich einfach nur fest, bis seine gesunde und seine verkrüppelte Hand schmerzten, und wechselweise verfluchte er die Götter dafür, dass sie ihn auf dieses Floß gesteckt hatten – oder er betete darum, dass sie ihn mit dem Leben davonkommen ließen. Dann fühlte er einen harten Stoß, und plötzlich ging es abwärts. Das Floß neigte sich unter Yarvis Knien. Er kniff die Augen zusammen und wartete auf das Ende.

Aber dann waren die Wasser unvermittelt völlig ruhig.

Vorsichtig klappte er ein Auge auf. Sie alle hatten sich in der Mitte ihres schlingernden, sinkenden Floßes zusammengekauert, klammerten sich an den Ästen fest oder aneinander, zitternd und verwirrt, und das Wasser schwappte gegen ihre Knie, während sie sich sanft weiter drehten.

Sumael starrte Yarvi an; das Haar klebte nass auf ihrem Gesicht, und sie schnappte nach Luft.

»Scheiße.«

Yarvi konnte dazu nur nicken. Es war schon eine schmerzhafte Anstrengung, die Finger seiner gesunden Hand von dem Ast zu lösen, an dem er sich festgehalten hatte.

»Wir leben«, krächzte Rulf. »Oder nicht?«

»Wenn ich gewusst hätte«, murmelte Ankran, »wie diese Flussfahrt werden würde … ich glaube, ich hätte … mein Glück mit den Hunden versucht.«

Als Yarvi sich traute, den Blick von den verstörten Gesichtern zu lösen und sich umzusehen, entdeckte er, dass der Fluss wesentlich breiter geworden war und nun träger dahinfloss. Vor ihnen verbreiterte er sich noch mehr, und kaum eine Welle störte die glatte Oberfläche, auf der sich die Bäume an den waldigen Ufern klar und deutlich spiegelten.

Und zu ihrer Rechten, flach und einladend, erstreckte sich ein breiter Strand, auf dem sich verrottendes Strandgut angesammelt hatte.

»Paddelt dort hinüber«, sagte Sumael.

Einer nach dem anderen glitten sie von ihrem langsam auseinanderbrechenden Floß, zogen es gemeinsam so weit auf den Strand, wie sie konnten, brachten ihr tropfnasses Gepäck an Land, stolperten ein paar Schritte weiter und ließen sich wortlos auf den Kies zwischen dem Treibholz fallen. Sie hatten nicht mehr die Kraft, sich über ihr Entkommen zu freuen, es sei denn, dass es als Freudentaumel durchging, still auf dem Rücken zu liegen und schwer zu atmen.

»Frau Tod wartet auf uns alle«, sagte Nichts. »Aber sie schnappt sich zuerst die Faulen.« Wie durch Zauberei war er schon wieder auf den Beinen und spähte den Flusslauf hinauf, ob ihre Verfolger sich schon blicken ließen. »Sie werden uns folgen.«

Rulf drehte sich langsam auf die Seite. »Wieso sollten sie?«

»Weil das hier nichts weiter ist als bloß ein Fluss. Dass manche Leute diese Gegend hier Vansterland nennen, ist den Banyas völlig egal. Und Schadikschirram sowieso. Sie werden auf ihrer Verfolgungsjagd ebenso sehr zusammengerückt sein wie wir auf unserer Flucht. Sie werden sich ebenfalls ein Floß bauen und uns folgen, und der Fluss wird nicht zulassen, dass sie irgendwo anders an Land gehen, bis sie diese Stelle erreichen, genau wie wir.« Nichts lächelte. Yarvi wurde allmählich nervös, wenn er Nichts lächeln sah. »Und deswegen werden sie hier ans Ufer kommen, müde und nass und leichtsinnig, genau wie wir, und dann werden wir über sie herfallen.«

»Über sie herfallen?«, wiederholte Yarvi.

»Wir sechs?«, fragte Ankran.

»Gegen zwanzig?«, wandte Jaud leise ein.

»Wo doch zu uns sechs noch ein einhändiger Junge, eine Frau und ein Frachtmeister zählen?«

»Genau!« Nichts lächelte noch breiter. »Du denkst genau wie ich!«

Rulf stützte sich jetzt auf den Ellenbogen. »Jemanden, der so denkt wie du, gibt es nicht und hat es nie gegeben.«

»Du hast Angst.«

Die Brust des alten Seeräubers bebte, als er leise lachte.

»Mit dir an meiner Seite? Da hast du verdammt recht. Eine Scheißangst.«

»Du hast mir mal erzählt, die Throvenländer hätten Feuer.«

»Du hast mir gesagt, die Gettländer hätten Disziplin.«

»Um Himmels willen, jetzt fangt nicht schon wieder damit an!«, fauchte Yarvi und stand auf. Es war kein heißer, ungerichteter Zorn, der in ihm aufwallte, wie er früher die Wutausbrüche seines Vaters oder seines Bruders geprägt hatte. Es war der Zorn seiner Mutter, berechnend und geduldig, kalt wie der Winter, und er ließ, solange er in ihm tobte, keinen Platz für Angst.

»Wenn wir kämpfen wollen«, sagte er, »dann brauchen wir dazu ein besser geeignetes Gelände.«

»Und wo werden wir so ein perfektes Schlachtfeld finden, mein König?«, fragte Sumael, deren gekerbte Lippe sich leicht kräuselte.

Yarvi sah blinzelnd zu den Bäumen. Ja, wo?

»Dort?« Ankran deutete zu einer felsigen Steilküste am Flussufer. Es war vor dem hellen Himmel schwer auszumachen, aber als Yarvi mit zusammengekniffenen Augen dort hinübersah, glaubte er Ruinen auf dem Gipfel zu erkennen.

»Was war das für ein Ort?«, fragte Jaud, der sich durch einen Durchgang schob, und seine Stimme schreckte eine Schar Vögel auf, die weiter oben in den Höhlungen der verfallenen Mauern gehockt hatten.

»Es ist eine Albenruine«, sagte Yarvi.

»Bei den Göttern«, murmelte Rulf und vollführte ein nicht besonders gut gelungenes Schutzzeichen gegen das Böse.

»Keine Sorge.« Sumael trat achtlos in einen Haufen verrotteter Blätter. »Ich glaube nicht, dass es hier noch Alben gibt.«

»Seit vielen Abertausenden von Jahren nicht mehr.« Yarvi ließ seine Hand über eine der Wände gleiten. Sie bestand nicht aus Mauerwerk, sondern war glatt und hart, ohne erkennbare Ansätze, als sei sie eher gegossen als erbaut. Aus den abbröckelnden Mauern ragten oben Stäbe aus verrostetem Metall, unordentlich wie der Haarschopf eines Idioten. »Nicht seit dem Bruch der Göttin.«

Es war einmal eine große Halle gewesen. Säulen zogen sich an beiden Seiten entlang, und Durchgänge führten links und rechts zu weiteren Räumen. Aber die Säulen waren schon vor langer Zeit umgestürzt, und die Mauern waren dick mit abgestorbenen Kletterpflanzen überwuchert. Ein Teil der rückwärtigen Mauer war völlig verschwunden und vom unterhalb dahinströmenden Fluss verschlungen worden. Das Dach war schon vor Jahrhunderten eingefallen, und über ihnen erstreckte sich nur der weiße Himmel und ein eingestürzter Turm, der von Efeu umrankt wurde.

»Mir gefällt es«, sagte Nichts und marschierte über den freien Platz, der voller Steinbrocken, altem Laub, Fäulnis und Vogeldreck lag.

»Du wolltest doch am Strand bleiben«, erinnerte Rulf ihn.

»Ja, wollte ich, aber dieser Ort hat mehr Kraft.«

»Mir würde er noch besser gefallen, wenn er ein stärkeres Tor hätte.«

»Ein Tor zögert das Unvermeidliche nur hinaus.« Nichts schloss seinen dreckigen Daumen und den Zeigefinger zu einem Ring und sah mit einem hellen Auge durch diese Öffnung zum freien Durchgang. »Diese einladende Tür wird ihr Untergang sein. Sie werden einzeln hindurchmüssen und haben keinen Platz, ihre zahlenmäßige Überlegenheit auszuspielen. Hier haben wir die Möglichkeit, sie zu besiegen!«

»Also bestand dein letzter Plan darin, den sicheren Tod zu suchen?«, fragte Yarvi.

Nichts grinste. »Die einzige Gewissheit im Leben ist der Tod.«

»Du verstehst es wirklich, die Moral der Truppe zu stärken«, brummte Sumael.

»Sie sind uns vier zu eins überlegen, und die meisten von uns sind keine Kämpfer!« Ankrans hervorquellende Augen hatten einen verzweifelten Blick. »Ich kann es mir nicht leisten, hier zu sterben! Meine Familie wartet …«

»Hab mehr Vertrauen, Frachtmeister!« Nichts legte Ankran einen Arm um die Schultern und den anderen um Yarvis und zog beide mit erschreckender Kraft an sich. »Wenn schon nicht in euch selbst, dann doch in uns andere. Wir sind jetzt eure Familie!«

Dieser Gedanke war in diesem Augenblick noch weniger beruhigend als zu jenem Zeitpunkt, als Schadikschirram diese Behauptung an Bord der *Südwind* von sich gegeben hatte. Ankran starrte Yarvi an, dem nichts anderes einfiel, als diesen Blick zu erwidern.

»Und überhaupt, es gibt keinen anderen Weg mehr, und das ist gut. Die Menschen kämpfen immer dann am besten, wenn es keinen anderen Ausweg gibt.« Nichts verabschiedete sie mit einem Händedruck und lief dann zum Sockel einer geborstenen Säule, von der aus er mit dem blanken Schwert zum Eingang deutete. »Hier werde ich stehen und ihrem Angriff die Kraft nehmen. Zumindest können sie die Hunde nicht auf die Flussfahrt mitgenommen haben. Rulf, du steigst mit deinem Bogen dort auf den Turm.«

Rulf sah erst zu dem verfallenen Bauwerk empor und ließ dann den Blick über seine Begleiter schweifen, bevor er die graubärtigen Wangen mit einem schweren Seufzer aufblies. »Es ist zwar traurig, an einen Dichtertod zu denken, aber ich bin ein Kriegsmann, und in diesem Geschäft fällt man früher oder später.«

Nichts lachte, und es war ein seltsamer, abgehackter Laut. »Ich würde sagen, wir haben schon beide länger durchgehalten, als wir verdient haben! Gemeinsam haben wir dem Schnee und dem Hunger getrotzt, dem Dampf und dem Durst, und jetzt werden wir gemeinsam kämpfen. Hier! Jetzt!«

Es war kaum zu glauben, dass dieser Mann, der so gerade aufgerichtet und hochgewachsen mit der Klinge in der Hand dastand, das wilde Haar aus dem Gesicht gestrichen, die Augen hell glühend, derselbe sein sollte wie jener elende Bettler, über den Yarvi auf der *Südwind* hinweggestiegen war. Jetzt wirkte er tatsächlich wie der Kämpe eines Königs, und er verströmte ein verrücktes Selbstvertrauen, das selbst Yarvi ein wenig Mut einflößte.

»Jaud, nimm deinen Schild«, sagte Nichts, »und Sumael, du nimmst dein Beil; ihr beide verteidigt unsere Linke. Das ist unsere schwächere Seite. Lasst niemanden von hinten an mich herankommen. Sorgt dafür, dass sie dort stehen, wo ich und mein Schwert ihnen in die Augen sehen können. Ankran und Yarvi, ihr werdet unsere Rechte verteidigen. Die Schaufel gibt eine gute Keule ab – wenn man hart genug zuschlägt, kann alles zur tödlichen Waffe werden. Gib Yarvi das Messer, denn er hat nur eine Hand, um eine Waffe zu halten. Aber dafür rinnt das Blut von Königen in seinen Adern!«

»Dass es nicht herausrinnt, das macht mir zurzeit die größten Sorgen«, raunte Yarvi leise.

»Also, dann wir, du und ich.« Ankran hielt ihm das Messer hin. Es war ein grob gefertigtes Ding, das nicht einmal eine Parierstange hatte; der Holzgriff war mit einem Lederband umwickelt, und die Klinge lief am Rücken grün an, aber die Schneide schien einigermaßen scharf.

»Du und ich«, wiederholte Yarvi, nahm das Messer und umklammerte es fest. Als er den Frachtmeister zum ersten Mal in den stinkenden Sklavenquartieren von Vulsgard zu Gesicht bekommen hatte, hätte er sich nie vorstellen können, dass er eines Tages sein Schultermann sein würde, aber wenn er hinter seine Angst blickte, dann merkte er, dass er stolz darauf war.

»Wenn es jetzt noch ein gutes, blutiges Ende gibt, dann könnte man aus dieser Reise eines Tages ein sehr anständiges Lied machen, würde ich mal sagen.« Nichts streckte den freien Arm aus, spreizte die Finger zum Durchgang hin, in dem Schadikschirram und ihre Banyas bald schon erscheinen würden, und grinste mordlustig. »Eine Gruppe tapferer Kameraden an der Seite des rechtmäßigen Königs von Gettland, um ihm den geraubten Thron zurückzuerobern! Ein letztes Aufbegehren in den Albenruinen aus alter Zeit! Du kannst nicht erwarten, dass in einem Lied alle Helden überleben, weißt du.«

»Er ist ein verdammter Teufel«, murmelte Sumael, deren Kiefermuskeln arbeiteten, während sie ihr Beil in der Hand wiegte.

»Wenn man in der Hölle ist«, erwiderte Yarvi leise, »dann kann dir nur ein Teufel den Weg nach draußen zeigen.«

Der letzte Kampf

Rulfs Stimme zerriss die Stille. »Sie kommen!« Und Yarvi hatte plötzlich das Gefühl, als ob ihm die Eingeweide aus dem Hintern rutschen würden.

»Wie viele?«, rief Nichts gespannt zurück.

Eine Pause. »Zwanzig vielleicht!«

»Bei den Göttern«, flüsterte Ankran, der auf seiner Unterlippe kaute.

Bis zu diesem Augenblick hatte die Hoffnung bestanden, dass einige der Männer in ihre Dörfer zurückgekehrt sein würden oder auf dem Fluss ertrunken waren, aber wie so viele Hoffnungen Yarvis war auch diese verdorrt, bevor sie Früchte tragen konnte.

»Je mehr Feinde, desto glorreicher der Sieg!«, brüllte Nichts. Je schwärzer ihre Aussichten wurden, desto glücklicher wirkte er. In diesem Augenblick erschien zwar ein weniger glorreiches Überleben deutlich wünschenswerter, aber jetzt hatten sie ihre Wahl getroffen – wenn sie denn je eine gehabt hatten.

Keine Flucht mehr, keine Spielchen mehr.

Yarvi hatte in den letzten kurzen Augenblicken vielleicht ein Dutzend Gebete vor sich hingemurmelt, an jeden Gott, klein oder groß, der auch nur die kleinste Hilfe versprach. Aber jetzt schloss er die Augen und schickte ein weiteres gen Himmel. Möglich, dass Vater Friede ihn einst berührt hatte, aber dieses Gebet ging an Mutter Krieg, dass sie über seine Freunde, seine Ruderkameraden, seine Familie wachen mochte. Denn jeder von ihnen hatte auf seine eigene Weise gezeigt, dass er es wert war, am Leben zu bleiben.

Und er betete darum, dass seinen Feinden ein blutiger Tag bevorstehen mochte. Denn Mutter Krieg mag Gebete, in denen von viel Blut die Rede ist: Das ist kein Geheimnis.

»Kämpfen oder sterben«, murmelte Ankran, und er streckte die Hand aus; Yarvi schlug ein, auch wenn es nichts nützen mochte. Sie sahen einander ins Gesicht, er und der Mann, den er einst gehasst hatte. Er war mit List und Tücke gegen ihn vorgegangen, hatte zugesehen, wie er zusammengeschlagen worden war, um dann mit ihm durch Eis und die Feuerwüste zu ziehen und ihn schließlich verstehen zu lernen.

»Wenn es für mich keinen Ruhm gibt, sondern ... das andere«, sagte Ankran, »würdest du es dann auf dich nehmen, meiner Familie auf welche Weise auch immer zu helfen?«

Yarvi nickte. »Ich schwöre.« Was machte es schließlich aus, wenn es noch einen zweiten Schwur gab, den er nicht erfüllen würde? Er konnte nur einmal der Verdammnis anheimfallen. »Wenn es für mich das andere gibt ...« Ankran zu bitten, seinen Onkel zu töten, erschien ein bisschen viel verlangt. Er zuckte die Achseln. »Weinst du dann ein paar dicke Tränen um mich?«

Ankran grinste. Es war ein zitterndes Grinsen ohne Vorderzähne, aber er brachte es trotzdem zustande, und es wirkte geradezu bewundernswert heroisch. »Mutter Meer wird dank meiner Tränen anschwellen.«

Das lange Schweigen wurde immer länger, nur unterbrochen vom nervösen Klopfen von Yarvis Herz.

»Und wenn wir beide sterben?«, flüsterte er.

Nichts' knirschende Stimme ertönte, bevor Ankran antworten konnte. »Ebdel Aric Schadikschirram! Willkommen in meiner bescheidenen Hütte!«

»Sie ist schon ein wenig heruntergekommen, genau wie du.« Ihre Stimme.

Yarvi drückte sich in eine Lücke im Gemäuer und ließ die Augen vorsichtig zum Tor wandern.

»Wir sind alle nicht mehr das, was wir mal waren«, gab Nichts zurück. »Du warst einst eine Flottenkommandantin. Dann Schiffsführerin. Und jetzt …«

»Jetzt bin ich nichts, genau wie du.« Yarvi sah sie im Schatten des Durchgangs, wie ihre Augen funkelten, als sie hereinspähte und herauszufinden versuchte, was drinnen auf sie wartete – und wer. »Ein leerer Krug. Ein zerbrochenes Gefäß, aus dem alle Hoffnung herausgeleckt ist.« Er wusste, dass sie ihn nicht sehen konnte, aber trotzdem machte er sich hinter dem zerfallenen Albenstein so klein wie möglich.

»Das tut mir sehr leid«, rief Nichts. »Es tut weh, alles zu verlieren. Wer wüsste das besser als ich?«

»Und was, glaubst du, ist das Mitleid von Nichts für nichts wert?«

Nichts lachte. »Nichts.«

»Wer ist mit dir da drin? Diese gehässige kleine Lügnerin, die früher in meinem Mastkorb herumgeklettert ist? Diese hinterlistige Made, die statt einer Hand nur eine Runkelrübe hat?«

»Ich habe zwar eine höhere Meinung von ihnen als du, aber nein. Sie sind weitergezogen. Ich bin allein.«

Schadikschirram stieß ein bellendes Lachen aus, und als sie aus dem Durchgang trat, sah Yarvi das Funkeln blanken Stahls. »O nein, bist du nicht. Aber du wirst es bald sein.« Yarvi blickte zum Turm hinauf, sah die Kurve von Rulfs Bogen, die Sehne ganz ausgezogen. Aber Schadikschirram war zu listig, um ihm ein freies Schussfeld zu gewähren. »Ich bin zu milde! Das war stets mein größter Fehler. Ich hätte dich schon vor Jahren töten sollen.«

»Du kannst es heute ja noch einmal versuchen. Zweimal standen wir uns im Kampf gegenüber, aber diesmal werde ich …«

»Das kannst du meinen Hunden erzählen.« Schadikschirram stieß einen schrillen Pfiff aus.

Männer drängten durch den schmalen Durchgang. Oder vielmehr Wesen, die wie Männer aussahen. Die Banyas. Wilde und zerlumpte Schatten, kurz aufblitzende, glotzende, weiße Gesichter, Bernstein- und Knochenschmuck in Nasen, Wangen und Augenbrauen, schimmernd gebleckte Zähne, Waffen aus geschliffenem Stein, Walrosszähnen und Walkiefer. Sie kreischten und schnatterten, heulten und schrien, irre Laute wie Tiere, wie Teufel, als ob dieser Durchgang die Pforte zur Hölle war, die nun das, was hinter ihr lag, in die Welt erbrach.

Der vorderste Banya sackte gurgelnd mit einem von Rulfs Pfeilen in der Brust zusammen, aber andere sprangen hinter ihm in die Ruine, und Yarvi trat so schnell von der Spalte im Mauerwerk zurück, als hätte er eine Ohrfeige bekommen. Es fiel unglaublich schwer, dem Drang wegzulaufen zu widerstehen, aber dann fühlte er Ankrans Hand auf seiner Schulter und hielt stand, auch wenn er wie Espenlaub zitterte und jeder Atemzug wie ein keuchendes Winseln aus seiner Brust drang.

Aber er hielt die Stellung.

Nun begann das Schreien. Krachen, der Lärm von Stahl, von Wut, von Schmerz, und dass er nicht sehen konnte, wer diese Geräusche ausstieß oder warum, machte es beinahe noch schlimmer. Er hörte das Kreischen der Banyas, aber noch entsetzlicher war Nichts' Stimme. Ein blubberndes Stöhnen, ein flüsterndes Seufzen, ein abgehacktes Knurren. Das Rasseln des letzten Atemzugs.

Oder war es vielleicht doch ein Lachen?

»Sollen wir ihnen zu Hilfe kommen?«, flüsterte Yarvi, obwohl er daran zweifelte, dass er überhaupt in der Lage sein würde, seine Füße zu bewegen. Sie fühlten sich an, als seien sie im Boden festgewurzelt.

»Er hat gesagt, wir sollen warten.« Ankrans zerschlagenes Gesicht war kalkweiß. »Sollten wir warten?«

Yarvi wandte sich zu ihm um, und über seine Schulter hinweg sah er, wie eine Gestalt von der Mauer sprang.

Es war eher ein Junge als ein Mann, kaum älter als Yarvi. Einer der Seeleute von der *Südwind*. Yarvi hatte ihn oben in den Wanten lachen sehen, aber seinen Namen wusste er nicht. Und jetzt schien es ein bisschen spät, um sich einander vorzustellen.

»Da«, krächzte er, und Ankran drehte sich gerade um, als schon der nächste Mann von der Mauer sprang. Es war wieder einer von den Seeleuten, größer und mit Bart, und er hielt einen Morgenstern in der Hand, dessen schwerer Kopf mit eisernen Stacheln besetzt war. Yarvi merkte, wie sein Blick wie von selbst das Gewicht dieser Waffe maß und wie er sich unwillkürlich fragte, welchen Schaden sie anrichten mochte, wenn sie mit Schwung gegen seinen Kopf geführt wurde. Der Mann lächelte, als ob er seine Gedanken erriet, und sprang dann auf Ankran zu; die beiden stürzten und rollten in einem fauchenden Knäuel über den Boden.

Yarvi wusste, dass er eine Schuld zu begleichen hatte, er wusste, dass er herbeistürzen und seinem Freund, seinem Schultermann beistehen sollte, aber stattdessen wandte er sich dem Jungen zu, als seien sie vorher verabredete Tanzpaare bei einem Erntefest, die irgendwie genau wussten, mit wem sie sich zusammentun mussten.

Wie Tänzer umkreisten sie einander, streckten ihre Messer vor und stachen in die Luft, als wollten sie testen, wo diese am besten nachgab. Wieder und wieder umkreisten sie einander, ignorierten das Fauchen und Knirschen von Ankran und dem Bärtigen, deren Kampf auf Leben und Tod unwichtig wurde in dem Bewusstsein, die nächsten Augenblicke irgendwie überleben zu müssen. Hinter dem dreckigen Gesicht und den gefletschten Zähnen wirkte er verängstigt, dieser Junge. Fast so verängstigt, wie Yarvi sich fühlte. Sie umkreisten einander, wieder und wieder, und ihre Augen glitten von der schimmernden Klinge zum …

Der Junge sprang nach vorn und stach zu, und Yarvi stolperte zurück, blieb mit dem Hacken an einer Wurzel hängen und konnte gerade eben noch das Gleichgewicht halten. Der Junge holte erneut aus, aber Yarvi glitt beiseite, stach mit dem eigenen Messer ins nichts und ließ den Jungen gegen die Mauer taumeln.

War es denn wirklich so, dass der eine den anderen töten musste? Um alles zu beenden, was er je gewesen war und was er vielleicht noch hätte sein können?

So war es wohl. Aber es war schwer, darin irgendetwas Ruhmreiches zu erkennen.

Der Junge sprang wieder vor, und Yarvi sah das Messer in einem Strahl Tageslicht aufblitzen. Irgendein verschütteter, auf dem Kampfplatz ausgebildeter Instinkt ließ ihn die eigene Klinge nach oben führen und den Stich keuchend abwehren. Die Schneiden schabten aneinander. Der Junge rammte ihn mit der Schulter, und Yarvi fiel gegen die Mauer.

Sie spuckten und knurrten einander an, und ihre Gesichter waren sich so nahe, dass Yarvi die schwarzen Poren auf der Nase des Jungen sehen konnte, die roten Äderchen im Weiß seiner vorquellenden Augen, so nahe, dass er die Zunge hätte ausstrecken und ihn lecken können.

Sie kämpften, schnauften, zitterten, und Yarvi wusste, dass er der Schwächere war. Er versuchte, dem Jungen seinen Finger ins Gesicht zu rammen, aber sein verkrüppeltes Handgelenk wurde festgehalten und beiseite gedrückt. Wieder schrammten die Klingen übereinander, und Yarvi spürte einen brennenden Schnitt auf dem Handrücken, fühlte, wie die Messerspitze über seinen Bauch fuhr und kalt durch seine Kleider drang.

»Nein«, flüsterte er. »Bitte.«

Dann kratzte etwas über Yarvis Wange, und der Druck war weg. Der Junge taumelte rückwärts, hob die zitternde Hand an seine Kehle, und dort sah Yarvi eine tropfend rote Pfeilspitze, die auf ihn zeigte, während dem Jungen ein dünner Blutfaden aus dem Hals in den Kragen rann. Sein Gesicht lief rosa an, und seine Wangen bebten, als er auf die Knie fiel.

Durch eine Scharte in der bröckelnden Albenmauer sah Yarvi, wie Rulf auf der Turmspitze hockte und einen neuen Pfeil auf die Sehne legte. Das Gesicht des Jungen war jetzt lila, und er würgte und keuchte – ob er Yarvi verfluchte, ihn um Hilfe anflehte oder die Götter um Gnade bat, war nicht zu verstehen, er stieß nur Blut hervor.

»Es tut mir leid«, flüsterte Yarvi.

»Dafür werde ich sorgen.«

Schadikschirram stand nur wenige Schritte entfernt in einem eingestürzten Durchgang.

»Ich hatte dich für einen klugen Jungen gehalten«, sagte sie. »Aber du hast dich leider als gróooße Enttäuschung erwiesen.«

Ihre auffälligen Gewänder waren schlammverkrustet, sie hatte all ihre Haarnadeln verloren, und ihre schwarzen Strähnen fielen ihr so verfilzt und wirr ins Gesicht, dass nur ein fieberhelles, von tiefen Schatten umgebenes Auge zu sehen war. Die lange, gebogene Säbelklinge hingegen war makellos sauber.

»Aber das ist nur die letzte in einer langen Reihe von Enttäuschungen.« Sie drehte den sterbenden Jungen mit einem Stiefeltritt auf den Rücken und trat über seine zuckenden Beine. Schlenderte in aller Seelenruhe auf Yarvi zu, ohne Hast und Eile. Genau, wie sie über das Deck der *Südwind* stolziert war. »Aber wahrscheinlich bin ich selbst schuld daran.«

Yarvi wich zurück, duckte sich und atmete schwer. Seine Augen glitten über die verfallenen Mauern und suchten einen Ausweg, aber den gab es nicht.

Er würde mit ihr kämpfen müssen.

»Mein Herz ist zu weich für diese harte Welt, in der wir leben.« Sie wandte den Kopf zur Seite, sah zu der Scharte hinüber, durch die Rulfs Pfeil gedrungen war, und duckte sich geschmeidig unter seiner Schussbahn hindurch. »Das war schon immer meine einzige Schwäche.«

Yarvi stolperte rückwärts über den Schutt, und der Messergriff lag glitschig in seiner schweißnassen Hand. Er hörte Schreie und Kampfeslärm. Die anderen, die mit ihren eigenen blutigen Schritten zum Letzten Tor mehr als genug zu tun hatten. Er warf einen hastigen Blick über seine Schulter zu der Stelle, wo die bröckelnden Albenmauern an der Klippe endeten und junge Bäume ihre Zweige in die leere Luft über dem Fluss reckten.

»Ich kann dir gar nicht sagen, wie sehr es mich freut, dass wir uns noch verabschieden können.« Schadikschirram lächelte. »Auf Nimmerwiedersehen.«

Zweifelsohne war sie viel besser bewaffnet als er. Außerdem größer, stärker, geschickter und erfahrener. Gar nicht davon zu reden, dass sie auch noch jede Menge Gehilfen hatte. Und trotz ihrer gegenteiligen Beteuerungen glaubte er nicht, dass ihr weiches Herz ihr diesen Abschied wirklich schwer machen würde.

Es gibt immer einen Weg, hatte seine Mutter gesagt, aber wie sollte er eine Möglichkeit finden, um Schadikschirram zu schlagen? Er, der in hundert peinlichen Vorstellungen auf dem Kampfplatz nicht einen einzigen Waffengang gewonnen hatte?

Sie hob die Augenbrauen, als hätte sie gerade dieselben Überlegungen angestellt und sei zu einem ähnlichen Schluss gekommen. »Vielleicht solltest du einfach springen.«

Sie machte einen weiteren Schritt auf ihn zu, trieb ihn vor sich her, und die Spitze ihres Säbels schimmerte, wenn sie durch einen Streifen Sonnenlicht schritt. Er hatte nicht mehr viel Platz, fühlte schon die Leere, die sich hinter ihm auftat, spürte die steife Brise in seinem Nacken, hörte den zornigen Fluss in der Tiefe an den Felsen nagen.

»Spring, Krüppel.«

Er wich weiter zurück und hörte Steine in die Tiefe rollen. Der Rand brach unter seinen Hacken weg.

»Spring!«, brüllte Schadikschirram, und Spucke flog von ihrem Mund.

Im Augenwinkel erhaschte Yarvi eine Bewegung. Ankrans blasses Gesicht erschien hinter der Ecke der eingestürzten Mauer, und er kroch näher, die Zunge in die Lücke zwischen den Vorderzähnen gepresst, die Keule erhoben. Unwillkürlich glitten Yarvis Augen immer wieder zu ihm hinüber.

Schadikschirrams Stirn legte sich in Falten.

Schnell wie eine Katze wirbelte sie herum, duckte sich unter der Elchknochenkeule hindurch, sodass sie ohne großen Schaden an ihrer Schulter vorbeizischte, und bohrte Ankran fast lautlos den Säbel mitten in die Brust.

Er holte bebend Luft, und die Augen traten ihm aus den Höhlen.

Schadikschirram fluchte und zog den Schwertarm zurück.

Gnade ist Schwäche, hatte Yarvis Vater immer gesagt. *Gnade ist Versagen.*

Mit einem Ruck sprang er sie an. Seine verkümmerte Klauenhand rammte er ihr in die Achselhöhle, klemmte den Säbel damit fest, und dann drückte er seine knotige Handfläche gegen ihre Kehle, während er sie mit der rechten Faust schlug, prügelte, attackierte.

Sie geiferten und spuckten und schnaubten, winselnd, kreischend, zuckend, und er bekam ihr Haar in den Mund. Sie drehte und wand sich und knurrte, aber er klammerte sich an ihr fest, schlug und schlug und schlug. Doch dann machte sie sich los, und ihr Ellenbogen krachte mit einem ekligen Knacken gegen seine Nase, riss ihm den Kopf zurück, und dann prallte ihm der Boden gegen den Rücken.

Weit entfernte Rufe. Das Klappern von Metall.

Eine Schlacht in der Ferne. Irgendetwas Wichtiges ...

Er musste standhalten. Durfte seine Mutter nicht enttäuschen.

Musste ein Mann sein. Sein Onkel wartete doch, oder?

Er versuchte die Benommenheit abzuschütteln, und der Himmel blitzte hell über ihm, als er sich umdrehte.

Sein Arm fiel in den leeren Raum, unten gähnte der schwarze Fluss, und weißes Wasser schäumte über Felsen.

Wie das Meer unter der Feste von Amwend. Das Meer, in das er gestürzt war.

Der Atem tobte in seiner Brust, als er wieder zu sich kam. Er krabbelte weg von dem bröckelnden Steilhang, sein Kopf dröhnte, das Gesicht pochte, die Füße stolperten, im Mund schmeckte er salziges Blut.

Er sah Ankran, der verdreht und mit weit ausgestreckten Armen auf dem Rücken lag. Yarvi stieß ein Wimmern aus, taumelte zu ihm, griff nach ihm. Aber seine bebenden Fingerspitzen hielten inne, noch bevor sie Ankrans blutgetränktes Hemd berührten. Das Letzte Tor war für ihn aufgegangen. Ihm war nicht mehr zu helfen.

Schadikschirram lag auf dem Geröll neben seinem Leichnam, versuchte sich aufzusetzen und war offenbar maßlos erstaunt darüber, dass ihr das nicht gelang. Die Finger ihrer linken Hand hatten sich mit dem Schwertgriff verflochten. Die Rechte presste sie gegen ihre Seite. Als sie die Hand vorsichtig löste, war sie voller Blut. Yarvi blinzelte verständnislos zu seiner eigenen Rechten. Das Messer lag noch darin, die Klinge glänzte feucht, und seine Finger, sein Handgelenk, sein Arm war bis zum Ellenbogen rot.

»Nein«, zischte sie. Sie versuchte den Säbel zu heben, aber er war ihr zu schwer.

»Nicht so. Nicht hier.« Ihre blutigen Lippen verzogen sich, als sie zu ihm aufsah. »Nicht du.«

»Hier«, sagte Yarvi. »Ich. Was hast du damals gesagt? *Man braucht zwei Hände, um gegen jemanden zu kämpfen, aber für den Stich in den Rücken genügt wohl eine einzige.*«

Und dann begriff er, dass er damals auf dem Kampfplatz nicht deswegen immer wieder verloren hatte, weil ihm das Geschick fehlte, die Stärke oder auch nur die Hand. Ihm hatte der Wille gefehlt. Und irgendwo auf der *Südwind*, irgendwo auf dem spurenlosen Eis, irgendwo in dieser uralten Ruine hatte er ihn gefunden.

»Aber ich habe die Schiffe der Kaiserin befehligt«, krächzte Schadikschirram, deren ganze rechte Seite jetzt dunkel vor Blut war. »Ich war die Favoritin ... von Herzog Mikedas. Die Welt lag mir zu Füßen.«

»Das ist lange her.«

»Da hast du recht. Du bist ein kluger Junge. Ich bin zu weich.« Ihr sank der Kopf zurück, und sie starrte in den Himmel. »Das ist ... meine einzige ...«

Das Innere der Albenruine lag voller Leichen.

Aus der Ferne hatten die Banyas wie Teufel ausgesehen. Aus der Nähe betrachtet waren es elende Gestalten. Klein und mickrig wie Kinder, Lumpenbündel, die sich mit heiligen Zeichen aus Walknochen hatten schützen wollen, die Nichts' gnadenlosem Stahl nicht gewachsen gewesen waren.

Einer, der noch atmete, streckte eine Hand nach Yarvi aus, während sich seine andere um den Pfeil krallte, der in seiner Brust steckte. In seinen Augen stand kein Hass, nur Zweifel und Angst und Schmerz. Wie in Ankrans Augen, als Schadikschirram ihn getötet hatte.

Nur Menschen, die der Tod so wie alle anderen durch das Letzte Tor geleitete.

Er versuchte ein Wort herauszubringen, als Nichts zu ihm trat. Dasselbe Wort, wieder und wieder, während er den Kopf schüttelte.

Nichts legte einen Finger auf die Lippen. »Psssst.« Dann stach er dem Banya das Schwert ins Herz.

»Sieg!«, brüllte Rulf, der von seiner hohen Warte zu Boden sprang. »So eine Schwertkunst habe ich noch nie gesehen!«

»Und ich noch nie eine solche Treffsicherheit!«, erwiderte Nichts und schloss Rulf in eine mächtige Umarmung. Jetzt, vereint durch ihr blutiges Handwerk, waren sie die besten Freunde.

Sumael stand im Durchgang, hielt sich eine Schulter, und Blut lief ihr bis zu den Fingerspitzen über den Arm. »Wo ist Ankran?«, fragte sie.

Yarvi schüttelte den Kopf. Er wagte es nicht, etwas zu sagen, weil er fürchtete, dass ihm übel werden würde, sobald er den Mund aufmachte. Oder dass er zu weinen anfing. Oder vielleicht auch beides. Vor Schmerz und vor schwindender Wut. Vor Erleichterung, dass er noch am Leben war. Vor Trauer darüber, dass sein bester Freund es nicht mehr war. Vor Trauer vor allem, die mit jedem Atemzug schwerer und schwerer wurde.

Jaud sank auf ein großes Trümmerstück aus Albenstein und ließ den vernarbten Schild von seinem Arm sinken, und Sumael legte ihm eine blutige Hand auf die zitternde Schulter.

»Ich gebe jetzt freimütig zu, dass Gettländer die besten sind!«, schäumte Rulf.

»Und ich fange gerade an, daran zu zweifeln!« Nichts sah grimmig in die Runde. »Ich hatte Schadikschirram erwartet!«

Yarvi sah auf ihren Krummsäbel, den er in der Hand trug wie ein Beweisstück. »Ich habe sie getötet.«

Vielleicht hätte er auf die Knie fallen und den Göttern für diesen unwahrscheinlichen Sieg danken sollen, aber die rote

Ernte, die vom Schwert gefällt oder vom Pfeil durchbohrt in der Ruine lag, sah nicht so aus, als sei sie irgendetwas, wofür man dankbar sein sollte.

Also setzte er sich neben die anderen und rieb sich das verkrustete Blut unter der gebrochenen Nase weg.

Schließlich war er der König von Gettland, oder etwa nicht?

Er hatte oft genug gekniet.

Asche zu Asche

Die Toten brannten.

Die Flammen, die sie umfingen, zeichneten seltsame Schatten an die Wände der Albenruine. Sie schickten Rauchkringel in den sich rosa färbenden Himmel, ein angemessenes Opfer für Mutter Krieg, um ihr für den Sieg zu danken. So hatte Nichts es jedenfalls gesagt, und wenige standen sich mit ihr so gut wie er. Wenn Yarvi die Augen weit genug zusammenkniff, glaubte er immer noch die Knochen im Feuer sehen zu können, von den neun toten Banyas und den drei toten Seeleuten, von Ankran und Schadikschirram.

»Ich werde ihn vermissen«, sagte Yarvi, dem es schwer fiel, die Tränen zurückzuhalten.

»Das werden wir alle«, sagte Jaud, der sich mit dem Handrücken über die Augen wischte.

Nichts ließ seine Tränen ungehemmt die vernarbten Wangen hinunterrollen, als er zu den Flammen nickte. »Ich werde sie vermissen.«

Rulf schnaubte. »Ich nicht, darauf kannst du Gift nehmen.«

»Dann bist du ein größerer Narr, als ich anfangs glaubte. Die Götter geben dir kein größeres Geschenk als einen guten Feind. Wie einen guten Wetzstein für die Klinge.« Damit betrachtete Nichts grimmig sein Schwert, an dem kein bisschen Blut mehr war, obwohl seine Fingernägel noch damit verkrustet waren, und versetzte dem Stahl einen knirschenden Strich mit dem Stein. »Ein guter Feind sorgt dafür, dass du scharf geschliffen bleibst.«

»Ich bin lieber stumpf«, brummte Jaud.

»Seine Feinde sollte man vorsichtiger auswählen als seine Freunde«, raunte Nichts, nun den Flammen zugewandt. »Sie bleiben einem länger treu.«

»Keine Sorge.« Rulf klopfte Nichts auf die Schulter. »Wenn mir das Leben eins gezeigt hat, dann das: Der nächste Feind ist niemals weit.«

»Man kann sich schließlich auch seine Freunde zu Feinden machen«, sagte Sumael, die sich Schadikschirrams Mantel eng um die Schultern zog. »Feinde zu Freunden zu machen, das ist viel schwieriger.«

Wie sehr das stimmte, das wusste Yarvi sehr wohl. »Meinst du, Ankran hat das gewollt?«, fragte er leise.

»Tot zu sein, meinst du?«, erwiderte Jaud. »Glaub ich nicht.«

»Verbrannt zu werden«, sagte Yarvi.

Jaud sah zu Nichts hinüber und zuckte die Achseln. »Wenn die Menschen, die sich der Gewalt verschrieben haben, richtig in Fahrt kommen, dann kann man sie kaum noch von der Fährte abbringen. Schon gar nicht, solange sie noch den Geruch von Blut in der Nase haben.«

»Und wieso sollte man es auch versuchen?« Sumael kratzte wieder an den dreckigen Verbänden, die Yarvi um ihren verletzten Arm gewickelt hatte. »Das hier sind die Toten. Ihre Klagen kann man leicht beiseite wischen.«

»Du hast gut gekämpft, Yarvi«, rief Nichts. »Tatsächlich wie ein König.«

»Lässt ein König seine Freunde für sich sterben?« Yarvi blickte schuldbewusst auf Schadikschirrams Säbel und erinnerte sich an das Gefühl, wie er immer wieder zugestochen hatte, mit dem roten Messer in seiner roten Hand, und er zitterte unter seinem geraubten Mantel. »Sticht ein König Frauen in den Rücken?«

Die Tränen glänzten noch immer feucht auf Nichts' Gesicht. »Ein guter König opfert alles für den Sieg und sticht jeden, der ihm dabei im Weg steht, wohin es eben geht. Der große Krieger ist derjenige, der noch atmet, wenn die Krähen ihr Festmahl beginnen. Der große König ist derjenige, der zusieht, wie die Leichen seiner Feinde brennen. Lass Vater Friede Tränen über die Art und Weise vergießen. Mutter Krieg lächelt über das Ergebnis.«

»Das hätte mein Onkel auch gesagt.«

»Dann ist er ein weiser Mann und wohl auch ein würdiger Feind. Vielleicht wirst du eines Tages ihn in den Rücken stechen, und dann können wir ihn gemeinsam brennen sehen.«

Yarvi rieb sich leicht über den geschwollenen Nasenrücken. Der Gedanke an noch mehr brennende Leichen erschien ihm wenig tröstlich, egal, zu wem sie gehörten. Immer wieder ging ihm der kurze Augenblick durch den Kopf, als sein Blick zu Ankran geglitten war und ihn dadurch verraten hatte, und wie Schadikschirram dann herumwirbelte und ihre Klinge aufblitzte. Immer wieder überlegte er, was er hätte anders machen können, wie sein Freund vielleicht am Leben geblieben wäre, aber er wusste, dass es vergebens war.

Es gab kein Zurück.

Sumael wandte den Kopf und sah mit gerunzelter Stirn in die Nacht. »Hat jemand gehört, wie …«

»Halt!«, schallte eine Stimme durch die Dunkelheit, schneidend wie ein Peitschenknall. Yarvi fuhr herum, und sein Herz machte einen Sprung, als er einen hochgewachsenen Krieger durch den Durchgang kommen sah. Er wirkte riesig im Licht des Scheiterhaufens, und sein Helm und das Kettenhemd, das solide Schwert und der Schild glänzten hell.

»Legt eure Waffen weg!«, ertönte es nun, und ein zweiter Mann trat aus den Schatten, den halb gespannten Bogen erhoben. Lange Zöpfe umrahmten sein Gesicht. Also offenbar ein Vansterländer. Andere folgten und noch mehr, und in kürzester Zeit hatten zwei Dutzend Krieger einen Halbkreis um die Freunde gebildet.

Yarvi hatte nicht geglaubt, dass sein Mut noch weiter sinken konnte, merkte aber jetzt, dass er sich geirrt hatte.

Rulf sah hinüber zu seinem Bogen, der außer Reichweite lag, und ließ sich wieder auf einen Ellenbogen sinken. »Wie weit oben stehen denn Vansterländer auf deiner Liste von würdigen Feinden?«

Nichts nickte abschätzend zu den Männern hinüber. »Wenn sie so zahlreich sind, dann hoch genug.«

Das bisschen Kraft, das die Götter Yarvi gegeben haben mochten, hatte er heute mehr als aufgebraucht. Er schob Schadikschirrams Säbel mit dem Fuß ein wenig von sich. Jaud hob die leeren Hände. Sumael nahm ihr Beil mit Daumen und Zeigefinger und warf es beiseite.

»Was ist mit dir, Alter?«, fragte der erste Vansterländer.

»Ich wäge gerade meine Lage ab.« Nichts versetzte seinem Schwert einen neuerlichen Strich mit dem Wetzstein. Es fühlte sich an, als sei er direkt mit Yarvis Nerven verbunden.

»Wenn Stahl die Antwort ist, dann haben sie eine ganze Menge davon«, raunte er.

»Leg es hin.« Der zweite Vansterländer zog seinen Bogen nun ganz aus. »Sonst verbrennen wir deine Leiche mit den anderen.«

Nichts stieß sein Schwert mit der Spitze voran in die Erde und seufzte. »Er vertritt seine Meinung durchaus überzeugend.«

Drei der Vansterländer kamen auf sie zu, sammelten die Waffen ein und durchsuchten sie nach weiteren, während ihr Hauptmann zusah. »Was bringt euch fünf nach Vansterland?«

»Wir sind Reisende«, sagte Yarvi, der beobachtete, wie einer der Krieger den traurigen Inhalt seiner Packtasche auskippte. »Auf dem Weg nach Vulsgard.«

Der Bogenschütze sah mit erhobenen Brauen zu dem Scheiterhaufen. »Reisende, die Leichen verbrennen?«

»Wie schlimm steht es um die Welt, wenn ein ehrlicher

Mann nicht einmal mehr ein paar Leichen verbrennen kann, ohne gleich Verdacht zu erregen?«, fragte Nichts.

»Wir gerieten in einen Hinterhalt von Räubern«, erklärte Yarvi, der sich so schnell wie möglich eine Erklärung ausdachte.

»Ihr solltet dafür sorgen, dass euer Land für harmlose Reisende sicherer ist«, sagte Rulf.

»Oh, vielen Dank, dass ihr es etwas sicherer gemacht habt.« Der Hauptmann betrachtete Yarvis Hals und zog dann Jauds Kragen beiseite, um den anderen die Narben zu zeigen. »Sklaven.«

»Freigelassene«, sagte Sumael. »Ich war ihre Besitzerin. Ich bin Händlerin.« Sie griff in ihren Mantel und zog mit großer Geste ein zerknicktes Pergament hervor. »Mein Name lautet Ebdel Aric Schadikschirram.«

Der Mann betrachtete mit gerunzelter Stirn die Lizenz des Hochkönigs, die ihrer rechtmäßigen Eigentümerin vor der Einäscherung abgenommen war. »Für eine Händlerin siehst du ziemlich abgerissen aus.«

»Ich habe ja nicht gesagt, dass ich eine gute bin.«

»Und ziemlich jung«, sagte der Hauptmann.

»Ich habe nicht gesagt, dass ich eine alte bin.«

»Wo ist dein Schiff?«

»Auf See.«

»Wieso bist du nicht an Bord?«

»Ich hielt es für weise, an Land zu gehen, bevor es auf Grund lief.«

»Eine ziemlich miserable Händlerin«, brummte einer der Männer.

»Mit einer dicken Ladung aus Lügen«, sagte ein anderer.

Der Hauptmann zuckte die Achseln. »Der König kann entscheiden, was er glauben will. Bindet sie.«

»Der König?«, fragte Yarvi, als er seine Handgelenke hinhielt.

Der Mann bedachte ihn mit einem dünnen Lächeln. »Grom-gil-Gorm ist nach Norden gekommen, um zu jagen.«

Wie es schien, hatte Rulf recht gehabt. Der nächste Feind sollte ihnen schneller gegenüberstehen, als sie alle erwartet hatten.

Treibende Strohhalme

Yarvi war stets von harten Männern umgeben gewesen. Sein Vater war einer gewesen. Sein Bruder auch. Ein Dutzend weitere waren täglich auf dem Kampfplatz in Thorlby gegeneinander angetreten. Hunderte waren auf dem Strand versammelt gewesen, um König Uthrik die letzte Ehre zu erweisen. Und um dann mit dem jungen König Yarvi auf seine Unglücksfahrt nach Amwend aufzubrechen. Gesichter, die nur in der Schlacht lächelten, und Hände, in denen der jahrelange Waffengebrauch dicke Schwielen hinterlassen hatte.

Aber eine Truppe, wie sie Grom-gil-Gorm auf seiner Jagd begleitete, hatte er noch nie gesehen.

»So viele Vansterländer auf einem Fleck sind mir noch nie begegnet«, raunte Rulf. »Dabei war ich ein Jahr in Vulsgard.«

»Das ist ja ein ganzes Heer«, knurrte Nichts.

»Und ein hässliches noch dazu«, bemerkte Jaud.

Die Männer starrten vor Waffen, strotzten vor Gewaltbereitschaft, hatten Blicke wie Dolche und Worte wie Schwerter. Sie trugen ihre Narben so stolz spazieren wie eine Prinzessin ihre Juwelen, während als Musik dazu eine Frauenstimme erklang, die schrill wie ein Wetzstein ein Liebeslied an Mutter Krieg vortrug, in dem es um vergossenes Blut, gekerbten Stahl und zu früh beendetes Leben ging.

In diese Bärengrube, zwischen die vielen Feuer, über denen frisch getötete Tiere roten Saft ausbluteten, trieben die Vansterländer mit ihren Speeren nun Yarvi und seine Freunde, die nicht nur an den Händen gefesselt, sondern auch an den Füßen so gebunden worden waren, dass sie nur kleine Schritte machen konnten.

»Falls du einen Plan hast«, zischte Sumael aus dem Mundwinkel, »dann wäre jetzt eine gute Zeit, mit ihm herauszurücken.«

»Ich habe einen Plan«, sagte Nichts.

»Hat er mit einem Schwert zu tun?«, fragte Jaud.

Eine Pause. »Das haben meine Pläne immer.«

»Hast du ein Schwert?«

Noch eine. »Nein.«

»Wie willst du deinen Plan denn ohne Schwert durchführen?«, raunte Sumael.

Eine dritte. »Frau Tod wartet auf uns alle.«

Dort, wo sich diese Mördergesellschaft am engsten zusammenrottete, gewahrte Yarvi die Umrisse eines großen Stuhls und darauf eine große Gestalt mit einem großen Becher in der großen Faust, aber anstatt der Furcht, die ihn früher vielleicht ergriffen hätte, spürte Yarvi nur den Kitzel verschiedener Möglichkeiten. Keinen Plan, noch nicht einmal eine echte Idee, aber wie hatte Mutter Gundring ihm immer eingeschärft: *Ein Ertrinkender muss sich an jeden Strohhalm klammern, der an ihm vorübertreibt.*

»Man kann mit seinen Feinden etwas Besseres anstellen, als sie zu töten«, flüsterte er.

Nichts schnaubte. »Und was soll das sein?«

»Sie zu Verbündeten machen.« Und Yarvi holte tief Luft und brüllte: »Grom-gil-Gorm!« Seine Stimme kratzte schrill und kippend und klang viel weniger königlich, als er es sich vorgestellt hatte, aber sie war laut genug, um im ganzen Lager gehört zu werden, und das war es, was zählte. Hundert vom Feuerschein beleuchtete Gesichter wandten sich ihm zu. »König von Vansterland! Blutigster Sohn von Mutter Krieg! Schwertbrecher und Waisenmacher, wir treffen uns wieder! Ich …«

Ein wohlgezielter Schlag in den Bauch trieb ihm mit einem feuchten Seufzer die Luft aus den Lungen. »Halte deine Zunge im Zaum, bevor ich sie dir ausreiße, Bürschchen!«, zischte der Hauptmann und schubste den hustenden Yarvi auf die Knie.

Aber seine Worte hatten Wirkung gezeigt.

Erst breitete sich ein lastendes Schweigen aus, dann näherten sich noch schwerere Schritte, und dann ertönte der singende Tonfall von Grom-gil-Gorm höchstselbst. »Ihr bringt Gäste mit!«

»Die allerdings wie Bettler aussehen.« Und obwohl er sie nicht mehr gehört hatte, seit man ihm das Halseisen umgelegt hatte, erkannte Yarvi die eisige Stimme von Mutter Scaer aus seinen Träumen sofort wieder.

»Wir haben sie in der Albenruine am Fluss gefunden, mein König«, sagte der Hauptmann.

»Sie sehen aber nicht wie Alben aus«, sagte Gorms Gelehrte.

»Sie haben Leichen verbrannt.«

»Ein nobles Unterfangen, wenn es denn die richtigen sind«, meinte Gorm. »Du sprichst, als sollte ich dich kennen, Junge. Hättest du Lust auf ein Ratespielchen?«

Yarvi rang nach Luft zum Sprechen und hob den Kopf, und wieder sah er die Stiefel, den Gürtel, die dreimal um den Hals gelegte Kette und schließlich hoch darüber das gefurchte Gesicht des Königs von Vansterland, dem bittersten Feind seines Vaters, seines Landes, seines Volkes.

»Beim letzten Mal, als wir uns trafen … hast du mir dein Messer angeboten.« Und Yarvi sah Gorm festen Blickes an. Zwar lag er auf Knien, war zerlumpt und blutig, zerschlagen und gefesselt, aber er sah ihn an. »Du hast gesagt, ich solle mich bei dir melden, wenn ich meine Meinung änderte. Würdest du es mir jetzt geben?«

Der König von Vansterland runzelte die Stirn, befingerte die Kette aus den Schwertknäufen toter Männer, die um seinen baumdicken Hals hing, und schob mit der anderen Hand seine vielen Klingen ordentlich im Gürtel zurecht.

»Das wäre vielleicht nicht weise.«

»Ich dachte, Mutter Krieg hätte über dich gehaucht, als du noch in deiner Wiege lagst, und es sei vorausgesagt, dass dich kein Mann töten kann?«

»Die Götter helfen jenen, die sich selbst helfen.« Mutter Scaer packte Yarvis Kinn mit brutalem Griff und drehte sein Gesicht ins Licht. »Das ist dieser Küchenjunge, den wir in Amwend geschnappt haben.«

»Stimmt«, brummte Grom-gil-Gorm. »Aber er hat sich verändert. Er hat jetzt einen entschlossenen Blick.«

Mutter Scaer kniff die Augen zusammen. »Du hast das Eisen verloren, das ich dir anlegen ließ.«

»Es hat gerieben. Ich bin nicht zum Sklaven geboren.«

»Und dennoch kniest du wieder vor mir«, sagte Gorm. »Wozu bist du dann geboren?«

Seine Männer stießen schmeichlerisches Gelächter aus, aber Yarvi war es sein Leben lang gewohnt gewesen, dass man über ihn lachte, und er fühlte deswegen keinen Stich.

»Zum König von Gettland«, sagte er, und jetzt war seine Stimme so kalt und hart wie der Schwarze Thron.

»O ihr Götter«, hörte er Sumael hauchen. »Wir sind tot.«

Gorm lächelte breit. »Odem! Du bist jünger, als ich dich in Erinnerung habe.«

»Ich bin Odems Neffe. Uthriks Sohn.«

Der Hauptmann versetzte Yarvi einen Schlag auf den Hinterkopf und schleuderte ihn nach vorn auf seine gebrochene Nase. Was besonders hässlich war, da er wegen der Handfesseln keine Möglichkeit hatte, seinen Sturz abzufangen. »Uthriks Sohn ist zusammen mit ihm gestorben!«

»Er hatte einen zweiten Sohn, du Narr!« Yarvi mühte sich wieder auf die Knie, und sein Mund war salzig vor Blut. Ein Geschmack, den er langsam gründlich satt hatte.

Finger krallten sich in Yarvis Haar und zogen ihn hoch. »Soll ich ihn als Hofnarr anstellen oder ihn als Spion aufhängen lassen?«

»Es ist nicht an dir, das zu entscheiden.« Mutter Scaer hob lediglich einen Finger, sodass die Albenarmbänder an ihrem Handgelenk klapperten, aber der Hauptmann ließ los, als hätte er eine Ohrfeige bekommen. »Uthrik hatte einen zweiten Sohn, Prinz Yarvi. Er wurde als Gelehrter ausgebildet.«

»Aber ich habe die Prüfung nie abgelegt«, sagte Yarvi. »Stattdessen nahm ich den Schwarzen Thron.«

»Damit die Goldene Königin weiter an der Macht bleibt.«

»Laithlin. Meine Mutter.«

Mutter Scaer sah ihn eine Weile an, und Yarvi hob das Kinn und erwiderte ihren Blick mit so viel königlicher Würde, wie seine blutende Nase, die gebundenen Hände und die stinkenden Lumpen zuließen. Vielleicht reichte das zumindest, um die Saat des Zweifels zu säen.

»Bindet seine Hände los.«

Yarvi spürte, wie seine Fesseln zerschnitten wurden, und mit einem guten Sinn für Dramatik hob er langsam die linke Hand empor. Das Raunen, das sich nun über den Lagerfeuern erhob, als die Männer das verkrüppelte Ding sahen, war dieses Mal tatsächlich befriedigend.

»War es das, was ihr sehen wolltet?«, fragte er.

Mutter Scaer nahm seine Hand, drehte sie um und knetete sie mit starken Fingern. »Du willst also der Lehrling von Mutter Gundring gewesen sein. Wessen Lehrling war sie?«

Yarvi zögerte nicht. »Sie wurde von Mutter Wexen unterrichtet, der damaligen Gelehrten von König Fynn von Throvenland, jetzt Großmutter des Gelehrtenkreises und erste Dienerin des Hochkönigs höchstselbst.«

»Wie viele Tauben hält sie?«

»Drei Dutzend, und eine zusätzliche mit einem schwarzen Fleck über dem Auge, die nach Skekenheim fliegen wird, wenn Frau Tod das Letzte Tor für sie öffnet.«

»Aus welchem Holz ist die Tür zum Schlafgemach des Königs von Gettland?«

Yarvi lächelte. »Es gibt keine Tür, denn der König ist eins mit dem Land und seinem Volk und kann vor keinem von ihnen Geheimnisse haben.«

Allein der ungläubige Gesichtsausdruck auf Mutter Scaers ausgemergeltem Gesicht war für Yarvi eine Quelle seltener Genugtuung.

Grom-gil-Gorm hob eine kantige Augenbraue. »Hat er die wahren Antworten gesagt?«

»Hat er«, murmelte seine Gelehrte.

»Dann … dann ist dieser verkrüppelte Welpe wirklich Yarvi, Sohn des Uthrik und der Laithlin, der rechtmäßige König von Gettland?«

»So scheint es.«

»Es ist wahr?«, krächzte Rulf.

»Es ist wahr«, hauchte Sumael.

Gorm lachte. »Dann ist das mein bester Jagdausflug seit vielen langen Jahren! Schicke einen Vogel los, Mutter Scaer, und finde heraus, was uns König Odem für die Rückkehr seines streunenden Neffen zu zahlen bereit ist.« Der König von Vansterland wollte sich abwenden.

Yarvi schnaubte hörbar, bis er sich wieder umwandte. »Der große und schreckliche Grom-gil-Gorm! In Gettland nennen sie dich einen Verrückten, der sich an Blut besäuft. In Throvenland nennen sie dich den wilden König eines wilden Landes. In Skekenheim, in den Albenhallen des Hochkönigs … nun, da spielst du kaum eine Rolle.«

Yarvi hörte, wie Rulf ein besorgtes Keuchen ausstieß und der Hauptmann vor unterdrückter Wut knurrte, aber Gorm strich sich nur nachdenklich den Bart. »Falls du mir schmeicheln willst, hast du gerade ziemlich danebengegriffen. Was willst du damit sagen?«

»Willst du etwa zeigen, dass sie recht haben, indem du nur einen so kleinen Profit aus dieser goldenen Möglichkeit schlägst, die dir die Götter geschickt haben?«

Der König von Vansterland sah seine Gelehrte mit erhobenen Brauen an. »Meine Ohren sind stets offen für größere Gewinne.«

Verkaufe ihnen das, was sie haben wollen, hatte Yarvis Mutter immer gesagt, *und nicht das, was du hast.* »Jeden Frühling rufst du deine Krieger zusammen und ziehst plündernd über die Grenze nach Gettland.«

»Das ist wohl bekannt.«

»Und in diesem Frühling?«

Gorm schürzte die Lippen. »Da machen wir vielleicht einen kleinen Ausfall. Mutter Krieg verlangt nach Rache für die Gräueltaten deines Onkels in Amwend.«

Yarvi hielt es für besser, nicht darauf hinzuweisen, dass er noch König gewesen war, als diese Gräueltaten ihren Anfang nahmen, wenn auch nicht mehr, als sie zu Ende gingen. »Ich bitte ja nur darum, dass du dich dieses Jahr ein wenig weiter ins Land hineinwagst. Bis vor die Mauern von Thorlby.«

Mutter Scaer stieß ein verächtliches Zischen aus. »Sonst nichts?«

Aber Gorms Neugier war geweckt. »Was sollte ich denn davon haben, wenn ich dir diesen Gefallen täte?«

Stolze Männer wie Yarvis toter Vater und sein ermordeter Bruder sowie sein ertrunkener Onkel Uthil hätten Grom-gil-Gorm wohl eher mit dem letzten Atemzug ins Gesicht gespuckt, als ihn um Hilfe zu bitten. Aber Yarvi war nicht stolz. Dafür hatten die Erniedrigungen seines Vaters ebenso gesorgt wie Odems Heimtücke, die Schläge auf der *Südwind* und der Frost in der Eiswüste.

Er hatte sein ganzes Leben auf Knien verbracht, und da war es keine Härte, noch ein bisschen länger in dieser Haltung zu verharren.

»Hilf mir, meinen Thron zurückzuerlangen, Grom-gil-Gorm, und ich werde in Odems Blut vor dir knien als König von Gettland, dein Vasall und Untertan.«

Nichts beugte sich zu ihm und zischte wütend durch die zusammengebissenen Zähne: »Der Preis ist zu hoch!«

Yarvi überhörte das. »Uthil, Uthrik und Odem. Die Brüder, die einst deine großen Feinde waren, sollen alle drei durch das Letzte Tor gehen, und dann wird deine Macht an den Ufern der Bruchsee nur noch von der des Hochkönigs übertroffen werden. Vielleicht ... im Laufe der Zeit ... nicht einmal mehr das.«

Je mächtiger ein Mann ist, hatte Mutter Gundring immer gesagt, *desto mehr verlangt es ihn nach Macht.*

Gorms Stimme klang leicht heiser. »Das wäre eine schöne Sache.«

»Eine sehr schöne Sache«, stimmte Mutter Scaer zu, die ihre Augen noch mehr zusammenkniff als sonst, während sie Yarvi anstarrte. »Wenn es denn erreicht werden könnte.«

»Gebt mir und meinen Begleitern freies Geleit nach Thorlby, und ich werde versuchen, alles Notwendige in die Wege zu leiten.«

»Das sind seltsame Gefolgsleute, die du gesammelt hast«, sagte Mutter Scaer, die ihre Gefangenen kritisch betrachtete.

»Seltsame Umstände verlangen seltsame Gefolgsleute.«

»Wer ist dieser krumme Hund?«, fragte Gorm. Die anderen richteten die Augen weise zu Boden, aber Nichts erwiderte den königlichen Blick ungebeugt und mit brennenden, hellen Augen.

»Ich bin ein stolzer Gettländer.«

»Ah, einer von dieser Sorte.« Gorm lächelte. »Hier oben mögen wir unsere Gettländer lieber erniedrigt und blutig.«

»Achte nicht auf ihn, mein König. Er ist Nichts.« Und Yarvi sorgte dafür, dass Gorm sich wieder ihm zuwandte, mit dem honigsüßen Ton, den seine Mutter stets verwendet hatte, denn gewalttätige Männer lassen sich gern vom Zorn mitreißen, wissen aber nichts mit Vernunft und Verstand anzufangen. »Wenn ich scheitern sollte, dann bleibt dir immer noch die Beute, die dir dein Raubzug nach Süden eingebracht haben wird.«

Nichts stieß ein Knurren aus, das deutlich erkennen ließ, dass ihn diese Vorstellung anekelte, und das war nicht weiter verwunderlich. Die Städte von Gettland würden brennen, das Land verwüstet, das Volk versklavt. Yarvis Land und Yarvis Volk, aber jetzt steckte er zu tief im Sumpf, um noch umzukehren. Er musste hindurchwaten, und entweder würde er dabei ertrinken oder dreckig, aber lebend an der anderen Seite ankommen. Um den Schwarzen Thron zurückzuerobern, brauchte er eine Armee, und jetzt hatte ihm Mutter Krieg diese Schwerter in die verkümmerte Hand gelegt und ihm gleichzeitig die dazugehörigen Stiefel auf den vernarbten Nacken gesetzt.

»Du kannst nur gewinnen«, lockte er sanft, ganz sanft, »und hast nichts zu verlieren.«

»Die Gunst des Hochkönigs immerhin«, wandte Mutter Scaer ein. »Er hat befohlen, dass es keinen Krieg geben soll, bis sein Tempel fertig ist …«

»Es gab einmal eine Zeit, da schickte Großmutter Wexen Bitten.« In Gorms Singsang hatte sich ein wütender Unterton geschlichen. »Dann schickte sie Forderungen. Inzwischen sind es Befehle. Wohin soll das führen, Mutter Scaer?«

Seine Gelehrte antwortete mit sanfter Stimme. »Der Hochkönig hat inzwischen auch die Tiefländer und den größten Teil der Inglinge dazu gebracht, seine Eine Göttin anzubeten, kampfbereit zu sein und auf seinen Befehl hin zu sterben …«

»Und regiert der Hochkönig auch Vansterland?«, höhnte Yarvi. »Oder regiert hier Grom-gil-Gorm?«

Mutter Scaers Lippen kräuselten sich. »Spiele nicht zu nah am Feuer, Bürschchen. Wir alle haben uns vor irgendwem zu verantworten.«

Aber Gorm war innerlich weit weg und brachte in Gedanken zweifelsohne schon Mord und Brand über die Gehöfte von Gettland. »Thorlby hat starke Mauern«, sinnierte er, »und viele starke Krieger, um sie zu verteidigen. Zu viele. Wenn ich diese Stadt einnehmen könnte, würden meine Skalden schon von meinem Sieg singen.«

»Niemals«, flüsterte Nichts, aber niemand hörte auf ihn. Der Pakt war geschlossen.

»Das ist doch das Beste an dieser Sache«, lockte Yarvi. »Du musst nur draußen warten. Ich gebe dir Thorlby.«

IV

DER RECHTMÄSSIGE KÖNIG

Krähen

Yarvi zog sich den Pelzkragen seines geliehenen Mantels zum Schutz vor dem Wind enger an den Hals und rümpfte die Nase wegen des salzigen Meergeruchs. Ebenso wegen des Gestanks der Sklaven, die an den Riemen saßen. Er war daran gewöhnt gewesen, als er zu ihnen gehörte; damals hatte er mit dem Gesicht in Rulfs Achselhöhle geschlafen und ihn kaum bemerkt. Er hatte genauso schlimm gestunken wie der Rest, das wusste er. Aber das machte den Sklavengeruch jetzt nicht besser.

Eher noch schlimmer.

»Arme Hunde.« Jaud musterte mit gerunzelter Stirn über die Reling des Heckkastells hinweg die unter ihnen Schuftenden. Für einen so starken Mann hatte er ein ganz schön schwaches Herz.

Rulf kratzte sich das graubraune Haar, das über seinen Ohren spross, der kahlen Platte oben auf dem Kopf zum Trotz. »Wäre schön, sie freilassen zu können.«

»Und wie kommen wir dann nach Thorlby?«, wollte Yarvi dann wissen. »Irgendwer muss doch rudern. Wollt ihr vielleicht wieder an einen Riemen?«

Seine alten Riemenbrüder sahen ihn scharf an. »Du hast dich verändert«, sagte Jaud.

»Das musste ich.« Damit wandte er sich ab von ihnen und den Bänken, auf denen er sich einst abgerackert hatte. Sumael stand an der Reling, und sie hatte ein breites Lächeln auf dem Gesicht, als der salzige Wind ihr ins Haar fuhr, das jetzt um einiges länger war als früher und so schwarz wie Rabenfedern.

»Du siehst zufrieden aus«, sagte Yarvi, der sich freute, sie so glücklich zu sehen. Das war bisher noch nicht allzu oft vorgekommen.

»Ich freue mich, wieder auf See zu sein.« Sie breitete die Arme aus und bewegte die Finger. »Und diesmal ohne Ketten!«

Er merkte, wie sein eigenes Lächeln erstarb, denn er trug noch immer eine Kette, die sich nicht so einfach brechen ließ. Er hatte sie sich selbst geschmiedet, mit dem Schwur, den er geleistet hatte. Der Schwur, der ihn wieder nach Thorlby trieb und ihn an den Schwarzen Thron fesselte. Und er wusste, dass Sumael früher oder später an der Reling eines anderen Schiffes stehen würde. Eins, das sie wieder zur Ersten der Städte zurückbringen würde, auf ewig weg von ihm.

Auch ihr Lächeln verschwand, als hätte sie gerade dasselbe gedacht, und dann wandten sie die Blicke voneinander ab und sahen in peinlichem Schweigen zu, wie Vater Erde an ihnen vorüberglitt.

Obwohl sie sich so bitterlich bekriegten, sahen Vansterland und Gettland doch ziemlich ähnlich aus. Karge Strände, Wälder und Sümpfe. Yarvi hatte auf der Fahrt bisher nur wenige Menschen erspäht, und die waren schnell von der Küste davongeeilt, da der Anblick von Schiffen stets Schrecken verbreitete. Als er die Augen leicht zusammenkniff und den Blick nach Süden wandte, konnte er einen kleinen Zahn von einer Landzunge aufragen sehen, und der Rauch von Häusern befleckte den weißen Himmel.

»Was ist das für eine Stadt?«, fragte er Sumael.

»Amwend«, sagte sie. »Nahe der Grenze.«

Amwend, das unter seiner Führung geplündert worden war. Oder vielmehr, wo er ohne Schild von einem Schiff geradewegs in eine Falle gerannt war. Das da drüben war dann wohl der Turm, wo man Keimdal getötet hatte. Wo Hurik ihn verraten hatte. Von dem Odem ihn geworfen hatte, tief hinab in die bittere See und in ein noch bittereres Sklavendasein.

Yarvi merkte, dass er seine verkümmerte Hand so hart gegen die Reling gedrückt hatte, bis es wehtat. Er wandte den Blick vom Land ab und sah zu dem weißen Kielwasser hinter ihrem Schiff, wo die Kräusel der Riemen schon bald wieder verblassten, ohne eine bleibende Spur ihres Weges zu hinterlassen. Würde es mit ihm auch so sein? Verblasst und vergessen?

Schwester Owd, die Gelehrtengesellin, die Mutter Scaer ihnen zur Seite gestellt hatte, sah ihn verstohlen an und beschäftigte sich dann schnell wieder mit einem winzigen Stück Papier, auf dem sie etwas notierte und das unter ihrer Kohle im Wind zuckte und flatterte.

Yarvi ging langsam zu ihr hinüber. »Behältst du mich im Auge?«

»Das weißt du doch«, sagte sie, ohne aufzusehen. »Deswegen bin ich hier.«

»Traust du mir nicht?«

»Ich teile Mutter Scaer nur mit, was ich sehe. Sie wird dann entscheiden, worauf sie vertraut.«

Sie war klein und hatte ein rundes Gesicht, das kaum Rückschlüsse auf ihr Alter zuließ, aber Yarvi nahm dennoch nicht an, dass sie älter war als er. »Wann hast du die Gelehrtenprüfung abgelegt?«

»Vor zwei Jahren«, sagte sie und schützte den kleinen Papierfetzen mit ihrer Schulter vor seinem Blick.

Er gab den Versuch auf, es sehen zu wollen. Gelehrte entwickeln ohnehin ihre eigenen Zeichen, und daher konnte er sie vermutlich ohnehin nicht lesen. »Wie war es denn?«

»Nicht schwer, wenn man vorbereitet ist.«

»Ich war vorbereitet«, sagte Yarvi und dachte wieder an jene Nacht, als Odem aus dem Regen zu ihnen hereingekommen war. Daran, wie die Flammen auf den Krügen tanzten, an die tiefen Falten von Mutter Gundrings Lächeln, an die Reinheit von Frage und Antwort. Sehnsucht wallte in ihm auf, nach diesem einfachen Leben, in dem man keinen Onkel töten oder einen Schwur erfüllen oder schwere Entscheidungen treffen musste. Nach Büchern und Pflanzen und dem sanft gesprochenen Wort. Mit Mühe drängte er diese Gedanken zurück. Er konnte sie sich jetzt nicht leisten. »Aber ich bekam leider nie die Möglichkeit, sie abzulegen.«

»Du hast nicht viel verpasst. Eine Menge Getue draußen vor der Tür, und eine Menge prüfender Blicke von alten Frauen.« Sie schrieb die Nachricht fertig und rollte sie zu einem kleinen Kügelchen zusammen. »Und dann ist da natürlich noch die Ehre, von Großmutter Wexen geküsst zu werden.«

»Wie war das?«

Schwester Owd blies die Wangen auf und stieß einen langen Seufzer aus. »Sie mag ja die weiseste aller Frauen sein, aber ich hatte gehofft, meinen letzten Kuss von jemand Jüngerem zu bekommen. Von Weitem habe ich auch den Hochkönig gesehen.«

»Ich auch einmal. Er erschien mir klein und alt und gierig und beklagte sich über alles, und er hatte Angst vor seinem Essen. Aber er hatte viele starke Krieger bei sich.«

»Dann hat sich offenbar nicht viel verändert. Zwar betet er jetzt die Eine Göttin an, aber er ist noch mehr von seiner Macht besessen als früher, und nach dem, was man hört, kann er nicht mehr länger als eine Stunde hintereinander wach bleiben. Und die Krieger sind eher noch mehr geworden.« Sie zog die Leinenabdeckung über dem Käfig hoch. Die Vögel darin bewegten sich nicht, erschreckten nicht vor dem Licht, sondern starrten Yarvi nur gleichmütig und ohne zu blinzeln mit einem halben Dutzend Augenpaare an. Schwarze Vögel.

Yarvi runzelte die Stirn. »Krähen?«

»Ja.« Schwester Owd rollte den Ärmel hoch, öffnete die kleine Tür und schob geschickt ihren weißen Arm in den Käfig, legte die Hand um den Körper einer Krähe und zog sie heraus, und der Vogel blieb in ihrer Hand so ruhig und still, als wäre er aus Kohle. »Mutter Scaer hat schon seit Jahren keine Tauben mehr verwendet.«

»Gar nicht mehr?«

»Nicht, seit ich ihr Lehrling bin.« Sie befestigte die Nachricht geschickt am Knöchel der Krähe und sprach leise weiter. »Gerüchteweise hat eine Taube, die von Mutter Gundring kam, einmal versucht, ihr das Gesicht zu zerkratzen. Seitdem traut sie den Tauben nicht mehr.« Sie beugte sich zu dem schwarzen Vogel hinab und säuselte: »Wir sind einen Tag von Thorlby entfernt.«

»Thorlby«, krächzte die Krähe, und dann warf Schwester Owd sie in den Himmel, wo sie gen Norden davonflatterte.

»Krähen«, murmelte Yarvi und sah ihr über die weißen Wellenkämme nach.

»Gehorsamsversprechen an deinen Herrn, Grom-gil-Gorm?« Nichts stand neben Yarvi, und noch immer umarmte er sein Schwert wie eine Geliebte, obwohl er jetzt eine sehr gute Scheide dafür hatte.

»Er ist mein Verbündeter, nicht mein Herr«, gab Yarvi zurück.

»Natürlich. Du bist nicht länger ein Sklave.« Nichts rieb sanft über die Narben rings um seinen stoppligen Hals. »Ich erinnere mich daran, wie unsere Halseisen fielen, auf diesem freundlichen Gehöft. Bevor Schadikschirram es abbrannte. Kein Sklave, du nicht. Und dennoch hast du den Pakt mit den Vansterländern auf Knien geschlossen.«

»Wir lagen in diesem Augenblick alle auf den Knien«, knurrte Yarvi.

»Meine Frage ist nun aber, tun wir das immer noch? Du

wirst dir wenige Freunde machen, wenn du dir den Schwarzen Thron mithilfe von Gettlands ärgstem Feind zurückholst.«

»Ich kann mir Freunde machen, wenn ich wieder auf dem Thron sitze. Jetzt gerade beschäftigt mich vielmehr, wie ich meine Feinde dort hinunterbekomme. Was hätte ich denn tun sollen? Zulassen, dass die Vansterländer uns verbrennen?«

»Vielleicht gab es noch etwas in der Mitte zwischen der Möglichkeit, uns von Gorm töten zu lassen und ihm das Land zu verkaufen, in dem wir geboren wurden.«

»In letzter Zeit war es nicht so einfach, etwas in der Mitte zu finden«, brachte Yarvi zwischen den zusammengebissenen Zähnen heraus.

»Das ist immer so, aber dort ist der Platz eines Königs. Für diese Sache wird ein Preis zu zahlen sein, glaube ich.«

»Du bist immer sehr schnell mit den Fragen, aber langsam mit den Antworten, Nichts. Hast du nicht einen Eid geschworen, mir zu helfen?«

Nichts betrachtete Yarvi mit leicht zusammengekniffenen Augen, und der Wind frischte auf und fuhr in das graue Haar rund um sein wettergegerbtes Gesicht. »Ich habe einen Schwur getan, und diesen Schwur will ich halten oder sterben.«

»Gut«, sagte Yarvi und wandte sich ab. »Ich werde dich daran erinnern.«

Auf den Bänken kamen die Rudersklaven langsam ins Schwitzen, saßen mit zusammengebissenen Zähnen auf ihren Bänken und schnauften im Takt, während der Aufseher zwischen ihnen hin und her ging, die zusammengerollte Peitsche hinter dem Rücken. Genau, wie Trigg es an Deck der *Südwind* getan hatte. Yarvi erinnerte sich noch sehr gut daran, wie seine Muskeln gebrannt hatten und wie die Peitsche in seinen Rücken biss.

Aber je näher der Schwarze Thron rückte, desto schwerer drückte ihn sein Eid, und desto mehr spannte sich sein Geduldsfaden.

Irgendjemand muss rudern.

»Schneller!«, knurrte er, an den Aufseher gewandt.

Das Haus deines Feindes

Sumael sprang vom Schiff auf den Anleger und schob sich durch das Gedränge bis an den Tisch, an dem die Hafenmeisterin von Thorlby flankiert von Wachen saß. Yarvi folgte ihr mit etwas weniger Eleganz und Autorität über die Planke auf festes Land, auf Boden, der eigentlich sein Königreich hätte sein sollen, hatte die Augen niedergeschlagen und das Gesicht von einer Kapuze beschattet, während ihm die anderen folgten.

»Mein Name ist Schadikschirram«, sagte Sumael, klappte ihre Lizenz auf und ließ sie lässig auf den Tisch fallen, »und ich habe eine Handelsgenehmigung vom Hochkönig, abgestempelt mit der Rune von Großmutter Wexen höchstpersönlich.«

Sie hatten gewartet, bis die jüngste der Hafenmeisterinnen an dem Tisch Platz genommen hatte, in der Hoffnung, von ihr einfach durchgewinkt zu werden. Stattdessen betrachtete die Frau die Lizenz so lange, bis sie unruhig wurden, und fummelte an den beiden Schlüsseln an ihrem Hals, von denen einer zu ihrem eigenen Haushalt und einer zu ihrer Amtsstube gehörte. Yarvi stellte mit einem Anflug nervöser Übelkeit fest, dass eine Ecke der Lizenz von altem Blut braun gefärbt war. Vom Blut der rechtmäßigen Besitzerin natürlich, das von Yarvis eigener Hand vergossen worden war. Die Hafenmeisterin sah zu Sumael auf und sagte genau das, was er befürchtet hatte.

»Du bist nicht Schadikschirram.« Einer der Wachmänner schob seine Hand nachlässig an den Schaft seines Speers, und Nichts bewegte den Daumen an seinem Gürtel näher an sein Schwert. Und Yarvis Übelkeit wuchs und verwandelte sich in Entsetzen. Würde es hier zu Ende gehen, in einer hässlichen kleinen Schlägerei am Hafen? »Ich habe sie hier oft an Land gesehen, meist betrunken …«

Sumael versetzte der Tischplatte einen heftigen Schlag und fauchte der Hafenmeisterin so unvermittelt direkt ins Gesicht, dass die völlig perplex zurückwich. »Du sprichst von meiner Mutter, Ebdel Aric Schadikschirram, und da wirst du dich größeren Respekts befleißigen! Sie ist durch das Letzte Tor gegangen. In den eisigen Wassern des Nordens ertrunken.« Ihre Stimme brach, und sie betupfte ihre trockenen Augen mit dem Handrücken. »Ihre Geschäfte hat sie mir übertragen, ihrer liebenden Tochter Sumael Schadikschirram.« Sie riss die Lizenz wieder vom Tisch und brüllte nun, wobei sie die Hafenmeisterin, die Wächter und Yarvi mit Spucke besprühte: »Und ich habe geschäftlich mit Königin Laithlin zu tun!«

»Sie ist nicht mehr Königin von …«

»Du weißt ja wohl, von wem ich spreche! Wo ist Laithlin?«

»Normalerweise in ihrem Kontor …«

»Ich werde zu ihr gehen!« Damit wirbelte Sumael auf dem Absatz herum und marschierte den Anleger hinauf.

»Sie wird vielleicht keine Besucher empfangen …«, murmelte die Hafenmeisterin schwach, während sie Sumael hinterherblickte.

Schwester Owd klopfte freundlich auf ihren Tisch, während Yarvi und die anderen daran vorbeigingen. »Falls dir das ein Trost ist: Sie ist zu allen so.«

»Eine überragende Vorstellung«, sagte Yarvi, als er Sumael einholte und sie am aufgehängten Trockenfisch, den Bergen von Netzen und an den Fischern vorübergingen, die den morgendlichen Fang anpriesen. »Was täten wir nur ohne dich?«

»Ich habe mir fast in die Hosen gemacht«, zischte sie zurück. »Folgt uns jemand?«

»Sie gucken nicht mal mehr.« Die Hafenmeisterin war vielmehr dazu übergegangen, ihre schlechte Laune am nächsten Neuankömmling auszulassen, und schon bald war ihr Tisch außer Sichtweite.

Endlich war er wieder zu Hause, aber Yarvi fühlte sich wie ein Fremder. Alles erschien ihm kleiner, als er es in Erinnerung hatte, weniger geschäftig, Marktstände und Buden standen leer, Gebäude waren verlassen. Sein Herz machte jedes Mal einen Sprung, wenn er ein vertrautes Gesicht sah, und wie ein Dieb, der an den Ort seiner Tat zurückkehrt, verbarg er sich immer tiefer hinter seiner Kapuze; trotz der Kälte rann ihm kribbelnd kalter Schweiß über den Rücken.

Wenn man ihn erkannte, dann würde König Odem schon bald davon erfahren und keine Zeit verlieren, das zu beenden, was er auf dem Dach der Feste von Amwend begonnen hatte.

»Das sind also die Grabhügel deiner Ahnen?«

Nichts starrte durch sein wirres Haar nach Norden, den langen, einsamen Strand entlang, zu den grasbedeckten Buckeln, die hinter der Böschung lagen. Die fahlen Flanken dessen, der ihnen am nächsten lag, waren erst mit dünnem, fleckigem Grün bewachsen.

»Von meinem ermordeten Vater Uthrik.« Yarvis Kinnmuskeln spannten sich. »Und von meinem ertrunkenen Onkel Uthil und den Königen von Gettland bis in die dunkelsten Tage der Geschichte.«

Nichts kratzte sich die graustopplige Wange. »Vor ihnen hast du deinen Eid geschworen.«

»Wie du deinen vor mir.«

»Keine Angst.« Nichts grinste, als sie sich durch ein belebtes Tor der äußersten Stadtmauer fädelten. Das verrückte, helläugige Grinsen, das Yarvi stets nur noch mehr Angst machte. »Fleisch mag vergessen, aber Stahl tut es nie.«

Schwester Owd schien die Gassen von Thorlby besser zu kennen als sogar Yarvi, ein Sohn der Stadt. Ihr König. Sie führte sie über Brücken, die sich über gurgelnde Bäche spannten und über deren Brüstung Sklaven die Krüge der Reichen ausleerten. Sie führte sie schließlich in einen langen, schmalen Hof im Schatten der aufragenden Zitadelle, in der Yarvi geboren, in der er aufgewachsen und täglich erniedrigt worden war, in der er sein Gelehrtenstudium begonnen und erfahren hatte, dass er ein König war.

»Das Haus ist hier«, sagte Schwester Owd. Es war nicht versteckt. Ein Haus, an dem Yarvi oft vorübergegangen war.

»Wieso unterhält Gorms Gelehrte ein Haus in Thorlby?«

»Mutter Scaer sagt, eine weise Gelehrte kennt das Haus ihres Feindes besser als ihr eigenes.«

»Mutter Scaer hat dieselbe Schwäche für markige Sprüche wie Mutter Gundring«, brummte Yarvi.

Owd drehte den Schlüssel. »Darum geht es beim Gelehrtenkreis.«

Yarvi zog Sumael beiseite. »Nimm Jaud mit dir«, sagte er leise. »Geh zum Kontor und sprich mit meiner Mutter.« Wenn sein Glück anhielt, dann würde Hurik jetzt auf dem Kampfplatz sein.

»Und was soll ich ihr sagen?«, fragte Sumael. »Dass ihr toter Sohn gern bei ihr vorbeischauen möchte?«

»Und dass er endlich gelernt hat, seine Mantelspange richtig zu befestigen. Bring sie hierher.«

»Was, wenn sie mir nicht glaubt?«

Yarvi stellte sich das Gesicht seiner Mutter vor, wie sie ihn früher grimmig anzusehen pflegte, und hielt es für sehr wahrscheinlich, dass sie ihre Zweifel haben würde. »Dann müssen wir uns etwas anderes ausdenken.«

»Und wenn sie mir nicht glaubt und beschließt, mich für diese Beleidigung hinrichten zu lassen?«

Yarvi überlegte kurz. »Dann muss ich mir etwas anderes ausdenken.«

»Wem von euch wurde Pech mit dem Wetter und mit den Waffen zuteil?«, ertönte jetzt eine durchdringende Stimme von der anderen Seite des Platzes. Eine Menschenmenge stand vor einem großen, neu errichteten Gebäude mit einem Eingang aus weißen Säulen und hörte einem Priester zu, der in bescheidenes Sackleinen gekleidet mit ausgebreiteten Armen dastand und seine Botschaft proklamierte. »Wer von euch hat das Gefühl, dass ihre Gebete zu den vielen Göttern kein Gehör finden?«

»Meine Gebete fanden so wenig Gehör, dass ich mit dem Beten aufgehört habe«, brummte Rulf.

»Es wäre kein Wunder!«, rief der Priester. »Denn es gibt nicht viele Götter, sondern nur die Eine Göttin! Alle Künste der Alben konnten sie nicht brechen! Die Arme der Einen Göttin und die Tore ihres Tempels sind allen weit geöffnet!«

»Tempel?« Yarvi runzelte die Stirn. »Meine Mutter hatte dieses Gebäude als Münzstätte errichten lassen. Sie wollte hier Münzen prägen lassen, alle mit demselben Gewicht.« Nun prangte die siebenstrahlige Sonne der Einen Göttin – der Göttin des Hochkönigs – über der Tür.

»Aus freien Stücken gibt sie ihren Trost, ihre Gnade, ihren Schutz!«, brüllte der Priester. »Sie verlangt nichts weiter, als dass ihr sie so lieben möget, wie sie euch liebt!«

Nichts spuckte auf die Steine. »Was haben die Götter mit Liebe zu tun?«

»Die Dinge haben sich hier verändert«, sagte Yarvi, sah sich auf dem Platz um und zog die Kapuze weiter ins Gesicht.

»Ein neuer König«, sagte Sumael und fuhr sich mit der Zunge über die vernarbte Lippe, »und neue Wege.«

Hoher Einsatz

Sie hörten, wie die Tür sich öffnete, dann Schritte im Flur, und Yarvi schluckte schwer. Die Tür schwang auf, und Yarvi machte einen zögernden Schritt darauf zu, konnte kaum atmen …

Zwei Sklaven duckten sich unter dem Türsturz hindurch, die Hände auf den Schwertgriffen. Zwei breitschultrige Inglinge mit silbernen Halseisen. Nichts richtete sich ruckartig auf, und Stahl blitzte, als er sein Schwert zog.

»Nein!«, sagte Yarvi. Er kannte die beiden. Sklaven seiner Mutter.

Und jetzt rauschte auch ihre Besitzerin ins Zimmer, gefolgt von Sumael.

Sie hatte sich nicht verändert.

Groß und streng, das goldene Haar geölt und zu schimmernden Locken aufgetürmt. Sie trug nur wenig Schmuck, der noch dazu bescheiden gehalten war. Der große Königinnenschlüssel, der Schlüssel zur Schatzkammer von Gettland, war von ihrer Kette verschwunden, und jetzt hing ein kleinerer daran, der mit dunklen Rubinen besetzt war, die wie Blutstropfen aussahen.

Während Yarvi seine Kameraden nur unter Schwierigkeiten davon überzeugt hatte, dass er König war, erfüllte seine Mutter den kleinen Raum bis in die Ecken mit müheloser Majestät.

»Bei den Göttern«, krächzte Rulf und sank etwas steif auf die Knie, und Schwester Owd, Jaud und Sumael taten es ihm gleich, ebenso wie die beiden Sklaven. Nichts kniete als Letzter, die Augen und die Schwertspitze zu Boden gerichtet, sodass nur noch Yarvi und seine Mutter stehen blieben.

Sie würdigte die anderen keines Blickes. Stattdessen sah sie Yarvi an, und er sie, als wären sie ganz allein. Dann, ohne dass ihr Gesicht Freude oder Zorn hätte erkennen lassen, ging sie auf ihn zu und blieb einen Schritt vor ihm stehen. Sie schien ihm so schön, dass ihr Anblick schmerzte, und er spürte, wie ihm die Tränen in den Augen brannten.

»Mein Sohn«, flüsterte sie und zog ihn in die Arme. »Mein Sohn.« Und sie hielt ihn so fest, dass es beinahe wehtat, und ihre Tränen benetzten seinen Kopf, während seine auf ihre Schulter tropften.

Yarvi war nach Hause gekommen.

Es dauerte eine Weile, bis seine Mutter ihn wieder losließ. Dann hielt sie ihn auf Armeslänge von sich und wischte sich sorgfältig die Wangen. Ihm fiel auf, dass er nicht mehr den Kopf heben musste, um in ihr Gesicht zu sehen. Er war offenbar gewachsen. In vielerlei Hinsicht.

»Wie es scheint, sprach deine Freundin die Wahrheit«, sagte sie.

Yarvi nickte. »Ich bin am Leben.«

»Und du hast gelernt, deine Mantelspange vernünftig zu schließen«, sagte sie, zupfte versuchsweise an der Schnalle, stellte aber fest, dass sie wirklich fest geschlossen war.

Schweigend lauschte sie dann seiner Geschichte.

Schweigend hörte sie von dem Überfall auf Amwend und dem Brand der Stadt. Von Odems Verrat und Yarvis tiefem Sturz in die bittere See.

Soll Gettland einen halben König haben?

Schweigend erfuhr sie, wie er versklavt worden war, wie man ihn verkauft hatte, und ihre Augen glitten zu den blassen Narben an seinem Hals.

Das sind ja ziemlich elende Überreste.

Und schweigend hörte sie mit an, wie ihm seine Flucht gelang, wie er den qualvollen Marsch über das Eis ertrug, wie er in der Albenruine um sein Leben kämpfte, und Yarvi dachte unwillkürlich, was für ein Lied das alles abgeben würde, wenn er lange genug lebte, dass Musik dazu geschrieben wurde.

Du kannst nicht erwarten, dass in einem Lied alle Helden überleben.

Und als er dann zu Ankrans Tod kam und zu Schadikschirrams, da dachte Yarvi an das rote Messer in seiner Hand, an sein erstицktes Keuchen und ihres, und seine Kehle schnürte sich zu. Er schloss die Augen und konnte nicht mehr weitersprechen.

Man braucht zwei Hände, um gegen jemanden zu kämpfen, aber für den Stich in den Rücken genügt wohl eine einzige.

Dann spürte er die Hand seiner Mutter, die sich auf seine legte. »Ich bin stolz. Dein Vater wäre stolz gewesen. Jetzt zählt nur noch, dass du zu mir zurückgekommen bist.«

»Dank dieser vier Getreuen«, sagte Yarvi und schluckte saure Spucke hinunter.

Yarvis Mutter ließ ihren prüfenden Blick über seine Begleiter wandern. »Euch allen gebührt mein Dank.«

»Es war gar nichts«, brummte Nichts, die Augen noch immer niedergeschlagen, das Gesicht hinter seinem verfilzten Haar versteckt.

»Es war mir eine Ehre«, sagte Jaud und neigte den Kopf.

»Wir hätten es ohne ihn nicht geschafft«, murmelte Rulf.

»Er hat einen auf jedem Stück des Weges nur Nerven gekostet«, erklärte Sumael. »Wenn ich es noch einmal tun müsste, würde ich ihn nicht mehr aus dem Meer fischen.«

»Und wo würdest du dann ein Schiff herbekommen, das dich nach Hause fährt?«, fragte Yarvi und grinste sie an.

»Oh, da würde mir schon was einfallen«, erwiderte sie und grinste zurück.

Yarvis Mutter lächelte nicht. Sie beobachtete ganz genau die Blicke, die sie tauschten, und dann verengten sich ihre Augen. »Was bedeutet dir mein Sohn, Mädchen?«

Sumael blinzelte, und ihre dunklen Wangen röteten sich. »Ich …« Yarvi hatte noch nie zuvor erlebt, dass sie derartig sprachlos war.

»Sie ist meine Freundin«, sagte er. »Sie hat ihr Leben für mich riskiert. Sie ist meine Ruderkameradin.« Nach einer kurzen Pause fuhr er fort: »Sie ist meine Familie.«

»Ist das so?« Yarvis Mutter hielt die Augen immer noch starr auf Sumael gerichtet, die ihrerseits den Fußboden einer genauen Musterung unterzog. »Dann ist sie auch die meine.«

Um der Wahrheit die Ehre zu geben: Yarvi war sich selbst nicht sicher, was sie einander bedeuteten, und er hatte nicht die geringste Lust, dass seine Mutter sich mit dieser Frage beschäftigte. »Hier hat sich einiges verändert.« Er nickte zum Fenster hinüber, durch das gedämpft noch immer der Priester zu hören war, der die Eine Göttin anrief.

»Hier liegt alles in Trümmern.« Die Augen seiner Mutter fanden wieder seinen Blick und sahen noch wütender drein als zuvor. »Ich hatte gerade erst das Schwarz abgelegt, das ich deines Todes wegen trug, als ein Adler zu Mutter Gundring kam. Eine Einladung zur Hochzeit des Hochkönigs in Skekenheim.«

»Bist du hingegangen?«

Sie schnaubte. »Ich zögerte, ob ich daran teilnehmen sollte, und ich zögere immer noch.«

»Warum?«

»Weil Großmutter Wexen mich als Braut vorgesehen hat, Yarvi.«

Yarvis Augen weiteten sich. »Oh.«

»Ja. Oh. Sie glauben, sie könnten mich an die Kette dieses verknöcherten, alten Überbleibsels legen, damit ich ihnen Stroh zu Gold spinne. Währenddessen werfen mir diese Schlange von deinem Onkel und dieser Wurm von seiner Tochter bei jedem Schritt Knüppel zwischen die Beine und geben sich die größte Mühe, alles zu zerstören, was ich hier aufgebaut habe.«

»Isriun?«, raunte Yarvi mit nur ganz leisem Krächzen. Beinahe hätte er hinzugefügt, »meine Verlobte«, aber nach einem Blick auf Sumael verkniff er sich das.

»Ich kenne ihren Namen«, knurrte seine Mutter. »Ich verwende ihn absichtlich nicht. Sie brechen Vereinbarungen, die jahrelang vorbereitet wurden, machen Freunde, die unter großen Schwierigkeiten gewonnen wurden, binnen Augenblicken zu Feinden, lassen die Waren ausländischer Kaufleute beschlagnahmen und vertreiben die Händler vom Markt. Wenn es in ihrer Absicht liegt, Gettland zu ruinieren, dann kommen sie damit sehr gut voran. Sie haben meine Münzstätte zum Tempel der falschen Göttin des Hochkönigs gemacht, hast du das gesehen?«

»So etwas von der Art …«

»Eine Göttin, die über allen anderen steht, so wie ein Hochkönig über alle anderen herrscht.« Sie stieß ein freudloses Lachen aus, das Yarvi zusammenzucken ließ. »Ich kämpfe gegen sie, aber ich verliere an Boden. Sie verstehen nichts vom Schlachtfeld, aber sie haben den Schwarzen Thron. Sie haben den Schlüssel zur Schatzkammer. Ich habe jeden Tag gegen sie gekämpft, mit jeder Waffe und jeder Strategie …«

»Außer mit dem Schwert«, grollte Nichts, ohne den Kopf zu heben.

Yarvis Mutter richtete ihren Dolchblick nun auf ihn. »Das kommt als Nächstes. Aber Odem geht keine Risiken ein, was seine Sicherheit betrifft, und er hat alle Krieger Gettlands hinter sich. Mein Haushalt besteht nur aus vierzig Männern. Da ist Hurik …«

»Nein«, sagte Yarvi. »Hurik ist Odems Mann. Er hat versucht, mich zu töten.«

Die Augen seiner Mutter wurden groß. »Hurik ist mein Wahlschild. Er würde mich niemals verraten ...«

»Mich hat er ohne zu zögern verraten.« Yarvi erinnerte sich daran, wie Keimdals Blut auf sein Gesicht spritzte. »Glaub mir, das ist ein Augenblick, den ich nicht so leicht vergessen werde.«

Sie zeigte die Zähne und legte ihre zitternde Faust auf den Tisch. »Ich werde ihn im Moor ersäufen lassen. Aber um Odem zu schlagen, brauchen wir ein Heer.«

Yarvi leckte sich über die Lippen. »Ich habe dafür gesorgt, dass eins kommt.«

»Habe ich einen Sohn verloren und einen Zauberer gewonnen? Woher?«

»Aus Vansterland«, sagte Nichts.

Eine steinerne Pause folgte. »Ich verstehe.« Yarvis Mutter warf einen Blick auf Schwester Owd, die es mit einem entschuldigenden Lächeln versuchte, sich dann räusperte und zu Boden sah. Die wenigsten sahen woanders hin, wenn seine Mutter im Raum war. »Du hast ein Bündnis mit Grom-gil-Gorm geschlossen? Dem Mann, der deinen Vater getötet und dich als Sklaven verkauft hat?«

»Er hat meinen Vater nicht getötet, dessen bin ich mir sicher.« Zu drei Vierteln jedenfalls. »Odem hat deinen Mann und deinen Sohn getötet, seinen eigenen Bruder und Neffen. Und wir müssen die Verbündeten nehmen, die uns der Wind zutreibt.«

»Was war Gorms Preis?«

Yarvi fuhr mit der Zunge in seinem trockenen Mund herum. Er hätte wissen sollen, dass die Goldene Königin alle Einzelheiten einer Vereinbarung genau unter die Lupe nehmen würde. »Dass ich vor ihm knie und sein Vasall werde.« Aus der Ecke des Zimmers ließ Nichts ein verärgertes Schnaufen hören.

Seine Mutter zuckte leicht mit einem Auge. »Der König

kniet vor dem meistgehassten Feind? Was wird unser Volk von einem solchen Teufelsbündnis halten?«

»Sobald Odem im Moor versunken ist, können die Leute von mir aus denken, was sie wollen. Lieber bin ich ein kniender König als ein aufrechter Bettler. Aufstehen kann ich später immer noch.«

Ein Lächeln schlich sich in ihre Mundwinkel. »Du bist weit mehr mein Sohn als der deines Vaters.«

»Und darauf bin ich stolz.«

»Dennoch. Willst du diesen Schlächter auf Thorlby loslassen? Damit er aus unserer Stadt einen Schlachthof macht?«

»Er soll nur als Köder für die Krieger der Stadt dienen«, erklärte Yarvi. »Er soll sie herauslocken, damit die Zitadelle nicht mehr so stark bemannt ist. Wir werden durch die Tunnel im Fels eindringen, das Schreiende Tor schließen und uns Odem schnappen, wenn er nicht bewacht ist. Kannst du dafür genug gute Männer finden?«

»Vielleicht. Ich denke schon. Aber dein Onkel ist kein Narr. Was, wenn er nicht in deine Falle tappt? Was, wenn er seine Männer in der Zitadelle belässt und in Sicherheit abwartet?«

»Und sich einen Feigling schimpfen lässt, während der Schwertbrecher ihn vor seiner eigenen Haustür verspottet?« Yarvi beugte sich vor und sah seiner Mutter in die Augen. »Nein. Ich habe gesessen, wo er jetzt sitzt, und ich weiß, wie er denkt. Odem ist noch nicht lange auf dem Schwarzen Thron. Er hat keine großen Siege vorzuweisen, die besungen werden können. Und er muss sich an der Erinnerung an meinen Vater und an der Legende meines Onkels Uthil messen lassen.« Und Yarvi lächelte, denn er wusste, wie es sich anfühlte, wenn man stets im Schatten des erfolgreicheren Bruders lauerte. »Odem wird nicht widerstehen können, wenn er die Möglichkeit sieht, das zu tun, was seinen Brüdern nie gelang: Grom-gil-Gorm zu besiegen und sich als mächtiger Kriegsherr zu beweisen.«

Das Lächeln seiner Mutter wurde noch breiter, und Yarvi fragte sich, ob er einen so bewundernden Blick jemals zuvor von ihr gesehen hatte. »Dein Bruder mag mehr als genug Finger gehabt haben, aber die Schlauheit haben die Götter für dich aufgespart. Du bist ein höchst durchtriebener Mann geworden, Yarvi.«

Wie es schien, ließ sich auch Verständnis, wenn es richtig angewendet wurde, als tödliche Waffe benutzen. »Meine jahrelange Ausbildung zum Gelehrten war nicht umsonst. Dennoch würde es unsere Möglichkeiten erweitern, wenn uns jemand aus Odems Nähe helfen würde. Wir könnten zu Mutter Gundring gehen ...«

»Nein. Sie ist Odems Gelehrte.«

»Sie ist meine Gelehrte.«

Yarvis Mutter schüttelte den Kopf. »Ihre Loyalität wäre bestenfalls geteilt. Wer weiß, was ihrer Meinung nach der allgemein größte Nutzen wäre? Es gibt schon genug andere Dinge, die schiefgehen könnten.«

»Aber es wäre so viel zu gewinnen. Ein hoher Einsatz bedeutet auch hohen Gewinn.«

»Das ist wohl so.« Sie erhob sich, schlug ihre Röcke aus und sah ihn staunend an. »Wann ist mein Lieblingssohn ein Spieler geworden?«

»Als ihn sein Onkel ins Meer stieß und ihm den Schwarzen Thron stahl.«

»Er hat dich unterschätzt, Yarvi. Und ich auch. Aber ich bin gern bereit, aus meinem Fehler zu lernen.« Ihr Lächeln verblasste, und ihre Stimme bekam eine tödliche Schärfe. »Das wird ihm eine blutige Abrechnung eintragen. Schicke deinen Vogel an Grom-gil-Gorm, kleine Schwester. Sag ihm, dass wir seine Ankunft erwarten.«

Schwester Owd verneigte sich sehr tief. »Das werde ich, meine Königin, aber ... wenn ich das tue, dann gibt es kein Zurück mehr.«

Yarvis Mutter stieß ein freudloses Lachen aus. »Frag deine Herrin, Schwester. Bei mir gibt es nie ein Zurück.« Sie legte ihre starke Hand auf Yarvis schwache. »Ebenso wenig wie für meinen Sohn.«

In der Dunkelheit

Das ist ein verdammt großes Risiko«, flüsterte Rulf, dessen Worte in der Dunkelheit verhallten.

»Das ganze Leben ist ein Risiko«, gab Nichts zurück. »Alles, von Geburt an.«

»Dennoch kann ein Mann nackt und schreiend zum Letzten Tor stürmen oder leisen Schrittes in die andere Richtung davongehen.«

»Frau Tod wird uns so oder so hindurchführen«, sagte Nichts. »Da sehe ich ihr lieber ins Gesicht.«

»Wenn du das tust, kann ich das nächste Mal dann bitte woanders sein?«

»Genug von eurem Gezänk!«, zischte Yarvi. »Ihr seid wie zwei alte Köter, die sich um den letzten Knochen streiten!«

»Wir können nicht alle wie Könige handeln«, brummte Rulf, und mehr als nur ein Hauch Ironie schwang in seinen Worten mit. Wenn man mit angesehen hatte, wie ein Mann sich jeden Tag vor allen anderen auf einen Eimer hockte, dann akzeptierte man vermutlich nicht so leicht, dass er zwischen Göttern und Männern saß.

Riegel quietschten unter dem Rost der Jahre, und Staub wirbelte hoch, als sich die Tür öffnete. Einer der Inglinge seiner Mutter hatte sich in den schmalen Durchgang vor ihnen gequetscht und sah grimmig auf sie herab.

»Hat man dich gesehen?«, fragte Yarvi.

Der Sklave schüttelte den Kopf, wandte sich um und schlurfte unter der niedrigen Decke geduckt die enge Treppe hinauf. Yarvi fragte sich, ob man ihm vertrauen konnte. Seine Mutter glaubte das. Aber sie hatte auch Hurik vertraut. Yarvi hatte sich von der kindlichen Überzeugung verabschiedet, dass seine Eltern alles besser wussten.

Er hatte sich in den letzten Monaten von einer ganzen Reihe von Überzeugungen verabschiedet.

Die Treppe führte in eine große Höhle. Der zerklüftete Fels der Decke war mit Kalkzähnen bewachsen, an denen jeweils ein Tautropfen hing, der im Fackellicht funkelte.

»Sind wir unter der Zitadelle?«, fragte Rulf, dem das unvorstellbare steinerne Gewicht über ihren Köpfen offenkundig zu schaffen machte.

»Der ganze Fels ist von Gängen durchzogen«, sagte Yarvi. »Von uralten Albentunneln und neueren Kellern. Es gibt Geheimtüren und Gucklöcher. Könige möchten manchmal gern unbeobachtet von einem Ort zum nächsten kommen, und Gelehrte sowieso. Aber niemand kennt diese Wege so gut wie ich. Ich habe meine halbe Kindheit in den Schatten verbracht. Mich vor meinem Vater oder meinem Bruder versteckt. Immer von einem Ort der Einsamkeit zum nächsten. Und ich habe gesehen, während ich nicht gesehen wurde, und so getan, als sei ich ein Teil dessen, was ich sah. Habe mir ein Leben zurechtgebaut, in dem ich kein Außenseiter war.«

»Eine traurige Geschichte«, murmelte Nichts.

»Ein Elend.« Yarvi dachte an sein jüngeres Ich, wie er im Dunkeln geweint und sich gewünscht hatte, dass ihn jemand fand, obwohl er doch wusste, dass sie gar nicht genug an ihm interessiert waren, um überhaupt nach ihm zu suchen, und er schüttelte den Kopf über diese frühere Schwäche. »Aber vielleicht gibt es noch ein glückliches Ende.«

»Vielleicht.« Nichts ließ eine Hand über die Mauer neben ihnen gleiten. Die Oberfläche war aus fugenlosem Albenstein, Tausende von Jahren alt und so glatt, als sei sie gestern erst erbaut. »Auf diese Weise können die Männer deiner Mutter die Zitadelle ungesehen betreten.«

»Während Odems Leute sie verlassen, um gegen Grom-gil-Gorm zu kämpfen.«

Der Ingling bedeutete ihnen mit einer Armbewegung, stehen zu bleiben.

Der Durchgang endete bei einem runden Schacht. Hoch über ihnen war ein kleiner Kreis aus Licht erkennbar, tief unter ihnen das schwache Schimmern von Wasser. Eine Treppe zog sich nach oben, so schmal, dass Yarvi sich seitwärts hinaufschieben musste, und ihm stand der Schweiß auf der Stirn, während seine Schulterblätter über den Albenstein scheuerten und seine Stiefelspitzen über den Rand der Stufen ragten. Auf halbem Weg surrte etwas von oben heran, und er schrak zusammen, als es an seinem Gesicht vorüberflog; vielleicht wäre er nach vorn gestürzt, hätte Rulf nicht seinen Arm gepackt.

»Kann doch nicht zulassen, dass deine Regierungszeit durch einen Eimer ihr vorzeitiges Ende findet.«

Der Eimer klatschte tief unter ihnen auf, und Yarvi stieß einen langen Seufzer aus. Das Letzte, was er brauchte, war noch ein Sturz in kaltes Wasser.

Frauenstimmen hallten um sie herum, seltsam laut.

»… sagt immer noch Nein.«

»Würdest du vielleicht diese hohle Nuss nehmen wollen, wenn du zuvor mit einem Mann wie Uthrik verheiratet warst?«

»Was sie will oder nicht, das spielt keine Rolle. Wenn ein König zwischen den Göttern und Menschen sitzt, dann sitzt der Hochkönig zwischen den Königen und den Göttern. Auf Dauer verweigert sich ihm niemand …«

Sie schlurften weiter. Mehr Schatten, mehr Schritte, mehr beschämende Erinnerungen, von Menschen gemachte Mauern aus rauem Stein, die zwar noch älter zu sein schienen, dabei aber viele Tausend Jahre jünger waren als die unteren Tunnel. Durch vergitterte Öffnungen nahe der Decke drang Tageslicht herein.

»Wie viele Männer hat die Königin gekauft?«, fragte Rulf.

»Dreiunddreißig«, antwortete der Ingling über die Schulter hinweg. »Bis jetzt.«

»Gute Männer?«

»Männer.« Der Ingling zuckte die Achseln. »Sie werden töten oder sterben, je nachdem, wie viel Glück sie haben.«

»Von wie vielen Männern könnte Odem dasselbe sagen?«, fragte Nichts.

»Von vielen«, sagte der Ingling.

»Das hier sind vielleicht ein Viertel davon.« Yarvi stellte sich auf Zehenspitzen, um durch eines der Gitter hinaus ins Licht zu sehen.

Der heutige Kampfplatz war im Hof der Zitadelle abgesteckt worden; die uralte Zeder bildete eine Ecke. Die Krieger waren bei den Schildübungen, stellten sich zu Mauern oder Keilen auf und brachen diese Formationen, Stahl blitzte in der Sonne, schepperte gegen Holz, untermalt vom Knirschen der Schritte. Die Anweisungen von Meister Hunnan drangen harsch durch die kalte Luft und verlangten, die Schilde zusammenzuschließen, beim Schultermann zu stehen, tief zuzustechen, so wie er früher schon Yarvi angeschrien hatte, ohne dass es irgendetwas genützt hatte.

»Das sind ziemlich viele Männer«, sagte Nichts, der eine Schwäche für Untertreibungen hatte.

»Gut ausgebildete und kampferprobte Männer, in ihrem eigenen Revier«, setzte Rulf hinzu.

»In meinem Revier«, stieß Yarvi durch die zusammengebissenen Zähne hervor. Er führte sie weiter, und jeder Schritt, jeder Stein, jede Biegung war ihm dabei vertraut. »Seht ihr, dort?« Er zog Rulf neben sich und drückte ihn wieder gegen ein schmales Gitter, das einen Ausblick auf eines der Tore zur

Zitadelle bot. Die Türen waren aus eisenbeschlagenem Holz und standen weit offen, nur von Wachleuten flankiert, aber in den Schatten oben über dem Durchgang glänzte poliertes Kupfer.

»Das Schreiende Tor«, flüsterte er.

»Woher kommt der Name?«, fragte Rulf. »Wegen der Schreie, die wir von uns geben werden, wenn alles schiefläuft?«

»Ist doch egal, woher der Name kommt. Es fällt von oben herab, um die Zitadelle abzuriegeln. Sechs Gelehrte haben den Mechanismus erdacht. Ein einziger silberner Stift hält es offen. Er ist immer bewacht, aber eine verborgene Treppe führt zu dem Raum, in dem sich der Stift befindet. Wenn der Tag kommt, werden Nichts und ich ein Dutzend Männer nehmen und das Tor verteidigen. Rulf, du wirst die Bogenschützen aufs Dach führen und Nadelkissen aus den Wachleuten meines Onkels machen.«

»Die werden sich bestimmt hervorragend dazu eignen.«

»Wenn der Augenblick gekommen ist, ziehen wir den Stift, das Tor fällt zu, und Odem ist drinnen gefangen.« Yarvi stellte sich das Entsetzen seines Onkels vor, wenn das Schreiende Tor fiel, und er wünschte sich nicht zum ersten Mal, es sei genauso leicht, eine Sache zu tun, als sie auszusprechen.

»Odem ist gefangen …« Nichts' Augen schimmerten in der Dunkelheit. »Und wir auch.«

Unten vom Hof ertönte Beifall, als die letzte Kampfrunde zu Ende ging. Auf einer Seite stand der Sieger, der andere lag im Staub.

Yarvi nickte zu dem schweigenden Ingling hinüber. »Der Sklave meiner Mutter wird euch die Wege zeigen. Prägt sie euch ein.«

»Wohin gehst du?«, fragte Rulf und fügte dann zögernd hinzu: »Mein König.«

»Ich habe noch etwas zu erledigen.«

Yarvi hielt den Atem an, damit ihn ja nicht auch nur das leiseste Geräusch verriet, und schlich sich durch die muffige Dunkelheit zu der geheimen Tür zwischen den Gebeinen von Vater Friede, quetschte sich in den winzigen Ausguck und blickte in die Götterhalle hinunter.

Es war noch vor dem Mittag, und der König von Gettland war dort, wo er hingehörte – auf dem Schwarzen Thron. Der Thron zeigte mit der Rückenlehne zu Yarvi, und so konnte er Odems Gesicht nicht sehen, sondern nur den Umriss seiner Schultern und den Schimmer des Königskreises in seinem Haar. Mutter Gundring saß auf ihrem Hocker zu seiner Rechten, und ihr Arm zitterte unter der Anstrengung, den Gelehrtenstab zu halten.

Hinter dem Podest bildeten die Großen und Guten von Gettland, oder zumindest die Gemeinen und Garstigen mit ihren polierten Schnallen und Schlüsseln ein Meer aus schwach beleuchteten Gesichtern, die katzbuckelnd lächelten. Dieselben Männer und Frauen, die Tränen vergossen hatten, als Yarvis Vater unter seinem Hügelgrab verschwand, und die lauthals beteuert hatten, dass es nie wieder einen wie ihn geben würde. Jedenfalls nicht sein verkrüppelter jüngerer Sohn, so viel stand mal fest.

Und ungebeugt auf den Stufen unterhalb des Throns, bewacht von Hurik, der sich in ihrem Rücken hielt, stand Yarvis Mutter.

Zwar konnte er Odems Gesicht nicht sehen, aber er hörte die Stimme des falschen Königs durch die heilige Halle schallen. So ruhig und vernünftig wie immer. So geduldig wie der Winter, und Yarvi lief ein sehr winterlicher Schauer über den Rücken, als er sie vernahm. »Dürfte ich unsere geehrte Schwester fragen, wann sie nach Skekenheim zu reisen gedenkt?«

»Sobald ich dazu in der Lage bin, mein König«, antwortete Yarvis Mutter. »Ich habe dringende geschäftliche Angelegenheiten, die …«

»Die Schlüssel zur Schatzkammer trage nun ich.«

Yarvi spähte aus der Ecke seines Sehschlitzes und sah, dass Isriun auf der anderen Seite des Schwarzen Throns saß. Seine Verlobte. Und die seines Bruders, nicht zu vergessen. Sie trug den Schlüssel zur Schatzkammer um den Hals, und allem Anschein nach wog er gar nicht so schwer, wie sie einst gefürchtet hatte. »Ich kann deine Geschäfte zu Ende führen, Laithlin.«

Sie klang kaum mehr wie das nervöse Mädchen, das neben ihm in ebendieser Halle mit unsicherer Stimme seine Versprechen gesungen hatte. Er erinnerte sich an das Leuchten in ihren Augen, als sie den Schwarzen Thron berührte, und stellte fest, dass sie jetzt wieder glänzten, da nun ihr Vater darauf saß.

Offenbar war Yarvi nicht der Einzige, der sich verändert hatte, seit er nach Amwend gesegelt war.

»Sorge dafür, dass sie bald erledigt sind«, ertönte Odems Stimme.

»Damit du als Hochkönigin über uns allen stehen kannst«, setzte Mutter Gundring hinzu und hob ihren Stab ganz kurz in die Höhe, sodass das Albenmetall schimmerte.

»Oder damit ich als Großmutter Wexens Buchhalterin auf Knien liege«, gab Yarvis Mutter hart zurück.

Kurz blieb alles still, dann sagte Odem sanft: »Es gibt schlimmere Schicksale, Schwester. Wir müssen unsere Pflicht erfüllen. Wir müssen tun, was für Gettland am besten ist. Sorge dafür.«

»Mein König«, stieß sie durch die zusammengebissenen Zähne hervor, während sie sich verbeugte, und obwohl Yarvi oft davon geträumt hatte, sie einmal derart erniedrigt zu sehen, wallte nun siedende Wut in ihm auf.

»Jetzt lasst mich mit den Göttern allein«, sagte Odem und schickte seine Gefolgsleute mit einer Handbewegung weg. Die Türen öffneten sich, die großen Männer und Frauen verbeugten sich in grenzenlosem Respekt und strömten wieder hinaus ans Licht. Yarvis Mutter ging mit ihnen, Hurik immer an ihrer Seite, und Mutter Gundring folgte. Isriun ging zuletzt und lächelte von der Tür aus noch einmal ihrem Vater zu, so wie sie einst Yarvi angelächelt hatte.

Die Türen schlossen sich mit hallendem Schlag, und dann senkte sich schweres Schweigen über den Saal. Mit einem lauten Stöhnen erhob sich Odem vom Schwarzen Thron, als ob er sich daran verbrannte. Er wandte sich um, und Yarvi stockte der Atem.

Das Gesicht seines Onkels war noch ganz so, wie er sich daran erinnerte. Kraftvoll, die Wangen von harten Linien durchzogen, und mit Silber im Bart. Ganz ähnlich wie Yarvis Vater, aber geprägt von einer Sanftheit und Fürsorge, die nicht einmal sein eigener Sohn je in Uthriks Gesicht hatte finden können.

Eigentlich hätte ihn nun der Hass übermannen sollen, um all seine Ängste wegzuwischen und die Zweifel auszuräumen, ob es wirklich all das Blut wert war, das es sicherlich kosten würde, den Schwarzen Thron den Klauen seines Onkels zu entreißen.

Aber als Yarvi das Gesicht seines Feindes sah, das Gesicht des Mannes, der seine Familie getötet und ihm das Königreich gestohlen hatte, verriet ihn sein Herz, und tatsächlich wallte erstickende Liebe in ihm auf. Für den einzigen in seiner Familie, der ihm gegenüber jemals freundlich gewesen war. Der ihm das Gefühl gegeben hatte, dass er gemocht wurde. Dass er es wert war, gemocht zu werden. Und dann überkam ihn erstickende Trauer über den Verlust dieses Menschen, und Yarvi stiegen die Tränen in die Augen, und er drückte seine verkümmerten Knöchel gegen den kalten Stein und hasste sich für seine Schwäche.

»Hört auf, mich anzustarren!«

Yarvi zuckte vor dem Guckloch zurück, aber Odem hatte

den Blick auf eine Stelle gerichtet, die viel weiter oben lag. Er ging langsam, und seine Schritte hallten durch die samtene Düsternis der großen Halle.

»Habt ihr mich verlassen?«, rief er. »So wie ich euch verlassen habe?«

Er sprach mit den Bernsteinstatuen hoch oben in der Kuppel. Er sprach mit den Göttern, und seine brechende Stimme klang alles andere als gelassen. Nun nahm er den Königskreis vom Kopf, den Yarvi einst getragen hatte, und rieb sich mit angestrengtem Gesicht die roten Druckstellen, die er auf seiner Stirn hinterlassen hatte.

»Was hätte ich tun können?«, fragte er so leise, dass Yarvi es kaum noch hören konnte. »Wir alle dienen jemandem. Alles hat seinen Preis.«

Und Yarvi dachte an die letzten Worte, die Odem an ihn gerichtet hatte und die in seinem Gedächtnis scharf wie Messer geblieben waren. *Du hättest einen guten Hofnarren abgegeben. Aber soll meine Tochter wirklich einen einhändigen Schwächling zum Mann bekommen? Eine verkrüppelte Marionette, die an den Fäden ihrer Mutter hängt?*

Und nun wallte endlich der Hass auf, heiß und bestätigend. Hatte er nicht einen Schwur getan? Für seinen Vater. Für seine Mutter.

Für sich selbst.

Mit einem leisen metallischen Klang schwang sich die Spitze von Schadikschirrams Säbel aus der Scheide, und Yarvi drückte die knotige Faust seiner Linken gegen die Geheimtür. Ein heftiger Stoß würde sie weit öffnen, das wusste er. Ein Stoß und drei Schritte, und ein Stich mit dieser Klinge würde all dem ein Ende machen. Er fuhr sich mit der Zunge über die Lippen und legte die Hand um den Griff, straffte die Schultern, und das Blut pochte in seinen Schläfen …

»Genug!«, brüllte Odem, und das Wort hallte von den Wänden wider. Yarvi erstarrte. Sein Onkel hatte den Königskreis erhoben und schob ihn sich wieder aufs Haupt. »Was geschehen ist, ist geschehen!« Er drohte mit der Faust in Richtung Decke. »Falls ihr es anders hättet haben wollen, wieso habt ihr mich dann nicht aufgehalten?« Damit drehte er sich auf dem Absatz um und rauschte aus dem Saal.

»Sie haben mich geschickt, um es zu tun«, flüsterte Yarvi, der Schadikschirrams Säbel wieder in die Scheide schob. Nicht jetzt. Noch nicht. Und so einfach würde es auch nicht sein. Aber seine Zweifel waren wie weggeblasen.

Selbst wenn er Thorlby würde in Blut tauchen müssen:

Odem musste sterben.

Der Kampf eines Freundes

Yarvi stemmte sich gegen den Riemen und wusste, dass die Peitsche über ihm schwebte. Er zog und keuchte, zerrte sogar mit dem Fingerstumpf seiner nutzlosen Hand, aber wie sollte er dieses große, schwere Ding allein bewegen?

Mutter Meer brach brüllend in den Laderaum der Südwind, *und Yarvi fummelte verzweifelt an der Leiter herum, sah die Männer, die sich gegen ihre Ketten stemmten, um einen letzten Atemzug über Wasser tun zu können.*

»Kluge Kinder ertrinken genauso wie dumme«, sagte Trigg, und Blut tropfte aus seinem glatt gespaltenen Schädel.

Yarvi tat noch einen holprigen Schritt im gnadenlosen Schnee, rutschte aus und schwankte auf heißem Fels, der so glatt geschliffen war wie Glas. Aber so sehr er auch rannte, die Hunde schnappten stets nach seinen Fersen.

Grom-gil-Gorms gebleckte Zähne waren rot, sein Gesicht blutbespritzt, und Yarvis Finger waren auf seine Kette gefädelt. »Ich komme«, sang er wie eine läutende Glocke. »Und Mutter Krieg kommt mit mir!«

»Bist du bereit zu knien?«, fragte Mutter Scaer, die Arme behängt mit blitzenden Albenarmbändern, und die Krähen auf ihren Schultern lachten, lachten.

»Er ist schon auf den Knien«, sagte Odem, die Ellenbogen auf die Armlehnen des Schwarzen Throns gestützt.

»Das war er immer schon«, sagte Isriun und lächelte, lächelte.

»Wir alle dienen irgendjemandem«, sagte Großmutter Wexen, in deren hellen Augen etwas Hungriges lag.

»Genug!«, zischte Yarvi. »Genug!«

Damit stieß er die Geheimtür auf und schlug mit dem Krummsäbel zu. Ankran traten die Augen aus den Höhlen, als die Klinge ihn durchbohrte. »Stahl ist die Antwort«, krächzte er.

Schadikschirram schnaufte und stieß mit den Ellenbogen nach ihm, und Yarvi versetzte ihr einen Hieb, Metall drang schmatzend in Fleisch, und sie lächelte ihm über die Schulter zu.

»Er kommt«, flüsterte sie. »Er kommt.«

Yarvi erwachte schweißgebadet, in seine Decken verstrickt, und musste feststellen, dass er auf seine Matratze eingestochen hatte.

Eine Teufelsfratze hing über ihm, aus Flammen und Schatten, die nach Rauch stank. Er fuhr erschreckt zurück, und dann atmete er keuchend vor Erleichterung auf, als er merkte, dass es Rulf war, der eine Fackel trug.

»Grom-gil-Gorm kommt«, sagte er.

Yarvi befreite sich aus den Decken. Geräusche drangen verzerrt durch die Fensterläden. Krachen. Rufen. Läutende Glocken.

»Er hat die Grenze mit mehr als tausend Männern überquert. Vielleicht auch mit hunderttausend, je nachdem, welchem Gerücht man Glauben schenken will.«

Yarvi versuchte, seinen Traum wegzublinzeln. »Schon?«

»Er bewegt sich so schnell wie das Feuer und verbreitet ungefähr genauso viel Chaos. Die Boten waren kaum schneller als er. Er steht nur noch drei Tage vor der Stadt. Thorlby ist in Aufruhr.«

Im Untergeschoss sickerte das erste Grau des Morgens durch die Läden und legte sich auf die blassen Gesichter. Ein leichter Brandgeruch kitzelte Yarvis Nase. Rauch und Angst. Entfernt konnte er hören, wie der Priester draußen mit gebrochener Stimme die Leute dazu aufrief, vor der Einen Götten zu knien, wenn sie gerettet werden wollten.

Oder vor dem Hochkönig zu knien und sich versklaven zu lassen.

»Deine Krähen fliegen schnell, Schwester Owd«, sagte Yarvi.

»Das hatte ich dir gesagt, mein König.« Yarvi verzog das Gesicht bei dieser Anrede. Für ihn klang sie immer noch wie Hohn. Es war Hohn und würde es auch bleiben, bis Odem tot war.

Er sah die Gesichter seiner Ruderkameraden an. Sumael und Jaud mit ihrer jeweils eigenen Art von Angst. Nichts dagegen mit einem hungrigen Lächeln und einem polierten Schwert; beides trug er offen vor sich her.

»Das ist mein Kampf«, sagte Yarvi. »Falls jemand von euch gehen möchte, mache ich ihm keinen Vorwurf.«

»Ich und mein Stahl haben sich der Sache verpflichtet.« Nichts rieb mit dem Daumen einen Fleck vom Schwert. »Das einzige Tor, das mich davor zurückhalten wird, ist das Letzte.«

Yarvi nickte und fasste mit der gesunden Hand nach Nichts' Arm. »Ich kann nicht behaupten, dass ich deine Treue begreife, aber ich bin dankbar dafür.«

Die anderen zeigten sich der Sache weniger ergeben. »Ich müsste lügen, wenn ich sagen wollte, dass mir unsere Chancen nicht sehr zweifelhaft erscheinen«, sagte Rulf.

»Das war oben an der Grenze auch nicht anders«, sagte Nichts, »und da haben wir am Ende unsere Feinde verbrannt.«

»Und unseren Freund. Und dann wurden wir von einem Haufen zorniger Vanstermänner gefangen genommen. Und bei diesem Plan sind wieder ein paar zornige Vanstermänner mit von der Partie, und wenn das in die Hose geht, dann glaube ich kaum, dass wir uns ein zweites Mal werden herausreden können, ganz gleich, wie schnell der junge König mit seiner Zunge sein mag.«

Yarvi legte die verkrüppelte Hand auf den Knauf von Schadikschirrams Säbel. »Dann muss unser Stahl für uns sprechen.«

»Das ist leicht gesagt, bevor er gezogen wird.« Sumael sah Jaud mit grimmigem Blick an. »Ich denke, wir sollten lieber nach Süden weiterziehen, bevor die Schwerter hier zu sprechen beginnen.«

Jaud sah von Yarvi zu Sumael, von Sumael zu Yarvi, dann ließ er seine breiten Schultern hängen. *Die Weisen warten auf den richtigen Augenblick, aber sie lassen ihn nie ungenutzt verstreichen.*

»Ihr könnt gehen und hättet meinen Segen, aber ich hätte euch natürlich lieber an meiner Seite«, sagte Yarvi. »Zusammen haben wir die *Südwind* überlebt. Zusammen sind wir ihr entkommen. Zusammen haben wir uns dem Eis gestellt und es überwunden. Wir werden auch das hier schaffen. Zusammen. Macht immer nur einen Schlag nach dem anderen, zusammen mit mir.«

Sumael blinzelte Jaud an und beugte sich dann zu ihm. »Du bist kein Krieger und kein König. Du bist Bäcker.«

Jaud warf Yarvi einen Blick von der Seite zu und seufzte. »Und ein Ruderer.«

»Aber nicht aus freien Stücken.«

»Das meiste im Leben tut man nicht aus freien Stücken. Was wäre das für ein Ruderer, der seinen Kameraden im Stich ließe?«

»Das ist nicht unser Kampf!«, zischte Sumael leise und drängend.

Jaud zuckte die Achseln. »Der Kampf eines Freundes ist auch mein Kampf.«

»Was ist mit dem süßesten Wasser der Welt?«

»Das wird später noch genauso süß sein. Vielleicht sogar noch süßer.« Jaud lächelte schwach in Yarvis Richtung. »Wenn man eine schwere Last heben muss, dann packt man besser gleich an, anstatt lange herumzujammern.«

»Wir werden vielleicht alle noch jammern.« Sumael machte einen langsamen Schritt auf Yarvi zu, die dunklen Augen auf seine gerichtet. Sie hob die Hand, wollte ihn berühren, und ihm stockte der Atem. »Bitte, Yorv ...«

»Ich heiße Yarvi.« Und obwohl es schmerzte, begegnete er ihrem Blick mit aller Härte, so wie seine Mutter es getan hätte. Wie gern hätte er ihre Hand genommen. Und sie festgehalten, so wie vor langer Zeit im Schnee. Wie gern hätte er sich von ihr mitziehen lassen, zur Ersten der Städte, und wäre wieder Yorv geworden, egal, was dann mit dem Schwarzen Thron geschehen mochte.

Nur zu gern hätte er ihre Hand genommen, aber er konnte es sich jetzt nicht leisten, schwach zu werden. Um keinen Preis. Er hatte einen Eid geschworen, und er brauchte seine Ruderkameraden an seiner Seite. Er brauchte Jaud. Er brauchte sie.

»Was ist mit dir, Rulf?«, fragte er.

Rulf bewegte die Kiefermuskeln, rollte die Zunge und spuckte gut gezielt aus dem Fenster. »Wenn der Bäcker kämpft, was kann der Krieger da wohl tun?« Ein Grinsen zog über sein breites Gesicht. »Mein Bogen gehört dir.«

Sumael ließ ihre Hand fallen und starrte zu Boden, verzog den vernarbten Mund. »Dann regiert also Mutter Krieg. Was kann ich da tun?«

»Nichts«, sagte Nichts schlicht.

Ein Gebet an Mutter Krieg

Der Taubenschlag klammerte sich noch immer oben an einen der höchsten Türme der Zitadelle, und noch immer war er von außen wie von innen mit dem Vogeldreck vieler Jahrhunderte bedeckt, und durch die vielen Fenster fuhr noch immer ein kühler Wind. Kühler denn je.

»Diese gottverdammte Kälte«, brummte Yarvi.

Sumael blickte weiter durch ihr Fernrohr und hatte den Mund zu einem harten Strich zusammengekniffen. »Du willst doch wohl nicht sagen, dass du es noch niemals kälter gehabt hättest?«

»Das weißt du ja wohl.« Sie beide hatten schon mehr Kälte erlebt, da draußen im mahlenden Eis. Aber damals war offenbar so etwas wie ein Funke zwischen ihnen beiden hin und her gegangen, der ihn gewärmt hatte. Und den hatte er jetzt gründlich erstickt.

»Es tut mir leid«, sagte er, obwohl es eher grollend klang. Sie sagte nichts, und er merkte, dass er unwillkürlich und unkonzentriert weiterplapperte. »Das, was meine Mutter zu dir gesagt hat … und dass ich Jaud gebeten habe, hier zu bleiben … und dass ich nicht …«

Ihre Kinnmuskeln bewegten sich. »Ein König muss sich ja bestimmt nicht entschuldigen.«

Er verzog das Gesicht. »Ich bin immer noch der, neben dem du auf der *Südwind* geschlafen hast. Der, neben dem du durch den Schnee gewandert bist. Der, neben dem …«

»Bist du das?« Sie sah ihn nun endlich an, aber es lag nichts Sanftes in ihrem Blick. »Über dem Hügel dort.« Sie reichte ihm das Fernrohr. »Rauch.«

»Rauch«, krächzte eine der Tauben. »Rauch.«

Sumael betrachtete sie voller Misstrauen, und aus den Käfigen, die sich an den Wänden aneinanderreihten, blickten die Vögel ohne zu blinzeln zurück. Alle außer dem bronzefarbenen Adler, riesig und königlich, den Großmutter Wexen wohl mit einem neuen Angebot bezüglich der Heirat zu Yarvis Mutter geschickt hatte – oder mit einer Forderung. Er zupfte stolz an seinen Federn und würdigte sie keines Blickes.

»Rauch, Rauch, Rauch …«

»Kannst du sie dazu bringen, damit aufzuhören?«, fragte Sumael.

»Sie wiederholen Bruchstücke der Botschaften, die man ihnen beigebracht hat«, sagte Yarvi. »Mach dir keine Sorgen. Sie verstehen sie nicht.« Obwohl er sich nun, als ihn diese vielen Dutzend Augen anblickten, doch fragte, ob sie nicht vielleicht mehr verstanden als er. Dann wandte er sich wieder zum Fenster und hob das Fernrohr, bis er einen krummen Rauchfaden am Himmel entdeckte.

»Dort ist ein Gehöft.« Der Besitzer hatte zu den untröstlichen Trauernden gezählt, als sein Vater bestattet wurde. Yarvi versuchte nicht darüber nachzudenken, ob der Mann auf seinem Hof gewesen war, als Grom-gil-Gorm dort vorbeikam. Und falls nicht, wer dann die Vansterländer dort begrüßt haben mochte und was seitdem mit ihnen geschehen war …

Ein weiser Gelehrter wägt ab, was allgemein den größten Nutzen bringt, hatte Mutter Gundring immer gesagt, *und findet das kleinste Übel.* Ein weiser König handelte sicher genauso?

Er löste sich vom Anblick des brennenden Hofes, suchte

mit dem Fernrohr den Horizont ab und sah das kurze Aufblitzen der Sonne auf Stahl.

»Krieger.« Sie kamen die Nordstraße herunter und drängten aus einer Kluft zwischen den Hügeln hervor. Aus dieser Entfernung sah es aus, als ob sie sich langsam bewegten, wie Sirup im Winter, und Yarvi merkte, dass er an seiner Lippe kaute und sich wünschte, sie würden sich beeilen.

»Der König von Gettland«, murmelte er an sich selbst gewandt. »Der sich ein Heer von Vansterländern nach Thorlby wünscht.«

»Die Götter kochen nach seltsamen Rezepten«, sagte Sumael.

Yarvi sah zu der Kuppeldecke empor, zu den Göttern, die dort mit abblätternder Farbe in Vogelgestalt dargestellt worden waren. Jener-der-die-Botschaft-überbringt, Jene-die-in-die-Zweige-fährt, Jene-die-das-erste-Wort-sprach-und-das-letzte-sprechen-wird. Und in der Mitte, mit roten Flügeln und einem Lächeln aus Blut, Mutter Krieg.

»Ich habe sehr selten zu dir gebetet, ich weiß«, flüsterte Yarvi ihrem Bild zu. »Vater Friede war mir stets näher. Aber gib mir heute den Sieg. Gib mir den Schwarzen Thron zurück. Du hast mich auf die Probe gestellt, und ich habe standgehalten. Ich bin nicht mehr der Narr von einst, der Feigling, das Kind. Ich bin der rechtmäßige König von Gettland.«

Eine der Tauben entschied sich, in diesem Augenblick etwas Dreck neben ihm auf die Fliesen fallen zu lassen. War das vielleicht schon Mutter Kriegs Antwort?

Yarvi knirschte mit den Zähnen. »Wenn es dir gefällt, mich nicht zum König zu machen … wenn es dir gefällt, mich heute durch das Letzte Tor zu schicken … dann lass mich wenigstens meinen Schwur erfüllen.« Er ballte die Fäuste, so gut es ging, bis die Knöchel weiß wurden. »Gib mir Odems Leben. Gib mir meine Rache. Wenn du mir das erfüllst, dann werde ich zufrieden sein.«

Das war kein erbauliches Gebet, so wie man es Gelehrten beibrachte. Auch kein gebendes oder erschaffendes Gebet. Aber Geben und Erschaffen war nicht die Domäne von Mutter Krieg. Sie nahm, sie zerstörte und schuf allenfalls Waisen. Für sie zählte nur Blut.

»Der König muss sterben!«, zischte er.

»Der König muss sterben!«, kreischte der Adler, der sich aufrichtete und die Flügel ausbreitete, bis sie den ganzen Käfig ausfüllten und die ganze Kammer zu verdunkeln schienen. »Der König muss sterben!«

»Es ist so weit«, sagte Yarvi.

»Gut«, sagte Nichts. Seine Stimme klang metallisch, wie sie durch den langen Schlitz des Helmes drang, der den größten Teil seines Gesichts verbarg.

»Gut«, sagten die beiden Inglinge wie aus einem Mund, und einer der beiden drehte eine große Axt in seinen Fäusten, als wäre sie ein Spielzeug.

»Gut«, raunte Jaud, aber er sah alles andere als glücklich aus. Augenscheinlich fühlte er sich in der geliehenen Rüstung nicht wohl, und noch weniger gefiel ihm wohl der Anblick seiner Waffenbrüder, die in den Schatten des Albentunnels hockten.

Diese flößten Yarvi allerdings auch nicht besonders viel Vertrauen ein. Es war ein Rudel von Schreckensgestalten, die das Gold seiner Mutter ihnen für diese Sache an die Seite gestellt hatte. Jedes Land an den Ufern der Bruchsee und auch einige der weiter abseits gelegenen Gegenden hatten einige ihrer schlimmsten Söhne beigesteuert. Es waren Schurken und Halsabschneider, Seeräuber und Sträflinge, von denen einigen ihre Verbrechen auf die Stirn tätowiert worden waren. Einem, dem ständig das Auge tränte, standen sie blau auf das ganze Gesicht geschrieben. Männer ohne Gewissen oder Ideale. Und dann waren da noch drei furchterregende Ruinerinnen, die vor Klingen strotzten und so muskelbepackt wie Maurer waren und die viel Spaß daran hatten, allen, die an ihnen vorüberkamen, die spitz zugefeilten Zähne zu zeigen.

»Nicht unbedingt die Leute, denen ich mein Leben anvertrauen würde«, raunte Rulf, der vorsichtig den Blick abwandte.

»Was soll man von einer Sache halten«, brummte Jaud, »wenn alle anständigen Leute auf der anderen Seite stehen?«

»Anständige Leute sind für viele Aufgaben notwendig.« Nichts drehte vorsichtig seinen Helm in die richtige Position. »Der Mord eines Königs zählt nicht dazu.«

»Das ist kein Mord«, knurrte Yarvi. »Und Odem ist kein richtiger König.«

»Psst«, machte Sumael und verdrehte die Augen zur Decke.

Durch den Fels leckten leise Laute. Rufe vielleicht und das Rasseln von Waffen. Die allerersten leisen Anzeichen dafür, dass Alarm ausgelöst worden war.

»Sie wissen, dass unsere Freunde kommen.«

Yarvi schluckte, um die aufwallende Nervosität zu bekämpfen. »Auf eure Posten.«

Sie hatten ihren Plan oft genug durchgesprochen. Rulf nahm ein Dutzend Männer, die gut mit dem Bogen umgehen konnten. Jeder der Inglinge führte ein weiteres Dutzend in Verstecke, von denen aus sie schnell in den Hof gelangen konnten. Das Dutzend, das blieb, schlich hinter Yarvi und Nichts die Treppe hinauf. Zum Kettenraum über dem einzigen Eingang zur Zitadelle. Zum Schreienden Tor.

»Vorsichtig jetzt«, flüsterte Yarvi, der an der Geheimtür stehen blieb, und seine Kehle war so trocken, dass er kaum ein Wort herausbrachte. »Die Männer hier oben sind nicht unsere Feinde …«

»Für heute sind sie's aber«, sagte Nichts. »Und Mutter Krieg hasst Vorsicht.« Damit trat er die Tür auf und sprang hindurch.

»Verdammt!«, zischte Yarvi und rannte hinter ihm her.

Im Kettenraum war es düster, denn die schmalen Fenster ließen nur wenig Licht hindurch, und vom Durchgang unter ihnen drang das Grollen schwerer Stiefeltritte herauf. Zwei Männer saßen an einem Tisch. Einer wandte sich um, und das Lächeln wich von seinem Gesicht, als er Nichts' blankes Schwert sah.

»Wer seid ...«

Stahl zuckte durch einen der Lichtbalken, die das Fenster zeichnete, und mit einem schmatzenden Klack fiel der Kopf des Wächters zu Boden und rollte in eine Ecke. Es sah albern aus, wie eine Gauklerdarbietung auf dem Frühlingsmarkt, aber hier gab es keine Kinder, die darüber gelacht hätten. Nichts sprang an dem Körper vorüber, der in sich zusammensank, riss den anderen Mann, der gerade aufspringen wollte, zu sich heran und rammte ihm das Schwert in die Brust. Der Wächter stieß ein abgehacktes Keuchen aus; seine zuckenden Hände versuchten den Tisch zu erreichen, auf dem eine Axt lag.

Nichts schob den Tisch mit dem Fuß sorgfältig außer Reichweite, dann befreite er sein Schwert und ließ den Mann sanft an die Wand gelehnt zu Boden sinken, wo er schweigend erschauerte, als Frau Tod das Letzte Tor für ihn öffnete.

»Der Kettenraum gehört uns.« Nichts spähte in einen Gang am anderen Ende, dann schloss er die Tür und schob den Riegel vor.

Yarvi kniete neben dem Sterbenden. Er kannte ihn. Oder vielmehr, er hatte ihn gekannt. Ulvdem hieß er. Zwar war er kein Freund gewesen, aber doch kein schlechter Kerl. Er hatte einmal über einen Witz gelacht, den Yarvi gemacht hatte, und Yarvi hatte sich darüber gefreut.

»Musstest du sie umbringen?«

»Nein.« Nichts wischte sein Schwert sorgfältig ab. »Wir hätten Odem auch einfach König bleiben lassen können.«

Die Söldner schwärmten aus und betrachteten misstrauisch jenes Ding, das den Mittelpunkt des Raumes und ihres ganzen Plans bildete: das Schreiende Tor. Seine Unterkante verschwand im Boden, die Oberkante in der Decke, und dazwischen war es wie eine Mauer aus poliertem Kupfer, die sanft schimmerte und in die Hunderte von Gesichtern eingraviert waren, die fauchten, kreischten, zischten, vor Schmerz oder Angst oder Wut brüllten und ineinander übergingen wie Spiegelungen auf einer Wasseroberfläche.

Sumael betrachtete es, die Hände in die Hüften gestützt. »Ich glaube, jetzt kann ich mir vorstellen, wieso man es das Schreiende Tor nennt.«

»Ein verdammt hässliches Ding, auf das wir hier unsere Hoffnungen stützen«, meinte Jaud.

Yarvi fuhr mit den Fingern über das Metall, das sich kalt und schrecklich solide anfühlte. »Ein verdammt hässliches Ding, wenn es einem auf den Kopf fällt, das steht mal fest.« Neben der großen Kupferwand, an einem Pfosten, in den die Namen von fünfzehn Göttern eingraviert worden waren, befand sich eine überwältigende Ansammlung aus ineinander greifenden Zahnrädern, beschrifteten Rädchen und gedrehten Ketten, aus denen nicht einmal sein Gelehrtenauge sich einen Reim machen konnte. In ihrer Mitte steckte ein einziger silberner Stift. »Das ist der Mechanismus.«

Jaud streckte die Hand aus. »Und man zieht einfach nur den Stift?«

Yarvi schlug ihm die Hand beiseite. »Im rechten Augenblick! Im *letzten* Augenblick. Je mehr von Odems Männern die Zitadelle verlassen haben, um gegen Gorm anzutreten, desto besser für uns.«

»Dein Onkel spricht«, rief Nichts von einem der schmalen Fenster.

Yarvi drückte den Laden eines weiteren Fensters ein wenig weiter auf und sah in den Hof. Auf den vertrauten Fleck von

Grün zwischen den hoch aufragenden, grauen Mauern, an dessen Rand die Zeder ihre Äste ausbreitete. Auch hier waren Männer versammelt, von denen sich viele hastig bewaffneten und sich schon zur Schlacht aufstellten. Dreihundert, grob geschätzt, und er wusste, dass noch viele weitere sich außerhalb der Zitadelle auf den Kampf vorbereiteten. Etwas erhöht, auf den Marmorstufen, die zur Götterhalle führten, in Pelzen und silberner Rüstung und mit dem Königskreis auf der Stirn, stand Yarvis Onkel Odem.

»Wer steht nun vor den Toren von Thorlby?«, brüllte er, an die versammelten Krieger gewandt. »Grom-gil-Gorm, der Schwertbrecher!«

Die Männer stampfen mit den Füßen und stießen einen Schwall von Flüchen und Verwünschungen aus. »Er, der Uthrik ermordete, euren König, meinen Bruder!« Jetzt ertönten zahlreiche wütende Schreie, und Yarvi musste sich davor zurückhalten, angesichts dieser Lüge selbst etwas sehr Hässliches zu rufen.

»Aber in seinem Hochmut hat er nur wenige Männer mitgebracht!«, rief Odem. »Wir sind im Recht, sind vertraut mit dem Gelände, wir sind in der Überzahl und schlicht die Besseren! Wollen wir auch nur einen Augenblick länger dulden, dass dieser Abschaum im Angesicht der Grabhügel steht, unter denen meine Brüder Uthrik und Uthil begraben wurden und mein Großvater Angulf Spaltfuß, der Hammer der Vansterländer?«

Die Krieger schlugen mit den Waffen gegen ihre Schilde und die Schilde gegen ihre Rüstungen und brüllten, dass sie das natürlich nicht dulden wollten.

Odem streckte die Hand aus, und sein kniender Waffenträger hielt ihm sein Schwert hin, und er zog es blank und hielt es hoch. Die Klinge durchdrang die Schatten und blitzte so hell auf, dass Yarvi kurz die Augen abwenden musste. »Dann lasst uns Mutter Krieg die Ehre erweisen – bereiten wir ihr einen roten Tag! Wir wollen die Mauern hinter uns lassen und hinausgehen, und vor Sonnenuntergang werden wir die Köpfe von Grom-gil-Gorm und seinen Vansterländer Hunden aufgespießt auf unseren Toren sehen!«

»Wir werden sehen, wessen Kopf heute Nacht auf den Toren steckt«, knurrte Yarvi, dessen Worte im begeisterten Beifall der Krieger von Gettland untergingen. Krieger, die *ihm* hätten applaudieren sollen.

»Sie ziehen in den Kampf«, sagte Nichts, als die Männer aus dem Hof hinausmarschierten, immer in Verbänden, die jeweils eine Schildmauer darstellten. Jeder kannte seinen Platz, jeder war bereit, für seinen Schultermann zu sterben. »Du hast die Denkweise deines Onkels gut erahnt.«

»Das war keine Ahnung«, sagte Yarvi.

»Deine Mutter hatte recht.« Er sah, wie Nichts' Augen in der Dunkelheit hinter dem Helmschlitz funkelten. »Du bist ein zutiefst durchtriebener Mann geworden.«

Die jüngsten Krieger kamen zuerst. Einige waren jünger noch als Yarvi, und ihnen folgten die älteren und eher schlachterprobten. Sie trampelten unter dem Schreienden Tor hindurch, und das Klappern ihrer Rüstungen hallte durch den Kettenraum, Schatten glitten über die vernarbten Gesichter von Yarvis Schergen, die durch die Ritzen im Fußboden verfolgten, wie bessere Männer unter ihnen entlangschritten. Und mit jedem, der die Zitadelle verließ, wuchs Yarvis Freude, denn er wusste, dass es ihre Möglichkeiten verbesserte. Gleichzeitig wuchs seine Angst, denn er wusste, dass der Augenblick nun fast gekommen war.

Der Augenblick der Rache. Oder der Augenblick seines Todes.

»Der König setzt sich in Bewegung«, sagte Sumael, die an einem anderen Fenster stand. Odem schritt an seinen Veteranen vorbei ebenfalls auf das Tor zu, ließ den Schildträger, den Waffenträger und die Standartenträger hinter sich und klopfte den Männern im Vorübergehen auf die Schultern.

»Das ist noch nicht der richtige Moment«, flüsterte Nichts.

»Das sehe ich auch!«, zischte Yarvi. Die Stiefel trampelten weiter, Männer strömten aus der Zitadelle, aber es waren noch immer viel zu viele im Innenhof.

Hatte er all das hinter sich gebracht, all das erduldet und geopfert, nur damit Odem am Schluss doch noch vom Haken glitt? Yarvi fummelte nervös mit seinem Fingerstumpf herum, und sogar seine Daumenspitzen schwitzten.

»Soll ich den Stift ziehen?«, rief Jaud viel zu laut.

»Noch nicht«, kreischte Yarvi unterdrückt, der fürchtete, dass man sie durch die Bodenritzen hören konnte. »Noch nicht!«

Odem ging weiter und war schon bald vom Durchgang verdeckt. Yarvi hob die Hand für Jaud, bereit, sie zu senken und damit das ganze Gewicht des Schreienden Tors nach unten krachen zu lassen.

Auch auf die Gefahr hin, dass sie dann alle verloren waren.

»Mein König!« Yarvis Mutter erschien auf den Stufen der Götterhalle, Hurik an einer Seite, Mutter Gundring, die sich schwer auf ihren Stab stützte, auf der anderen. »Mein Bruder!«

Yarvis Onkel hielt inne, runzelte die Stirn und wandte sich um.

»Odem, bitte, auf ein Wort!«

Yarvi wagte es kaum zu atmen, vor Angst, die zarten Möglichkeiten, die sich nun andeuteten, zu zerstören. Die Zeit kroch dahin, während Odem zum Tor blickte, dann zu Yarvis Mutter, dann fluchend wieder zurückging, zu ihr, und seine treuesten Gefolgsmänner ihm folgten.

»Warte!«, zischte Yarvi, und mit weit aufgerissenen Augen löste Jaud die Finger wieder von dem Stift.

Yarvi drängte sich ans Fenster, und eine kühle Brise fuhr

über sein schweißgebadetes Gesicht, aber er konnte nicht hören, was auf den Stufen der Götterhalle gesprochen wurde. Seine Mutter kniete vor Odems Füßen, schlug sich die Hände vor die Brust, neigte demütig den Kopf. Vielleicht entschuldigte sie sich kriecherisch für ihre Starrsinnigkeit, für ihren Undank gegenüber ihrem Schwager und dem Hochkönig. Vielleicht schwor sie ihm Gehorsam und flehte ihn um Vergebung an. Dann nahm sie Odems Hand in ihre, zog sie an ihre Lippen, und Yarvi bekam eine Gänsehaut.

Sein Onkel sah Mutter Gundring an und nickte ganz leicht. Seine Gelehrte erwiderte den Blick und zuckte ganz leicht die Achseln. Dann berührte Odem Yarvis Mutter an der Wange und schritt von dannen, zum Tor zurück, und seine Diener und die engsten Vertrauten, die ihn bewachten, folgten ihm in einem dichten Knäuel.

Die letzten Krieger waren nun ihren Brüdern durchs Tor gefolgt, und jetzt waren höchstens noch drei Dutzend im Hof. Yarvis Mutter verschränkte ihre Hände, sah nach oben zum Torhaus, und Yarvi bildete sich ein, dass sie ihm direkt in die Augen blickte.

»Danke, Mutter«, flüsterte er. Wieder hob er seine verkümmerte Hand. Wieder beobachtete er, wie Odem sich dem Tor näherte. Aber jetzt musste er nicht mehr fürchten, dass die Götter ihm seinen Plan zerstörten, sondern er erkannte, dass sie ihm eine einmalige Gelegenheit boten.

»Warte«, flüsterte er Jaud zu, und der heiße Atem, der bei diesem Wort aus seinem Mund fuhr, kitzelte seine Lippen.

»Warte.« Jetzt war der Tag gekommen. Die Stunde.

»Warte.« Jetzt war der richtige Augenblick da.

»Jetzt!«

Er riss die verkrüppelte Hand nach unten, und so schwach sie auch war, dank der Findigkeit der sechs Gelehrten aus uralter Zeit hatte diese Bewegung das Gewicht eines Berges. Jaud zog den Stift heraus, Rädchen schnurrten, eine Kette zog sich straff, und plötzlich wurde der Name des Tores doppelt offensichtlich. Mit einem Kreischen, als ob alle Toten der Hölle Gehör verlangten, und einem Windstoß, der Yarvi den Helm vom Kopf riss und ihn gegen eine Wand schleuderte, rauschte das Schreiende Tor durch den Boden hinab.

Es schlug mit einer solchen Wucht auf, dass die Zitadelle bis in die Albentunnel ihrer Grundfesten erzitterte, und verschloss den Eingang mit einem metallenen Gewicht, das selbst Vater Erde nur mit Mühe hätte bewegen können.

Der Boden schwankte, drehte sich, und Yarvi fragte sich kurz, ob das Torhaus aufgrund des heftigen Aufpralls zusammenbrechen wollte.

Er stolperte zu einer der Ritzen im Boden und versuchte die Benommenheit und das laute Klingeln in seinen Ohren abzuschütteln. Im Durchgang unter ihnen drängten sich Odems engste Vertraute. Einige stolperten umher, die Hände gegen die Ohren gepresst. Andere fassten unsicher nach ihren Waffen. Ein paar hatten sich vor dem Tor versammelt, kreischten tonlos, schlugen tonlos, sinnlos auf die schreienden Gesichter ein. Der falsche König selbst stand mitten unter ihnen und starrte nach oben. Sein Blick fand Yarvis Augen, und sein Gesicht wurde so bleich, als hätte er einen Dämon entdeckt, der sich den Weg zurück durchs Letzte Tor gegraben hatte.

Und Yarvi lächelte.

Dann spürte er, wie ihn jemand an der Schulter packte.

Nichts zerrte an ihm, brüllte ihm ins Gesicht – jedenfalls sah er, wie sich sein Mund unter dem Schlitz im Helm bewegte, auch wenn er nur ein vages Blubbern hörte.

Doch dann rannte er hinter ihm her, der Boden beruhigte sich wieder, und es ging eine gewundene Treppe hinab. Er stieß sich von den Mauern ab, wurde von den Männern hinter sich weitergeschubst. Nichts riss eine Tür auf, ein heller Durchgang, der ins Dunkle ragte, und sie stürmten ins Freie.

Das Letzte Tor

Im Hof der Zitadelle herrschte Chaos.

Waffen wurden geschwungen, Splitter flogen, Stahl schlug aufeinander, verzerrte Gesichter fauchten einander an, Pfeile schwirrten durch die Luft, Menschen fielen, und das alles in traumartiger Stille.

Es lief genau so, wie Yarvi es geplant hatte: Die Schergen seiner Mutter stürmten aus den Toreingängen und fielen Odems Veteranen in den Rücken, metzelten sie an Ort und Stelle nieder, trieben sie panisch über den Hof und ließen die Verwundeten überall blutend liegen.

Aber als der erste Schock überwunden war, setzten sich die Überlebenden mit aller Kraft zur Wehr, und aus dem allgemeinen Handgemenge entstanden viele kleinere, hässliche Kämpfe auf Leben und Tod. In der eigentümlichen Stille sah Yarvi einer der Frauen aus Ruin zu, wie sie auf einen Mann einstach, der ihr mit dem Schildrand tiefe Wunden im Gesicht beibrachte.

Wie geplant, schickte Rulf mit seinen Bogenschützen einen Pfeilhagel von den Dächern herab. Die Pfeile stiegen in aller Stille auf und flogen in aller Stille herab, dann bohrten sie sich in die Schilde von Odems Leibwächtern, die einen Ring um ihren König gebildet hatten. Einem stak ein Pfeil im Gesicht, aber er schien es kaum zu bemerken; er deutete immer noch mit seinem Schwert zur Götterhalle und brüllte tonlose Worte. Ein weiterer fiel, umklammerte den Pfeil in seiner Seite, krallte sich an das Bein des Mannes neben ihm, der seine

Hand beiseite stieß, um weiter vorzurücken. Yarvi kannte sie beide, verdienstvolle Männer, die einst Wache vor der Tür der königlichen Gemächer gestanden hatten.

Die Schlacht verwandelt alle Menschen in Tiere, hatte Yarvis Vater ihm immer gesagt. Er sah einen der gedungenen Schergen, auf dessen Wange *Schafsdieb* tätowiert worden war, wie er fauchend einen unbewaffneten Sklaven niedermetzelte, dem der Wasserkrug aus den Händen flog und an einer Wand zerschellte.

Hatte er all das geplant? Hatte er um so etwas gebetet?

Er hatte die Tür weit aufgestoßen und Mutter Krieg darum angefleht, sein Gast zu sein. Jetzt konnte er sich den Ereignissen nicht mehr entgegenstellen, um das Blutvergießen zu beenden. Niemand konnte das. Es war zur Herausforderung geworden, selbst zu überleben.

Er sah, wie Nichts einem Mann die Beine abtrennte, dem daneben einen Schwertstreich über den Rücken versetzte und einen weiteren mit dem Schild beiseite schlug, sodass der gegen die niedrige Brunneneinfriedung stieß, über die Mauer taumelte und in die Tiefe stürzte.

In seinem betäubten Zustand zog Yarvi Schadikschirrams Säbel aus der Scheide. Das tat ein Mann doch in der Schlacht, oder nicht? Bei den Göttern, wie schwer die Waffe plötzlich war. Männer stießen ihn an, als sie an ihm vorüberrannten, um sich an dem Irrsinn zu beteiligen, aber er stand wie angewurzelt da.

Er sah, dass die Türen der Götterhalle offen standen. Odems Leibwächter duckten sich hinter den pfeilgespickten Schilden rund um den Eingang und versuchten, den falschen König im Innern des Gebäudes in Sicherheit zu bringen.

Yarvi deutete mit seinem Säbel auf sie und brüllte: »Da!« Allmählich verging seine Taubheit, zumindest genug, dass er hinter sich schwere Schritte hörte und gerade noch herumwirbeln konnte.

Aber viel mehr auch nicht.

Stahl prallte auf Stahl, und der Säbel wurde ihm in der Hand gedreht, bis er ihn beinahe fallen ließ. Er erhaschte einen Blick auf Huriks vernarbtes Gesicht und hörte sein tiefes Grollen, bevor sein Schild gegen Yarvis Brust krachte und ihn von den Füßen riss, sodass er ein paar Schritte beiseite flog und stöhnend auf dem Rücken landete.

Huriks Augen glitten zur Seite, und er fuhr herum, um eine Axt mit dem Schild abzuwehren. Der Aufprall war so heftig, dass die Splitter in alle Richtungen spritzten. Jaud griff mit lautem Gebrüll an und schlug um sich wie ein verrückter Waldarbeiter, der auf einen Baumstumpf losgeht. Hurik wich zurück, blockte den zweiten Schlag ab, aber der dritte kam so ungeschickt, dass es ihm keine Mühe machte, ihm auszuweichen; er ging leicht in die Knie und drehte sich zur Seite, und die schwere Klinge verfehlte seine Schulter und drang in den Boden. Dann rammte er Jaud den Schild gegen den Kopf, als der an ihm vorbeirannte, brachte ihn damit aus dem Gleichgewicht, und mit einem kurzen Schwerthieb riss er Jaud dann die Axt aus der Hand.

Ein Bäcker war keine Bedrohung für den Wahlschild der Königin, mochte er auch ein noch so guter Mann sein.

Huriks gebleckte Zähne glänzten weiß in seinem schwarzen Bart, und sein Schwert blitzte auf, als er zustach und seine Klinge bis zum Heft in Jauds Rippen drang.

»Nein«, krächzte Yarvi, der sich aufrappeln wollte und merkte, dass es manchmal nicht reichte, etwas zu wollen.

Jaud fiel auf die Knie, das Gesicht vor Schmerz verzerrt, und Hurik setzte ihm einen großen Stiefel auf die Schulter und riss das Schwert wieder heraus, dann versetzte er Jaud einen Tritt, dass der auf dem Rücken landete. Er wandte sich zu Yarvi um.

»Dann wollen wir mal beenden, was wir in Amwend angefangen haben.«

Er trat vor, das rote Schwert erhoben. Yarvi hätte dem Tod gern lächelnd entgegengesehen, aber nur wenige haben den Mut dazu, wenn das Letzte Tor sich gähnend vor ihnen auftut, nicht einmal Könige. Die vielleicht sogar am wenigsten. Er glitt zurück und hielt die verwachsene Hand hoch, als ob er damit die Klinge abwehren könnte.

Huriks Lippen kräuselten sich. »Was für einen König du wohl abgegeben …«

»Das werden wir sehen.«

Huriks Kopf wurde zurückgerissen, und da war Stahl unter seinem weiß melierten Bart. Ein Dolch, eisig schimmernd poliert. Neben seinem Gesicht erschien das von Yarvis Mutter, die Augen leicht zusammengekniffen und das Kinn vorgereckt.

»Lass dein Schwert fallen, Hurik.«

Er zögerte kurz, und sie beugte sich näher an sein Ohr und raunte: »Du kennst mich. Wenige besser als du. Kann es wirklich sein …« Sie drehte die Klinge, bis ein kleiner Blutstropfen über seinen dicken Hals rann. »… dass du an meinem Willen zweifelst?«

Hurik schluckte und wand sich, als der Stahl über den Knubbel an seiner unrasierten Kehle fuhr, und dann ließ er seine Klinge fallen. Yarvi rappelte sich auf, umklammerte Schadikschirrams Säbel und hob die Spitze an Huriks Brust.

»Warte«, sagte seine Mutter. »Erst gibst du mir eine Antwort, Hurik. Seit bald zwei Dezennien bist du mein Wahlschild. Wieso brichst du deinen Eid?«

Huriks Augen glitten zu Yarvi. Sie blickten jetzt traurig, gebrochen. »Odem sagte mir, entweder der Junge müsste sterben oder du.«

»Und wieso hast du dann nicht Odem an Ort und Stelle umgebracht?«

»Weil der Hochkönig den Befehl gegeben hatte«, stieß Hurik zischend hervor. »Und dem Hochkönig kann man sich nicht entgegenstellen. Mein Eid galt deinem Schutz, Laithlin.« Er schob die Schultern zurück und schloss langsam die Augen. »Nicht dem Schutz deines verkrüppelten Sohnes.«

»Dann betrachte dich befreit von deinem Eid.«

Es war nur eine winzige Bewegung mit dem Messer, und Yarvi taumelte zurück, als Blut gegen seine Wange spritzte. Hurik fiel, stürzte vornüber aufs Gesicht, und Yarvi stand da, den Säbel schlaff in der Hand, und sah blinzelnd auf den dunklen Fleck, der sich im Gras ausbreitete.

Seine Haut war gerötet und prickelte. Der Atem brannte in seiner Brust. Lichter tanzten in seinen Augen, seine Glieder waren schwer, und die geprellte Brust pochte. Er wollte nichts mehr. Sich einfach nur kurz hinsetzen. In der Dunkelheit sitzen und weinen.

Die Toten und Verwundeten lagen von Klingen aufgeschlitzt oder von Pfeilen durchbohrt auf dem Gras, auf dem Yarvi als Kind gespielt hatte. Sorgsam gehütete Schwerter und Schilde, Erbstücke edler Häuser, waren aus leblosen Fingern geglitten und lagen überall blutbesudelt herum. Die Türen der Götterhalle waren fest verschlossen, und diejenigen, die von Yarvis Trupp noch übrig waren, standen davor; über Rulfs Gesicht strömte das Blut aus einem Schnitt auf der Kopfhaut. Die zwei riesigen Inglinge schlugen mit ihren Äxten auf die Tore ein, aber das schwere Holz hielt stand.

Und an dem Stamm der breitkronigen Zeder, die Yarvi, wie sein Bruder ihm immer wieder spottend vor Augen gehalten hatte, aus Angst nie hatte erklettern können, lehnte Jaud und hielt die Hände schlaff im blutigen Schoß. Sumael kniete mit gesenktem Kopf neben ihm, die Zähne gebleckt, und umklammerte eine Handvoll seines blutigen Hemds, als wollte sie ihn zu sich emporziehen. Als wollte sie ihn irgendwohin tragen, wo er in Sicherheit war, so wie er es einst für sie getan hatte. Aber es gab keinen Ort mehr, an den sie ihn hätte bringen können, selbst wenn sie die Kraft dazu gehabt hätte.

Für ihn ging es nur noch durch das Letzte Tor.

Und Yarvi begriff in diesem Augenblick, dass Frau Tod sich nicht vor jedem verbeugt, der an ihr vorüberkommt, dass sie ihm nicht mit einer großen Geste den Weg weist, keine tiefgründigen Worte spricht und keine Riegel beiseite schiebt. Der Schlüssel an ihrer Brust wird nie gebraucht, denn das Letzte Tor steht immer offen. Sie scheucht die Toten ungeduldig hindurch, ohne Rücksicht auf Rang oder Namen oder Ruhm, denn die Schlange davor wird ständig länger. Eine blinde Prozession mit unerschöpflichen Reserven.

»Was habe ich getan?«, flüsterte Yarvi und trat einen zögernden Schritt auf Jaud und Sumael zu.

»Was du tun musstest.« Der Griff seiner Mutter an seinem Arm war wie aus Eisen. »Es ist jetzt keine Zeit zu trauern, mein Sohn. Mein König.« Eine Seite ihres Gesichts war bleich, die andere rot gesprenkelt, und in diesem Augenblick sah sie leibhaftig aus wie Mutter Krieg. »Folge Odem.« Ihr Griff verstärkte sich. »Töte ihn und hole dir den Schwarzen Thron zurück.«

Yarvi biss die Zähne zusammen und nickte. Es konnte kein Zurück mehr geben.

»Hört auf!«, rief er den Inglingen zu. »Es gibt bessere Wege hinein.« Sie senkten ihre Äxte und starrten ihn düster an. »Mutter, bleib bei ihnen und bewache die Tür. Sorge dafür, dass niemand herauskommt.«

»Nicht, bevor Odem tot ist«, sagte sie.

»Nichts, Rulf, sucht ein Dutzend Männer zusammen und folgt mir.«

Rulf starrte auf das Blutbad im Innenhof der Zitadelle und atmete schwer und keuchend. Auf die Verwundeten und die Sterbenden, die Humpelnden und Blutenden. Und auf Jaud, den braven Jaud, der seinem Ruderkameraden beigestanden hatte und nun mit dem Rücken am Stamm der Zeder lehnte und keinen Riemen mehr ziehen, keine Last mehr tragen, keinen Mut mehr machen würde.

»Wenn ich noch ein Dutzend finde, das dazu in der Lage ist«, flüsterte Rulf.

Yarvi wandte sich ab. »Nimm, was da ist.«

Ein einsamer Platz

»Bereit?«, flüsterte Yarvi.

»Immer«, sagte Nichts.

Rulf bewegte den Kopf von einer Seite zur anderen, und das Blut, das ihm über das Gesicht lief, wirkte schwarz in den Schatten. »Ich werde niemals mehr bereit sein als jetzt.«

Yarvi atmete tief ein, und beim Ausatmen schob er die verkümmerte Hand unter den Riegel, stieß die Geheimtür mit der Schulter auf und stürmte in das große, heilige Gewölbe der Götterhalle.

Leer erhob sich der Schwarze Thron auf seinem Podest, im Angesicht der Hohen Götter, deren Juwelenaugen glänzten. Über ihnen, rund um die ganze Kuppel, standen die Bernsteinstatuen der Kleinen Götter und beobachteten das unbedeutende Treiben der Menschen ohne Kommentar, Gefühl oder auch nur viel Interesse.

Odem hatte nur noch zehn Getreue bei sich, und die waren in ziemlich schlechter Verfassung. Sie gruppierten sich vor den Türen, die unter den Schlägen von draußen leicht erzitterten. Zwei versuchten, sie mit Speeren abzustützen, zwei andere rissen hastig die heiligen Opfergaben von einem durch den jahrelangen Gebrauch schon ganz blank gescheuerten Tisch und schoben ihn als Barrikade zum Eingang. Die anderen saßen oder standen wie vom Donner gerührt da und versuchten sich zu erklären, wie es hatte geschehen können, dass ihr König im Herzen seiner eigenen Zitadelle völlig unerwartet von einem Grüppchen Gesindel überfallen worden war. Mutter Gundring hockte zusammengekauert neben Odem und verband den blutenden Arm des Standartenträgers.

»Zum König!«, kreischte der Mann, als er Yarvi auf sie zulaufen sah, und Odems Getreue umringten ihren Herrn, hoben die Schilde und hielten die Waffen in Bereitschaft. Der Mann mit dem Pfeil im Gesicht hatte den Schaft abgebrochen, der ihm noch blutig in der Wange stak. Er hatte sich ermattet auf sein Schwert gestützt, hob die Waffe aber sofort und richtete sie schwankend auf Yarvi.

Nichts sprang an seine linke Seite, Rulf an seine Rechte, und die Sklaven und Söldner, die noch kämpfen konnten, stellten sich hinter und neben sie und hoben die scharfen Klingen.

Wilde Flüche in einem halben Dutzend Sprachen ausstoßend, drängten sie sich am Schwarzen Thron vorbei und sprangen die Stufen des Podests hinab. Odem trieb seine Leute voran, und erst lagen noch zehn Schritte Steinboden zwischen ihnen, dann nur noch acht, dann sechs, und das bevorstehende Blutbad hing schwer wie eine Gewitterwolke in der Luft der Götterhalle.

Dann richtete Mutter Gundring den Blick auf Yarvi, kniff die Augen erst zusammen und riss sie dann weit auf. »Wartet!«, schrie sie und schlug mit ihrem Albenstab auf den Boden, bis die hallenden Schläge von der Kuppel über ihnen zurückgeworfen wurden. »Wartet!«

Kurz hielten die Männer inne, sahen einander an, verzogen die Gesichter zu gewaltbereiten Grimassen, ließen die Hände über den Waffen schweben, und Yarvi stürzte sich in die kleine Bresche, die ihm die alte Gelehrte eröffnet hatte.

»Männer von Gettland!«, schrie er. »Ihr kennt mich! Ich bin Yarvi, Sohn des Uthrik!« Und dann deutete er mit dem einen Fingerstumpf seiner verkrüppelten Linken auf Odem. »Dieses verräterische *Ding* hat versucht, mir den Schwarzen

Thron zu stehlen, aber die Götter werden es nicht zulassen, dass ein Usurpator lange darauf sitzt!« Er stieß sich mit dem Daumen gegen die Brust. »Der rechtmäßige König von Gettland ist zurückgekehrt!«

»Die Marionette eines Weibes?«, zischte Odem ihm entgegen. »Der Halbkönig? Der König der Krüppel?«

Bevor Yarvi ihm eine Antwort entgegenkreischen konnte, fühlte er eine starke Hand auf seiner Schulter, die ihn beiseite drängte. Nichts schob sich an ihm vorüber und öffnete den Riemen seines Helmes. »Nein«, sagte er. »Der rechtmäßige König.« Damit zog er den Helm vom Kopf und warf ihn beiseite, sodass er klappernd über den Boden der Götterhalle rollte.

Er hatte sich den wilden Haarschopf zu einem kurzen, grauen Pelz geschoren, das dichte Bartgestrüpp abrasiert. Das Gesicht, das nun darunter zum Vorschein kam, war scharf geschnitten und unbarmherzig, die Knochen gebrochen, aber gehärtet, die Haut gegerbt von Arbeit und Wetter, Schlägen und Schlachten. Der schwache, zerbrechliche Bettler, der Mann wie aus Zweigen und Bindfaden war verschwunden, und an seiner Stelle stand nun ein Krieger aus Eiche und Stahl, aber die Augen, die tief in den Höhlen lagen, waren noch dieselben.

In ihnen brannte noch immer ein Feuer, das an Irrsinn grenzte. Heißer denn je.

Und plötzlich war Yarvi sich nicht mehr sicher, wer dieser Mann war, mit dem er gereist war, neben dem er gekämpft und geschlafen hatte. Er wusste nicht mehr, was er da mit sich in die Zitadelle von Gettland gebracht hatte, bis direkt vor den Schwarzen Thron.

Er sah sich blinzelnd um, von Zweifeln erfüllt. Die jungen Krieger Gettlands bekundeten trotzig ihren Kampfeswillen. Aber auf den Gesichtern der älteren vollzog sich ein seltsamer Wandel, als sie Nichts' Gesicht erblickten.

Ihnen klappten die Kinnladen herunter, ihre Klingen schwankten, die Augen weiteten sich, füllten sich gar mit Tränen, und gehauchte Schwüre glitten über zitternde Lippen. Odem war jetzt noch bleicher als in dem Augenblick, da er Yarvi wiedergesehen hatte. Seine Miene war die eines Mannes, der dem Ende der Schöpfung entgegensieht.

»Was ist das für ein Hexenwerk?«, flüsterte Rulf, aber Yarvi konnte es ihm nicht sagen.

Der Albenstab glitt aus Mutter Gundrings schlaffen Fingern und fiel zu Boden, und das Klappern verhallte zu lastender Stille.

»Uthil«, flüsterte sie.

»Ja.« Und dann richtete Nichts sein irres Lächeln auf Odem. »Schön, dich wiederzusehen, Bruder.«

Und nun, da der Name ausgesprochen worden war, sah Yarvi, wie sehr sich die beiden Männer ähnelten, und fühlte einen Schauder, der ihn bis ins Innerste durchdrang.

Sein Onkel Uthil, von dessen meisterlicher Beherrschung der Waffenkunst die Krieger stets noch sprachen, bevor sie auf den Kampfplatz gingen, dessen Körper die bittere See nach seinem Tod niemals hergegeben hatte und dessen Hügelgrab am windzerzausten Strand leer dastand.

Sein Onkel Uthil war seit Monaten an seiner Seite gewesen.

Sein Onkel Uthil stand nun vor ihm.

»Jetzt kommt die Abrechnung«, sagte Nichts. Sagte Uthil. Und er trat vor, das Schwert in der Hand.

»In der Götterhalle darf kein Blut vergossen werden!«, rief Mutter Gundring.

Uthil lächelte nur. »Die Götter lieben nichts so sehr wie Blut, meine Gelehrte. Gäbe es überhaupt einen besseren Platz, um es zu vergießen?«

»Tötet ihn!«, kreischte Odem, in dessen Stimme nun nichts Ruhiges mehr lag, aber niemand machte Anstalten, seinem

Befehl Folge zu leisten. Niemand sprach auch nur ein Wort. »Ich bin euer König!«

Aber Macht ist oft ein zerbrechliches Ding. Langsam, vorsichtig, als ob sie alle dasselbe dächten, traten die Krieger von ihm zurück und bildeten einen Halbkreis.

»Der Schwarze Thron ist in der Tat ein einsamer Platz«, sagte Uthil und sah zu dem Podest mit dem großen, leeren Stuhl darauf.

Die Muskeln an Odems Kinn bewegten sich, als er den Kreis grimmiger Gesichter musterte, der ihn umgab, die Gesichter seiner Wachen und die der gedungenen Schergen, Mutter Gundrings und Yarvis und schließlich auch Uthils, das seinem eigenen so ähnlich gewesen war, bevor es zwanzig Jahre voller Schrecken durchlitten hatte. Er schnaubte und spuckte auf die heiligen Steine seinem Bruder vor die Füße.

»Dann sei es so.« Damit riss er einem der Männer den Schild weg, ein vergoldetes Ding, das am Rand mit Juwelen besetzt war, und schubste den ehemaligen Besitzer beiseite.

Rulf hielt Nichts seinen Schild hin, aber der schüttelte den Kopf. »Holz hat seine Vorzüge, aber hier ist Stahl die Antwort.« Und damit hob er seine Klinge, diese schlichte Waffe, die er durch die Eiswüste getragen hatte: blanker, zu eisigem Schimmer polierter Stahl.

»Du warst so lange weg, *Bruder*.« Odem hob das Schwert, eines, das für Yarvis Vater geschmiedet worden war, mit einem Knauf aus Elfenbein, einem Heft aus Gold und einer spiegelhellen Klinge, in die Segensrunen eingraviert worden waren. »Dann wollen wir uns umarmen.«

Er sprang vor, schnell wie ein Skorpion, und Yarvi zog die Luft ein und stolperte ein paar Schritte zurück, bevor er die Bewegungen seines Onkels verfolgte und dabei unwillkürlich selbst nach links oder rechts zuckte. Odem stieß zu, wieder und wieder, und er vollführte zischend hohe wie tiefe Schläge von einer Wucht, die einen Mann hätte in Stücke teilen können. Aber so schnell und tödlich er auch war, sein Bruder war schneller. Wie Rauch, den ein verrückter Wind mit sich trägt, glitt Uthil dahin, drehte sich und wirbelte herum, während Odems schimmernder Stahl durch die Luft fuhr, ihn aber nicht küsste.

»Erinnerst du dich noch daran, wie wir zuletzt beisammen waren?«, fragte er, während sie einander umkreisten. »In diesem Sturm, am Bug des Schiffes unseres Vaters? Wie ich dem Sturm entgegenlachte, mit meinen Brüdern im Rücken?«

»Dein Lachen, das war doch alles, was dich je gekümmert hat!« Odem drang wieder auf ihn ein, hieb nach links und rechts, und die Wachleute fuhren erschreckt zurück. Aber Uthil wich stets mit einer schnellen Drehung aus, ohne auch nur das Schwert zu heben.

»War das der Grund, weshalb ihr mich in die bittere See geworfen habt, du und Uthrik? Oder ging es um mein Geburtsrecht, das erst er mir stehlen wollte und dann du?«

»Der Schwarze Thron gehört mir!« Odems Schwert zog einen schimmernden Bogen über seinen Kopf. Aber Uthil fing den Schlag mit der eigenen Waffe ab, und ein metallenes Klingen hallte durch den Saal. Dann packte er Odems Schild, und für einen Augenblick verkeilten sich Yarvis Onkel mit knirschenden Schwertern ineinander. Dann neigte Uthil die Schulter und riss den Schild nach oben, und der Rand krachte gegen Odems Kinn. Mit einer schnellen Bewegung der anderen Schulter schleuderte Uthil Odem zur Seite, und sein Bruder schabte mit den Hacken über die Steinplatten und prallte gegen die Männer, die hinter ihm standen.

Sie schoben ihn weg, und Odem kauerte sich hinter seinem Schild zusammen, aber Uthil behauptete lediglich seinen Platz in der Mitte des Kreises. »Mein leeres Grab mag da oben am Strand stehen, aber ich bin nicht ertrunken. Ich wurde von Sklavenhaltern aus dem Meer gefischt, und man zwang mich, in Arenen immer wieder um mein Leben zu kämpfen. In diesen Jahren der Dunkelheit tötete ich zur Erheiterung blutrünstiger Tiere neunundneunzig Männer.« Uthil legte einen Finger gegen sein Ohr, und ganz kurz sah er wieder aus wie Nichts. »Manchmal kann ich sie flüstern hören. Hörst du sie auch, Odem?«

»Du bist ja verrückt«, zischte Odem, dem Blut auf die Lippen trat.

Aber Uthil lächelte nur noch breiter. »Wie wäre es auch anders möglich? Mir wurde versprochen, dass ich mit meinem hundertsten Sieg freikäme, aber man betrog mich, und ich wurde wieder verkauft.« Odem umkreiste ihn jetzt, geduckt in lauernder Jägerhaltung, den Schild erhoben; das schwere Kettenhemd trieb ihm den Schweiß auf die Stirn. Uthil stand hoch aufgerichtet da, schwang das Schwert locker in der Hand und atmete kaum angestrengter als zuvor. »Ich war ein Kriegssklave, dann ein Rudersklave, dann ... nichts. Weit mehr als ein Dutzend bitterer Jahre verbrachte ich auf Knien. Das ist ein guter Ort zum Nachdenken.«

»Dann denke einmal über das hier nach!« Odem spuckte Blut, als er wieder angriff, einen Stoß vortäuschte und daraus im letzten Moment einen zischenden, abrupten Hieb machte. Aber Uthil wich der Klinge aus, die daraufhin auf die Bodenfliesen krachte, Funken sprühen ließ und ohrenbetäubende Echos durch die Götterhalle schickte.

Odem keuchte, stolperte, erschauerte unter der Wucht des Schlages, und Uthil huschte beiseite und versetzte ihm mit schrecklicher Präzision direkt über dem Schildrand einen Schlag gegen den Arm.

Odem heulte auf, der überladene Schild glitt von seiner schlaffen Linken, und Blut tropfte von seinen herunterhängenden Fingerspitzen. Er sah Uthil an, die Augen weit aufgerissen. »Ich war der Beste von uns dreien! Ich hätte König sein sollen! Uthrik hatte nichts im Kopf außer Gewalt, und du nichts außer deiner Eitelkeit!«

»Das ist nur zu wahr.« Uthil runzelte die Stirn, während er beide Seiten seines Schwertes sorgsam mit dem Ärmel abwischte. »Und wie mich die Götter dafür bestraft haben. Welche Lektionen sie mir erteilt haben, Odem. Jetzt haben sie mich hierher zurückgesandt, damit ich dir eine erteile. Sie machen nicht den besten Mann zum König, sondern den Erstgeborenen.« Er nickte zu Yarvi hinüber. »Und unser Neffe hatte in einer Hinsicht recht. Sie werden nicht zulassen, dass ein Usurpator lange auf dem Schwarzen Thron sitzt.« Nun bleckte er die Zähne und zischte: »Er ist *mein*.«

Mit einem Satz sprang er nach vorn, und Odem kam ihm knurrend entgegen. Wieder schlugen die Klingen gegeneinander, einmal, zweimal, schneller, als Yarvi es verfolgen konnte. Uthils dritter Streich ging unter Odems Deckung hindurch und drang ihm ins Bein. Uthil tänzelte zurück, während Odem brüllte und ihm das Knie einbrach; er konnte sich nur noch aufrecht halten, indem er sein Schwert als Krücke nutzte.

»Das Letzte Tor öffnet sich für dich«, sagte Uthil.

Odem fand sein Gleichgewicht wieder, seine Brust hob sich, und Yarvi sah, dass sich die Rüstung über seinem Bein rot färbte. Das Blut quoll schnell darunter hervor, lief aus seinem Stiefel und sickerte in die Fugen zwischen den Bodenfliesen.

»Ich weiß.« Odem hob das Kinn, und eine Träne rann aus seinem Augenwinkel über seine Wange. »Es hat in all den Jahren stets hinter mir gelauert, und ich wusste, dass es weit offen stand.« Mit einem Laut zwischen Schnaufen und Schluchzen warf er sein Schwert hin, das klappernd in die Schatten rutschte. »Seit jenem Tag im Sturm.«

Das Blut pochte in Yarvis Ohren, als Uthil das Schwert hob. Das Licht fing sich auf der Klinge, deren Schneide kalt glänzte.

»Beantworte mir nur eine Frage …«, hauchte Odem, der nun, im Angesicht des Todes, die Augen auf einen Punkt hoch über sich richtete.

Uthil zögerte einen Augenblick. Das Schwert bebte, sank nach unten. Eine Braue hob sich fragend. »Sprich, Bruder.«

Und Yarvi sah, wie sich Odems Hand bewegte, leise hinter seinen Rücken glitt, wo sich die Finger um den Griff eines Dolches legten, der in seinem Gürtel steckte. Ein langer Dolch mit einem Knauf aus schwarzem Bernstein. Jener Dolch, den er Yarvi auf dem Dach der Feste von Amwend gezeigt hatte.

Wir müssen tun, was für Gettland am besten ist.

Yarvi sprang mit einem Satz die Stufen hinab.

Auch wenn er vielleicht niemals der beste Schüler auf dem Kampfplatz gewesen war, wusste er doch, wie man einen Mann ersticht. Er erwischte Odem unter dem Arm, und die gebogene Klinge von Schadikschirrams Säbel glitt fast geräuschlos durch den Kettenpanzer und in Odems Brust.

»Was auch immer deine Frage gewesen sein mag«, zischte Yarvi ihm ins Ohr, »Stahl ist meine Antwort!« Damit trat er zurück und riss die Waffe wieder heraus.

Odem stieß ein blubberndes Keuchen aus. Er machte einen taumelnden Schritt und fiel auf die Knie. Langsam drehte er den Kopf, sah über seine Schulter, und ganz kurz trafen sich ihre Blicke. Dann fiel er auf die Seite. Er lag still auf den heiligen Steinen am Fuß des Podests, im Angesicht der Götter, und Yarvi und Uthil blieben zurück und starrten einander über seinen Leichnam hinweg an.

»Es scheint, dass da noch eine Frage zwischen uns steht, Neffe«, sagte sein wiedergewonnener Onkel, der noch immer die eine Augenbraue erhoben hatte. »Soll auch da Stahl die Antwort sein?«

Yarvis Augen glitten zum Schwarzen Thron, der schweigend über ihnen stand.

Der Thron mochte hart sein, aber war er so hart wie die Bänke auf der *Südwind*? Er mochte kalt sein, aber war er kälter als der Schnee im äußersten Norden? Er fürchtete ihn nicht mehr. Aber wollte er ihn wirklich? Er erinnerte sich daran, wie sein Vater dort gesessen hatte, hochgewachsen und grimmig, die vernarbte Hand nie weit entfernt vom Griff seines Schwertes. Ein ergebener Sohn von Mutter Krieg, so wie es sich für einen König von Gettland gehörte. So, wie Uthil einer war.

Die Statuen der Hohen Götter blickten auf sie herab, als ob sie eine Entscheidung erwarteten, und Yarvi sah von einem steinernen Antlitz zum anderen, dann holte er tief Luft. Mutter Gundring hatte immer gesagt, dass er von Vater Friede berührt worden war, und er wusste, dass sie damit recht hatte.

Er hatte den Schwarzen Thron niemals aus tiefstem Herzen gewollt. Wieso sollte er um ihn kämpfen? Wieso für ihn sterben? Damit Gettland einen halben König haben würde?

Er öffnete die Faust und ließ Schadikschirrams Säbel auf die blutigen Fliesen klappern.

»Ich habe meine Rache«, sagte er. »Der Schwarze Thron ist dein.« Und er sank langsam vor Uthil auf die Knie und neigte den Kopf. »Mein König.«

Schuld

Grom-gil-Gorm, König von Vansterland, blutigster Sohn von Mutter Krieg, Schwertbrecher und Waisenmacher, schritt in die Götterhalle, begleitet von seiner Gelehrten und zehn der schlachterprobtesten Krieger, und seine riesige Linke lag locker auf dem Knauf seines großen Schwerts.

Er hatte sich einen neuen weißen Pelz um die schweren Schultern gelegt, wie Yarvi bemerkte, und er trug einen neuen Edelstein an seinem großen Zeigefinger, und die dreifach um den Hals geschlungene Kette war um ein paar Schwertknäufe länger geworden. Andenken an seine blutige Reise durch Gettland, zu der Yarvi ihn eingeladen hatte. Andenken, die er Unschuldigen zusammen mit ihrem Leben abgenommen hatte.

Aber als er durch die vom Kampf vernarbten Tore ins Haus seines Feindes trat, war das Auffälligste an ihm sein Lächeln. Das Lächeln eines Eroberers, der all seine Pläne zur Vollendung gereift sieht und der glaubt, dass alle Würfel die von ihm vorhergesagte Zahl zeigen werden. Das Lächeln eines Mannes, der sich als Liebling der Götter betrachtet.

Dann entdeckte er Yarvi, der auf den Stufen zum Podest zwischen seiner Mutter und Mutter Gundring stand, und sein Lächeln bekam einen leichten Knick. Und dann sah er, wer auf dem Schwarzen Thron saß, und nun zerfiel es ganz. Mitten auf dem langen Weg dorthin blieb er unsicher stehen, ungefähr dort, wo Odems Blut noch immer die Risse in den Fliesen färbte, und dort verharrte er, von allen Seiten umgeben von den Größen Gettlands.

Bedächtig kratzte er sich am Kopf und sagte: »Das ist nicht der König, den wir erwartet haben.«

»Das würden hier wohl viele sagen«, erwiderte Yarvi. »Aber dennoch ist er der rechtmäßige. König Uthil, mein ältester Onkel, ist zurückgekehrt.«

»Uthil.« Mutter Scaer stieß ein leises Zischen durch die Zähne aus. »Der stolze Gettländer. Ich dachte mir doch gleich, dass ich das Gesicht kenne.«

»Das hättest du vielleicht erwähnen können.« Gorm warf einen grimmigen Blick auf die versammelten gettländischen Krieger und ihre Frauen, deren Schlüssel und Mantelspangen überall in den Schatten glitzerten, und stieß einen schweren Seufzer aus. »Ich habe das ungute Gefühl, dass du nicht als mein Vasall vor mir knien wirst.«

»Ich habe lange genug auf Knien gelegen.« Uthil erhob sich, das Schwert immer noch in den Armen. Dasselbe schlichte Schwert, das er vom geneigten Deck der *Südwind* mitgenommen und dann poliert hatte, bis die Klinge wie Mondlicht auf dem kühlen Meer schimmerte. »Wenn hier jemand kniet, dann solltest du es sein. Du stehst auf meinem Land, in meiner Halle, vor meinem Thron.«

Gorm hob die Spitzen seiner Stiefel und sah zu ihnen hinunter. »So macht es wohl den Anschein. Aber ich war immer schon ein wenig steif in den Gelenken. Daher muss ich das leider ablehnen.«

»Wie schade. Aber vielleicht kann ich dich mit meinem Schwert ein wenig gelenkiger machen, wenn ich dich im Sommer in Vulsgard besuchen komme.«

Gorms Gesicht verhärtete sich. »Oh, ich garantiere jedem Gettländer, der die Grenze überquert, ein inniges Willkommen.«

»Wieso sollten wir dann auf den Sommer warten?« Uthil

stieg eine Stufe nach der anderen herab und blieb auf der untersten stehen, damit er Gorm auf Augenhöhe ins Gesicht sehen konnte. »Kämpfe jetzt gegen mich.«

Ein Zucken begann in Gorms Augenwinkel, das seine Wange beben ließ. Yarvi sah, wie seine vernarbten Knöchel am Griff seines Schwertes weiß wurden, wie die Augen seiner Krieger unruhig durch den ganzen Raum glitten und wie die Mienen der versammelten Größen Gettlands immer finsterer wurden. »Du solltest wissen, dass Mutter Krieg mich angehaucht hat, als ich in meiner Wiege lag«, grollte der König von Vansterland. »Mir ist vorhergesagt, dass mich kein Mann töten kann …«

»Dann kämpfe gegen mich, du Hund!«, brüllte Uthil, und der Widerhall seiner Worte erschütterte den ganzen Saal, bis alle, die sich darin befanden, den Atem anhielten. Yarvi fragte sich, ob sie binnen eines Tages noch einen zweiten König in der Götterhalle fallen sehen würden, und er hätte nicht darauf wetten mögen, um welchen der beiden es sich dann handeln mochte.

Doch dann legte Mutter Scaer ihre dünne Hand sanft auf Gorms Faust. »Die Götter wachen über jene, die über sich selbst wachen«, flüsterte sie.

Der König von Vansterland holte tief Luft. Seine Schultern lockerten sich, er löste die Finger von seinem Schwert und strich sich dann leise den Bart. »Dieser neue König ist sehr unhöflich«, sagte er.

»Das ist er«, bekräftigte Mutter Scaer. »Hast du ihn nicht die Kunst der Diplomatie gelehrt, Mutter Gundring?«

Die alte Gelehrte sah streng von ihrem Platz neben dem Schwarzen Thron herunter. »Das habe ich. Ich habe ihn auch gelehrt, wem sie gebührt.«

»Damit meint sie wohl, uns nicht«, sagte Gorm.

»So würde ich das auch verstehen.« Mutter Scaer nickte. »Und ich finde auch sie sehr unhöflich.«

»Hältst du so deine Versprechen, Prinz Yarvi?«

Es war noch gar nicht so lange her, da hatten sich all die in der Halle Versammelten einmal in einer Reihe aufgestellt, um Yarvi die Hand zu küssen. Jetzt sahen sie aus, als würden sie ihm ebenso gern die Kehle durchschneiden. Er zuckte die Achseln. »Ich bin nicht länger Prinz, und ich habe alles eingehalten, was ich konnte. Diese Wendung der Ereignisse konnte niemand voraussehen.«

»So sind Ereignisse nun einmal«, sagte Mutter Scaer. »Sie fließen niemals genau durch den Kanal, den man für sie gräbt.«

»Dann willst du nicht gegen mich kämpfen?«, fragte Uthil.

»Wieso denn so blutrünstig?« Gorm schob die Unterlippe vor. »Du bist neu auf diesem Posten, aber du wirst schon noch lernen, dass ein König mehr ist als nur ein Mörder. Lass uns Vater Friede seine Zeit gönnen, uns den Wünschen des Hochkönigs in Skekenheim fügen und aus der Faust eine offene Hand machen. Im Sommer kannst du dann vielleicht, auf einem Gelände, das mir mehr zusagt, den Hauch von Mutter Krieg herausfordern.« Er wandte sich ab, und gefolgt von seiner Gelehrten und seinen Kriegern schritt er zur Tür. »Ich danke euch für eure überwältigende Gastfreundschaft, ihr Gettländer! Ihr werdet von mir hören!« Kurz hielt er auf der Schwelle inne, eine große, schwarze Silhouette vor dem hellen Tageslicht. »Und an jenem Tag werde ich mit Donner sprechen!«

Die Türen der Götterhalle wurden hinter ihnen geschlossen.

»Es wird eine Zeit kommen, da wir uns wünschen werden, wir hätten ihn hier und heute umgebracht«, murmelte Yarvis Mutter.

»Frau Tod wartet auf uns alle«, sagte Uthil, der sich wieder auf den Schwarzen Thron sinken ließ, das Schwert noch immer in den Armen. Er saß dort auf eine so selbstverständliche

Art, leicht zurückgelehnt und lässig, wie es Yarvi niemals möglich gewesen wäre. »Und es gibt andere Dinge, denen wir unsere Aufmerksamkeit zuwenden müssen.« Die Augen des Königs wanderten zu Yarvi, und noch immer waren sie genauso hell wie an dem Tag, als sie sich auf der *Südwind* zum ersten Mal begegnet waren. »Mein Neffe. Einst Prinz, einst König, jetzt …«

»Nichts«, sagte Yarvi und hob das Kinn.

Uthil zeigte darob den Hauch eines Lächelns. Kurz erkannte Yarvi dahinter den Mann, mit dem er über das Eis gewandert war, mit dem er den letzten Brotkanten geteilt hatte, neben dem er sich dem Tod gestellt hatte. Ein kurzer Augenblick, dann war das Gesicht des Königs wieder scharf wie ein Schwert und hart wie eine Axt.

»Du hast einen Pakt mit Grom-gil-Gorm abgeschlossen«, sagte er, und zorniges Murmeln wurde in der Halle laut. *Ein weiser König weiß stets jemand anderem die Schuld zu geben,* hatte Mutter Gundring einmal gesagt. »Du hast unseren bittersten Feind eingeladen, Mord und Brand nach Gettland zu tragen.« Das konnte Yarvi kaum leugnen, selbst wenn man seine Worte über die wachsende Erbitterung in der Halle hätte hören können. »Gute Menschen sind gestorben. Welchen Preis verlangt das Gesetz dafür, Mutter Gundring?«

Die Gelehrte sah von ihrem neuen König zu ihrem alten Lehrling, und Yarvi fühlte, wie seine Mutter hart seinen Arm umklammerte, denn sie beide kannten die Antwort. »Den Tod, mein König«, brachte Mutter Gundring krächzend heraus und stützte sich noch schwerer als sonst auf ihren Stab. »Oder zumindest das Exil.«

»Den Tod!«, kreischte eine Frauenstimme aus der Dunkelheit, und der harte Nachhall verblasste zu einer Stille, so kalt und steinig wie eine Grabkammer.

Yarvi hatte Frau Tod schon früher gegenübergestanden. Schon viele Male hatte sie ihm inzwischen das Letzte Tor aufgehalten, und trotzdem warf er noch immer einen Schatten. Zwar fühlte er sich in ihrer eisigen Gegenwart nicht übermäßig wohl, aber wie bei vielen anderen Dingen kam er aufgrund von Übung inzwischen besser damit zurecht. Dieses Mal zumindest, auch wenn sein Herz klopfte und er einen bitteren Geschmack im Mund hatte, stand er ihr aufrecht gegenüber und ließ seine Stimme laut ertönen.

»Ich habe einen Fehler gemacht!«, rief er. »Sogar viele. Das weiß ich. Aber ich habe einen Schwur getan! Vor den Göttern habe ich geschworen. Einen Sonneneid und einen Mondeid. Und ich sah keinen anderen Weg, sie zu halten, den Mord an meinem Bruder und meinem Vater zu rächen und den Verräter Odem vom Schwarzen Thron zu vertreiben. Und auch wenn ich bedauere, wie viel Blut vergossen wurde, so ist doch dank der Gunst der Götter ...«, Yarvi hob den Blick zu den Statuen, dann sah er wieder demütig zu Boden und breitete unterwürfig die Arme aus, »... der rechtmäßige König zurückgekehrt.«

Uthil sah grimmig auf seine Hand, deren Finger auf den Metalllehnen des Schwarzen Throns lagen. Eine kleine Erinnerung, dass er diesen Platz Yarvis Plänen verdankte, konnte nicht schaden. Das zornige Raunen hob wieder an, wurde lauter und lauter, bis Uthil die Hand hob und Schweigen gebot.

»Es ist wahr, dass Odem dich auf diesen Weg brachte«, sagte er. »Seine Verbrechen waren größer als deine, und du hast ihn bereits seiner gerechten Strafe zugeführt. Du hattest Gründe für das, was du getan hast, und es hat hier genug Tod gegeben, denke ich. Deiner wäre nicht gerecht.«

Yarvi hielt den Kopf gesenkt und schluckte erleichtert. Trotz der Entbehrungen, die er in den letzten Monaten gelitten hatte, war er doch sehr gern am Leben. Mehr denn je.

»Dennoch muss es eine Strafe geben.« Und es schien, als ob eine gewisse Traurigkeit in Uthils Augen lag. »Es tut mir leid, wirklich. Aber dein Urteil muss Exil lauten, denn ein Mann, der einmal auf dem Schwarzen Thron gesessen hat, wird nicht ruhen, bis er ihn wiedererlangt hat.«

»Ich fand ihn nicht besonders bequem.« Yarvi stieg eine Stufe zum Podest hinauf. Er wusste, was er zu tun hatte. Das hatte er gewusst, seit Odem tot vor seinen Füßen gelegen und er das Gesicht von Vater Friede über sich gesehen hatte. Das Exil hatte einen gewissen Reiz. Nichts mehr schuldig zu sein. Alles sein zu können. Aber er war lange genug auf Wanderschaft gewesen. Das hier war sein Zuhause, und er wollte es nicht wieder verlassen.

»Ich habe den Schwarzen Thron nie gewollt. Ich hatte ihn auch nie erwartet.« Yarvi hob die linke Hand und schüttelte sie, sodass der eine Finger hin und her schlenkerte. »Ich erfülle keine der Vorstellungen, die man von einem König hat, weder meine noch die von anderen.« Er kniete sich hin und schwieg kurz. »Ich möchte eine andere Lösung vorschlagen.«

Uthils Augen verengten sich, und Yarvi betete zu Vater Friede, dass sein Onkel nach einer Möglichkeit suchte, um ihn zu begnadigen. »Dann sprich.«

»Lass mich tun, was das Beste für Gettland ist. Hiermit gebe ich alle Ansprüche auf deinen Thron für immer auf. Lasse mich die Gelehrtenprüfung ablegen, so wie es vor dem Tod meines Vaters geplant war. Ich gebe all meine Titel auf, auch all meine Erbansprüche. Ich gehöre hierher, in die Götterhalle. Nicht auf den Schwarzen Thron, aber auf den Platz daneben. Zeige deine Größe durch Milde, mein König, und lasse mich für meine Fehler büßen, indem ich dir und diesem Land treu diene.«

Uthil lehnte sich langsam zurück und runzelte die Stirn, und Schweigen breitete sich aus. Dann endlich beugte sich der König zu seiner Gelehrten hinüber.

»Was meinst du dazu, Mutter Gundring?«

»Es wäre eine Lösung, über die Vater Friede sehr glücklich wäre«, raunte sie. »Ich war stets der Überzeugung, dass Yarvi einen guten Gelehrten abgeben würde. Das glaube ich immer noch. Er hat sich als ausgesprochen schlau erwiesen.«

»Das will ich gern glauben.« Aber Uthil zögerte immer noch und rieb sich überlegend das kantige Kinn.

Doch nun ließ Yarvis Mutter seinen Arm los und schritt zum Schwarzen Thron, und die Schleppe ihres roten Kleides ergoss sich über die Stufen, als sie vor Uthil niederkniete. »Ein großer König erweist anderen Gnade«, sagte sie leise. »Bitte, mein König. Lasse mir meinen einzigen Sohn.«

Uthil rührte sich ein wenig, und er öffnete den Mund, aber es kamen keine Worte über seine Lippen. Vor Grom-gil-Gorm kannte er keine Angst, aber Yarvis Mutter gegenüber zitterte er.

»Wir waren einst einander versprochen«, fuhr sie fort. Ein lauter Atemzug hätte nun wie ein Donnerschlag durch die Götterhalle gehen sollen, aber alle hielten den Atem an. »Man hielt dich für tot … aber die Götter haben dich an deinen rechtmäßigen Platz zurückgeführt …« Sanft legte sie ihm die Hand auf seine vernarbte Rechte, die auf der Lehne des Schwarzen Throns ruhte, und Uthils Blick wich nicht von ihrem Gesicht. »Es wäre mein größter Wunsch, dieses Versprechen nun einzulösen.«

Mutter Gundring rutschte näher an die beiden und sagte leise: »Der Hochkönig hat Laithlin mehr als einmal einen Antrag gemacht, und er wird es sehr übel aufnehmen, wenn …«

Uthil sah sie nicht an. Seine Stimme war rau. »Unser Versprechen ist älter als der Antrag des Hochkönigs. Um zwanzig Jahre.«

»Aber erst heute schickte Großmutter Wexen wieder einen Adler an …«

»Sitzt Großmutter Wexen auf dem Schwarzen Thron oder

ich?« Jetzt endlich richtete Uthil seine hellen Augen auf seine Gelehrte.

»Du, mein König.« Mutter Gundring blickte zu Boden. Die weise Gelehrte lockt, handelt, argumentiert, rät, und die weise Gelehrte gehorcht.

»Dann schicke Großmutter Wexen den Adler zurück, mit einer Einladung zu unserer Hochzeit.« Uthil drehte die Hand, sodass er nun die Finger seiner Verlobten in seiner schwieligen Handfläche hielt, die sich über die Jahre an die Form der Decksbürste angepasst hatte. »Du wirst den Schlüssel zu meiner Schatzkammer tragen, Laithlin, und jene Dinge regeln, bei denen du bisher bereits so viel Geschick gezeigt hast.«

»Sehr gern«, sagte Yarvis Mutter. »Und mein Sohn?«

König Uthil sah Yarvi lange an. Dann nickte er. »Er soll wieder seinen Platz als Mutter Gundrings Lehrling einnehmen.« Und mit einem Schlag gelang es ihm, gleichzeitig Strenge und Milde walten zu lassen.

Yarvi atmete aus. »Endlich hat Gettland einen König, auf den man stolz sein kann«, sagte er. »Ich werde Mutter Meer jeden Tag dafür danken, dass sie dich aus ihren Tiefen zurückgeschickt hat.«

Er erhob sich und folgte Grom-gil-Gorm zu den Toren der Halle. Er lächelte angesichts der Schmährufe und der Gehässigkeiten und dem Raunen, und statt seine verkümmerte Hand zu verbergen, wie es früher seine Angewohnheit gewesen war, ließ er sie stolz offen herabhängen. Verglichen mit den Sklavenquartieren von Vulsgard, den Qualen durch Triggs Peitsche und der Kälte und dem Hunger im endlosen Eis war die Ablehnung von Narren nicht weiter schwierig zu ertragen.

Und so gelang es Yarvi, die Götterhalle lebend zu verlassen, dank seiner beiden Mütter, die wohl jeweils ihre eigenen Gründe für ihren Einsatz gehabt hatten. Nun war er wieder ein verkrüppelter Außenseiter, der zum Gelehrtenkreis stoßen sollte. Wo er auch hingehörte.

Der Kreis hatte sich geschlossen. Aber er war als Junge aufgebrochen und als Mann zurückgekehrt.

Die Toten wurden auf kühlen Steinplatten in einem kühlen Keller neben dem Felsen aufgebahrt. Yarvi wollte sie nicht zählen. Genug. Das genügte ihm als Zahl. Die Ernte seiner sorgfältig ausgeklügelten Pläne. Die Folgen des übereilten Schwurs, den er getan hatte. Keine Gesichter, nur Leichentücher, unter denen sich die Nasen abzeichneten, das Kinn, die Füße. Es war nicht möglich, die von seiner Mutter gedungenen Mörder von den ehrenvollen Kriegern Gettlands zu unterscheiden. Vielleicht gab es auch keine Unterschiede, sobald man das Letzte Tor durchschritten hatte.

Yarvi wusste dennoch, unter welchem Leichentuch Jaud lag. Sein Freund. Sein Ruderkamerad. Der Mann, der einen Pfad durch den Schnee gebahnt hatte, damit er folgen konnte. Dessen sanfte Stimme immer wieder »einen Schlag zurzeit« geraunt hatte, als er wimmernd an den Riemen saß. Der Yarvis Kampf zu seinem eigenen gemacht hatte, obwohl er kein Krieger war. Es war das Tuch, neben dem Sumael stand, die ihre geballten Fäuste auf die Steinplatte stemmte, während ihr dunkles Gesicht auf einer Seite von einer flackernden Fackel erhellt wurde.

»Deine Mutter hat einen Platz für mich auf einem Schiff gefunden«, sagte sie, ohne aufzusehen, und ihre Stimme hatte einen weichen Klang, den er von ihr nicht gewöhnt war.

»Gute Steuerleute sind immer gefragt«, erwiderte Yarvi. Bei den Göttern, er hätte selbst zu gern jemanden bei sich gehabt, der ihm den Weg zeigen konnte.

»Wir brechen beim Morgengrauen nach Skekenheim auf, und von dort reise ich weiter.«

»Nach Hause?«, fragte er.

Sumael schloss die Augen und nickte, und ein ganz leises Lächeln zeigte sich auf ihren vernarbten Lippen. »Nach Hause.« Als er sie das erste Mal gesehen hatte, war sie ihm nicht besonders gut aussehend erschienen, aber jetzt wirkte sie wunderschön. So schön, dass er den Blick nicht von ihr abwenden konnte.

»Hast du einmal überlegt, dass du vielleicht auch … bleiben könntest?« Yarvi hasste sich dafür, dass er überhaupt diese Frage stellte. Dass er ihr die Möglichkeit gab, ihn zurückzuweisen. Er war sowieso für den Gelehrtenkreis bestimmt. Er konnte ihr nichts bieten. Und Jauds Leichnam lag zwischen ihnen, eine Barriere, die nicht mehr zu überwinden war.

»Ich muss gehen«, sagte sie. »Ich weiß kaum noch, wer ich früher einmal war.«

Er hätte von sich dasselbe sagen können. »Aber es zählt doch eigentlich nur, wer du jetzt bist.«

»Das weiß ich auch kaum. Davon abgesehen hat Jaud mich getragen, damals im Schnee.« Sie streckte die Hand nach dem Leichentuch aus, aber zu Yarvis Erleichterung ließ sie es liegen. »Ich werde seine Asche in sein Dorf bringen. Das ist das Mindeste, was ich für ihn tun kann. Vielleicht werde ich auch aus diesem Brunnen trinken. Für uns beide.« Sie schluckte, und Yarvi fühlte, dass aus irgendeinem Grund Zorn in ihm aufstieg. »Wieso sollte man nicht das süßeste Wasser auf der Welt …«

»Er hat sich dafür entschieden hierzubleiben«, fuhr er sie an.

Sumael nickte langsam, ohne aufzusehen. »Das haben wir alle.«

»Ich habe ihn nicht gezwungen.«

»Nein.«

»Du hättest gehen und ihn mitnehmen können, wenn du dich mehr dafür eingesetzt hättest.«

Jetzt hob sie den Kopf, aber ihre Miene verriet nichts von dem Zorn, den er, wie er wusste, verdient hatte, sondern ließ nur ihre eigene Schuld erkennen. »Du hast recht. Diese Last werde ich tragen müssen.«

Yarvi wandte den Blick ab, und plötzlich stiegen ihm Tränen in die Augen. Eine ganze Reihe von Dingen, eine ganze Reihe von Entscheidungen, und jede hatte stets wie das kleinere Übel ausgesehen und ihn dann am Ende doch hierhergeführt. Konnte das wirklich für irgendjemanden der allgemein größte Nutzen gewesen sein?

»Du hasst mich nicht?«, flüsterte er.

»Ich habe einen Freund verloren, und nun will ich nicht noch einen weiteren vertreiben.« Sie legte ihm sanft eine Hand auf die Schulter. »Es fällt mir nicht leicht, neue Freunde zu gewinnen.«

Er legte seine Hand auf ihre und wünschte sich, sie dort lassen zu können. Seltsam, dass man niemals merkt, wie sehr man sich etwas wünscht, bis man weiß, dass man es niemals haben wird.

»Du gibst mir nicht die Schuld?«, flüsterte er.

»Wieso sollte ich?« Sie drückte ihm die Hand zum Abschied und ließ sie dann los. »Es ist besser, wenn du das selbst tust.«

Die Geretteten

Ich bin froh, dass du gekommen bist«, sagte Yarvi. »Mir gehen recht schnell die Freunde aus.«

»Gerne doch«, sagte Rulf. »Ich tu's für dich und für Ankran. Dabei kann ich nicht einmal behaupten, dass ich den mageren Drecksack besonders gut hätte leiden können, als er noch Frachtmeister war, aber zum Ende hin fand ich ihn doch recht annehmbar.« Er grinste Yarvi an, und die große, verschorfte Stelle über seinem Auge bewegte sich dabei leicht. »Mit manchen Menschen kommt man ja gleich zurecht, aber wenn es länger dauert, bis man sich anfreundet, dann hält es meist auch umso länger. Sollten wir uns vielleicht ein paar Sklaven ansehen?«

Unter Raunen, Stöhnen und Kettenrasseln wurde ihnen die Ware präsentiert, und aus jedem Augenpaar blickte ihnen eine ganz eigene Mischung aus Scham, Angst, Hoffnung und Hoffnungslosigkeit entgegen. Yarvi fasste sich unwillkürlich an den Hals und rieb sanft die verblassenden Narben an der Kehle, wo sein eigenes Eisen gesessen hatte. Der Gestank, der hier herrschte, ließ Erinnerungen über ihn hereinbrechen, die er lieber vergessen hätte. Seltsam, wie schnell er sich wieder an die Luft der Freiheit gewöhnt hatte.

»Prinz Yarvi!« Der Besitzer kam aus dem hinteren Bereich des Ladens gewuselt. Er war ein dicker Kerl mit einem weichen, blassen Gesicht, das Yarvi vage vertraut vorkam. Wahrscheinlich hatte er zu den katzbuckelnden Trauernden gehört, als Yarvis Vater zu Grabe getragen worden war.

Und jetzt sah er wieder die Möglichkeit, sich einzuschmeicheln.

»Ich bin kein Prinz mehr«, sagte Yarvi, »aber ansonsten hast du recht. Du bist Yoverfell?«

Der Menschenhändler wuchs sichtbar vor Stolz darüber, dass Yarvi seinen Namen kannte. »Der bin ich tatsächlich, und ich fühle mich geehrt von deinem Besuch! Darf ich wohl fragen, welche Art von Sklave du …«

»Sagt dir der Name Ankran etwas?«

Die Augen des Händlers glitten nervös zu Rulf, der grimmig und aufrecht neben Yarvi stand, die Daumen in den silberbeschlagenen Schwertgurt geschoben. »Ankran?«

»Lass mich deinem Gedächtnis ein wenig auf die Sprünge helfen, so wie der Gestank deines Ladens gerade meines auf Trab bringt. Du hast einen Mann namens Ankran verkauft und ihm dann Geld dafür abgepresst, dass du seiner Frau und seinem Kind ein Leben in Sicherheit gewährst.«

Yoverfell räusperte sich. »Ich habe gegen kein Gesetz verstoßen …«

»Und das werde auch ich nicht tun, wenn ich deine Schuld einfordere.«

Das Gesicht des Kaufmanns hatte jegliche Farbe verloren. »Ich schulde dir nichts …«

Yarvi lachte leise. »Mir? Nein. Aber meiner Mutter, Laithlin, die schon bald wieder die Goldene Königin von Gettland sein und die Schlüssel zur Schatzkammer tragen wird … wenn ich recht verstanden habe, dann schuldest du ihr eine Kleinigkeit?«

Der Adamsapfel an der faltigen Kehle des Mannes hüpfte auf und ab, als er schluckte. »Ich bin der ergebene Diener meiner Königin …«

»Ihr Sklave, würde ich mal sagen. Selbst wenn du alles veräußertest, was du besitzt, könntest du nicht einmal annähernd die Summe aufbringen, die du ihr schuldig bist.«

»Dann also ihr Sklave, ja, warum nicht?«Yoverfell schnaubte bitter. »Da du dich offenbar für meine Geschäfte interessierst – es lag an den Zinsen für ihre Darlehen, dass ich aus Ankran herauspressen musste, was ich konnte. Das wollte ich gar nicht …«

»Aber du hast deine Wünsche zurückgestellt«, sagte Yarvi. »Wie edel.«

»Was willst du?«

»Lass uns mit der Frau und ihrem Kind anfangen.«

»Nun gut.« Mit gesenktem Blick schlich der Kaufmann zurück in die Schatten. Yarvi sah Rulf an, und der alte Kämpe hob die Brauen, und die Sklaven, die um sie herumstanden, blickten beide schweigend an. Yarvi glaubte, einen von ihnen lächeln zu sehen.

Er war sich nicht sicher, was er erwartet hatte. Überwältigende Schönheit oder betörende Eleganz oder irgendetwas anderes, was sein Herz sofort berührt hätte. Aber Ankrans Familie waren zwei ganz normal aussehende Leute, so wie einem Menschen, die man nicht kennt, meistens vorkommen. Die Mutter war klein und zierlich, mit einem verbissenen Zug um den Mund. Der Sohn hatte sandfarbenes Haar wie sein Vater und hielt die Augen niedergeschlagen.

Yoverfell führte sie nach vorn in den Laden und zupfte dann nervös mit einer Hand an der anderen. »Gesund und gut versorgt, wie versprochen. Sie sind dein, natürlich, ein Geschenk, mit besten Empfehlungen.«

»Deine Empfehlungen kannst du behalten«, sagte Yarvi. »Jetzt wirst du hier einpacken und deinen Laden nach Vulsgard verlegen.«

»Vulsgard?«

»Ja. Da gibt es jede Menge Menschenhändler, du wirst dich dort sehr zum Hause fühlen.«

»Aber warum?«

»Damit du ein Auge auf die Geschäfte von Grom-gil-Gorm

halten kannst. Ich habe mir sagen lassen, man solle das Haus seines Feindes besser kennen als das eigene.«

Rulf stieß ein zustimmendes Schnauben aus, warf sich ein wenig mehr in die Brust und schob die Daumen im Schwertgurt zurecht.

»Wenn nicht«, sagte Yarvi, »dann wirst du in deinem eigenen Laden verkauft. Was meinst du, welchen Preis würdest du wohl erzielen?«

Yoverfell räusperte sich wieder. »Ich werde alles in die Wege leiten.«

»Schnell«, sagte Yarvi, den es danach drängte, den Gestank hinter sich zu lassen. Draußen vor der Tür holte er mit geschlossenen Augen tief Luft.

»Du … du bist dann unser neuer Besitzer?«

Ankrans Frau stand neben ihm, einen Finger unter das Halseisen geschoben.

»Nein. Ich heiße Yarvi, das ist Rulf.«

»Wir waren Freunde deines Mannes«, sagte Rulf, der dem Jungen durchs Haar wuschelte, was diesem deutlich unangenehm war.

»Ihr *wart* Freunde?«, wiederholte sie. »Wo ist Ankran?«

Yarvi schluckte, fragte sich, wie er die schlechten Nachrichten am besten übermitteln sollte, und suchte nach Worten.

»Tot«, erklärte Rulf schlicht.

»Es tut mir leid«, setzte Yarvi schnell hinzu. »Er starb, als er mir das Leben rettete, was selbst mir als ein schlechter Handel erscheint. Aber ihr seid frei.«

»Frei?«, murmelte sie.

»Ja.«

»Ich will keine Freiheit. Ich will Sicherheit.«

Yarvi blinzelte, als er das hörte, und dann verzog er den Mund zu einem traurigen Lächeln. Viel mehr hatte er auch nie gewollt. »Ich denke, ich könnte eine Dienerin gebrauchen, wenn du bereit wärst, zu arbeiten.«

»Das war ich immer«, sagte sie.

Yarvi blieb an einer Schmiede stehen und warf eine Münze auf einen Tresen, auf dem sich Schiffbauerwerkzeug stapelte. Es war eine der ersten Münzen der neuen Machart – rund und perfekt – und auf jeder Seite mit dem entschlossenen Gesicht seiner Mutter geprägt.

»Nimm ihnen die Halseisen ab«, sagte er.

Ankrans Frau und Sohn dankten ihm nicht für ihre Freiheit, aber die hell klingenden Schläge des Hammers auf dem Meißel waren Yarvi Dank genug. Rulf sah zu, einen Fuß auf eine niedrige Mauer gestützt und die Unterarme über dem Knie verschränkt.

»Ich bin kein hoher Richter der Rechtschaffenheit.«

»Wer ist das schon?«

»Aber ich würde sagen, das hier ist eine gute Sache.«

»Erzähl es keinem, das zerstört sonst vielleicht meinen Ruf.« Yarvi sah zu einer alten Frau hinüber, die ihn von der anderen Seite des kleinen Platzes anstarrte. Er erwiderte ihren Blick mit einem Lächeln und winkte, nur um zu sehen, wie sie missmutig brummend davonschlich. »Offenbar bin ich jetzt zum Schurken dieses Stücks erkoren worden.«

»Eins hat mir das Leben gezeigt: Es gibt keine Schurken. Es gibt nur Leute, die versuchen, ihr Bestes zu tun.«

»Mein Bestes hat sich als katastrophal erwiesen.«

»Hätte noch viel schlimmer kommen können.« Rulf rollte die Zunge und spuckte aus. »Du bist ja noch jung. Versuch's wieder. Vielleicht verbesserst du dich ja noch.«

Yarvi sah den alten Krieger mit zusammengekniffenen Augen an. »Seit wann bist du denn so weise?«

»Ich war schon immer ungewöhnlich erkenntnisreich, aber du warst zu sehr von deiner eigenen Schläue geblendet, um das zu erkennen.«

»Diese Schwäche ist bei Königen häufig zu beobachten.

Hoffentlich bin ich noch jung genug, um ein wenig Demut zu lernen.«

»Gut, dass noch einer von uns jung genug dazu ist.«

»Und was willst du mit deinen späten Jahren anfangen?«, fragte Yarvi.

»Rein zufällig hat mir der große König Uthil einen Platz in seiner Garde angeboten.«

»Der Gestank der Ehre! Hast du angenommen?«

»Ich habe Nein gesagt.«

»Tatsächlich?«

»Die Ehre ist der Preis der Narren, und ich habe das Gefühl, Uthil ist einer jener Herren, in deren Nähe es viele tote Diener geben wird.«

»Wieder ein sehr weiser Gedanke«, sagte Yarvi.

»Bis vor Kurzem dachte ich, mein Leben sei vorüber, aber nun, da es neu beginnt, habe ich nicht den dringenden Wunsch, es um jeden Preis zu verkürzen.« Yarvi warf ihm einen Blick von der Seite zu und sah, dass Rulf ihn erwiderte. »Ich dachte, vielleicht könntest du einen Ruderkameraden gebrauchen.«

»Ich?«

»Überleg mal – ein einhändiger Gelehrter und ein Schurke, der seine beste Zeit schon fünfzehn Jahre überschritten hat, was könnten wir nicht alles erreichen?«

Unter dem letzten Schlag sprang das Halseisen auf, und Ankrans Sohn stand auf, blinzelte und rieb sich den Nacken. Seine Mutter zog ihn in ihre Arme und küsste sein Haar.

»Ich bin nicht allein«, raunte Yarvi.

Rulf legte ihm den Arm um die Schultern und umarmte ihn heftig. »Nicht, solange ich noch am Leben bin, Ruderkamerad.«

Es war eine große Sache.

Viele mächtige Familien, die in den entlegenen Gebieten Gettlands lebten, würden zürnen, dass die Nachricht von

König Uthils Rückkehr sie kaum erreicht hatte, als er auch schon heiratete und ihnen daher die Möglichkeit versagt blieb, durch ihr Erscheinen ihre Wichtigkeit bei einem Ereignis zu bekunden, das lange in Erinnerung bleiben würde.

Der allmächtige Hochkönig auf seinem hohen Thron in Skekenheim würde zweifelsohne wenig begeistert sein, dass an ihn keine Einladung ergangen war, von der allwissenden Großmutter Wexen an seiner Seite gar nicht zu reden, wie Mutter Gundring zu bedenken gab.

Aber Yarvis Mutter hatte alle Einwände mit einer wegwerfenden Handbewegung abgetan und gesagt: »Ihr Zorn ist Staub für mich.« Sie war wieder die Goldene Königin. Wenn sie etwas sagte, war die betreffende Sache so gut wie getan.

Und so wurden in der Götterhalle die Statuen mit Girlanden aus den ersten Frühlingsblumen geschmückt, die Hochzeitsgeschenke stapelten sich in buntem Überfluss rund um den Schwarzen Thron, und die Menschen drängten sich unter der Kuppel so eng zusammen wie Schafe im Winterquartier, bis die Luft von ihrem Atem feucht war.

Das gesegnete Paar sang sich gegenseitig das Eheversprechen im Angesicht der Götter und Menschen, und aus der Kuppel über ihren Köpfen fiel das Licht in breiten Strahlen auf sie nieder und ließ die polierte Rüstung des Königs und die blendenden Edelsteine der Königin wie Feuer schimmern, und alle klatschten laut Beifall, obwohl Uthils Singstimme nach Yarvis Meinung nicht viel hermachte und die seiner Mutter nicht viel besser war. Dann leierte Brinyolf den langatmigsten Segen herunter, den man selbst an diesem heiligen Ort je gehört hatte, während Mutter Gundring sich neben ihm noch ungeduldiger denn je auf ihren Stab stützte und jede Glocke der Stadt ihr fröhliches Läuten zur Zitadelle heraufschickte.

Welch ein Freudentag!

Wie konnte Uthil da nicht glücklich sein? Er hatte den Schwarzen Thron zurück und die beste Frau, die sich ein

Mann nur wünschen konnte und die sogar vom Hochkönig selbst begehrt worden war. Wie hätte Laithlin sich nicht freuen können? Sie hatte – Pech gehabt, kleine Isriun! – den juwelenbesetzten Schlüssel zur Schatzkammer von Gettland wieder an ihrer Kette; zudem hatte man die Priester der Einen Göttin aus ihrer Münzstätte vertrieben und sie durch Thorlbys Straßen ins Meer gejagt. Wie hätten die Menschen in Gettland nicht fröhlich sein können? Sie hatten einen König aus Eisen und eine Königin aus Gold, Regenten, auf die man vertrauen und stolz sein konnte. Gut, Regenten mit schlechten Singstimmen, aber mit jeweils zwei gesunden Händen.

Doch trotz all des Glücks und all der Fröhlichkeit oder vielleicht sogar gerade deswegen hatte Yarvi an der Hochzeit seiner Mutter kaum mehr Freude als an der Bestattung seines Vaters. Damals hatte er sich nicht drücken können. Aber wenn jetzt jemandem auffiel, dass er sich davonstahl, dann war sicherlich niemand traurig darüber.

Das Wetter draußen passte zu seiner Stimmung besser als das warme Blütenmeer in der Halle. Ein suchender Wind kam an diesem Tag von der grauen See, fuhr seufzend über die Zinnen der Zitadelle und blies Yarvi salzigen Regen ins Genick, als er die ausgetretenen Stufen und verlassenen Gassen entlangging.

Er sah sie schon von Weitem, auf der Brustwehr oben am Dach der Götterhalle, in viel zu dünnen Kleidern, die durch den Regen an ihrer Haut klebten, während ihr der Wind das Haar ins Gesicht peitschte. Er sah sie rechtzeitig, sodass er hätte weitergehen und eine andere Stelle finden können, um missmutig in den Himmel zu blicken. Aber seine Füße hatten ihn zu ihr geführt.

»Prinz Yarvi«, sagte sie, als er sich näherte, und sie biss ein kleines Stückchen von ihrem abgekauten Daumennagel und spuckte es in den Wind. »Was für eine Ehre.«

Yarvi seufzte. Ihm kam es vor, als hätte er die nächsten Worte in den letzten Tagen schon ein Dutzend Mal gesagt. »Ich bin kein Prinz mehr, Isriun.«

»Nein? Deine Mutter ist doch wieder Königin, oder nicht? Trägt sie nicht den Schlüssel zur Schatzkammer von Gettland an ihrer Kette?« Ihre weiße Hand wanderte an ihre Brust, wo kein Schlüssel hing, keine Kette, gar nichts mehr. »Was ist denn wohl der Sohn einer Königin, wenn nicht ein Prinz?«

»Ein verkrüppelter Narr?«, fragte er leise.

»Das warst du auch, als wir uns begegneten, und das wirst du zweifellos immer bleiben. Nicht zu vergessen: der Sohn eines Verräters.«

»Dann haben wir ja mehr gemeinsam denn je«, gab Yarvi hart zurück und bedauerte seine Worte sofort, als er sah, wie ein Zucken über ihr blasses Gesicht ging. Wären die Dinge nur ein wenig anders gelaufen, dann wären sie beide es gewesen, die in diesem Augenblick unter der Kuppel mit Ruhm überschüttet wurden. Er auf dem Schwarzen Thron, sie auf dem Hocker neben ihm, und ihre Augen hätten geleuchtet, wenn sie seine verkümmerte Hand genommen und sie diesen einen besseren Kuss getauscht hätten, den er ihr bei seiner Rückkehr hatte geben sollen …

Aber die Dinge standen nun einmal anders. Heute würde es keine Küsse geben. Heute nicht, und auch später nicht. Niemals. Er wandte sich um und sah auf die wogende See hinaus, die geballten Fäuste auf die Zinnen gestützt. »Ich bin nicht gekommen, um mit dir zu streiten.«

»Wieso bist du gekommen?«

»Ich dachte, ich sollte es dir sagen, weil doch …« Er biss die Zähne zusammen und sah auf seine verdrehte Hand, die weiß auf dem nassen Stein lag. Weil doch was? *Weil wir einander versprochen waren? Weil wir uns einst etwas bedeutet haben?* Er brachte es nicht über sich, das auszusprechen. »Ich reise ab nach Skekenheim und werde dort die Gelehrtenprüfung ablegen. Ich werde keine Familie haben, keine Erbansprüche und … keine Frau.«

Sie lachte in den Wind. »Und wieder haben wir etwas gemeinsam. Ich habe keine Freunde, keine Mitgift und keinen Vater.« Nun wandte sie sich um und sah ihn an, und bei dem Hass in ihren Augen wurde ihm übel. »Sie haben seinen Leichnam in der Abfallgrube versenkt.«

Vielleicht hätte Yarvi das froh stimmen sollen. Schließlich hatte er oft genug davon geträumt, hatte all seine Gebete und seinen ganzen Willen darauf ausgerichtet. Hatte alles dafür kaputtgemacht und seinen Freund und seine Freundschaften dafür geopfert. Aber wie er nun in Isriuns Gesicht sah, in die roten Augen, die tief in schattenumlagerten Höhlen lagen, fühlte er keinen Triumph.

»Es tut mir leid. Nicht für ihn, aber für dich.«

Ihr Mund verzog sich verächtlich. »Was glaubst du wohl, wie viel mir das wert ist?«

»Nichts. Aber es tut mir trotzdem leid.« Er nahm die Hände von der Brüstung, wandte seiner Verlobten den Rücken zu und ging zur Treppe.

»Ich habe einen Eid geschworen!«

Yarvi hielt inne. Alles in ihm drängte danach, das verdammte Dach zu verlassen und nie wiederzukehren, aber jetzt kribbelte die Haut in seinem Nacken, und unwillkürlich drehte er sich doch wieder um. »Ja?«

»Einen Sonneneid und einen Mondeid.« Isriuns Augen brannten in ihrem weißen Gesicht, und ihr nasses Haar peitschte hin und her. »Ich habe geschworen vor Jener-die-urteilt und Jenem-der-sich-erinnert und Jener-die-den-Knoten-schlingt. Meine Vorfahren, die oben am Strand begraben liegen, waren meine Zeugen. Jener-der-wacht und Jene-die-schreibt waren meine Zeugen. Und jetzt bist du mein Zeuge, Yarvi. Es soll mir eine Kette um den Hals sein und ein Ansporn in meinem Inneren. Ich werde mich an den Mördern meines Vaters rächen! Das habe ich geschworen!«

Ihre Lippen formten nun ein schiefes Lächeln. Die Verhöhnung des Lächelns, das sie ihm gezeigt hatte, als sie an jenem Tag, da sie einander versprochen wurden, die Götterhalle verließ. »Du siehst also, eine Frau kann denselben Schwur tun wie ein Mann.«

»Wenn sie dumm genug dazu ist«, sagte Yarvi und wandte sich ab.

Das kleinere Übel

An dem Abend, als Bruder Yarvi nach Hause zurückkehrte, lächelte Mutter Sonne sogar noch, als sie hinter der Welt unterging.

Es war der erste Sommertag, sagten die Gettländer, und die Katzen sonnten sich auf den heißen Dächern von Thorlby, die Seevögel stießen faul ihre Rufe aus, und eine sanfte Brise trug den leichten Geruch nach Salz und Meer in die steilen Straßen und die offenen Fenster der Stadt.

Sie drang auch durch die Tür von Mutter Gundrings Gemächern, als es Yarvi endlich gelungen war, den schweren Riegel mit seiner verkrüppelten Hand zurückzuschieben.

»Der Wanderer kehrt zurück«, sagte die alte Gelehrte, und eine kleine Staubwolke wirbelte auf, als sie ihr Buch mit einem Ruck beiseite legte.

»Mutter Gundring.« Yarvi verneigte sich tief und reichte ihr den Becher.

»Und du hast mir einen Tee gemacht.« Sie schloss die Augen, schnupperte den Dampf und nahm schlürfend einen kleinen Schluck. Dann zog sich das Lächeln über ihr gefurchtes Gesicht, das Yarvi stets so stolz gemacht hatte. »Ohne dich waren die Dinge hier nicht dieselben.«

»Zumindest wird dir dein Tee nicht mehr fehlen.«

»Dann hast du die Prüfung bestanden?«

»Hattest du je daran gezweifelt?«

»Ich nicht, Bruder Yarvi, ich nicht. Und dennoch trägst du ein Schwert.« Mit gerunzelter Stirn betrachtete sie Schadikschirrams Säbel, der in seiner Scheide an seinem Gürtel hing. »Ein freundliches Wort wehrt die meisten Hiebe ab.«

»Und für jene, die übrig bleiben, trage ich den hier. Er erinnert mich daran, woher ich komme. Ein Gelehrter steht ein für Vater Friede, aber einem guten Gelehrten ist auch Mutter Krieg nicht fremd.«

»Ha! Wohl wahr.« Mutter Gundring deutete auf den Hocker, der auf der anderen Seite der Feuerstelle stand. Jener Hocker, auf dem Yarvi so oft gesessen hatte, um selbstvergessen den Erzählungen der alten Gelehrten zu lauschen und zu lernen: Sprachen und Geschichte und Pflanzenkunde und wie man angemessen mit einem König sprach. War es wirklich erst ein paar Monate her, dass er zum letzten Mal hier gesessen hatte? Ihm kam es so vor, als sei das in einer ganz anderen Welt geschehen. In einem Traum.

Und jetzt war er aufgewacht.

»Ich bin froh, dass du zurück bist«, sagte Mutter Gundring, »und das nicht nur wegen deines Tees. Wir haben in Thorlby viel zu tun.«

»Ich glaube nicht, dass die Menschen hier mich lieben.«

Mutter Gundring tat das mit einem Achselzucken ab. »Sie vergessen schon jetzt. Ihr Gedächtnis ist kurz.«

»Es ist die Aufgabe des Gelehrten, Erinnerungen zu pflegen.«

»Und Ratschläge zu geben, zu heilen und die Wahrheit zu sprechen, geheime Wege zu kennen, das kleinere Übel zu finden, abzuwägen, worin der allgemein größte Nutzen liegt, und Vater Friede in jeder Sprache den Weg zu ebnen, Geschichten zu spinnen und …«

»Soll ich dir eine Geschichte spinnen?«

»Was für eine Geschichte, Bruder Yarvi?«

»Eine Geschichte von Blut und Hinterlist, von Gold und Mord, von Verrat und Macht.«

Mutter Gundring lachte und nahm noch einen Schluck aus

ihrem Becher. »Das ist die einzige Art von Geschichten, die mir gefällt. Kommen Alben drin vor? Drachen? Trolle?«

Yarvi schüttelte den Kopf. »Die Menschen können sehr gut allein alles erforderliche Böse bewerkstelligen.«

»Auch wieder wahr. Ist es etwas, das du in Skekenheim gehört hast?«

»Teilweise. Ich habe schon sehr lange an dieser Geschichte gearbeitet. Seit jener Nacht, da mein Vater starb. Aber ich glaube, jetzt habe ich sie von Anfang bis Ende beisammen.«

»So, wie ich deine Fähigkeiten kenne, ist es ohne Zweifel eine sehr gute Geschichte.«

»Du wirst sie sehr aufregend finden, Mutter Gundring.«

»Dann fang an!«

Yarvi setzte sich auf, sah in die Flammen und rieb sich mit dem Daumen die verkrümmte Handfläche. Er hatte sich darauf vorbereitet, seit er die Prüfung bestanden und seine Erbansprüche aufgegeben hatte und in den Gelehrtenkreis aufgenommen worden war. Seit er die Wange von Großmutter Wexen geküsst und in ihre Augen gesehen hatte, die ihm heller und hungriger vorkamen denn je, und er plötzlich die Wahrheit erkannt hatte. »Ich merke, dass ich kaum weiß, wo ich anfangen soll.«

»Dann sag erst einmal, um wen es geht. Damit wir die Hintergründe kennen.«

»Ein guter Rat«, sagte Yarvi. »Aber so ist dein Rat immer. Also … dann haben wir da einen Hochkönig, der längst nicht mehr jung ist, und eine Großmutter des Gelehrtenkreises, auf die genau dasselbe zutrifft, die, wie es bei den Mächtigen oft der Fall ist, über ihre Macht eifersüchtig wachen. Sie blickten nordwärts von Skekenheim und entdeckten eine Bedrohung ihrer Herrschaft. Keinen großen Mann, der Macht über Eisen und Stahl besaß, aber eine große Frau, die Macht über Gold und Silber hatte. Eine goldene Königin, die beabsichtigte, Münzen prägen zu lassen, die alle dasselbe Gewicht hatten, sodass jeder Handel an den Ufern der Bruchsee mit ihrem Antlitz beschlossen werden würde.«

Mutter Gundring lehnte sich zurück, und die vielen Falten auf ihrer Stirn vertieften sich, als sie darüber nachdachte. »Diese Geschichte schmeckt ein wenig nach der Wahrheit.«

»So ist das mit den besten Geschichten. Das hast du mich doch gelehrt.« Jetzt, da er angefangen hatte, kamen ihm die Worte wie von selbst über die Lippen. »Der Hochkönig und seine Gelehrte sahen, dass die Kaufleute ihre Kais verließen und lieber die Häfen dieser Königin im Norden anliefen, und ihre Einkünfte schmälerten sich von Monat zu Monat, und damit schwand auch ihre Macht. Ergo mussten sie handeln. Aber war es weise, eine Frau zu töten, die Stroh zu Gold spinnen konnte? Nein. Ihr Gatte war zu stolz und reizbar, um die beiden offen anzugehen. Also musste er getötet werden, damit die Königin aus ihrer luftigen Höhe fiel und ins eigene Lager geholt werden konnte, um dann für den Hochkönig Gold zu spinnen. Das war der Plan.«

»Einen König töten?«, murmelte Mutter Gundring, die Yarvi über den Rand ihres Bechers starr ansah.

Er zuckte die Achseln. »So fangen diese Geschichten oft an.«

»Aber Könige sind vorsichtig und gut bewacht.«

»Dieser hier vor allem. Sie brauchten die Hilfe eines Menschen, dem er vertraute.« Yarvi beugte sich vor, und das Feuer schien warm auf sein Gesicht. »Und so brachten sie einem bronzegefiederten Adler eine Botschaft bei. Der König sollte sterben. Und dann sandten sie diesen Adler seiner Gelehrten.«

Mutter Gundring blinzelte, und sehr langsam nahm sie einen weiteren Schluck von ihrem Tee. »Das ist eine schwere Bürde für eine Gelehrte, den Mann zu töten, dem zu dienen sie geschworen hat.«

»Aber hat sie nicht auch geschworen, dem Hochkönig und ihrer Großmutter zu dienen?«

»Das haben wir alle«, flüsterte Mutter Gundring. »Du genauso, Bruder Yarvi.«

»Oh, ich schwöre dauernd irgendwelche Eide: Ich weiß kaum, welche davon ich erfüllen soll. Diese Gelehrte hatte dasselbe Problem, aber wenn ein König zwischen den Göttern und Menschen sitzt, dann sitzt der Hochkönig zwischen Göttern und Königen, und in jüngster Zeit sieht er sich selbst wohl auch noch deutlich weiter oben. Sie wusste, dass er nicht mit sich spaßen ließe. Also klügelte sie einen Plan aus. Ihr König sollte durch seinen vernünftigeren Bruder ersetzt werden. Alle Erben, die hätten Ärger machen können, sollten ebenfalls ausgeschaltet werden. Dann konnte man die Schuld einem alten Feind aus dem Norden in die Schuhe schieben, aus einer Gegend, an die zivilisierte Menschen meist nicht einmal einen Gedanken verschwendeten. Man konnte doch sagen, eine Taube sei von einer anderen Gelehrten gekommen, mit einem Friedensangebot, um dann diesen leicht reizbaren König in einen Hinterhalt zu locken …«

»Vielleicht war es das kleinere Übel«, sagte Mutter Gundring. »Vielleicht war das die eine Möglichkeit, während bei der anderen Mutter Krieg ihre blutigen Flügel über die ganze Bruchsee ausgebreitet hätte.«

»Das kleinere Übel und das, was den allgemein größten Nutzen bringt.« Yarvi holte tief Luft, und es schien ihn tief in seinem Inneren zu schmerzen. Er dachte an die schwarzen Vögel, die ihn aus Schwester Owds Käfig angeblinzelt hatten, und fuhr fort: »Nur leider verwendete die Gelehrte, der man die Schuld geben wollte, niemals Tauben. Nur Krähen.«

Mutter Gundring hielt inne, den Becher auf halbem Wege zum Mund. »Krähen?«

»Es ist oft so, dass kleine Dinge übersehen werden, die dann all unsere Pläne scheitern lassen.«

»Ach, diese unangenehmen Kleinigkeiten.« Mutter Gundrings Auge zuckte, als sie den Teebecher ansah und einen größeren Schluck nahm, und eine Weile saßen sie schweigend da, nur begleitet vom fröhlichen Knacken des Feuers und den gelegentlich aufwirbelnden Funken. »Ich dachte mir schon, dass du all das im Laufe der Zeit entwirren würdest«, sagte sie. »Aber nicht so bald.«

Yarvi schnaubte. »Nicht, bevor ich in Amwend starb.«

»Das habe ich niemals gewollt«, sagte die alte Gelehrte. Sie, die stets wie eine Mutter zu ihm gewesen war. »Du solltest die Prüfung ablegen, deine Erbansprüche aufgeben und im Laufe der Zeit meinen Platz einnehmen, so, wie wir es immer geplant hatten. Aber Odem vertraute mir nicht. Er schlug zu früh los. Ich konnte deine Mutter nicht daran hindern, dich auf den Schwarzen Thron zu bringen.« Sie seufzte bitter. »Und mit diesem Ausgang wäre Großmutter Wexen niemals zufrieden gewesen.«

»Also ließest du mich in Odems Falle laufen.«

»Zu meinem tiefsten Bedauern. Ich betrachtete es als das kleinere Übel.« Sie stellte den halb leeren Becher neben sich ab. »Wie geht diese Geschichte zu Ende, Bruder Yarvi?«

»Sie ist schon zu Ende. Zu meinem tiefsten Bedauern.« Er hob den Blick von den Flammen und sah ihr in die Augen. »Und jetzt bin ich Vater Yarvi.«

Die alte Gelehrte runzelte die Stirn und sah erst ihn an, dann den Becher, den er ihr gebracht hatte. »Schwarzzungenwurz?«

»Ich habe einen Schwur getan, Mutter Gundring, Rache zu üben an den Mördern meines Vaters. Vielleicht bin ich nur ein halber Mann, aber ich tat einen ganzen Schwur.«

Die Flammen in der Feuerstelle flackerten nun, und ihr Licht tanzte orangefarben über die Glaskrüge auf den Regalen.

»Dein Vater und dein Bruder«, krächzte Mutter Gundring. »Odem und seine Leute. So viele andere. Und jetzt öffnet sich das Letzte Tor für mich. Alles … nur wegen der Münzen.«

Sie blinzelte noch einmal und sackte dann nach vorn zum Feuer, und Yarvi erhob sich schnell und fing sie sanft mit dem linken Arm auf, schob ihr mit dem rechten ein Kissen in den Rücken und lehnte sie dann ganz vorsichtig wieder in ihren Stuhl. »Offenbar können Münzen sehr tödlich sein.«

»Es tut mir leid«, flüsterte Mutter Gundring, deren Atem nun in kurzen Stößen kam.

»Mir auch. Du würdest niemanden finden in ganz Gettland, dem es mehr leidtut.«

»Das glaube ich.« Sie lächelte ganz leicht. »Du wirst einen guten Gelehrten abgeben, Vater Yarvi.«

»Ich werde es versuchen«, sagte er.

Sie antwortete nicht.

Yarvi holte stoßweise Luft und drückte ihr die Augen zu, dann faltete er ihre Hände in ihrem Schoß und ließ sich elend und müde wieder auf seinen Hocker fallen. Er saß noch immer da, als jemand durch die Tür stürmte und die Treppe emporgerannt kam, sodass die Büschel mit den getrockneten Pflanzen wie Gehenkte hin und her schwankten.

Es war einer der jüngsten Krieger, der gerade erst seine Prüfungen hinter sich hatte. Jünger noch als Yarvi. Der Feuerschein zuckte über sein bartloses Gesicht, als er im Durchgang stehen blieb.

»König Uthil ersucht um eine Audienz«, sagte er. »Er braucht einen Gelehrtenrat.«

»Tut er das?« Yarvi kippte den halb ausgetrunkenen Tee zischend ins Feuer, dann legte er die Finger seiner gesunden Hand um Mutter Gundrings Stab. Um *seinen* Stab. Das Albenmetall fühlte sich kalt an auf seiner Haut.

Er stand auf. »Sag dem König, ich bin auf dem Weg.«

Danksagung

Wie immer, vier Menschen, ohne die …

Bren Abercrombie, der vom Lesen des Buchs die Augen wehtun
Nick Abercrombie, dem vom Gerede über das Buch die Ohren wehtun
Rob Abercrombie, dem vom vielen Umblättern die Finger wehtun
Lou Abercrombie, der vom Festhalten meiner Wenigkeit die Arme wehtun

Und dann, weil niemand eine Insel ist und ich schon gar nicht, gilt mein herzlicher Dank:
Nick Lake, der den Samen für diese Idee pflanzte,
Robert Kirby, der dafür sorgte, dass aus dem Setzling ein Baum wurde,
Jane Johnson, die sicherstellte, dass dieser Baum goldene Früchte trug.

Dann, um die Baummetapher nicht weiter strapazieren zu wollen, all jene, die mir geholfen haben, meine Bücher zu schreiben, zu bewerben, zu verlegen, zu übersetzen und vor allem zu verkaufen, wo auch immer in der Welt sie sich befinden mögen, aber besonders: Natasha Bardon, Emma Coode, Ben North, Tricia Narwani, Jonathan Lyons und Ginger Clark.

Und den Künstlern, denen irgendwie das Unmögliche gelingt, mich stilvoll aussehen zu lassen: Nicolette und Terence Caven, Mike Bryan und Dominic Forbes.

Gillian Redfern danke ich für ihre unverbrüchliche Begeisterung und Unterstützung unter allen Umständen.

Danke auch all jenen Autoren, deren Pfade sich im Internet, an der Bar oder in einigen Fällen auch auf Druckseiten mit meinen kreuzten und die Hilfe, Unterstützung, Gelächter und jede Menge stehlenswerte Ideen beisteuerten.

Ihr wisst, wer gemeint ist.

Peter V. Brett

Manchmal gibt es gute Gründe, sich vor der Dunkelheit zu fürchten ...

... denn in der Dunkelheit lauert die Gefahr! Das muss der junge Arlen auf bittere Weise selbst erfahren: Als seine Mutter bei einem Angriff der Dämonen der Nacht ums Leben kommt, flieht er aus seinem Dorf und macht sich auf in die freien Städte. Er sucht nach Verbündeten, die den Mut nicht aufgegeben und das Geheimnis um die alten Runen, die einzig vor den Dämonen zu schützen vermögen, noch nicht vergessen haben.

978-3-453-52476-7

Peter V. Bretts gewaltiges Epos vom Weltrang des »Herrn der Ringe«

Das Lied der Dunkelheit
978-3-453-52476-7

Das Flüstern der Nacht
978-3-453-52611-2

Die Flammen der Dämmerung
978-3-453-52474-3

Erzählungen aus Arlens Welt

Der große Bazar
978-3-453-52708-9

www.heyne.de

HEYNE